SV

Rahel Sanzara
Das verlorene Kind

Roman

Mit einem Nachwort
von Peter Engel

Suhrkamp Verlag

Erste Auflage dieser Ausgabe 1987

Suhrkamp Verlag Frankfurt am Main 1983
Druck: Wagner GmbH, Nördlingen
Printed in Germany

Das verlorene Kind

Dem Andenken
meiner Mutter

I

Christian B. lebte in der zweiten Hälfte des vorigen Jahrhunderts als Domänenpächter auf dem Gute Treuen bei L. im nördlichen Deutschland. Er war das jüngste Kind eines wohlhabenden Bauern, und seine Heimat war im Bezirke M. des gleichen Landkreises, einige Tagereisen von Treuen entfernt. Er hatte sie schon früh verlassen.

Bei seiner Geburt waren seine beiden Brüder bereits erwachsen gewesen und hatten mit dem Vater den elterlichen Hof beherrscht. Die Mutter starb früh, er hatte sie nie gekannt.

Sein Vater hatte beschlossen, daß der jüngste Sohn studieren, Geistlicher oder Lehrer werden sollte. So kam Christian als zehnjähriges Kind in die Kreisstadt und besuchte die Schule. Er war der fleißigste Schüler von allen, das Lernen fiel ihm leicht. Er war ein ernstes, ruhiges Kind, voll Güte und Bescheidenheit, und gewann alle Menschen zu Freunden. Es war ihm gegeben, daß sein Lachen rein, seine Handlungen gut und seine Tränen freudige sein konnten. Kein Leid, keine Bitterkeit, keine Enttäuschung, die das Leben selbst für ein Kind schon birgt, traf ihn. Sein Glück war keines andern Leid. Er hatte nie Verlangen nach der Heimat, seinen Fleiß stachelte kein quälender Ehrgeiz, sein Leben war ruhig, ohne Ziel. Er war fromm, im festen Glauben seiner Zeit erzogen, und betete in Demut, aber auch in einem unbedingten Vertrauen zu Gott.

Und doch geschah es, daß er, als er vierzehn Jahre alt war, im Dunkeln sich fürchtete. Es war eine sonderbare Furcht, ohne greifbaren Grund. Sie überfiel ihn zum erstenmal, als er, vor Freude über die Genesung eines lange und schwer erkrankten Kameraden schlaflos, in einer Nacht am Fenster des Schlafsaales stand. Sein Herz schlug; er fühlte noch die Berührung, mit der der Wiedergenesene seine Hand ergriffen und sie zart, aber freudig gedrückt hatte. In der Erschütterung, die diese Erinnerung in ihm hervorbrachte, bereitete sich in seinem Innern die große Ahnung der Liebe vor; der Knabe ahnte, daß nicht nur die Menschen ihm zu Freunden waren, sondern daß auch er Freund den Menschen bedeuten konnte, er begriff, daß er einmal als Mann lieben würde. Obwohl ihm diese Offenbarung aus reinstem Herzensgefühl kam, rührte sie doch mit ihrem Glück bis ins Tiefste auch seinen Körper auf. Und diesem zum erstenmal gefühlten Glück drängte sich plötzlich die zum erstenmal gefühlte Furcht entgegen. Finsternis erschreckte ihn. Es war eine mondlose Nacht. Um ihn schliefen die anderen, er sah sie nicht, er hörte nur ihren Atem. Dunkelheit war auch um sie, aber eine andere, hellere Dunkelheit als die, die um ihn stand. Er fühlte sie um seinen freudig erregten Körper geschmiegt, eng wie eine zweite Haut, in der er eingefangen war mit allen Strömen seines Blutes. Er fühlte sie als eine böse, drohende, wesenlose Macht, die sein mit Freude erfülltes Herz bezwang, es mit abgrundtiefer Furcht durchschauerte, aber es ließ ihn nicht fliehen, nicht an Gott denken, den gütigen Erfüller aller seiner Gebete, regungslos mußte er stehenbleiben, mußte der Furcht gehorchen, der entsetzten Traurigkeit seines Herzens sich hingeben. Am Tage war dann alles wieder heiter, eben und schön.

Als seine Schulzeit ihrem Ende zuging und er kurz vor der Prüfung stand, starb sein Vater. Die Nachricht kam plötzlich und unerwartet. Er begriff sie nicht völlig, und in einem dumpfen, schmerzlichen Erstaunen bereitete er seine Abreise in die Heimat vor.

Am Abend vor der Reise streifte ihn, als er verworren in der frühen, herbstlichen Dämmerung durch die kleine Stadt eilte, im Scheine einer Straßenlampe schnell und dicht eine Frau. Ihr schneeweißes Gesicht tauchte aus der Dunkelheit auf in den Kreis des Lichtes und schwebte so nahe an dem seinen vorüber, daß er den Atem des lächelnd geöffneten Mundes spürte. Die Augen, schwarz unter dichtem Haar, das seine Schwärze bis tief über die Stirne senkte, waren weit und schamlos aufgeschlagen, wogend ergoß sich Finsternis in seinen Blick. Als es vorbei war und er sich umwandte, sah er eine graugekleidete, mittelgroße und leicht üppige Frau in der Dämmerung die Straße weitereilen. Aber ihr Blick verließ ihn nicht. Nachts vor dem Schlaf, in der Dunkelheit, fühlte er ihn um sich, erkannte in ihm wieder jene tiefere Finsternis, vor der er als Kind sich gefürchtet hatte.

Als Christian am nächsten Abend in der Heimat ankam, war der Sarg schon geschlossen, er sah das Angesicht seines Vaters nicht mehr. Das Begräbnis fand am Mittag des nächsten Tages statt. Eine Woche später wurde das Erbe nach den Bestimmungen des Testamentes geteilt. Es war ein schönes, großes, schuldenfreies Bauerngut vorhanden und ein Barvermögen von siebentausend Talern. Das Geld erbten die beiden jüngeren Geschwister, Christian und seine einzige Schwester Klara, das Gut übernahmen die beiden älteren Brüder und zahlten nach Vereinbarung den kleinen Anteil, den die beiden jüngeren Kinder noch daran hatten, aus der Mitgift ihrer Frauen aus, so daß sie es als Alleinbesitzer führen konnten.

Doch Christian kehrte nicht zur Stadt zurück. Ihn hielt die Heimat, der Duft der Erde, der Dunst der Tiere, die Nähe der Menschen, die gleich ihm groß, licht und still waren.

Er blieb bei den Brüdern. Er ließ die Früchte seines jahrelangen Studiums fallen, er verbarg sein Wissen, die Kenntnisse, die er erworben, er diente den Brüdern zwei Jahre lang als Knecht, arbeitete die schlechteste Arbeit um Lohn und Brot. Dann, nach zwei Jahren, im Herbst, ging er fort und durchzog wandernd das Land. Als er nach einem Monat zurückkam, hatte er, zweiundzwanzigjährig und kaum mündig, die offene Pacht der Domäne Treuen übernommen. Die Brüder schalten ihn. Zwar war der Zins nicht hoch, doch die Domäne, einem großen, an der Grenze des Landes liegenden fürstlichen Grundbesitz zu eigen, jahrzehntelang von Pacht zu Pacht heruntergewirtschaftet, befand sich mit abgenutztem Inventar und ausgesaugtem Boden in einem solchen traurigen Zustand, daß ohne Zuwendung aus eigenen Mitteln zur Aufbesserung und Neuanschaffung von Vieh und Geräten kaum die Pacht zu gewinnen war. Doch unbeirrt zog Christian im neuen Jahr dort ein. Die erste Zeit war schwer und forderte die Arbeit seiner ganzen jungen Kraft Tag und Nacht. Der Besitz war in der Anlage von größtem Ausmaße und versprach vieles für einen Bewirtschafter, der durch Klugheit, Unternehmungsgeist und eine höhere Umsicht das Gegebene nutzen konnte.

Der junge Pächter ergriff alles mit einer verschwenderischen Freude, mit einer Freude mehr an der Arbeit als am Gewinn. Er kam um die Erlaubnis ein, aus eigenen Mitteln Ställe und Scheunen neu aufzurichten, Werkstätten verschiedener Art in den leerstehenden Katenwohnungen aufzutun, und erhielt sie auch gegen die Vergünstigung, in der der Pacht zugehörigen Jagd fälliges Holz zu eigenem Nutzen schlagen zu können. Er gründete mit den letzten Mitteln seines Vermögens ein Hauswesen, das bald als das schönste im Landkreis galt. Mit siebenundzwanzig Jahren hatte er Unkosten und Pacht überholt, besaß zwei eigene Wagen mit schönen Kutschierpferden, und achtundzwanzig Menschen gab er Arbeit und gutes Brot, Heimat und Frieden. Die Verwaltung des Gutes verlängerte auf Grund dieser Erfolge die Pacht auf fünfzehn Jahre und errichtete ihm ein neues, schönes, geräumiges Wohnhaus.

Christian lebte allein. Freude und Gewinn teilte er mit seinen Knechten und Mägden, Sorgen und Mühen trug er allein. Als die größten Schwierigkeiten bezwungen waren und seine Abende voll Ruhe, begann er wieder in den Büchern der Schulzeit zu lesen, die er erst jetzt zu begreifen meinte. Er las in der Bibel, und gerecht und gut geordnet schien ihm die Welt unter Gottes Gesetzen. Er fühlte sich glücklich in dem Leben, das er sich gewählt hatte, in der Arbeit, die ihm zugewiesen worden war. Er sehnte sich, noch tiefer das einfache, allgemeine menschliche Schicksal zu erfüllen, in seinem Herzen dachte er oft an Weib und Kind. Begegnete er jungen Mädchen, so betrachtete er sie voll inniger Rührung. Es waren hohe, starke Gestalten, die Wangen rot und golden, wie Morgenröte gefärbt, das Haar wie die Felder im August, zur guten Zeit der Ernte, der Mund schmal und fromm geschlossen wie der seine. Die Augen, von der Farbe des Himmels am klaren Mittag, waren gesenkt wie die seinen, wenn er leise und zart mit ihnen sprach. Aber es hielt ihn zurück, die zu lieben, die geschaffen waren wie er selbst. Er blieb allein. Mit Zärtlichkeiten umschmeichelte er die Haustiere, streichelte das Fell des ergebenen Hundes, den dunklen, weichen Pelz der Katze. Die Dunkelheit der Nacht, plötzlich um ihn geschlagen, wenn er am Abend das Licht verlöschte, ermahnte ihn, die Furcht der Kindheit war um sein Herz und hielt es einsam.

Zu Beginn des Winters aber fuhr er an einem Mittag in die kleine Stadt, um Geschäfte mit dem Viehhändler abzuschließen, und trat auf dem Rückweg in den kleinen Laden ein, wo er für die Wirtschafterin Besorgungen für die Küche, Öl für die Lampen kaufen wollte. Während des Nachmittags hatte es zum erstenmal geschneit, in der Dämmerung strahlte die traurig versunkene Erde wieder auf, in weißem, zartem Schein.

Im Laden brannte die Lampe, die mit einem großen weißen Blendschirm über dem Ladentisch hing und im Umkreis ihres Scheines die Fläche seines weißen Holzes beleuchtete mit allem, was sie trug an Büchsen und Gläsern, während sie den übrigen Raum, die Regale mit den Kästen, die Fässer und Säcke in Dämmerung ließ. Der Laden war leer. Auf Christians Ruf öffnete sich eine Nebentür leise, eine Gestalt glitt in den Lichtkreis der Lampe, und als Christian, auch zum Lichte tretend, sich ihr entgegenbeugte, leuchtete plötzlich das schneeweiße Gesicht einer Frau so nahe dem seinen entgegen, daß der Atem des roten, lächelnd geöffneten Mundes ihn weich berührte. Vor seinem niedergesenkten Blick lag die Finsternis weitgeöffneter, schwarzer Augen. Bis zum nächsten Lidschlag dieser Augen hielt sein Herz inne im Schlag, verströmte ihm Blut und Zeit ins Grenzenlose. Dann erwachte er und trat zurück. Er sah sie an. Es war ein junges Mädchen, das er hier noch nie gesehen hatte, eine fremdartige Gestalt, klein, zart und doch von leichter Üppigkeit, ihr Haar war schwarz, glänzend umgab es das Haupt und das weiße Gesicht bis tief in die Stirn hinab. Er sah ihre kleinen, vollen Hände zittern, der Blick ihrer Augen war jetzt gesenkt, doch der Mund war noch immer lächelnd geöffnet. Er reichte ihr das kleine Papier, auf dem von der Wirtschafterin die Einkäufe aufgeschrieben waren, und sie begann ihn zu bedienen. Ihre Bewegungen waren geschmeidig und voll besonderer, zarter Lebhaftigkeit, als würden sie zum Tanz oder zur Freude getan. Ihr weißes Gesicht mit seinem Lächeln tauchte auf im Lichtkreis der Lampe und leuchtete noch schimmernd, wenn es wieder zurückgeneigt war ins Dunkle des Raumes. Sie sprachen nicht miteinander. Als alles, Pakete und Säcke, auf den Wagen geladen war, wobei eines dem andern in einer seltsamen Vertrautheit half, fuhr er fort, ohne an das Bezahlen zu denken, und das Mädchen hielt ihn nicht auf.

Auf der Heimfahrt fühlte Christian sich erzittern in der alten, kindlichen Furcht, aber sein Herz war ruhig, klar in der Entscheidung. Aus des Mädchens weitem Blick war Finsternis über ihn geschlagen, aber der Furcht drängte sich jetzt in gewaltiger Erregung das Verlangen des Glückes entgegen, und sein Herz entschied, sich hinzugeben Furcht und Glück zugleich. Er kehrte am nächsten Tage schon in die Stadt zurück und erfuhr von dem Krämer, daß das Mädchen eine Waise sei, eine Fremde, die der Pfarrer zu ihm gebracht habe. Ohne mit ihr zu sprechen, ohne sie auch nur wiederzusehen, hielt Christian bei dem Pfarrer um die Hand des Mädchens an. Der Pfarrer begann, ihn zu warnen, riet ihm von einer solchen Heirat ab. Sie sei eine Waise, besäße wohl ein kleines Vermögen von ihrem Vater, aber niemand kenne ihn, auch sie selbst nicht, und die Mutter, eine »gefallene Tochter des Landes«, habe bei ihrem Tod ihn, den Pfarrer, als Vormund bestellt. Doch Christian bestand darauf, die Fremde zu heiraten, wenn sie wollte. Der Pfarrer ließ das Mädchen kommen, und sie sagte, ohne zu zögern, ja. Am Sonntag darauf traf sich das Paar zum Verlöbnis in der Stube des Pfarrers. Ohne Worte streifte Christian der Erwählten den schmalen, goldenen Ring, den er in der bloßen Hand bereitgehalten hatte, an den Finger, aus einer Brusttasche holte er eine goldene Kette mit einem Kreuz aus Elfenbein hervor, sie neigte lächelnd ihren Kopf, und leicht legte er den Schmuck um ihren Hals. Dann sagte sie leise ihren Namen: »Martha.«

Er sagte: »Christian«, und sie reichten einander die Hände. Die Glocken läuteten, sie gingen zur Kirche. Sie sprachen nicht, aber das Lächeln der Braut war wie ein Glück ohne Ende.

Nach dem Gottesdienst führte er sie im Wagen mit zu sich, zeigte ihr Haus und Hof. Sie fragte nach allem, und bei seinen Antworten runzelte sie aufmerksam die Stirn, wie Kinder es tun, wenn sie lernen. Den Dienstboten, die sie neugierig umschlichen, sah sie fest ins Auge, verscheuchte sie mit stolzem Blick, doch dem Mann gehorchte sie vom ersten Augenblick an völlig. Er litt es nicht, daß sie in die kleine Stadt zurückkehrte, und brachte sie noch an diesem Tage zu seiner Schwester, wo sie bis zur Hochzeit bleiben sollte.

Die Fahrt bis zur Wohnung der Schwester, die fünf Meilen weit von der seinen entfernt lag, ging in die Dämmerung des Wintertags hinein, die Luft war schneidend vor Kälte. Die Sonne hatte geschienen und war am Rande der Felder wie am Horizont eines Meeres versunken, ein schmaler, goldener Saum schwebte noch zwischen dem Himmel und der weiten Ebene der Erde. Der zarte, graue Himmel schien verborgen, in mattem Glanz schimmerte nur noch sein Licht, die kristallen beschneite Erde aber leuchtete.

Christian und Martha, seine Braut, flogen in schneller Fahrt über die Weite, die Luft trieb ihnen scharf entgegen. In Kälte zitternd, schmiegte sie sich an ihn. Die weißen, leichtgekräuselten Federn am Saum ihres dunklen, weichen Kopftuches aus fremdländischer Seide streichelten seine Wangen. Seine Arme, die die Zügel hielten, zuckten bei dieser Berührung gegen seine Brust, und zurückschnellend stießen sie gegen das weiche Fleisch ihres Armes. Er erschrak vor der Freude, die mit dem Strom seines Blutes ihn durchdrang, ein zweites Leben in ihm weckte, er erschrak vor der Wollust, die seinen Körper bis in die ausgestreckten Arme straffte, vor dem Sturm seines Herzens. Hilflos fühlte er Tränen aufsteigen in seinen Augen, so daß er sie nicht, wie das Glück ihn treiben wollte, mit liebendem Blick auf die Frau neben ihm zu richten wagte. Mit einer zarten Bewegung rückte er von ihr ab.

Auch sie hatte seine Berührung gefühlt. Röte stieg in ihr weißes Gesicht bis zur Stirn empor, ihre leuchtend geweiteten Augen schweiften zum Himmel, aus den geöffneten Lippen strömte leises, kicherndes Lachen, ohne Scheu und Furcht gab sie sich den glücklichen Schauern ihres Körpers hin.

Als sie im Hof der Schwester angekommen waren und der Wagen hielt, sprang Christian ab. Mit vorstoßendem Griff, als hätte er einen Feind zu packen, faßte er sie, die sich ihm entgegenneigte, um den Leib, hob sie vom Wagen, hielt sie mit ausgestreckten Armen vor sich hin, lange und unbeweglich. In der Luft schwebend, warf sie den Kopf zurück, lachte in langen, glücklichen Zügen, er sah unter dem aufspringenden Tuch an ihrem Halse ihre kleine weiße Kehle tanzen. Sanft, mit tief befriedeter Kraft, stellte er sie auf den Boden nieder.

Klara, seine Schwester, trat ihnen entgegen. Sie glich dem Bruder völlig an Gesicht und Gestalt, und Christians Dasein stand in einer tiefen Bedeutung zu ihrem Leben.

Als dreizehnjähriges Mädchen hatte sie einst Mutterstelle an ihm vertreten und trotz ihrer großen Jugend den kleinen Bruder mit einer leidenschaftlichen, mütterlichen Inbrunst geliebt. Unermüdlich hatte sie ihn gewartet, ihn auf ihren noch schwachen Armen umhergetragen, bis sie schmerzten, über seinen Schlaf und über sein Gedeihen gewacht und ganz die Spiele und die Gedanken ihrer Jugend vergessen. Das ernste, tiefe Glück, welches ihr diese frühen, mütterlichen Gefühle, diese sorgenden Betätigungen und die Zärtlichkeiten des Kindes bereiteten, wurde zu der großen einzigen Erwartung, die sie dem Leben gegenüber hegte. Sie wuchs auf zu einer schönen bräutlichen Jungfrau, groß und kraftvoll war ihre Gestalt, licht wie die reifen Weizenfelder ihrer Heimat umgab ihr Haar in einem Scheitel ihr Gesicht, der Ausdruck ihrer klaren, scharfblickenden Augen war zugleich voller Unschuld und voller Wissen von dem, was sie als ihr höchstes weibliches Glück erkannt hatte. Sie erwählte sich den Gatten in dem bewußten Verlangen, Kinder zu gebären, mütterliche Liebe zu verschenken und kindliche Zärtlichkeiten zu empfangen, alle jene Wonnen wieder zu empfinden, die der Bruder, als sie selbst noch Kind war, schon in ihr erweckt hatte. Sie heiratete früh den Gutsbesitzer und Baron von G., den einzigen Sohn seiner Eltern, einen Mann, größer und stärker noch als alle anderen, jung, keusch und fromm wie sie. Von seiner Liebe, die sie mit freudiger Hingabe aufnahm, forderte sie, daß das tiefste, das einzige Glück für sie daraus erwachse.

Doch die Ehe blieb kinderlos. Als sie jetzt vor dem Bruder stand, war sie eine Frau, nicht jung, nicht alt, mit traurigen und strengen

Augen, den schmalen Mund umkränzt von kleinen Falten der Verzweiflung, und die schöne Blüte ihrer Gestalt schien erstarrt in der Freudlosigkeit einer kinderlosen Mutter. Sie blickte die beiden an, die in einer aufrührerischen Wolke von Jugend und Glück vor ihr standen, und ein Schein milder Traurigkeit und weicher Rührung verdunkelte den allzu klaren Blick ihrer Augen. Christian nahm Marthas Hand und führte sie so der Schwester zu.

»Du weißt, sie hat keine Mutter«, sagte er einfach.

»Aber sie wird Kinder haben«, erwiderte die Schwester und richtete den Blick lange auf den Bruder, weckte die Erinnerung der Liebe, des Glückes der Kindheit in der eigenen Brust auf, und plötzlich schlang sie ihre Arme um ihn in einer seltsamen sehnsüchtigen Umarmung. Verwirrt, neugeweckt nahm sie dann die Braut an der Hand und führt sie ins Haus.

In einem geheimnisvollen Doppelspiel des Gefühles hielt sie in Zukunft Martha bei sich, half ihr bei der Zurüstung zur Hochzeit, bei der Beschaffung der kleinen Aussteuer, die die Braut aus ihrem Vermögen sich herstellen konnte, lehrte sie ihre reichen und guten Erfahrungen in Küche und Haus, beriet mit ihr die zarten Fragen der Zukunft, doch alles wie in einem Traum von eigenem Glück, alles voll eigener bräutlicher Freude und Erwartung, alles in dem Verlangen, selbst dem Bruder, dem Bräutigam und künftigen Gatten in einer Gestalt zu dienen und ihn zu erfreuen. Sie umdachte ihn mit den Sorgen und Wünschen einer wissenden Braut, die sie in Martha, der wirklichen Braut, versenkte wie in ein lebendiges Gefäß.

Martha aber fühlte nichts von dem und lebte in unbekümmerter Freude an ihrem Glück. Christian und sie sahen sich nur an den Sonntagen und nie allein, und doch war zwischen ihnen alles klar, ohne Worte waren sie sich vertraut, strömten sie einer dem andern das tiefste Glück zu. Im März, als alles fertig bereitet, das schöne neue Haus in Treuen gefüllt war mit dem Hausrat und den Möbeln, Stoffen und Gardinen und allen den Zeichen einer künftigen Hausfrau, fand die Hochzeit statt. Sie wurde fast ohne Gäste gefeiert, da die Braut eine Fremde war und der Herr nur sein Gesinde einlud und bewirtete. Nur die Schwester und der Pfarrer führten nach dem Gottesdienst die Braut ins Haus. Aber es war eine vor Glück und stolzer Zuversicht leuchtende Braut. Ihre dunklen Augen strahlten, ihr Mund lächelte, und ihr Gang schien schwebend.

Der Hochzeitstag war ein Sonntag, es war Schneeschmelze. Mit hartem, hellem Licht schien gierig die junge Sonne des Jahres, der Frühlingswind stürmte und jagte die dünnen, lichtdurchtränkten Wolken am seidig blauen Himmel, die schwarze Erde, durchrieselt von warm zerfließendem Eis und Schnee, knisterte im Sprossen ihrer tief verborgenen Keime. Der Abend kam früh, das Fest war kurz. Die Schwester war davongefahren, der Mann und die Frau blieben bald allein zurück. Die junge Frau, wie im Einklang mit der frühlingshaft erregten Natur schwingend in lebensfreudiger Kraft, in glückseliger Erwartung, eilte bald die Treppe empor und trat in das Schlafzimmer ein. Kerzen brannten überall. Es war ein schöner, großer Raum in genauem Viereck, mit hell gestrichenen Wänden, mit zarten, weißen, fein gefalteten Gardinen vor den Fenstern. Es duftete nach Holz und Leim der neuen Möbel. Seitlich der Fenster, von der Mitte der Wand abstehend, ragten die beiden neugebauten Ehebetten, fest zusammengerückt, daß sie ein Ganzes bildeten, ins Zimmer. Sie waren aus hellem Holz gefugt und mit blendend weiß überzogenen Kissen, mit Decken und Leinen aufgebahrt. An der Türwand standen zwei große Schränke aus gleichem Holz, eine Truhe vor dem Fußende der Betten, und alles, Betten, Schränke und Truhe, war mit kleinen, rosafarbenen Blüten bemalt.

Die junge Frau ließ ihre Blicke auf und nieder schweifen, sie neigte sich und öffnete die Truhe. Sie war leer. Die junge Frau lächelte. Sie griff in ihre dunklen, glänzenden Haare, löste sich selbst leicht und schnell Kranz und Schleier ab und legte sie auf den Boden der Truhe nieder. Sie öffnete das schwarze seidene Kleid, zog es aus, faltete es gut zusammen, tat es zu Kranz und Schleier und schloß die Truhe. Sie legte ihr einfaches graues Kleid an, das sie als Mädchen schon getragen hatte, wenn sie im Laden bediente, band eine der neuen Schürzen darauf, löschte die Kerze aus und ging hinab in die Küche.

Die Küche war riesengroß, durch die Hälfte der Breite und durch die ganze Tiefe des Hauses gezogen. Durch zwei Fensterfronten strömte das Licht ein am Tage; ein schöner großer Herd stand im Hintergrund, hohe Regale mit blitzenden Töpfen und Geschirren verkleideten die rückwärtige Wand, während vor den Fenstern der Hofseite, die die Vorderseite des Hauses bildete, die viele Meter lange, weißgescheuerte Tafel stand, umgeben von Bänken und schweren, hölzernen Stühlen, an der alle, Herr und Gesinde, die Mahlzeiten gemeinsam einnahmen. Eine schmale Tür im Hintergrund führte über einen engen, steinernen Gang in die Vorratskammer, in der die Tröge mit Mehl standen, abgeteilt in Futtermehl, Brotmehl und feines Mehl, wo das geräucherte Fleisch, von weißen Leinensäckchen umhüllt, an der Decke hing und auf Stroh gebreitet Eier und Früchte lagen. Eine Falltür in der Mitte des Bodens führte über eine Treppe in den unter ihm liegenden Milchkeller. Da standen die Kübel mit frischer Milch, gegorener Milch, abgezogener Milch und voll süßer und saurer Sahne, in irdenen Schüsseln lagerten die Massen der Butter. Es war alles auf das beste eingerichtet. Die junge Frau sah es wohl, und ohne Zögern ergriff sie davon Besitz, als wäre es ein ihr dargebrachtes Geschenk. Von der Wirtschafterin forderte sie die Schlüssel und das Wirtschaftsbuch. Sie maß mit ihr die Rationen ab, die für den nächsten Morgen zum Füttern des Viehs und zum Bereiten des Frühstücks gebraucht wurden. Sie überwachte zwei junge Mägde, die das Geschirr des Festmahles reinigten, und merkte sich, wieviel es war und an welche Plätze es gestellt wurde. Nichts erschien ihr fremd oder neu. Ein Teil des Gesindes umlagerte noch im Schein der Lampe, die von der Decke herniederhing, die Tafel in festlicher Trägheit. Die Frauen hatten die Hände in den Schoß gelegt und hielten sie dort unbeweglich still, die Männer stützten die Arme schwer auf den Tisch, und alle sahen mit ernsten Blicken auf die junge Frau. Sie ging lächelnd an ihnen vorüber, verließ die Küche und trat in das Wohnzimmer ein, um auf den Mann zu warten, der wegen des windigen Wetters die Ställe selbst mit schloß. Das Wohnzimmer lag, durch den Hausflur getrennt, der Küche gegenüber. Es enthielt Christians Möbel, seinen Schrank mit Büchern, seinen hohen Schreibsekretär aus poliertem Eichenholz, Sofa, Tisch und Stühle. Es war das Zimmer, in dem er gearbeitet und seine einsamen Feierstunden gehalten hatte. Von der Decke herab hing eine brennende Lampe, mit weißem, sanft strahlendem Schirm, welche die purpurrote Decke des Tisches unter ihr flammend erleuchtete. Eine Uhr tickte mit weitausschwingendem Pendel an der Wand. Der Duft des Festes schwebte in der Luft.

Die junge Frau setzte sich auf das Sofa, um zu warten. Ihr schwarzes Haar glänzte tief im Schein der Lampe, in ihrem weißen Gesicht leuchteten ihre lächelnd geöffneten Lippen, ihre leicht ineinandergelegten, vollen Hände ruhten in ihrem Schoß. Sie hörte den Frühlingswind in wilden Sprüngen um das Haus wehen, in Stößen den schweren Frühlingsregen an die Fenster klirren, und dazwischen hörte sie, weit von fern, Schritte bei den Ställen. Sie hörte das Gesinde die Küche nach und nach verlassen und über den Hof in das Gesindehaus gehen, die Uhr ticken an der Wand und dann endlich hochklopfenden Herzens zwischen Regen und Wind die Schritte des Mannes, der zum Hause kam. Sie hörte ihn in die Küche gehen. Sie lächelte und wartete.

Endlich trat er ein. Er blieb an der Tür stehen und sah sie an. Weiß leuchtete ihr Gesicht im milden Schein der Lampe, aus ihrem zärtlichen Blick aber umwehte ihn die weite Finsternis ihrer Augen, die Finsternis, die er fürchtete. Endlich aber sah er auch ihr Lächeln. Er rief sie bei ihrem Namen, zum erstenmal.

»Martha«, sagte er leise.

»Christian«, erwiderte sie.

»Ich wünsche dir Gutes zum Willkommen.«

»Wir werden glücklich sein«, sagte sie und stand auf.

Er trat zu ihr und ergriff ihre Hand. Die Frau nahm sie, hob sie empor und preßte sie fest gegen ihre junge Brust. Seinem zu ihr niedergesenkten Blick lächelte sie entgegen, mit der freien Hand zog sie die Lampe zu sich und verlöschte sie. Im Dunkeln gingen sie Hand in Hand aus dem Zimmer, die Treppe empor, und traten in das Schlafzimmer ein. Im Dunkeln entkleideten sie sich, verhüllt und unsichtbar einander durch die Finsternis einer sternenlosen Nacht.

Der Mann stand am Fenster. Im aufklopfenden Herzen fühlte er die Finsternis der Kindheit, eine tiefere, schwärzere Finsternis um ihn allein als in der ganzen weiten übrigen Welt, eine Macht, die ihn mit mahnendem Zwang gefangenhielt, regungslos, totengleich in dieser lebensfreudigen Minute, die ihn mit abgrundtiefer Furcht durchschauerte, jetzt, in dem Augenblick der Erfüllung seines so klar erkannten, so freudig selbstgewählten Glückes. Er vermochte sich nicht zu rühren, um zu der geliebten, zum erstenmal ihm zugehörenden Frau zu gelangen, es hielt ihn, es zwang ihn, wie einst als Kind, der Furcht, der entsetzten Traurigkeit seines Herzens sich hinzugeben.

Aber die Frau kam zu ihm. Aus ihrer lichteren Dunkelheit brach sie über die Grenzen seiner Finsternis ein. Plötzlich stand sie vor ihm, ihr warmer, reiner Atem wehte an seinen Mund, der Schimmer ihrer weitgeöffneten, lebensfeuchten Augen stieg unter seine gesenkten Lider. Sie strömte leises Lachen aus, sie schlang ihre Arme um ihn und zog ihn mit sich zum Bett. Doch als er plötzlich ihren weichen Kuß auf seinen Lippen fühlte und eine noch nie empfundene tiefe Lockung, packte er sie fest an ihren Schultern, hielt sie noch einmal ab von sich, lange, suchte in der Dunkelheit die Nacht ihrer Augen, bis er sie, die weich ihm entgegenstrebte, endlich in seine Arme nahm.

Sie lebten in einer guten Ehe, in einer langen Reihe von gesegneten Jahren. Der Mann war ein guter Herr, voll Klugheit und unermüdlichem Fleiß in der Arbeit, voll fast weiser Fürsorge für die, die er sich ihm anvertraut hielt. Er konnte befehlen und auch beschenken, er war redlich im Gewinn, der stets nur der gute Lohn der guten Arbeit blieb. Die Frau stand ihm zur Seite in Fleiß und Gehorsam. Was er gebot, war ihr heilig. Er war der Herr am Tage, dem sie untertan war, nie wagte sie, die doch ganz in Glück getaucht war, tagsüber ein Lachen, eine Zärtlichkeit. Doch nachts, von der Dunkelheit umhüllt, ließ sie in ihrem freudig erregten Atem langes leises Lachen aus ihrer Brust ausströmen, schmiegte sich an ihn und zog ihn wie ein Kind in die Umarmung.

Im Winter gebar sie ihren ersten Sohn. Das Kind war zart, und die Mutter, geschwächt von der ersten Geburt, konnte ihm nicht die Nahrung geben. So kam Emma in das Haus, um das Kind zu säugen.

Emma war eine Magd vom Gute der Schwester, neunzehn Jahre alt, groß, stark und schön. In schweren, fest zusammengeflochtenen Flechten krönte das lichte Haar ihr ungemein sanftes, blühendes Gesicht, aus dem ein reiner, gütiger Blick strahlte, der durch einen leisen Ausdruck von Traurigkeit und schon versunkenem Schmerz noch weicher und gütiger erschien. Über ihrer Gestalt, der blühend gewölbten Brust und den starken Hüften lagen in innigster Vermischung die reinste Keuschheit mit der tiefsten Mütterlichkeit ausgebreitet. Keuschheit und Mütterlichkeit waren das Geschick ihres Lebens. Denn unberührt von Liebe war noch ihr starkes, liebefähiges Herz gewesen, ohne Verlangen noch ihr reiner Körper, als sie durch die furchtbarste Gewalt einer Umarmung Mutter geworden war. Wenn sie jetzt das Köpfchen ihres Kindes an ihrer reich quellenden Brust sah, lächelte sie wohl vor Glück. Doch lange Wochen hindurch, in der Nacht vom Schlaf losgerissen, am Tage von der Arbeit entflohen, mußte sie sich das Antlitz ihres Kindes vor die zerstörte Seele halten, um jenen anderen entsetzlichen Augenblick zu verscheuchen, der selbst noch in der Erinnerung ihr Herz in Scham, Grauen und hilflosem Jammer zu ersticken drohte; die Erinnerung daran, wie sie, als sie sich ahnungslos im Winkel einer Scheune niedergebeugt hatte, um ein Bündel weiches Heu in die Arme zu raffen, wie sie da plötzlich von eisernen Griffen gepackt und zu Boden geschleudert worden war, ihr zum Schreien aufgerissener Mund von einer würgenden Faust verschlossen wurde, wie harte Knie ihren Leib unwiderstehlich an den Boden schmiedeten, und vor ihren Augen das ihr unbegreiflich gerötete, ihr unbegreiflich erregte, gierige Antlitz eines Mannes stand, der mit der rechten Hand seinen furchtbaren Leib entblößte. Lieber noch hatte sie die Augen geschlossen, lieber noch Schmerzen und Wunden ertragen, die rätselhaft ihr Leib empfing, als diesen Anblick. Verloren in Entsetzen, in Verzweiflung und Schmerz hatte sie damals noch lange gelegen, als der Mann sie schon verlassen hatte. Erst vor neuen Schritten in neue Schrecken gejagt, sprang sie auf und floh.

Die Herrin, der damals das verstörte Wesen ihrer liebsten Magd bald auffiel, hatte auch ihren Schmerz erfahren. Der Mann, ein Tagelöhner, wurde herbeigerufen und erklärte sich bereit, die Geschändete zu heiraten. Doch die Magd wehrte sich dagegen in höchstem Entsetzen und flehte die Herrin an, sie bei sich, im Hause zu behalten. Nun begann der Mann um sie zu werben, von einem plötzlich erwachten Gefühl ergriffen, doch Emma wies ihn ab, floh, wenn sie seiner ansichtig wurde, und begegnete ihm nie mehr allein. Als dann ihre Schwangerschaft bemerkt wurde, bestand die Herrin auf der Heirat, und sie wurde still vollzogen. Doch blieb die Magd auf ihr inständiges Flehen im Hause, erwartete da die Geburt des Kindes. Dem Mann hielt sie sich fern, mied selbst seinen entsetzensvollen Anblick. Die Herrin nahm teil an der Erwartung des Kindes, half ihr seine kleine Wäsche nähen und stand ihr bei der Geburt selbst zur Seite. Mit einer sie bis ins Innerste befriedenden Seligkeit fühlte die junge Mutter die Schmerzen der Geburt den Weg zurückgehen, auf dem sie die Schmerzen der Schändung empfangen hatte, und das Dasein ihres Kindes da aufsteigen, wo der Anblick des Entsetzlichen versunken war. Glück der Seele und Reinheit des Körpers schienen ihr wiedergeschenkt.

Als einige Tage nachher der Mann von dem Gut verschwunden war, ohne Nachricht oder Zeichen zu geben, ließ sie nicht weiter nach ihm forschen und begann ihr Leben in neuem Frieden, in der Liebe zu ihrem Kinde und in dem Glück zu leben, das es ihr schenkte. Die qualvolle Erinnerung sank zurück, als sie in Treuen, ihrer neuen Heimat, eingezogen war, die sie nie mehr verlassen sollte.

Sie nährte nun beide Kinder mit dem Reichtum ihrer mütterlichen Nahrung und blickte mit der gleichen Rührung, mit der gleichen Zärtlichkeit auf jedes der kleinen Häupter an ihrer Brust nieder, auf das dunkel behaarte des Herrschaftssohnes wie auf das golden umlockte ihres eigenen Kindes.

Nach einem Jahr brachte die Frau des Pächters einen zweiten Sohn zur Welt, dunklen Hauptes und ähnlich ihr selbst, gleich dem ersten. Emma, gut und vertraut gehalten von dem Herrn und der Frau, pflegte nun alle drei, zog sie auf, bereitete ihnen ihre erste Kindheit voll tiefster, herzlicher Hingabe, voller Glück über die eigene gerettete Jugend. Sie erhielt eine Stube angewiesen, in der sie allein mit den drei Kindern schlief, sie durfte Tag und Nacht um sie sein. Sie trug sie im Sommer, zwei auf ihren jungen, starken Armen, das dritte in der Wiege ihres aufgeschürzten Kleides, mit scherzend schaukelndem Gang über die Felder an den Rand des Waldes, wo sie sich mit ihnen niederließ und nicht müde wurde, ihren Spielen, ihrem Lachen zu dienen; von den winzigen Gesichtern der Kleinen, von ihren lallenden Lauten, ihren weichen, hilfebedürftigen Körpern empfing sie, die mädchenhafte Mutter, alles Glück ihres Lebens. Hatte ihr Kind, als sie es mit Schmerzen geboren, sie wieder versöhnt mit ihrem Schicksal, ihre entsetzte Seele wieder begütigt, so liebte sie es jetzt doch nicht tiefer als die beiden anderen Kinder. Ja, da die beiden Kinder der Frau schwächer als das ihre und durch das dunkle Haar und die dunklen Augen fremder von Ansehen waren, fühlte sie tiefere Sorgfalt noch für sie und erwies ihnen zartere Pflege, weichere Liebkosungen als dem eigenen.

Die beiden Söhne des Herrn hießen Karl und Gustav. Sie wuchsen später zu der stattlichen Größe des Vaters auf. Sie entwickelten einen guten Charakter, wurden fleißig und klug.

Der Sohn der Magd hieß Fritz. Er war von seiner Geburt an ein ungewöhnlich schönes und starkes Kind. Er hatte das sanfte Antlitz der Mutter, ihre Augen von tiefem Blau, ihr lichtes Haar, den schönen kraftvollen Leib. Er schlief viel, weinte nie und ward der Mutter nie zur Last. Er nahm beim Wachsen stetig zu an Kraft und Gesundheit, lief als erstes von den drei Kindern und begann bald, sich in Spiel und Gewohnheiten von den beiden anderen abzusondern. Dagegen lernte er sehr spät sprechen und war ungewöhnlich still und sanft. Obwohl er ohne jeden Unterschied mit den Kindern des Herrn aufwuchs und sie wie Brüder alle gemeinsam gehalten wurden, zeigte er doch immer mehr, in dem Maße, als Charakter und Gewohnheit sich entwickelten, eine sonderbare Demut gegen den Herrn und die Frau, auch gegen die Brüder selbst, einen leidenschaftlichen Hang, zu dienen, zu arbeiten und gefällig zu sein. Als vierjähriges Kind schon drängte er sich zur Arbeit. Er schlich sich von den spielenden Knaben fort, lauerte still in einer Ecke der Küche oder an der Wand des Hauses im Hof und lief den Mägden nach, um ihnen mit seinen kleinen Händen zu helfen, wenn sie Holz in ihren Schürzen schichteten, Wasser schöpften oder Gemüse aus der Erde des Gartens zogen. Er schlich sich in die Ställe, und, auf die Zehenspitzen gereckt, reichte er heimlich kleine Heubündel den Pferden in die Krippen, versuchte Eimer zu schleppen und große Besen oder Mistgabeln zu bewegen. Frühzeitig verrichtete er Aufträge, die die Frauen in der Küche ihm gaben, geschickt und schnell und mit ungewöhnlichem Eifer. Seine Wangen waren dann glühend gerötet, seine Augen glänzten, seine kleine Brust atmete keuchend, in solcher Eile und Erregung hatte er die kleinen Aufgaben erfüllt. War er fertig und gelobt worden, schlich er sich abseits, um allein zu sein, hielt einen Stein, ein Stück Holz oder eine Krume Erde in seinen heißen, zitternden Händen und sang leise vor sich hin. Er hatte eine helle, sanfte, in besonderem Wohllaut klingende Stimme, der alle, die sie hörten, mit Entzücken lauschten. Doch sang er fast nur, wenn er allein war. Im Chor mit den andern, im Spiel mit den Kindern, schwieg er meist. In geheimnisvollem Gegensatz zu dieser schöntönenden Stimme aber stand sein sonderbares Lachen. Es war lautlos, erschütterte aber seinen ganzen Körper, es öffnete wohl seinen sanften Mund, aber kein Ton drang daraus hervor, nur das leise Zischen des erregten Atems.

Er sprach nie einen Wunsch aus, nie brauchte er gestraft zu werden, und so weinte er auch nie. Oft mußte er von dem Herrn oder der Frau zum Essen gezwungen werden, da er aus Bescheidenheit keine Speisen nehmen wollte. In der Schule, in die die Kinder zweimal in der Woche gingen und bei schlechtem Wetter auf dem Wagen hingebracht wurden, lernte er gut und bewies vor allem ein außergewöhnliches Gedächtnis. Er war auch da fleißig und gewissenhaft und galt als Musterschüler. Auch zu Hause, auf dem Hofe, wurde er viel gelobt, doch seine Demut und seine Bescheidenheit blieben sich unverändert gleich. Die beiden Brüder, die Söhne des Herrn, umwarben den schönen, allen wohlgefälligen Freund mit offener, neidloser Liebe, doch er zog sich vor ihnen zurück, mied ihre Spiele, schwieg bei den Gesprächen, verkroch sich hinter die Dienstbarkeit eines Knechtes. Abends, vor dem gemeinsamen Schlaf, zögerte er lange, sich zu entkleiden, sammelte erst die Kleider und Schuhe der Brüder auf, schlüpfte damit auf den Gang vor die Tür, um sie zu reinigen, und erst, wenn die anderen schon im Dämmer des ersten Schlafes lagen, entkleidete auch er sich schnell und schlich ins Bett. Morgens stand er als erster auf, ungeweckt, eilte auf den Hof, um sich unter dem Brunnen zu waschen, und war schon angekleidet, wenn die anderen aufwachten und beschämt und verlegen nach ihren Kleidern suchten. Er zeigte sehr früh ein eigensinniges Schamgefühl, und sein einziger Ungehorsam bestand darin, als er sich im Alter von vier Jahren plötzlich weigerte, mit den anderen Knaben gemeinsam zu baden.

Da ließ, als Fritz acht Jahre alt war, ein Ereignis sonderbare, fast erschreckende Untergründe seines so sanften Wesens erkennen. Es war an einem Frühlingsnachmittag, und der Knabe saß in der Küche am Herd, half geschickt wie ein Mädchen der Magd beim Schälen von Kartoffeln für den Abend, als plötzlich, mit starkem, ungestümem Schritt, die Hand der bleichen, voll Entsetzen um sich blickenden Mutter haltend, ein Mann von riesenhafter Größe eintrat. In seinem ebenfalls ungewöhnlich großen und völlig farblosen Gesicht versanken die kleinen, schmalen Augen unter dicken, rostroten Brauen, ein wilder, roter Bart umwucherte seinen großen aschfarbenen Mund, der breit wie ein Maul zwischen die mächtigen Kiefer gezogen war. In Büscheln stand das Haar auf dem riesigen Schädel, der auf einem breiten, kurzen Halse saß. Beim Sprechen dröhnte seine Stimme, und der Atem seiner starken Brust bewegte wehend den Bart um seinen Mund.

Die Mutter hob die freie Hand, die heftig zitterte, deutete auf Fritz und sagte leise: »Da!«

Der Mann schoß aus seinen kleinen, in dem trüben Antlitz versunkenen Augen einen hellen, scharfen Blick auf ihn, streckte seine mächtige Hand aus und sagte, während seine Stimme dröhnte: »Na, komm her!«

Fritz rührte sich nicht. Aus dem sanften, engelgleichen Gesicht richtete er den demütigen Blick der blauen Augen auf ihn.

»Komm!« sagte die Mutter, »komm, es ist der Vater.«

Der Mann ließ ihre Hand los und trat zu dem Kind. »Gib die Hand«, befahl er und streckte die seine entgegen.

Das Kind ergriff langsam die Hand. Sie war groß und hart, mit roten Haaren bewachsen. Das Kind senkte den Blick der großen Augen nieder, es errötete, sein Mund öffnete sich, und plötzlich hackte sein Kopf nieder, die Zähne schlugen fest und tief in das harte Fleisch der Hand ein. Der Mann brüllte auf mit dröhnendem Laut, er wollte die Hand fortreißen, doch in weitem Bogen schwebte das Kind, festgebissen, mit.

»Du Aas!« schrie der Vater, ergriff das Kind mit der noch freien Hand, riß sich endlich los von seinem Biß und schleuderte es mit solcher Gewalt gegen die Wand, daß es mit krachendem Schlag niederfiel und wimmernd bewußtlos liegenblieb. Die Mutter stürzte zu ihm, bettete es auf ihren Schoß.

Der Mann ging. Die verwundete Hand, die lange tropfend blutete, bedeckte er mit der gesunden. Er preßte die grauen Lippen seines riesigen Mundes aufeinander, in Gedanken sprach er, ohne sie zu bewegen: »Das ist einmal ein verfluchtes Aas!« Doch in seinem wüsten Herzen fühlte er über Zorn und Wut hinweg den Stachel eines nie gefühlten Schmerzes. Er wanderte zurück in die Stadt, aus der er gekommen war, nie wollte er Mutter und Kind wiedersehen. Doch es blieben ihm zur Erinnerung die kleinen, perlenförmigen Narben in seiner harten Hand und der Biß des Schmerzes in seinem Herzen. Und von Zeit zu Zeit in den künftigen Jahren, in den Stunden schweren Rausches, pflegte er zu sagen: »Ich habe einen Sohn, das ist ein verfluchtes Aas!« Und einmal fiel eine Träne, still aus den kleinen Augen tretend und fast unsichtbar über das fahle, riesige Gesicht rinnend, nieder auf seine Hand. Er kümmerte sich nicht mehr um das Kind, doch vergaß er es nicht und zählte die Jahre seines Lebens von ferne mit.

Fritz und die Mutter blieben nun in Frieden zurück auf dem Gute, ihrer Heimat.

Nach dem furchtbaren, geschleuderten Sturz an die Wand lag das Kind zwei Tage und zwei Nächte krank. Es schien zu fiebern, bewußtlos lag es in Träumen. Mit gefalteten Händen, die Seele in flehendem Gebet erhoben, wachte die Mutter bei ihm. Denn im Fieber, im Schlaf, war das Kind furchtbar verändert. Über das sanfte, engelgleich gebildete Gesicht fluteten, wie aus trüber Tiefe des kindlichen Blutes, der kindlichen Seele aufgerührt, Wellen von schwarzer Röte, weiteten es aus, verzerrten den Mund, gruben

Furchen in die Wangen, rafften die Stirn in tückische Falten, stießen die Augen unter den geschlossenen Lidern zu rollenden, unsichtbaren Blicken hin und her, emporgezaubert von böser Kraft stieg eine teuflische Maske von drohender Wildheit auf und breitete sich in höhnischem Sieg über die Züge des Kindergesichts aus. Seine kleinen Zähne knirschten, fest ineinandergeschlagen, die kleinen, kräftigen Hände öffneten und ballten sich, die Nägel schlugen tief ins eigene Fleisch, dann wieder tat sich der Mund auf, lautloses Lachen, mit fauchendem Atem ausgestoßen, erschütterte völlig den kleinen Körper.

Emma, die Mutter, fürchtete sich vor dem eigenen Kind. Sie floh von seinem Lager, und nur, um ihn vor den Blicken anderer zu verbergen, kehrte sie zu ihm zurück, versuchte ihn zu erwecken, indem sie nasse Tücher um seinen glühenden, rasenden Leib schlug. Sie trug ihn am Abend, als die anderen Knaben zum Schlafengehen in die Stube kamen, wie einen Toten in ein Leinen verhüllt, in eine leere Kammer im Gesindehaus, wo sie ihm ein Lager aus Heu bereitete. Sie wagte niemanden um Hilfe zu bitten, damit niemand ihr furchtbar verändertes Kind erblicke. Sie betete für es.

In der zweiten Nacht, in der sie bei ihm wachte, schlief sie gegen Morgen ein, die Hand vor die Augen gepreßt, um nur einmal dem Anblick zu entfliehen, und am Morgen beim Erwachen fand sie zu ihrer unbeschreiblichen Freude das Kind wie immer, still schlafend, das weiße, sanfte Gesichtchen zur Seite geneigt, geglättet die kindlichen Züge, die kleine Brust zart bewegt von leise seufzenden Atemzügen, die kräftigen Kinderhände lagen gelöst in rührender Unschuld auf dem Tuch, das sie als Decke über ihn gebreitet hatte. Sie rührte ihn an, und er schlug die Augen auf, das reine, klare Widerspiel der ihren, und lächelte sie an. Sie lief und brachte ihm Milch. Er trank sie und dankte ihr mit seiner schönen weichen Stimme. Er stand am Mittag auf und war wie immer fleißig, demütig und sanft. Abend für Abend betrachtete Emma in Sorge sein schlafendes Gesicht, doch es blieb unverändert schön und friedlich, es war edler und schöner als das aller Kinder, die sie je gesehen hatte. So vergaß sie nach und nach ihr Entsetzen und die Furcht vor dem eigenen Kind und hielt ihn ihrem mütterlich reich liebenden Herzen nahe, wie die beiden anderen Kinder, die ein fremder Leib geboren hatte, nicht mehr und nicht weniger.

Als dann Fritz elf Jahre alt geworden war, übergab ihm der Herr, um das ungewöhnliche Arbeitsbedürfnis des Knaben zu befriedigen, gegen einen kleinen Wochenlohn einen Posten als Hüte- und Dienstjunge auf dem Hof. Nun sah man Fritz nur noch bei der Arbeit, in seiner freien Zeit hielt er sich allein und versteckt, und es war, als ob er, außer wenn er arbeitete, überhaupt nicht lebe. Er verdiente sich Lob und Zufriedenheit und bereitete der Mutter auf lange Zeit nur noch reine Freude.

Die nächsten Jahre vergingen für alle gut, die auf dem Hofe beieinander lebten. Die Felder brachten reiche Ernten, die Herden gediehen, die Menschen lebten in Eintracht, die Kinder wuchsen auf, gesund, gut und schön. Der Lohn war gerecht, das Mahl reichlich, die Feiertage voll friedlicher Freuden. Der Mann und die Frau lebten noch immer in dem Glück ihrer ersten Tage. An den Tagen die Arbeit, die Sorgen und Mühen, die Ernten, der Gewinn, das Gedeihen der Kinder, alles diente ihnen nur, sie täglich neu zu verbünden und die Nächte hochzeitlich zu erwarten, in denen die Frau ihren Kuß auf die Lippen des Mannes schmiegte, übermütig ihr Lachen aus der jungen, vollen Brust strömen ließ. Am Tage saß sie bei den Mahlzeiten an der Tafel ihm zur Seite, seine Magd, wie die anderen auch, gehorchend seinem klugen Blick, seinem guten Wort, wie die anderen auch. Aller Augen hingen stets an ihm, denn mit seinen Sorgen trug er die Sorgen aller, mit seinen Freuden empfingen sie die ihren.

Der Herr war jetzt siebenunddreißig Jahre alt. Groß die Gestalt, mit breiten Schultern, licht das Haupt über einer reinen, sehr hohen, leicht gewölbten Stirn, licht der Bart, der das energische Kinn bedeckte, den schmalen frommen Mund beschützte, von Adern durchzogen sah man die schmalen Schläfen und Hände; doch am stärksten ruhte die stille und gütige Macht, die von ihm ausstrahlte, in dem klugen, herrschenden Blick seiner klaren Augen, die tief in ihre Höhlen gebettet waren, von schweren Lidern keusch verhangen. Er sprach nicht viel, ohne Befehl fast geschah alles nach seinem vorsorgenden Willen. Er arbeitete von früh bis spät und ruhte nicht mehr und nicht früher, als alle ruhen durften. Er lebte unter dem Gesinde, und das Gesinde lebte im Vertrauen auf ihn. Er achtete bis zum Tagelöhner auf alle Menschen, die ihn umgaben, und hatte sie sich gut erwählt.

Als erster stand ihm Blank, der Wirtschafter, zur Seite, ergraut in Alter und reicher Erfahrung, doch gefügig und treu dem Willen seines jungen Herrn. Weiter hatte er um sich geschart den Fischer Andres, der den großen Teich am Gutshof und die kleinen Seen der

Gemarkung bewachte, die schweren Teichfische fing, die kleinen Dämme und Wehre errichtete, die die Bewässerung der Wiesen speisten und regulierten, denn ein Fluß durchzog die Gegend nicht. Dann den Schmied, der die Wagen und Pflüge baute und im Stande hielt, die Pferde beschlug, Schlösser und Gitter errichtete, wo sie gebraucht wurden, dann den Tischler und Zimmermann, den Dachdecker und die große Zahl der Knechte, Mägde und Feldarbeiter. Die Katenwohnungen, die in weitem Bogen das Gehöft umstanden, hatte er wohnlich herstellen lassen, denn die Handwerker hausten drinnen mit Frauen und Kindern, die verheirateten Feldarbeiter und Knechte. Die kleinen Häuser waren jedes umzogen von einem schmalen Streifen Garten, in dem Gemüse wuchs und Blumen blühten. Denn alle Nahrung, Mehl, Kartoffeln, Fleisch, die Wäsche und Kleidung für Sommer und Winter, erhielten sie von dem Gute. So kam es, daß sie nur für ihren Herrn arbeiteten, reine Feierstunden genossen und doch den Lohn für Not und Alter sparen konnten. Die übrigen, Knechte, Hirten, Pferdefütterer und Dienstboten, zwanzig an der Zahl, wohnten in dem großen, geräumigen Gesindehaus, die Mägde in den hellen Kammern des neuen Wohnhauses.

Zwischen beiden nun, zwischen dem Kreis der kleinen Hütten und den stattlichen Gebäuden des Gutes, lag wie ein Wahrzeichen ein großer Teich, sanft eingesenkt in ein kleines Wiesental, mit einer hellen, im Wind leicht sich kräuselnden Wasserfläche und weit im Rund geschwungenen Ufern, die dicht bestanden waren von Weiden, in deren Gebüsch im Frühling Nachtigallen sich lockten und Frösche knarrten, während an den Sommertagen die Enten mit ihren Jungen auf der sanft bewegten Wasserfläche schwammen und tauchten. Hier war der Lieblingsaufenthalt der Kinder, die an seinen Ufern spielten und zusahen, wenn die Enten gefüttert wurden, die Stätte der fröhlichen Zusammenkunft der Erwachsenen an den sommerlichen Abenden und den Nachmittagen des Sonntags und das heimliche Versteck der Liebenden.

Das Gehöft nun selbst erhob sich in der Ebene der riesigen Felder ungefähr hundert Meter weit vom Teich entfernt, mit seinem stattlichen Wohnhaus, vor dessen Vorderfront der große, mit Quadersteinen sauber gepflasterte Hof lag, mit einem Brunnen in der Mitte, während es mit seiner Rückenfront in einen ebenfalls großen Garten blickte, dessen schwere schwarze Erde mit Gemüsen und Beerensträuchern aller Art bepflanzt war, und der wiederum umgrenzt wurde von einer Hecke wilder Rosen, zwischen denen große, reichlaubige Holunder- und Nußbäume aufragten. Zwischen den Hecken eingebaut lagen die Bienenkörbe, und in einer Ecke stand eine schöngezimmerte Laube, von Blattwerk umrankt. Rechts und links des Wohnhauses standen in reichlicher Zahl die Gebäude der Ställe, des Gesindehauses, der Scheunen und Schuppen, alle gut gefügt und erhalten. Ein nicht allzu breiter Weg mit Obstbäumen auf beiden Seiten führte vom Hofe durch die Felder, dann ein Stück die Wiesen entlang, dann durch einen Tannenwald (der mitsamt dem Jagdbestand, der sich in ihm befand, der Pacht zugehörte und das Gehöft auf eine schöne natürliche Weise nach dieser Seite abgrenzte) auf die große Landstraße nach S., dem Marktflecken. Das Gut lag also abgeschlossen, ein Dorf, eine Welt für sich. Um nach S. zur Kirche, Schule oder zum Markt zu kommen, waren es zu Fuß drei Stunden Weges. Zweimal in der Woche wurden also in dem großen, selbstgebauten Leiterwagen, bespannt mit den kräftigen, schön gestriegelten Pferden, die man schon von weitem als die Treuener erkannte, die Milchprodukte, die Eier, das Geflügel und Gemüse zum Markt oder zur Poststation zum Versand gebracht.

Mit zwei Wagen aber, sauber gewaschen und geputzt, über die an Regentagen schützende Planen aufgezogen und die im Winter bei Schnee auf Schlittenkufen gesetzt wurden, fuhr man, von schön aufgezäumten Pferden gezogen, dicht aneinandergedrängt auf den die Wagenwände entlang aufgestellten Bänken, an jedem Sonntag von Treuen nach S. zur Kirche. Abwechselnd miteinander fuhr so das ganze Gesinde zum Gottesdienst und zurück; es waren heitere Fahrten, und keiner versäumte sie.

Vorauf rollte der Herrschaftswagen, eine Kutsche mit vier Sitzen, gefedert und mit einem zusammenfaltbaren Lederdach überdeckt, bespannt mit zwei goldbraunen Füchsen, den schönsten Pferden vom Hof. Diese Fahrten glichen einem kleinen festlichen Zug, und sie erregten Neid und auch Spott, von denen Christian B.s bescheidenes Leben sonst verschont war. Doch Christian B. liebte diese Fahrten mit ihrer kleinen Pracht, und sie erfüllten ihn mit Stolz. Er arbeitete für den fremden Besitz, als ob es der seine wäre, denn er arbeitete nicht um des Gewinnes willen, den er, da er trotzdem sich bot, selbst in bestimmten Grenzen hielt; er wollte nicht mehr gewinnen als ein Vermögen für seine Kinder, das ihnen einmal eine gleiche Existenz ermöglichen sollte wie die seine, und den Notgroschen für Alter und Krankheit. Was ihn erfreute und trieb, war der Wunsch, zu schaffen, für andere zu sorgen, ihnen Vorsehung, Halt und Heimat zu sein, sie leben zu lassen durch ihn. Mit einer zeugenden Kraft und einem väterlichen Gefühl umfaßte er die Welt und sein eigenes Dasein. Und alle Erfüllung sah er sich gegeben, wenn er die Seinen in heiterer Fahrt, gut genährt und sonntäglich gekleidet, zum Gottesdienst führte. Seine Andacht ging nicht mit der allgemeinen, in der die Worte der Schrift und die Predigten des Pfarrers vernommen wurden, sondern Gott schien sich ihm näher zu offenbaren, er glaubte Gottes Willen, sein Angesicht, ahnend zu erkennen, wenn er nach seinen gerechten und guten Worten und Gesetzen gerecht und gut zu leben bestrebt war. Und er vergaß nie, Gott zu danken und die Menschen zu lieben.

Zur letzten Vollendung seines Glückes aber, zur Bestätigung seines Daseins, wie er es begriff, wurde ihm nach fünfzehnjähriger Ehe die Geburt einer Tochter, die zu einem bezaubernden Kinde aufwuchs. Als es vier Jahre alt war, war es der Liebling aller, die es nur einmal erblickten. Es war ein immer heiteres, strahlendes Kind; es trug die Züge des Vaters, verklärt von der sieghaften Lebensseligkeit der Mutter, es blickte aus des Vaters blauen Augen, doch sie waren weit geöffnet wie die der Mutter, in rührendem Vertrauen zur Welt, es hatte des Vaters reine Stirn, die ergreifend sein frisches, rundes Kindergesichtchen krönte, und es trug des Vaters lichte Haare, die in weichen, flaumigen Locken sein Köpfchen umschwebten. Seine Gestalt war zart, es hatte die tänzerische, freudige Anmut der Mutter in den Bewegungen und ihr leises, strömendes Lachen, weich wie Taubenlaut, unter dem seine kleine Kehle tanzte. Es hieß Anna.

Christian liebte das Kind mit einer noch nie gefühlten, tiefen Innigkeit. Er war ergriffen von seinen Anblick, von seinen Zügen, die ihm selbst so glichen, von seinen Augen, seinen Bewegungen und seinem Lachen, von denen jedes der Mutter Wesen widerspiegelte und ihm das Geheimnis ihrer tiefsten Vereinigung zu offenbaren schien. In dem Kind liebte er zum ersten Male sich selbst, in ihm liebte er sich, die Mutter und das Kind zugleich.

Auch die Frau war seit der Geburt des Kindes verändert. Annas Bettchen stand zu Füßen des Ehebettes an Stelle der Truhe. Nie mehr umarmte sie den Mann in der Dunkelheit mit ihrem lockenden Lachen, mit ihren fordernden Armen, und morgens beim Erwachen, im Anblick des Kindes, errötete sie und senkte den weit offenen Blick ihrer Augen. In den Nächten erfüllte sie beide, die doch die Liebe der Jugend füreinander noch fühlten, eine neue keusche Zärtlichkeit, die sie mit sanftem Zwang auseinanderhielt, wie die vergangene sie zusammengeführt hatte. Hatten sie nebeneinander geruht, vereinigt nur in ihren Herzen, hob die Frau am Morgen das Kind aus dem Bett und reichte es dem Mann. Sie reichte es ihm, als schenke sie so sich ihm selbst, aber das schönste, ihr selbst verborgene Teil ihres Wesens, als schenke sie ihm ihre Jugend, jünger als die, die er gekannt, ihre Schönheit, schöner als die, die ihn bezaubert hatte, und ein Glück, herrlicher als das tiefste Glück, das sie ihm je bereitet. Und er nahm es entgegen und erwartete des Kindes unschuldiges Lächeln, mit dem es aufwachte. Er fühlte sein Glück und nie mehr die Furcht und Mahnung nächtlicher Dunkelheit.

Um des Kindes Liebe, sein Zutrauen, ja nur sein Lächeln, bewarben sich alle.

Emma sah mit eifersüchtiger Trauer, daß es an der Brust der Mutter genährt wurde und daß es im Zimmer der Eltern schlief und sie es nicht, wie die anderen Kinder früher, Tag und Nacht bewachen und pflegen konnte. Sie strickte wenigstens seine Strümpfchen und nähte seine Kleider, sie entzückte sich an seinem Anblick.

Die Brüder, im wildesten Knabenalter stehend, liebkosten es scheu und sahen mit hilfloser Zärtlichkeit zu ihm herab.

Vor der Wiege des neugeborenen Kindes hatte auch Fritz gestanden. Er war dreizehn Jahre alt, groß und stark, seine Glieder mit einer zarten Fülle von Fleisch schön überformt, das volle, weiße Gesicht durchleuchtet von dem Glanz seiner großen blauen Augen, über der runden Stirne das üppige lichte Haar, rosig gefärbt Mund, Kinn und Wangen. Er beugte sich lächelnd zu dem friedlich ruhenden Kinde herab. Er hob langsam, von einem sonderbaren Begehren gezogen, seine volle, kräftige Hand und legte sie auf das weiche, winzige Köpfchen des Kindes nieder. Er fühlte den kleinen, noch knochenlosen, von feuchter Wärme umdunsteten Schädel in seiner Hand, er fühlte feines, zartes Pochen von schwachen Pulsen, und es ergriff ihn etwas Furchtbares. Von den weich und warm gegen das Innere seiner Hand anpochenden Schlägen, von dem lauen Strömen der kleinen Pulse angetrieben, fühlte er plötzlich sein eigenes Blut aufjagen, seine eigenen Pulse aufhämmern und sein Herz in Stößen schlagend die Kehle ihm zusammenpressen; ein Zittern, wohlig und schrecklich zugleich, schüttelte seinen

Körper, schwarze Röte überflutete sein Gesicht, der Mund fiel auseinander, zischend entfuhr ihm lautloses Lachen. In würgendem Krampf zuckten seine Hände, aber er riß sie los von dem weichen, warmen Haupt des Kindes, er schlug die Nägel in das eigene Fleisch, er floh aus dem Zimmer, rannte über den Hof, suchte nach Arbeit und ergriff endlich eine Axt, um mit wilden, weit ausholenden Schlägen einen Stamm Holz zu spalten, und ließ das lautlose Lachen aus der aufgewühlten Brust über die weit auseinander geöffneten Lippen nach und nach ganz entweichen. Als er ruhig und müde wurde, spürte er Durst. Er ging zum Brunnen und trank, fing das Wasser in die gehöhlten Hände auf, fühlte wollüstig die Kühlung erst da und dann in der heißen trockenen Höhle seines Mundes, in der er jeden Schluck erst lange hin und her bewegte, ehe er ihn in die Kehle rinnen ließ.

Von diesem Ereignis an begann er völlig scheu zu werden und alle menschliche Gesellschaft zu meiden. Da die drei Knaben nun von der Amme getrennt wurden und die Söhne eine eigene Kammer bezogen, bat er, von nun an im Gesindehaus und allein schlafen zu dürfen, da er doch ja nun bald zu den Knechten gehöre. Seine Mutter freute sich über seine Bescheidenheit und setzte die Erfüllung seiner Bitte durch, obwohl der Herr es gern hatte, den Knaben wie einen seiner Söhne zu halten.

Nachdem so Fritz ein kleines Gelaß mit einem Bett im Gesindehaus bezogen hatte, konnte er sich völlig versteckt halten. Die anderen sahen ihn nur noch bei der Arbeit und bei den Mahlzeiten. In den Feierstunden lief er allein durch die Felder in den Wald, streifte umher, sang mit seiner hohen, sanften Stimme vor sich hin. In der Dämmerung verkroch er sich oft in das Weidengebüsch des Teiches und lauschte dem Treiben der Frösche, von den weichen, hüpfenden Tieren seltsam angezogen. Er horchte auf ihre schnarrenden Rufe, auf das Glucksen und hohle Plätschern ihrer Sprünge, nach und nach erkannte er auch ihre Gestalten in der Dämmerung, sah sie auf den Blättern der Sumpfgewächse hocken, unbeweglich still, in den weichknochigen Leibern zuckte klopfend der Hammer der Pulse, wie Pulse klopfend bewegten sich auch die vor- und zurückspringenden Hügel der Augen. Einmal beugte er sich nieder und fing ein Tier in seine hohl aneinander geschlossenen Hände. Weich und kühl und doch von Herzschlägen durchbebt, zuckte es leise gegen die Flächen seiner Hände. Vom sanften Pulsschlag des Tieres erweckt und aufgetrieben, strömte sein Blut auf, antwortete im geheimnisvollen, gleichen Takt der harte Schlag seines Herzens jenen kühlen, weichen Schlägen, die an das Innere seiner Hände rührten, und krampften sich seine Hände zusammen, um das Tier, um die lockenden Herzschläge zu ersticken, so ward im gleichen Maße seine Kehle zusammengepreßt, er mußte den Mund öffnen, tief nach Luft seufzen, sein Kopf sank tief in den Nacken, über das zurückgeneigte, engelhafte Gesicht goß sich in Wellen schwarze Röte, die Augen, weit geöffnet und mit glitzerndem Schein überzogen, starrten in den sanft verschleierten Himmel der Dämmerung, und sein starker Körper ward von lautlosem Lachen furchtbar erschüttert. Es drängte ihn, die Hände ganz ineinander zu pressen, in tiefster Vereinigung den Herzschlag dort und den Herzschlag in der eigenen Brust zu ersticken, die Kehle dort und die eigene Kehle ganz zu erwürgen; doch er riß sie noch im letzten Augenblick auseinander und tötete nicht völlig das Tier, das zur Erde niederfiel und mit lahmen Sprüngen in das Gebüsch sich rettete. Nun versank in Ruhe sein Herz und in Müdigkeit sein Blut. In haltloser Leichtigkeit flatterten seine Hände. Er barg sie in den Taschen seines Rockes und ging mit langsamen, erschöpften Schritten zum Haus. Er floh von diesem Tage ab den Teich und seine Nähe.

Ein Jahr später, wieder im Sommer, sah er, durch den Wald wandernd, einen jungen, aus dem Nest gefallenen Vogel am Boden liegen. Es war ein Rotkehlchen; seine winzigen, schwarzen Augen blinkten, der kleine Schnabel öffnete und schloß sich lautlos klagend. Er hob ihn auf und nahm ihn zwischen seine Hände. Das Herz des geängstigten Tieres, das rasend gegen seine Hände schlug, jagte ihn auf; sein Blut, das in wilden Strömen von ihm zu dem Vogel und von dem Vogel zu ihm zurück in geheimnisvoller Verbundenheit kreiste, sein Herz, das zu furchtbaren Doppelschlägen angefeuert wurde vom Takt des rasend in Angst schlagenden Tierherzens, es jagte ihn auf, zur Flucht. Die Hand um den Vogel gepreßt, die eigene Kehle umwürgt, flog er in hastigen Sätzen dahin, gepeitscht durch die Stöße seines Herzens, Schweiß auf seiner heiß geröteten Stirn, mit weit geöffnetem Mund, der zischend aus der engen Kehle den emporgekeuchten Atem ausstieß. Aber er erreichte das Haus noch, solange der Vogel lebte.

Er eilte in seine Kammer und ließ den Vogel aus seinen Händen in eine Mütze gleiten, hielt die Innenflächen seiner Hände aufrecht und ausgebreitet in die Luft, bis in der Kühlung seines Blutes aller Aufruhr in ihm verging. Er begann dann, das Tierchen zu füttern, und es gelang ihm auch, es mit vieler Mühe großzuziehen und es zu zähmen. Es erkannte seinen Pfiff, mit dem er es rief, flog herbei und setzte sich auf seine Schulter und fraß aus seiner Hand. Er schnitzte ihm einen schönen geräumigen Käfig. Nur einen Namen fand er nicht für das Tier, obwohl er oft in seiner Kammer in einfachen, langgedehnten Lauten seiner weichen Stimme mit ihm sprach.

Im Frühjahr, das nun folgte, flog ihm der Vogel, wenn sein Käfig geöffnet war, aus dem Fenster seiner Kammer bis auf den Hof entgegen. Da erblickte ihn zum erstenmal die kleine Anna und streckte in kindlicher Freude und Verlangen ihre Ärmchen nach ihm aus. Sofort holte Fritz den Käfig, lockte den Vogel hinein und brachte ihn dem Kinde als Geschenk. Die Frau wollte ihm zur Belohnung ein Geldstück schenken, doch er nahm es nicht. Das Kind aber war so erfreut über den Vogel, daß es ihn den ganzen Tag, neben ihm sitzend, betrachtete, mit kindlicher Sprache zu ihm redete und sein glückliches Lachen ihm entgegensprudelte. Am Abend, als es schlafen sollte, ruhte es nicht eher, als bis der Käfig auf einem Stuhl neben sein Bettchen gestellt wurde. Fritz, der wie früher noch die Kleider und Schuhe der Herrschaftskinder sammelte, um sie zu reinigen, kam an der offenen Tür des Schlafzimmers vorbei. Er sah das schlafende Kind und neben ihm den Käfig mit dem schlafenden Vogel auf der Stange. Er trat ein, ging leise zum Bettchen des Kindes und sah es in der noch lichten Dämmerung des Frühlingsabends an. Er hob die freie linke Hand und senkte sie dem Köpfchen des Kindes entgegen, den zarten Flaum seiner duftigen Locken fühlte er schon warm ihn berühren, feines, stechendes Klopfen regte sich schon im Innern seiner Hand, da schreckte ihn das leise Flattern der schlafesschweren Flügel des kleinen Vogels auf. Er riß die Hand vom Haupt des Kindes zurück, zitternd und gierig öffnete er mit dieser Hand die kleine Tür des Käfigs, ergriff den Vogel, aber noch ehe ihre beiden Herzen wie damals im Wald in wilden Schlägen sich ineinander verfangen konnten, drückte er zu, den glitzernd geweiteten Blick auf das schlafende Kind gerichtet. Er hörte das leise Krachen der zarten Knochen unter dem weichen Federkleid, und er fühlte heiße Feuchtigkeit zwischen seine Finger sich drängen, sammetweich schmiegte sich das Blut des Vogels in seine Hand, alles besänftigend. Sein Herz war ruhig. Weiß und engelgleich war sein Gesicht. Um ihn zu verbergen, ließ er den toten Vogel in den Schuh der kleinen Anna gleiten und ging so zur

Treppe hinab, durch die Küche an seiner Mutter vorbei in den Garten. Unter dem Stamm eines Holunderbaumes grub er mit seinen Händen eine kleine Grube, ließ den Vogel, ohne ihn noch einmal zu berühren, ohne sich niederzubeugen, von der Höhe seiner Gestalt herab, aus dem Schuh in die Höhlung niederfallen, deckte Erde über ihn und stampfte sie mit den Füßen fest. Der Geruch der Erde, feucht und stark, das Erfühlen ihrer Krume, kühl, weich und ohne klopfendes Leben in seinen Händen, und die kleine, alles verbergende Ebene der Grube stimmte ihn leicht und fröhlich, leise sang er bei seiner Arbeit mit seiner sanften Stimme.

Am nächsten Morgen glaubten alle, der Vogel sei durch die Unachtsamkeit des Kindes aus dem Käfig gekommen und entflogen. Das Kind weinte bitterlich um den Verlust und fragte Fritz täglich, ob der Vogel nicht wiedergeflogen komme. Fritz schüttelte stumm den Kopf und sah es an. Er ging aber und sägte von einem wilden Kirschbaum einen Ast ab und schnitzte unter vieler Mühe und Sorgfalt dem Kinde eine Puppe, mit einem schön ausgeführten Gesicht und wohlgestalteten Gliedern. Er erwies sich als sehr geschickt für alle diese Dinge und gab seiner Mutter auch genau an, wie sie die Kleider der Puppe nähen sollte. Das Kind liebte die Puppe nun ebenso, wie es den Vogel geliebt hatte, und ließ sie nicht aus seinen kleinen Armen.

Zum Trost auch für den fortgeflogenen Vogel schenkte der Vater ihm und den Geschwistern ein Ponygespann, und nun fuhr Fritz unermüdlich die kleine Anna spazieren, ließ sie auf den Rücken der kleinen Pferde reiten, sie sorgsam und geschickt, wie eine Frau, haltend. Er lief geduldig nebenher, so lange das Lachen und Jauchzen des Kindes nur anhielt. Er ging nie mehr zum Teich, und durch den Wald nur bei wichtigen Wegen, er hielt dann den Blick fest vorwärts gerichtet und seine Hände in den Taschen vergraben. Hörte er das zarte Rufen der Brut in den Nestern, pfiff er laut vor sich hin, um es zu übertönen. Im Herbst grub er gern in dem Garten, warf die schwarze Erde auf und wendete sie. Er sammelte welke Blätter, um Lauberde zu gewinnen, vermischte sie mit Erdkrumen, häufte und wendete sie fleißig im Laufe des Winters, und es bereitete ihm eine tiefe, beruhigende Freude, zu beobachten, wie langsam das Laub zerfiel und bis zum Frühjahr in feine weiche Erde, der andern völlig gleich, sich verwandelt hatte. Doch wußte er nie, warum er alles so tat und so fühlte, und gab dem keinerlei Namen. Die nächsten Jahre vergingen auch für ihn noch gut.

Es kam der Sommer mit dem vierten Geburtstag der kleinen Anna. Im Frühjahr war das Kind leicht erkrankt, hatte Fieber, und auf seiner kleinen, linken Brust, dicht über dem Herzen, entstand ein großes, bösartiges Geschwür. Die Mutter badete das Kind, legte heiße Umschläge und Salben auf die Wunde, und bald heilte sie auch, eine weiße, kreisrunde Narbe zurücklassend. In der Freude der Genesung überkam die Frau plötzlich das Verlangen nach einem Bild des Kindes, und sie beschloß, mit ihm zur Stadt zu fahren, um es photographieren zu lassen. Heimlich, zur Überraschung des Mannes sollte es geschehen. Das Kind trug ein weißes Kleidchen mit kurzen, wie kleine Flügel aufgestellten Ärmeln, Arme und Füße waren entblößt. Doch es weigerte sich, entgegen seinem sonst so großen Gehorsam, hartnäckig, vor den Apparat zu treten, und brach in schmerzliches Weinen aus, das seinem Kinderweinen nicht mehr glich. Dieses Weinen steigerte sich zu entsetzensvollen Schreien, als die Mutter, um es zu beruhigen, ihm erklärte, daß aus diesem schwarzen Apparat ein Bild hervorkomme, genau wie es selbst, mit Augen, Haaren, Füßen und Händen und den Kleidern, die es trüge. Die kleine Anna schlug in Verzweiflung die Händchen vor das Gesicht und wich bis in die äußerste Ecke des Raumes zurück. Um sie doch noch zu gewinnen, erzählte ihr die Mutter, daß das Bild dem lieben Vater zum Geschenk dienen sollte. Und nun gestand das Kind unter Schluchzen in seiner kindlichen Sprache die tiefe und sonderbare Angst seines Herzens, daß es nämlich glaubte, wenn ein Bild von ihm entstünde, genau wie es selbst, mit Augen, Haaren, Händen und Füßen und den Kleidern, die es trüge, es selbst dann vergangen wäre in dem Bild und nicht mehr da sei. Und es wolle lieber dableiben, im Leben, bei Vater und Mutter, bei der Puppe und den Pferdchen und bei allen Tieren, die es liebte und die es der Mutter alle einzeln aufzählte. Es bat und flehte rührend, kein Bild aus ihm zu machen, und die Mutter brauchte lange, um ihm zuzureden und es zu beruhigen. Langsam gewann nun das Kind seine Heiterkeit zurück, lachte wieder und begann dann, als es nochmals vor den Apparat geführt wurde, aus eigener Eingebung eine sonderbare, wenn auch bezaubernde Stellung einzunehmen, die es sehr still und lange festhielt. Es stand leichtfüßig da, als ob die nackten Füßchen den Boden kaum berührten, das linke Ärmchen hatte es hinter sein Köpfchen gehoben, das sich leicht zur Schulter niederneigte, das rechte Händchen aber hielt es erhoben bis zur Schulter, und da streckte es weisend seinen kleinen Zeigefinger empor. Ein süßes, zartes Lächeln lag um den Mund und auf den kleinen Zügen des Gesichts, während die großen Augen noch von Tränen, Furcht und Traurigkeit verschleiert waren. Das Bild, das so entstand, ergriff später alle, die es sahen, auf besondere Weise.

Vier Wochen später, am dreiundzwanzigsten Juni, dem Tage vor Johannis, war der vierte Geburtstag des Kindes.

Es war die schöne, festliche Zeit des Sommers. Die schwere Feldarbeit hatte noch nicht begonnen. Das Getreide auf den Feldern, kindeshoch und reich angesetzt im Korn, stand noch im Grün. Die Bäume hielten noch die schwellenden Früchte an den Zweigen, die Beeren ihre glühenden Trauben zwischen den Blättern ihrer Sträucher. Nur das Heu war schon gemäht, lag tot, mit schwerem Duft in der Sonne. Der Gesang der Vögel in den Nächten war verstummt, überall hingen schon die Nester mit der zart wispernden Brut. Auf den Weiden führten die Alten ihre Jungen zur Äsung: die Schafe ihre Lämmer, die mit den zierlichen Gelenken zitternd ihre Sprünge taten, die schweren Kühe hatten ihre milchduftenden Kälber um sich, die mit weichen Mäulern das Gras von der Erde saugten, und zwei Stuten trabten hinter dem übermütig blinden Lauf ihrer Fohlen sorgend mit erhobenen Köpfen einher. Von zwei kindlichen Hirtinnen bewacht, führten die Enten ihre Jungen lärmend zum Teich, und die Hennen riefen, warnten und lockten unermüdlich das Volk ihrer Kücken. Alles war in Ruhe, im Wachsen und Reifen. Die Tage waren strahlend in der noch milden Glut des Frühsommers, die Nächte durchsichtig blau, mit sternbesäten Himmeln, mit zart bewegter Luft. Ein Hauch von Frieden und Glück, von leichter Fröhlichkeit wehte aus der Natur die Menschen an, und man hörte viel Singen und Lachen auf dem Hof.

Es war Sonntag. Nach dem Gottesdienst war die Schwester des Herrn gekommen und hatte der kleinen Anna Geschenke gebracht, eine große Tüte Bonbons, ein paar feine weiße Strümpfe mit roten Ringen, in deren Fußende je zwei Taler versteckt waren. Das Kind war fiebernd vor Freude und Erregung. Es lief von einem zum andern, um ihm sein Glück über die vielen Geschenke, die es erhalten hatte, zu erzählen. Es hob mit freudebebenden Händchen die Falten seines Röckchens auf, um jedem nahe und deutlich sein neues Kleidchen zu zeigen, aus schönem, rot- und grünkariertem Stoff, an dem Leibchen und an den Ärmeln mit einer dichten Reihe schillernder Knöpfe besetzt. Es hob, wie eine Tänzerin seine Arme ausstreckend, den kleinen Fuß empor, um die noch weißschimmernde Sohle seines neuen Stiefelchens zu zeigen. Es tobte und sprang und lachte sprudelnd, so daß es am Abend kaum zur Ruhe gebracht werden konnte, und es schien von einer so gewaltsam gesteigerten Lebensfreude erfüllt zu sein, daß es der Mutter schwerfiel, es in den Schlaf zu zwingen, so bestrickend, im tiefsten erfreuend waren seine Zärtlichkeiten, sein Liebreiz und sein Lachen an diesem Tag gewesen.

Am späten Nachmittag war der Herr aufgebrochen, um seine Schwester heimzufahren. Seit der Geburt des jüngsten Kindes war sie, die alle Jahre vorher sich selbst in bitterer Einsamkeit gehalten hatte, um nicht die Qual fremden Glückes zu spüren, doch wieder in den Kreis menschlicher Gemeinsamkeit getreten, hatte oft des Bruders Haus besucht, um an der reichen, jedem offenen Lieblichkeit des Kindes auch Freude für ihr Herz zu gewinnen. An dem Bruder aber, als an dem Vater und Erzeuger, hing sie jetzt in einer fast ehrfürchtigen Liebe. Vor der breiten, stattlichen Auffahrt zum Wohnhaus ihres Gutes trennten sich die Geschwister, denn der Bruder wendete den Wagen gleich zurück. Die Schwester sah ihm nach. Der Himmel wölbte sich um ihn, während er in die Weite der Ebene hineinfuhr, die großen, leuchtenden Sterne standen immer über seinem Haupt.

Christian fuhr langsam zurück, um ihn sank der Abend auf die Erde. Er erinnerte sich jener Fahrt, im Winter, mit Martha, seiner Braut. Damals war es kalt gewesen, die schneebedeckte Erde hellstrahlend, der Himmel aber dunkel und verborgen, und das schwarze, weitgeöffnete Auge der Frau war wie Finsternis um seine Gestalt gewesen. Jetzt war es warm, die Luft noch durchhaucht von der Sonne des Tages, der nachtblaue Himmel groß, sichtbar, schimmernd wie Glas. Die Gestirne prunkten. Die Erde aber war dunkel, verschwiegen, trächtig in sommerlicher Fülle. Er dachte an seine Frau, und plötzlich erzitterte er. Ihr gesenktes Auge fiel ihm ein, ihr nachtdunkler Blick, nicht mehr mit ihren Armen zugleich fordernd um ihn geschlungen, sondern nur noch auf das Kind. Er trieb die Pferde an und fuhr schneller, von plötzlicher Sehnsucht nach dem Kinde ergriffen.

Aber als er ankam, war schon alles zur Ruhe gegangen. Schweigend und verlassen, in Sauberkeit und Ordnung lag der schöne große Hof da, der Brunnen raunte leise, gedämpfter Tierlaut kam aus den Ställen, die schon geschlossen waren. Nur die große, weite

Scheune Numero vier, nahe dem Wohnhaus gelegen, hatte die Riesenflügel ihres Tores weit in den Angeln zurückgeschlagen, und ihr tiefer, fensterloser Raum stand in scharf abgegrenzter, schwarzer Finsternis in der durchsichtigen Nacht. Die Sterne schwebten groß, nah und gewaltig leuchtend auch über ihrem Dach, doch nichts von ihrem Widerschein konnte in das Innere dringen.

Christian, als er die Pferde ausspannte, stand eine Weile gebannt durch diesen Anblick, er erschrak, als plötzlich die Frau ihm entgegentrat, die auf der Bank vor dem Haus ihn erwartet hatte. Doch er reichte ihr schnell die Hand und zog sie neben sich auf die Bank zu einer Rast noch nieder. Sie schwiegen. Die Natur war voll tiefster Stille, nur der Glanz der Sterne war so groß, daß er zu tönen schien.

Endlich sagte Christian, den Blick fest gerichtet auf die geöffneten Tore der finsteren Scheune: »Ist Güse für morgen bestellt?« Das war der Dachdecker, der das Strohdach der Scheune vier ausbessern sollte, ehe sie mit dem diesjährigen Korn eingescheuert werden sollte. Christian fühlte das Tönen der Sterne verstummen, die finstere Scheune rückte ferner seinem Blick, und er hörte die Stimme der Frau, die ihm antwortete: »Ja, er kommt morgen mittag.« Er sprach weiter: »Fritz kann früh gleich zum Teich gehen, die Weiden schneiden und einweichen.«

»Ja«, sagte die Frau.

»In Wiesenschlag sieben mähen wir. Nachmittags holt Plachmann das Schlachtvieh, es muß pünktlich gemolken werden.«

»Ja«, sagte die Frau.

»Ich bin mit den Jungen oben im Wald, wir wollen fällen.«

»Ja.«

»Es wird schon gehen«, sagte der Mann.

Die Frau griff nach seiner starken, zuversichtlichen Hand, und sie schwiegen noch eine Weile. Dann erhob sich der Mann, und die Frau folgte ihm ins Haus. Sie gingen die Treppe empor und traten in das Schlafzimmer ein. Im Dunkeln vernahmen sie den zarten, reinen, hauchenden Atem des Kindes. Im Dunkeln kleideten sie sich leise aus. Die Frau stand am Bettchen des Kindes, hell schimmerten ihre Schultern und die weichgeformten Arme im Widerschein der sternendurchglänzten Nacht. Sie zögerte noch, aber plötzlich wandte sie sich um, war nahe dem Mann, ihr leises, strömendes Lachen tönte, sie umschlang ihn mit den Armen, tauchte die schwarzglänzende Nacht ihrer Augen in seinen Blick und zog ihn zu sich.

Das Kind erwachte und rief. Die Frau riß sich los, wich fort von dem Mann in der Dunkelheit. Als der Mann Licht angezündet hatte, stand sie, ohne sich zu rühren, am Fußende des Kinderbettes, den Kopf tief gesenkt, das Gesicht von ihrem schwarzen Haar verborgen.

Das Kind aber stand aufrecht im Bettchen, heiß vom Schlaf, in erregter, unnatürlicher Munterkeit lachte und sprach es, bettelte und wollte sein Geburtstagsgeschenk, sein neues, buntes Kleidchen sehen.

»Du mußt jetzt schlafen«, sagte der Vater sanft und versuchte, das Kind niederzulegen. Es begann zu weinen, und die Mutter neigte sich demütig und stumm und reichte ihm das Kleidchen hin. Das Kind nahm es in die Arme, streichelte es, dann verlangte es noch, die neuen Schuhe zu sehen. Die Mutter reichte auch diese ihm hin. Das Kind strich zärtlich mit den kleinen Fingerchen über die noch unberührten weißen Stellen der Sohlen und über ihre scharfen, noch glänzenden Kanten hin. Es begann zu plaudern und zu lachen. Der Vater hob es auf und bettete es zwischen sich und die Frau. Schelmisch begann es ihm zu schmeicheln, haschte nach seiner Hand, die es festhielt und in die es sein kleines Gesichtchen schmiegte. Dann entdeckte es den breiten, goldenen Ring an seinem Finger, versuchte ihn abzuziehen, und der Vater, selbst glücklich in diesem Spiel, kämpfte mit dem Kind, ballte die Hand zusammen und nahm sein kleines Händchen darin gefangen. Jedesmal, wenn er das tat, lachte das Kind in langen, weichtönenden Zügen, rollte die kleine Kehle, und seine wie ein Blumenblatt zarten Lippen feuchteten sich. Still, mit gesenkten Blicken sah die Mutter, an des Kindes anderer Seite liegend, dem Spiel zu. Endlich ermüdete das Kind und schlief wieder ein. Der Vater verlöschte das Licht. Doch nur im ersten Augenblick umgab ihn Finsternis. Die helle, von Sternenschein durchlichtete Nacht schwebte bald vor seinen Blicken auf, er erkannte, ihm zur Seite liegend, das weißschimmernde Gesicht der Frau, die lichten Lider über die Nacht ihrer Augen gesenkt, er sah, an sein Herz geschmiegt, das am Tage goldfarbene Haar des Kindes jetzt silbern aufleuchten, und im tiefsten Frieden und Glück schlief er ein.

Doch noch einmal erwachte er, das Kind weinte im Schlafe laut und schmerzlich auf, es war kein Kinderweinen, sondern das Schluchzen einer verzweifelten Kreatur.

Er erschrak, dachte an Krankheiten, mit Sorgen wachte er die

Stunden der Nacht hindurch über dem Schlaf des Kindes und trennte sich schwer von seinem Anblick, als er als erster am Morgen das Lager verlassen mußte. Das Kind aber erwachte später fröhlich wie immer, nur bestand es mit hartnäckigen Bitten darauf, daß es wieder sein neues Kleidchen und seine neuen Schuhe angezogen bekomme. Die Mutter willfahrte ihm, kleidete es in sein neues Festgewand, kämmte sorgfältig die lichten, duftigen Locken seines kleinen Hauptes und küßte mit wollüstiger Zärtlichkeit seine zarten, weichen Glieder und hielt das Kind den ganzen Vormittag in ihrer Nähe.

Es war der vierundzwanzigste Juni, der längste Tag, die kürzeste Nacht im Jahr. Der Tag hatte begonnen in wunderbarer Schönheit. Die Morgenröte schoß feurig auf, der Tau der Nacht, kaum erst gefallen, verging unter den ersten heißen Strahlen einer klar und freudig am weißen Himmel herrschenden Sonne, der sich die Erde entgegenbot, offen in weiter Ebene, stolz und prangend in herrlicher Fruchtbarkeit. Von der Erde auf zum flirrenden Äther stießen die Lerchen mit bebendem Schwung. Die Früchte reiften, die Tiere wuchsen, die Menschen fühlten ihre Kräfte, die Arbeit war heiter.

Auf dem Hofe begann das Leben früh. Der Herr hatte die Arbeiten verteilt. Zuletzt rief er Fritz.

»Du hilfst beim Dach«, sagte er, »auf Scheune vier wird Güse neu decken. Schneide Weiden beim Teich, doch nur mittelstarke, von denen soll Güse doppelte Lage nehmen. Wässere sie gut ein, zum Mittag müssen sie weich sein. Friederike und Minna können dir helfen.«

»Ich soll zum Teich?« sagte Fritz und erschrak. Doch sofort fügte er gehorsam hinzu: »Ja, Herr«, senkte den Kopf und ging.

Der Herr machte sich mit den Söhnen auf den Weg zum Wald, wo er ihnen die fälligen Stämme, die zu schlagen waren, bezeichnen wollte. Blank, der Wirtschafter, führte einen Teil des Gesindes zum Mähen in Schlag sieben. Auf dem Hofe wurde in großen Holzkübeln Schweinefutter gebrüht und gestampft, die Wagen gewaschen und Pferde getränkt, die Kuhherde war zusammengetrieben, und die Melkerinnen schleppten die großen Milchtröge ins Haus, überwacht von Emma, die alles maß und zählte. Die Hirten jagten die Hammelherde vor sich her, dem Waldrand zu, Kühe und Pferde folgten den Zügen auf die Weide, der Hof war bald wieder leer. Im Garten sammelte die Frau mit zwei Mägden die roten Trauben der Beeren, umspielt von der kleinen Anna.

Fritz war nach dem Befehl des Herrn zum Teich gegangen, den er bisher immer gemieden hatte. Mit zögernden Schritten näherte er sich ihm, vorsichtig trat er durch das Weidengebüsch zum Ufer. Doch das Wasser war nicht so, wie er es einmal geflohen hatte, dunkel glänzend in winzigen, treibenden Wellen bewegt, sondern es war jetzt unsichtbar, ausgelöscht vom Glast der Sonne, die auf ihm brütete. Unbeweglich, fremd, wie eine blendende Schicht aus gleißendem Metall, lag der Teich vor ihm. Kein Plätschern und Glucksen weicher, hüpfender Tiere war zu hören, nirgends ihre pulsdurchzuckten Leiber zu sehen. Beruhigt beugte er sich zu seiner Arbeit nieder, begann mit scharfem Messer die Weiden auszuschneiden, genau gewählt nach dem Befehl des Herrn. Dann kamen auch bald die beiden jungen Hirtinnen, Minna und Friederike, die die lange Schar der Enten vor sich hertrieben. Die Tiere stießen unter lautem Geschrei sofort in den Teich, und es war, als ob die unbeweglich gleißende Fläche sich nur schwer unter den Ruderschlägen der Tiere teilen könne, und die Wassertropfen, die bei ihrem Tauchen und Schwimmen gläsern aufsprühten, schienen aus einer anderen Tiefe als der des Teiches hervorgezaubert zu sein.

Die Sonne stieg. Fritz schnitt die Weiden, die beiden Hirtinnen banden sie in kleine Bündel und verankerten sie mit Steinen im Wasser. Sie waren vierzehn Jahre alt, ihre Röcke waren noch kurz über den nackten braunen Beinen, ihre blonden Zöpfe, am Ende ihres Geflechtes mit einem roten Wollfaden zusammengebunden, fielen unter den weißen, leinenen Kopftüchern hervor und schwangen mit im Übermut ihrer kindlichen Bewegungen. Ihre Gesichter waren einander völlig gleich, gesund und braun, mit Sommersprossen bedeckt, und wenn die Mädchen lachten, zeigten sie herrlich weiße Zähne. Sie versuchten, Fritz zu necken, stachen kichernd mit den Enden der Weidenruten nach seinen Ohren, doch wenn er sich umwandte, liefen sie angstvoll kreischend davon. Merkten sie aber, daß er ihnen nicht folgte, blieben sie in der Entfernung stehen, höhnten ihn, streckten ihm ihre Zungen entgegen und schnitten ihm Grimassen. Er sah sie wohl an, sah ihre Röcke von den nackten braunen Beinen auffliegen, sah ihre aufgerissenen Münder, die ihn reizten, zuzuschlagen, aber er hielt sich, er folgte ihnen nicht, arbeitete ununterbrochen weiter. Doch nach und nach, in der Umhüllung der in Sommerglut steigenden Sonne, befiel ihn eine mehr und mehr wachsende, rauschartige Erregung.

Er fühlte sein Blut, wie es leise, fast kosend und schmeichelnd von seinem Herzen kam, wie es durch die Glieder trieb, wie es von weichen Schlägen emporgehoben wurde zum Kopf und in die Schläfen, bis in die feinen Adern der Augenlider hinein; sein Körper ward ihm leicht, er fühlte sich nicht mehr auf den Füßen stehen, er schien schwebend über der Erde gehalten. Er begann zu singen mit seiner unendlich sanften, hohen und schönen Stimme, langgezogene Töne eines Chorals. In seltsamer Verklärung trat die engelgleiche Bildung seines Gesichtes hervor.

Dann hatte er sich plötzlich in dem kraftlosen Zittern seiner Hände eine tiefe Wunde in den Ballen der linken Hand geschnitten. Er fühlte keinen Schmerz, sah nur sein Blut fließen. Er hielt die Wunde dicht vor seine Augen. In großen, vom Sonnenlicht leuchtend umflossenen Perlen rollte das Blut nieder, die letzte Last und Schwere seines Körpers entwich, der letzte Druck seiner Kräfte verging, das Hämmern und Pochen der Pulse verstummte, wie ein leeres, reines Gefäß schwebte er in Rausch und Traum in der Freude des sommerlichen Tages.

Doch es blieb nicht so. Der Tag wanderte weiter, die reine Minute verging in ihm. Die beiden jungen Hirtinnen kamen herbei, und als sie seine blutende Hand sahen, schöpften sie mitleidig Wasser mit ihren hohlen Händen aus dem Teich, suchten auf der Wiese Kräuter, die, mit dem großen Blatt einer Wasserrose auf die Wunde gebunden, das Blut bald stillten. Fritz besann sich auf die Arbeit, es war Mittag geworden, und er hatte noch Arbeit in den Ställen zu verrichten. Er lief zum Hof zurück. Noch immer spürte er seine Füße nicht, im Flug wurden seine Schritte vorwärtsgchoben. Mittags aß er viel und hastig, doch fühlte er keine Sättigung von dem schweren Mahle. Nach dem Essen wurde er sofort in den Wald geschickt, beladen mit einem großen Korb, der das Essen für die Holzfäller, die draußen geblieben waren, enthielt. Doch mußte er sich eilen, zurückzukommen, denn die Arbeit an dem Dach der Scheune vier, bei der er helfen sollte, begann um drei Uhr. Er setzte in langen, federnden, in den Knien immer noch zitternden Schritten durch den Wald, der kühl und dämmrig zur Besinnung mahnte. Auf dem Rückweg aber stolperte er plötzlich, fiel nieder und schlug hart mit dem Kopf auf eine Baumwurzel auf. Er erhob sich langsam, völlig verwirrt; in seiner leeren Brust stieg wie ein furchtbarer Kitzel Lachen auf, schon öffnete sich sein Mund, doch er stieß noch schnell den Kopf vor und begann von neuem in langen Sätzen heimwärts zu rasen. Als er ankam, war es schon einhalb vier Uhr. Durst quälte ihn, und er ging in die Küche, um zu trinken. Doch es war noch nicht gemolken, und die Milch vom Morgen war verbraucht. Am Herd stand Emma, seine Mutter, und überwachte das Kochen der Beeren, die am Vormittag geerntet worden waren. Er sah ihr zu, wie sie mit einem großen Hackmesser Stücke von einem riesigen Zuckerhut abhieb und sie in die kochenden Beeren versenkte. Er sah, wie die weißen Gebirge des Zuckers in dem roten, träge glucksenden, kochenden Blut des Beerensaftes standen, dann langsam sich rot verfärbten und endlich untergingen; es blieb die leise bewegte, glucksende Fläche von glühendem Rot. Die Hitze des Herdes, die weich auf- und niederzuckenden Blasen des kochenden Saftes reizten ihn von neuem. Das Lachen aus seiner Brust stieß drängend zur Kehle. Er wandte sich um, lief mit ausgedörrtem, vor Durst schmerzendem Munde am Brunnen im Hofe vorbei, weiter, zurück zum Teich, zu den Weiden, er floh zur Arbeit und Ordnung.

Vor der Tür des Hauses saß die Frau. Neben ihr spielte die kleine Anna. Das Kind sah mit seinem leuchtenden Blick Fritz nach, als er über den Hof zum Teiche lief. Einen Augenblick lang ward ihr Gesichtchen plötzlich von Ernst und Nachdenken überzogen. Sie wandte sich zur Mutter und sagte mit seltsam leiser Stimme:

»Ich muß zum Teich, ich muß noch die Enten füttern.« Denn dies hatte sie zu ihrer Freude täglich tun dürfen, seit die jungen Enten des Jahres ausgekrochen waren.

»Nein«, sagte die Mutter, »heute gehe nicht zum Teich, bleibe bei der Mutter.«

»Aber sie haben Hunger«, fuhr das Kind mit Ernst fort, »ich habe ihnen heute noch kein Brot gegeben.«

»Aber die Entlein haben doch auch eine Mutter, und die hat sie heute schon gefüttert. Bleibe nur da.«

»Aber die Mutter von den Entlein kann doch kein Brot abschneiden«, beharrte das Kind in unerschütterlichem Ernst, »ich muß doch schnell zum Teich laufen und ihnen Brot bringen«, und da es sich besann, daß die Mutter das Brot in der Speisekammer abschneiden mußte, begann es plötzlich zärtlich zu werden, zu schmeicheln, mit Bitten sie zu bestürmen, bis die Mutter aufstand und mit ihm in die Küche ging. Hier versuchte sie noch einmal, das Kind von seinem Vorhaben abzubringen, doch dieses begann nun mit seinem ganzen reizenden Übermut, sie zu bedrängen. Es schlang die Ärmchen fest um die Knie der Mutter, so daß diese, gefangen in der Umschlingung, ohne Gewalt sich nicht mehr bewegen konnte, es preßte sein rundes, schelmisches Gesichtchen durch die Falten der Röcke fest an die Beine der Mutter, und unter ihrem sprudelnden Kinderlachen rief es immer wieder, daß es die Enten füttern wolle. Die Mutter versuchte sich loszumachen, doch sie vermochte nicht, gewaltsam das Kind von sich zu lösen. Vorgebeugt, sah sie die blonden Locken des kleinen Hauptes zwischen den dunklen Falten ihres Rockes wehen, sie fühlte durch ihre Kleider hindurch voll Zärtlichkeit den heißen Atem des kleinen lachenden Mundes an ihren Schenkeln leise zum Leib aufsteigen. Erregt von der Freude des Kindes, angesteckt von seinem Lachen, lachte sie mit, in langen strömenden Zügen, wie sie bisher nur die Freuden der Nacht aus ihrer Brust hervorgelockt hatten, und nun entquoll derselbe weiche Ton, tief und lockend bei der Mutter, hell und zwitschernd bei dem Kind, in innigster Vermischung beider Kehlen. Nun losgelassen, mittreibend im Übermut des Kindes, preßte es die Mutter noch fester an sich, packte es unter den zarten Schultern und begann sich selbst tanzend im Kreise zu drehen, so daß das Kind, an den Ärmchen gehalten, mit den Beinchen aber in der Luft schwebend, in weitem Bogen mit ihr kreiste. Der ganze Raum der Küche war erfüllt von dem jubelnden Gelächter der beiden. Doch mitten im drehenden Schwung des Spieles sah die Frau plötzlich den Mann mit dem Viehhändler von den Ställen kommen, dem Haus sich nähern. Sie hielt verwirrt und erschöpft inne.

Der Mann blickte durchs Fenster und sah das lichte Haupt des Kindes an die Mutter geschmiegt und ihren dunklen Scheitel tief zu ihm niedergebeugt. Er lächelte und schritt weiter. Aber während der ganzen geschäftlichen Verhandlung, die er im Wohnzimmer mit dem Viehhändler hatte, schwebte dieser Anblick vor seinen Augen, und er fühlte in seinem Herzen eine tiefe Bewegung.

In der Küche hielten Mutter und Kind, nur schwer innehaltend in ihren kreisenden Bewegungen und schwer den erregten Atem ausatmend, sich noch immer umschlungen. Doch das Kind vergaß nicht. In unermüdlichem Lachen und in hartnäckigen Schmeicheleien wiederholte es seine Bitte.

Die Mutter aber, erschöpft von Spiel und Lachen, konnte nun nicht mehr widerstehen. Sie ging in die Speisekammer, schnitt Brot ab und zerteilte es in kleine Würfel, während das Kind mit seinem Körbchen herbeieilte und sie mit seinen kleinen Händen hineinfüllte. Obenauf legte die Mutter noch einige Scheiben von dem Kuchen, der vom gestrigen Sonntag, dem Geburtstag des Kindes, übriggeblieben war, für dieses selbst. Sie küßte das Kind, nun schon eilig, um zur Arbeit zurückzukehren, und schob es zur Tür hinaus. Doch des Kindes Liebkosungen, das Spielen, Lachen und Jagen hatten sie erregt, sie sang leise vor sich hin, ihre Bewegungen bei der Arbeit waren anders als zuvor, waren wie in den Tagen ihrer Jugend, als würden sie zu Tanz oder Freude getan, ihr Mund war geöffnet zu einem Lächeln voll Glückes ohne Ende.

Vom Teich zurück kam Fritz. Über seine Schultern hing eine Last der feuchten Weidenruten. Er ging zur Scheune Numero vier, die dem Wohnhaus am nächsten lag. Vom Wohnhaus sah er die kleine Anna kommen. In der Sonne glänzten die Farben des neuen Kleidchens, die Schwärze der Schuhe. Die flaumigen, lichten Locken des kleinen Hauptes schwebten beim Laufen wie Federn in der Luft. Sie kam auf ihn zu, hob das Körbchen an ihrem Arm und sagte: »Ich gehe die Enten füttern«, und sah ihn an. Sein Atem ging keuchend unter seiner Last, die über seinen gekrümmten Rücken hing. Sein Durst war noch immer ungelöscht, ausgedörrt sein Mund. Bei jedem Schritt peitschten die nassen Enden der Weidenruten an seine Beine. Er fühlte keinen Schmerz, doch Wut zitterte in ihm. Er ächzte leise. Er antwortete dem Kind nicht und ging weiter der Scheune zu. Das Kind lief allein zum Teich.

Fritz ging zur Scheune und ließ seine Last an der dem Felde zu liegenden Seitenwand niederfallen, dicht unter der Stelle, an der das Dach ausgebessert wurde. Eine Leiter war da angelehnt. Unsichtbar und geräuschlos arbeitete oben der alte Dachdecker. Er hockte verborgen zwischen den Weidenbündeln, die er um sich aufstellte, verflocht und mit Moos umwand, auf den Balken des Gerüstes. Er arbeitete trotz Alters und der Hitze eifrig, sah nicht viel um sich, da er durch eine fast völlige Taubheit ziemlich anteilnahmslos war. Nur von Zeit zu Zeit reckte er seinen alten Kopf zwischen den Weiden vor, um auf den Hof zu sehen, ob das Vieh zum Melken schon eingetrieben war. Denn das war für ihn das Zeichen zur Vesper, deren Läuten er nicht vernehmen konnte. Jetzt stieg Fritz die Leiter zu ihm empor und stieß ihn an. Der Alte blickte auf, besah die herbeigetragenen Bündel der Ruten, die Fritz für ihn aufgeschichtet hatte, nickte und sagte kurz: »Noch zwei«, und wandte sich der Arbeit wieder zu.

Fritz kehrte zurück. Als er an der weitgeöffneten Türe der

Scheune vorüberkam, zögerte er. Es lockte ihn, in den weiten, verlassenen, dämmernden Raum einzutreten, im tiefsten Hintergrund seines Dunkels sich zu verbergen vor dem Glanz der Sonne, vor der aufrührerischen Freude dieses prangenden Sommertags. Er trat über die Schwelle, an der messerscharf flutendes, lebendurchbebtes Licht sich von dem reglosen, toten Dunkel schied, das eingegrenzt in den fensterlosen Raum der Scheune mitten zwischen Erde und Himmel stand, wie finstere Nacht im hellen Tag. Er ging über den weichen Boden der Scheune, der fußhoch mit Stroh bedeckt war. Unhörbar wurde ihm selbst sein eigener Schritt, leise nur knisterte das Stroh unter seinen Füßen. Hier war schwere Stille, dumpfe, tote Hitze, schwüler, modriger Geruch von alljährlich aufgespeicherten, hier gedorrten Getreiden. Alles legte sich mit lastendem Druck um seinen Kopf, füllte seine Glieder bleiern an, erstickte das kitzelnde Lachen in der erregten Brust, machte seine Augen blind, verhieß ihm weiche, heiße Ruhe. Er wanderte mit wohligem Gefühl in Hitze und Dunkelheit umher, stampfte im Takt seines aufwachenden, hammerschlagenden Herzens, schwer fühlte er jetzt wieder die Ströme seines Blutes durch seine Adern sich zwängen, schwerer fühlte er jetzt sich selbst, nicht mehr leer und schwebend im Rausch des Sommertags, wie bisher, er fühlte sich angefüllt werden von niegekannten, hart ihn treibenden, hart ihn bedrängenden Kräften, von fremdem, stachelndem Verlangen.

Er suchte nach einem Halt und besann sich auf seine Arbeit. Er wandte sich wieder dem Ausgang zu. Da stürzte ein Vogel mit scharfem Schrei durch den lichterfüllten Bogen des Tores in den dunklen Raum, zerriß Tod und Stille mit trillerndem Ruf und mit dem wie Herzschläge auf und nieder schnellenden Schwingen seiner Flügel. Eine Atzung im Schnabel, verschwand er in einer Ecke, die ein Balken, in die Wand einlaufend, unter dem Giebel des Daches bildete. Der hohe, zarte Ton der Brut antwortete.

»Ein Nest«, dachte Fritz. Er kehrte zum Teich zurück. Stampfend rissen ihn jetzt seine kraftgefüllten Beine vorwärts, seine Adern, erfüllt von den anströmenden Stößen seines Blutes, pochten in leisen Schlägen an seine Haut, zuckten in den Flächen seiner Hände. Er beugte sich zur Arbeit nieder, mühsam nur umfaßten jetzt seine muskelgespannten Finger die geschmeidigen Weidenruten, lastend drückte ihn sein niedergebeugter Nacken, schwer zog ihn das Gewicht des vorströmenden Blutes in dem gesenkten Haupt. Im hochgeschobenen Blick unter der zur Erde niedergeneigten

Stirn sah er die kleine Anna mit den Entenhirtinnen im spielenden Lauf sich um ihn bewegen. Im Rufen, Lachen und hastigen Atem des Spieles hielt sie ihren kleinen Mund weit geöffnet. Die zarte, rosige Höhle ihres Mundes schimmerte feucht oft nah vor seinen Augen. Er richtete sich auf. Schwer rann sein Blut zum Herzen. Die kleine Anna stand dicht vor ihm. Tief gerötet das Gesichtchen, feuchten Glanz in dem strahlenden Blick der Augen, feuchten Hauch auf den wie Blütenblätter zarten Lippen und springend in hastigem Schlagen die Adern an ihrem zarten Hals. In der kleinen Hand hielt sie noch ein Stück ihres Kuchens, den sie mit den Hirtinnen geteilt hatte. Sie erhob den Blick zu Fritz, der stumm auf sie niedersah. Sie reichte ihm das Stück Kuchen hin und fragte: »Willst du auch?«

Er schüttelte stumm den Kopf, beugte sich nieder und lud sich eine Bürde von Weidenruten auf. Das Kind sah ihm mit ernsten Blicken zu. »Ich weiß ein Vogelnest mit Jungen«, sagte er leise vor sich hin.

Das Kind jubelte. »Wo? Wo?« fragte es.

Er antwortete nicht und wandte sich langsam zum Gehen. Das Kind begann ihm zu folgen. »Wir wollen den Vöglein den Kuchen geben«, sagte es.

»Ich weiß keine!« sagte Fritz und ging langsam den Weg zur Scheune. Schwer und fest setzte er die Schritte auf, die Enden der wippenden Ruten auf seinem Rücken peitschten seine Beine. Er fühlte von neuem Durst, sein Mund stand offen, wie eine langsam steigende Flut überzog dunkle Röte sein Gesicht.

»Zeig mir doch das Nest!« sagte das Kind noch einmal, dann schlich es leise, mit kleinen, schwebenden Schritten hinter ihm her.

Als sie sich dem Hofe näherten, begann Fritz plötzlich, schnell zu laufen. Obwohl es an der Zeit war, war der Hof noch leer, das Vieh zum Melken noch nicht eingetrieben, die Frau in der Küche, der Herr im Haus. Fritz ging zur Seitenwand der Scheune, zu der Stelle, über der der Dachdecker arbeitete, und ließ seine Last niederfallen. Als er sich wieder aufrichtete, stand die kleine Anna vor ihm und lächelte ihn an.

»Bitte, das Vogelnest!« sagte sie schmeichelnd. Er ging an ihr vorbei, dem Eingang der Scheune zu. Nacht, Stille, heiße, weiche Ruhe und Geborgensein lockten ihn im tiefen dunklen Raume. Er trat ein und ging bis zur Mitte, dort stand er still, in Kraft und Schwere sein Körper hart gespannt.

Unhörbar war ihm das Kind gefolgt. Unter seinen leichten Schritten knisterte kaum das Stroh des Bodens. Plötzlich rief es dicht hinter ihm: »Bitte, das Nest!« Rührend durchschwebte die lebenerfüllte, süß schmeichelnde Kinderstimme den dunklen, von dumpfer Glut durchbrüteten Raum, und furchtbar erstickte den lebendigen Laut wieder die tote Stille, die von verdorrender Verwesung erfüllte Luft. Wie von weither, doch nicht aus freier Ferne, sondern wie durch Grabeswände hindurch, kamen in dem wieder herrschenden Schweigen die raschelnden Geräusche aus den Ecken, wo Ratten nagten, und von hoch oben raunte der leise menschliche Laut des arbeitenden Dachdeckers.

Das Kind erschrak vor seiner eigenen Stimme, eingeschüchtert von der Stille, flüsterte es nur noch bittend zu Fritz empor: »Zeig mir doch die Jungen.«

Fritz schlich langsam zur Stelle, wo sich hoch oben im Gebälk das Nest befand.

»Zeig!« flüsterte das Kind noch einmal und streckte ihm seine Ärmchen entgegen.

Er beugte sich nieder, packte sie unter den Schultern und hob sie empor. Sie begann unter seiner Berührung zu lachen, leise, weich, gurrend wie Taubenlaut. Er hielt sie noch höher, ganz streckte er die Arme aus, stellte sich auf die Fußspitzen, obwohl er nie die Höhe des Nestes erreichen konnte. Das Kind, lachend in seinen Händen, drohte zu fallen, mit einem schwingenden Griff packte er es fest an den Beinchen und hielt es hoch über seinem Kopf. Sein tief in den Nacken geneigtes Gesicht war schwarz gerötet, die Lider geschlossen über den in Nebeln schwimmenden Augen, die Kiefer des weitgeöffneten Mundes zitterten im Krampf.

Von böser Macht emporgezaubert stieg die furchtbare, teuflische Maske auf aus den Tiefen seines Blutes und überschwemmte mit wilder Gier die sanften Züge seines engelgleich gebildeten Gesichtes.

Unter dem Röckchen fühlte er des Kindes zartes, weiches Fleisch. Leise durchzittert von Pulsen, ruhte es kühl zwischen seinen heißen, adernklopfenden Händen. Und nun raste sein Herz auf, schwer, mit gewaltigen, stampfenden Stößen. Er konnte nichts mehr retten. Krachend warf er das Kind nieder, er warf sich nieder, er fühlte unter seiner Brust das klopfende Jagen des kleinen Herzens, in hackenden Doppelschlägen antwortete sein Herz, ineinander verfangen rissen beide Herzen ihre Schläge dahin. Alles verging um ihn. Donner umdröhnte sein Ohr, feuergleich durchwogte ihn sein Blut, sein wilder Atem schien Brust und Kehle sprengen zu wollen. Blind und gierig wühlte seine Hand danach, Kleider abzureißen, Fleisch zu zerreißen, Adern, Pulse, klopfende Herzen zu vernichten, eng umpreßte Kehlen zu ersticken im wohligen Druck, und sich auszugießen in weiche, stille Ruhe. Mit grauenhafter Gewalt zerriß sein Körper den zarten Leib des Kindes, während seine rechte Hand mit einem Griff die kleine Kehle zerbrach. Das Kind, vom Lachen zum Schrecken jäh verstummt, stieß nur noch einen kleinen zischenden Seufzer aus. Kein Schrei war erklungen. Die tote Stille herrschte. Das grabesferne Rascheln der nagenden Ratten, der gedämpfte menschliche Laut des tauben Dachdeckers über dem Dache. Das Vogelnest hoch oben im Gebälk war still, wie verlassen.

Der Mörder erwachte, als er aus dem eben noch vor Durst vertrockneten Mund Speichel in seinen Hals rinnen fühlte. Er zog seine linke Hand zwischen den Gliedern des Kindes hervor, um sich abzuwischen. Sie war voll Blut. Er hielt sie vor die langsam erwachenden Augen. Er entsann sich, daß er am Morgen sich bei den Weiden geschnitten hatte. Er glaubte, die Wunde blute noch immer. Seine rechte Hand, um die Kehle des Kindes gekrampft, hatte er vergessen. Das Kind, tief unter seinem Leib vergraben, hatte er vergessen. In Ermüdung, in wollüstiger Ruhe, im Tod aller Herzen ruhte er aus, gebettet weich auf dem kühlen weichen Grund unter ihm. Er wandte langsam sein Gesicht nach oben, es war geebnet, ruhig, weiß, engelgleich die sanften Züge. Sein müder Blick umfaßte das Stroh vor seinen Augen, ein großer, grüner Käfer bewegte sich mühsam auf ihn zu. Er mußte lachen, im Lachen warf er sich auf den Rücken, sein Leib gab die Leiche der kleinen Anna frei. Er begriff nichts. Kaum sah er. Er fühlte die Unordnung seiner Kleider, und Scham ergriff ihn. Schnell machte er alles gut. Er dachte an seine Arbeit. Er sah umher. In der Dunkelheit erblickte er, ineinander verworren, mattschimmernde Kleider in Unordnung, verrenkte, leblose Glieder. Der Gedanke durchzuckte ihn: »Hier muß Ordnung sein!« Alle Müdigkeit war verjagt. Er rannte zum Tor der Scheune hinaus.

Draußen blendete das Licht. Heiße, lebendurchbebte Luft zitterte in der Sonne. Der Hof war leer. Seine Glieder waren leicht, besänftigt, unfühlbar sein Herz, ruhig die ausgekühlten Hände. Ganz leise stieg ein sanfter, hoher Ton aus der befreiten Kehle. Er sprang um die Ecke der Scheune, wo unter einem Dachvorsprung die Geräte für die Gartenarbeit hingen. Er ergriff eine Hacke mit langem Stiel und lief zurück. Da sah er über den Hof die Gestalt eines alten Bettlers mit grauem, struppigem Bart, um den Hals einen weithin leuchtenden Streifen wie von rotem Blut oder von einem Tuch, wie er sich vorsichtig dem Garten zuschlich, vielleicht, um ein paar Früchte zu stehlen. Als er Fritz erblickte, erschrak er und floh zum Brunnen zurück, wo er zögernd stehenblieb. Fritz aber schwang drohend die Hacke gegen ihn, und der Alte begann eilig in das Feld zurückzulaufen. Fritz sah ihm nach. »Da muß Ordnung sein!« sagte er vor sich hin und lief eilig zur Scheune weiter.

Er kehrte zurück in das Dunkel, an dem toten Kinde, dem Haufen verwühlter Kleider und Glieder, lief er vorbei bis in die hinterste Ecke des Raumes. Er begann zu hacken, mit rasend schnellen, scharfen Schlägen. Das Stroh des Bodens spritzte auf, blendete seine Augen. Schneller noch fielen seine Schläge, da endlich kam er auf Erde, kühle, dunkle, tote Erde. Sanfte Ruhe umfing ihn, er kniete nieder, breitete die Arme aus und maß so die Länge einer Grube ab. In grauem Rechteck entstand sie schnell, scharfkantig und sauber ausgeglättet. Er lief zurück zu der Leiche, ergriff sie an den Falten der Kleider und schleifte sie in die Grube. »Es muß Ordnung sein!« flüsterte er vor sich hin.

Dieser drängende Gedanke, der ihn rettete vor dem Begreifen des Geschehenen, war wie eine triebhafte, erschütternde Rechtfertigung dessen, daß er ahnungslos, aber furchtbar die Ordnung, den Sinn des Seins durchbrochen hatte.

»Es muß Ordnung sein«, war jetzt der Trieb seiner Seele, wie vorher grauenhafte Zerstörung der Trieb seines Körpers gewesen war.

Die Grube war zu klein. Ausgestreckt ragte der Kopf des Kindes daraus hervor. Er sah in der Dunkelheit ihn nur als einen kleinen, grauen Hügel, der sich nicht einglätten wollte in die Ebene der Grube. Er beugte sich nieder, griff in die mit hartem Stroh vermengten Haare des Kopfes, hob ihn, drehte den Nacken nach oben, und mit einem Schlag der Hacke zerschmetterte er die zarte Wirbelsäule, das kleine Haupt sank herab, tief bis auf die kleine Brust. Doch durch den Schlag erschüttert, war der kleine Körper weiter geschnellt, die Füßchen ragten jetzt am anderen Ende der Grube über ihren Rand. Mit der Hacke den Leib des Kindes in der Mitte festhaltend, stieß er mit den Füßen dessen beide Knie hoch, so daß die Beinchen, an den Leib angezogen, mit dem Haupt sich fast berührten, einander zugeneigt die kleinen Glieder nun ruhten, wie einst, ungeboren, in der dunklen Grube des mütterlichen Leibes.

Im Dunkeln schüttete er dunkle Erde auf. Mit den Händen die kühle, schwere Krume fassend, warf er sie in die Grube, dann schichtete er mit der Hacke das hohe, dichte Bodenstroh noch darüber. Doch alles völlig zu ebnen, gelang ihm nicht, noch immer zeigte das kleine Grab an Kopf- und Fußenden geringe Erhöhungen. Heißer, modriger Staub mischte sich in seinen Atem, der alte Durst quälte ihn von neuem; ohne noch einmal zurückzusehen, verließ er die Scheune.

Der strahlend helle Hof war jetzt voller Leben. Die wenigen Minuten bis zum Melken waren vergangen. Brüllend, stampfend standen die Kühe da und boten die gefüllten Euter den Melkerinnen dar, die Milch schäumte weiß in die blitzenden Gefäße nieder. Aus dem Hause trat der Herr, strich mit dem ruhigen, guten Blick über den Hof und ging dann, begleitet von einer Magd, die einen großen, sauber verdeckten Korb an den kräftigen Armen trug, den Weg zum Wald, wo er den Fällern und den Söhnen die Vesper brachte. Dort wollte er bis zum Abend bleiben und mit den anderen heimkehren.

Emma stand zwischen Hof und Haustür und zählte die Tröge, die die Laufbuben und Mägde milchgefüllt zum Keller schleppten. Eine junge Magd eilte zur Haustür und läutete die Glocke zur Vesper.

Von der Scheune Nummer vier kam der alte Güse, der von seinem Dach schon langsam herabgeklettert war, als er die ersten Kühe auf den Hof zutreiben sah. Neben ihm ging langsam Fritz, doch als die Glocke ertönte, stürzte er vor, als erster trat er in die Küche, ergriff gierig seinen Becher mit Milch und trank. Lange hielt er die kühle, süße Flüssigkeit in seinem Mund, ließ sie auf und nieder wogen, ehe er den Schluck in die Kehle rinnen ließ.

Vom Ententeich herauf kam die kleine Hirtin Minna gelaufen, ließ sich von Emma die Vesper für sich und die Genossin geben und lief wieder davon. Die Frau eilte geschäftig zwischen Küche und Speisekammer einher. Die Beeren, fertig gekocht, mußten in Gläser gefüllt und abgekühlt werden, im Milchkeller der morgendliche Rahm abgenommen und verbuttert, das Futter für den Abend, das Essen für die Nacht zugerichtet werden. Der Herr hatte, nach dem Abschluß des guten Geschäftes mit dem Viehhändler einen Augenblick in die Küche tretend, verkündet, daß Johanni heute abend ein wenig gefeiert werden solle, da die Hammel so gut gehalten und brav gemästet gewesen seien, die er eben verkauft. Die Frau solle die Abendtafel vor dem Hause richten und ein Fäßchen Bier und Beerenwein bereithalten. Daher war alles in freudiger Eile, in festlicher Erwartung. Die Arbeit flog von den Händen, eines half dem andern, der Feierabend sollte bald und in schöner Ruhe begonnen werden.

Die Nachmittagsstunden vergingen schnell. Nach sechs Uhr kehrte der Herr mit den Söhnen und den Arbeitern aus dem Holz zurück. Die Knaben schleppten große trockene Äste und Abfall von den Stämmen mit sich, liefen geschäftig den Hof hin und her, um einen Scheiterhaufen zu errichten, den sie in der Dunkelheit entzünden wollten zur Feier der Johannisnacht. Karl, der älteste Sohn, lief zum Dachvorsprung der Scheune, wo die Geräte hingen für die Sommerarbeit, um sich eine Axt zu holen, die Zweige und Stämme für den Scheiterhaufen zu behauen. Zu seinem großen Erstaunen fand er da Fritz in tiefem Schlafe auf dem Boden liegen. Er stieß ihn an und weckte ihn. Fritz schlug seine großen, schlafesklaren Augen auf, sprang auf die Beine, ging taumelnd ein paar Schritte, versuchte sich zu besinnen, denn er wußte nicht mehr, wie er hierher und zu dem tiefen Schlaf gekommen war. In kindlicher, schamhafter Verwirrung lachte er mit, als Karl ihn neckte, daß er heute so fleißig schlafe. Fritz suchte ihm eine kleine, leichte Axt aus, die Zweige zu behauen, und plötzlich sah er, daß die Stelle, wo der Grabspaten mit langem Stiel hangen mußte, leer war. Suchend lief er um die Scheune herum und erblickte die Hacke auch, die noch an der offenen Scheunentür lehnte. Er ergriff sie schnell, um sie an ihren alten Platz zu bringen. In demselben Augenblick bog Emma, seine Mutter, vom Schafstall kommend, um die linke Ecke der Scheune und stand vor ihm. Sofort fragte sie: »Was macht die Hacke hier? Gehört die in die Scheune?«

Fritz sah die Mutter an, dann blickte er auf die Hacke nieder, schaukelte sie leise an ihrem langen Stiel in seiner Hand hin und her. »Ich habe sie wohl ein bißchen gebraucht!« sagte er.

»Ach was, hänge sie schleunigst an ihren Ort, wo sie hingehört! Was ist das für eine Ordnung?« schalt die Mutter streng und ging weiter.

Fritz eilte und hing die Hacke an ihren Platz. Dann ging er in den Hof zu den Knaben, die um den Scheiterhaufen bemüht waren. Er fühlte sich leicht, weich und froh, es zog ihn zu den Menschen, er gesellte sich seit langen Jahren zum erstenmal wieder zu den Brüdern, half mit jungenhafter Freude und Heiterkeit, den Scheiterhaufen hoch in einem mächtigen, sauberen Quadrat aufzubauen.

Rings um den Hof erhob sich noch einmal ein großer Tumult. Alle Herden wurde eingetrieben, die Pferde getränkt und gestriegelt. In einer Stunde sollte alles Vieh versorgt, die Ställe geschlossen, die Gerätschaften verwahrt, das Feuer im Herd verlöscht sein. Die große, weißgescheuerte Tafel stand schon vor der Tür, mit Bänken und Stühlen umgeben, mit den irdenen Eßschüsseln und den kleinen Krügen für Wein und Bier besetzt. Die jungen und flinken Knechte und Mägde drängten sich schon um den schönen steinernen Trog des Brunnen und wuschen sich Arme, Hände und Füße, während die älteren bedächtig nachkamen, die Ärmel der Hemden hochschoben, in Eimern sich Wasser auffingen und etwas abseits von den andern sich wuschen. Zur rechten Zeit ertönte die Glocke zum Essen, alle strömten zu der großen, verheißungsvoll aufgedeckten Tafel.

Bis jetzt war das Kind von niemand vermißt worden. Die Mutter glaubte es bei den Hirtinnen am Teich, die Hirtinnen hatten längst vergessen, daß es von ihnen weg zum Hause gegangen.

Der Abend kam zögernd. Am Rande des Himmels hing noch immer die Sonne am Ende ihrer weiten, strahlend gezogenen Bahn, durchgoldete mit ihrem letzten und heute scheinbar unerschöpflichen Licht die in milde Wärme sich verkühlende, sanft sich bewegende Luft. Die berauschende Schönheit, mit der der Tag begonnen, verklärte ihn verschwenderisch bis zum langsamen Sinken in die Nacht.

In wohligem Verlangen nach Ruhe und Nahrung aufatmend setzten sich die Menschen zu Tisch. Emma kam aus dem Haus, und mit Hilfe einer Magd stellte sie einen Holzbock auf, auf den mit einem Schwung das Fäßchen mit Beerenwein gehoben wurde. Alle lachten. Dann ging sie und kam wieder mit der riesigen Schüssel dampfender, fleischduftender Suppe und stellte sie auf den Tisch nieder. Alle warteten auf den Herrn und die Frau. Der Herr kam zuerst, aus der Wohnzimmertür tretend, die Frau folgte ihm mit vor Eile gerötetem Gesicht, mit glücklich lächelndem Mund und die weit offenen dunklen Augen strahlend auf ihn gerichtet. Sie strich sich mit beiden Händen den dunkel glänzenden Scheitel glatt und ließ sich am Tische nieder. Sie füllte die Teller, die Emma ihr zureichte und gefüllt wieder verteilte. Alle falteten die Hände und erwarteten jetzt die zarte Stimme des Kindes, das in den letzten Wochen immer das Tischgebet gesprochen hatte. Die Stille, die jetzt an Stelle der gewohnten, rührenden Bitte um Segen der Mahlzeit eintrat, war furchtbar, verbreitete plötzlich ein Entsetzen, das noch niemand sich erklären konnte. Die Hände starr ineinandergefaltet, die Köpfe gesenkt, verharrten sie alle stumm.

Der Mann sprach zuerst. Er hob das Haupt und fragte: »Wo ist Anna?«

Die Frau erschrak, schuldbewußt wagte sie nicht, sich zu erheben, und warf Emma, die neben ihr saß, einen flehenden Blick zu.

Emma stand auf und eilte ins Haus. Alle blieben stumm mit gefalteten Händen sitzen. Nur Fritz und Karl am unteren Ende der Tafel flüsterten leise miteinander, wie sie am besten das Feuer des Scheiterhaufens entzünden könnten. Karl wollte Reisigbündel, wie man sie in der Küche zum Herdanzünden hatte, verwenden, doch Fritz riet leise: »Nein, Petroleum, da brennt es gleich viel höher!«

Emma kam aus dem Haus zurück, das sie leise und schnell durchsucht hatte, schüttelte stumm den Kopf.

Der Herr löste die gefalteten Hände auseinander. »Jeder bete für sich und beginne zu essen!« sagte er.

Sie neigten von neuem die Köpfe und bewegten die Lippen; Unruhe und Furcht im Herzen, begannen sie eilig zu essen.

»Wo war das Kind zuletzt?« fragte der Mann.

»Es ist zum Teich gegangen!« antwortete die Frau ebenso leise.

Der Herr schwieg, sah auf die Essenden und wartete. Sie legten die Löffel aus der Hand und sahen ihn an.

»Dankt noch!« sagte der Herr. Sie beteten wieder, jeder für sich. Dann stand der Herr auf.

»Was hat die kleine Anna am Teich gemacht?«

Friederike und Minna wurden gefragt.

»Wir haben gespielt. Sie hat uns Kuchen geschenkt. Nachher ist sie mit Fritz fortgegangen.« Die beiden Mädchen zitterten am ganzen Körper. Tränen standen ihnen schnell in den Augen.

»Fritz wollte ihr ein Vogelnest zeigen, mit Jungen«, fügte Minna, die jüngere von ihnen, noch hinzu.

»Fritz, komm her!«

Fritz stand auf und trat vor den Herrn. Weiß und zart war sein müdes, erschöpftes Gesicht, träumerisch der Blick der sanften Augen.

»Wo hast du die kleine Anna zum letzten Male gesehen?«

»Beim Teich, Herr!«

»Aber sie ist doch mit dir fortgegangen vom Teich!«

»Das weiß ich nicht, Herr. Ich habe schwer getragen an den Weidenruten für Güse!«

»Wo hast du ihr das Vogelnest gezeigt?«

»Ich weiß von nichts, Herr. Ich weiß gar kein Vogelnest.«

Der Herr fragte die anderen, alle der Reihe nach, niemand hatte das Kind gesehen.

»Hat jemand wen Fremdes auf dem Hof gesehen?«

»Ich, Herr, ich habe einen Bettler auf dem Hofe gesehen, kurz, ehe gemolken wurde«, rief Fritz.

Die Leute, die in Schlag sieben gemäht hatten, nickten beistimmend, sie hatten einen Mann durch die Felder eilig nach dem Wald laufen sehen.

»Helft suchen!« sagte jetzt der Herr.

Sofort stürzte alles auseinander. Die Sorge um das Kind war groß. Man lief in die Felder, die Männer wateten durch das schön und dicht stehende, kindeshoch ragende Korn. Die Frauen suchten im Garten, bogen die Zweige der Büsche und Hecken auseinander; unaufhörlich ertönte der Name des Kindes, von den vielerlei verschiedenen Stimmen lockend und beschwörend in Liebe und Angst gerufen. Doch im Frieden des sinkenden Abends kam ihnen keine Antwort.

Die Mutter rannte zum Teich. Obwohl sie von den Hirtinnen mit Bestimmtheit vernommen hatte, daß das Kind vom Teich fortgegangen und nicht wieder dahin zurückgekehrt sei, glaubte sie doch, es halte sich noch dort versteckt. Unaufhörlich umkreiste sie das Ufer, wühlte in dem dichten Weidengebüsch, immer wieder lockten sie die in der Dämmerung silbern aufschimmernden Blätter der Weiden, spiegelten ihr das lichte Haupt des Kindes vor. Fern lag ihr jeder Gedanke an Unglück oder Tod. Sie lächelte, sie glaubte fest daran, daß das Kind, heute besonders übermütig, sich versteckt habe, leise irgendwo schelmisch lachen und plötzlich ihr an den Hals springen würde. Von neuem bog sie suchend die Weiden auseinander, rief, lachte dem Kind entgegen. Plötzlich sah sie am Boden etwas Helles leuchten, mit einem Schrei stürzte sie darauf zu und hob es auf, es war das Körbchen des Kindes, in dem es Futter für die Enten und seinen Kuchen mitgenommen hatte. Nun fiel ihr wieder ein, daß das Kind doch vom Teich fortgegangen sei, es hatte sich ins Haus geschlichen und dort sich versteckt, dann war es wohl eingeschlafen. Und sie kehrte zum Haus zurück, durchsuchte es von oben bis unten, hielt die Arme ausgebreitet, denn jeder Augenblick mußte ihr das Kind bringen, sie es finden lassen.

Der Vater hatte in weitestem Bogen um das Gehöft gesucht. Er hatte die beiden Söhne neben sich. Sie waren über die Felder hinaus-, durch die Wiesen bis zum Wald gegangen.

»Vielleicht hat sie uns entgegenlaufen wollen bis zum Wald und hat sich verirrt«, sagte er zu den Söhnen. Doch er glaubte nicht an seine Worte. Er wußte, das Kind, vor allem Fremden ungewöhnlich scheu, in seinen Spielen und seinen kleinen Interessen immer an das Haus gebunden, lief nicht so weit fort.

Im Wald begann es schon zu dunkeln. Sie riefen und durchstreiften ihn nach allen Richtungen, doch als Antwort ward ihnen die feierliche Stille der in die sinkende Nacht eingehenden Natur. Sie kehrten zurück auf die Felder, die dargebreitet lagen dem hoch und licht sich wölbenden Abendhimmel.

Sie kamen zum Hof zurück. Es war zehn Uhr und die Nacht nun völlig da. Die Mutter lehnte an der Türe des Hauses und weinte. Das Kind war versteckt, und sie konnte es nur nicht finden. Erst hatte es gelacht, dann war es eingeschlafen, nun würde es irgendwo in seinem Versteck aufwachen, im Dunkeln sich fürchten, nach ihr, der Mutter, rufen, nach ihr, der Mutter, seine kleinen Ärmchen ausstrecken, sie sah es vor sich, seinen kleinen, im Weinen verzogenen Mund, die rinnenden Kindertränen, sie fühlte sein kleines, schluchzendes Herz ihr entgegenschlagen, und sie, die Mutter, fand das Kind nicht. »Wo hat sich nur das Kind versteckt?« jammerte sie, wieder und wieder, und unaufhörlich durchsuchte sie im Dunkeln das Haus.

Christian stand still im Hof. Von allen Seiten der Felder und Wiesen kamen die Suchenden zurück, mit traurigen, langsamen Schritten, und scharten sich stumm um den Herrn.

»Sie kann in den Teich oder in eine der Gruben gefallen sein«, sagte er ruhig.

»Ach Gott!« Leise sagte es Blank, der Wirtschafter, der neben ihm stand, schwer schluckte seine Kehle.

Karl, der Sohn, vor Erregung bebend, ohne doch alles zu begreifen, rief plötzlich mit heller Knabenstimme: »Soll ich den Scheiterhaufen anzünden, zum Leuchten?«

»Lauf!« sagte der Vater.

Der Knabe lief, Freude in seiner jungen Seele, den Scheiterhaufen nun doch noch brennen zu sehen. Als er zu dem Holzstoß kam, der kunstgerecht, wohl zwei Meter im Quadrat, aufgebaut war, erblickte er plötzlich Fritz, am Boden hockend, hinter dem Scheiterhaufen verborgen.

»Warum suchst du nicht mit?« fragte er ihn.

»Ach was«, erwiderte Fritz. Er hatte schon alles zum Anzünden vorbereitet. Eine Flasche Petroleum und ein Bündel Werg sowie ein Feuerstein lagen neben ihm. Während Karl das Petroleum über das Werg goß, schlug er die Funken, und bald loderten die Flammen hell und stark aus der Mitte des trockenen, prasselnden Holzes hervor.

»Vielleicht sehen wir die Anna jetzt«, sagte Karl leise vor sich hin, nun doch wieder von Kummer bedrückt.

»Die finden sie wohl nicht mehr«, sagte Fritz. Seine sanfte Stimme war so leise, daß das Prasseln des brennenden Holzes seine Worte fast verschlang, nur der hohe Ton schien in der Luft noch zu schweben, und sein weißes, schön gebildetes Gesicht war golden angestrahlt vom Feuerschein der Flammen.

Auf dem Hof, der nun weithin erleuchtet war von dem flackernden Licht der Flammen, begann die Arbeit von neuem. Es war wie das spukhafte Widerspiel des Lebens am Tage. Die Menschen eilten hin und her, die Schatten wuchsen bald riesenhaft groß empor, bald verzehrten sie sich, die Gesichter und Hände tauchten auf, grell gehoben ans Licht, und verschwanden ohne Spur im Dunkel wieder.

Der Schuppen, in dem die Pumpen standen, wurde geöffnet und sie hervorgezogen. Sie wurden an die Jauchegruben angesetzt, ihre Hebel von den Männern auf und nieder geschwungen. Andere warfen mit langen Gabeln den Dunghaufen um, der Herr selbst zog die kleinen Wagen der Aborte hervor und durchsuchte mit langen Stangen die Exkremente.

Die Hitze und der Rauch des in lodernden Flammen brennenden Holzstoßes, der Geruch der Gruben und Aborte vermengte sich zu einem höllischen Dunst.

Mit der letzten Anstrengung wurden diese Arbeiten beendet, erschöpft sanken alle zusammen.

Vom Teiche kam der Fischer-Andres herauf, der im Schein von brennenden Holzscheiten mit Booten und Netzen das Wasser durchzogen hatte. Da er bemerkte, daß ein Brett der Brunneneinfassung gelockert war, wurde trotz der allgemeinen Müdigkeit der Brunnen vollends aufgedeckt und das Abflußbecken noch leergepumpt.

Bis um ein Uhr nachts hatte man keine Spur von dem Kinde. Der Scheiterhaufen war niedergebrannt, die Flamme schwelend erloschen. Die Johannisnacht war da, die kurze Spanne der Dunkelheit zwischen dem zögernd vergangenen Abend und dem bald sich wieder nähernden Licht des Morgens.

Die Menschen ruhten, zusammengesunken vor Müdigkeit, Schrecken und leerer, noch nicht einmal begriffener Verzweiflung. Überall im Hofe verstreut hockten die trostlosen Gestalten, die Hände schlaff in den Schoß gefallen, die Augen auf den Boden gerichtet oder geschlossen ohne Schlaf.

Nur zwei Menschen schliefen. Fritz, von der Hitze und der blendenden Helligkeit des Feuers weggetrieben, war in weicher Müdigkeit, in traumhafter Sehnsucht nach Schlaf in seine Kammer geschlichen und dort in tiefen Schlummer gesunken.

Über dem Bettchen des Kindes hatte die Mutter sich in hoffnungsvollen Traum geweint. Sie träumte, sie stehe wieder als junges Mädchen im Laden in der kleinen Stadt, es sei Abend, die Lampe brenne, die Türe ginge auf, Christian trete ein und reiche ihr ein mächtiges Bündel großblütiger Blumen, und als sie es in die Hand nahm, entsprang jeder Blüte das Kind Anna, und die vielen kleinen Gestalten drängten sich um sie, der warme Hauch der Kinderkörper stieg von ihren Füßen über den Leib bis zu ihrem Herzen empor und überflutete sie bis in den Schlaf mit einem glücklichen Gefühl. Der Mann aber war versunken.

Unten stand Christian, der Vater, frei in der offenen Tür des Hauses. Müdigkeit, schwer in seinen Gliedern lastend, drückte ihn nieder, doch der Schmerz des Herzens hielt ihn wieder aufrecht. Erbarmungslos stieg es ihm jetzt aus der versteinten Brust empor, daß sein Kind tot sei, daß er seinen Leichnam suche, daß er seinen Leichnam bergen müsse. Kein Grund für diesen Gedanken, keine Erklärung, und doch keine Hoffnung, und doch keine Träne. Er hatte nicht beten können, die gefalteten Hände hatte er gelöst, in der schwersten Stunde war Gott ihm entwichen, jetzt fühlte er klar den unerbittlichen, den tödlichen Schlag in seiner Seele. Keine menschliche Verzweiflung war ihm gegeben, er brach nicht zusammen. Todeskräfte stiegen aus seiner bis hierher in gutem Glück lebenden, von reinen Wünschen und Gedanken bewegten, nun von bösem Unglück jäh überfallenen Seele hervor. Frei, ohne Stütze stand er weiter, im Innern gehalten von furchtbarer Kraft.

In der völligen Dunkelheit, in der völligen Stille, die jetzt über allem lagerte, schien es, als schwebe die kleine, so gewaltsam abgeschiedene Seele des Kindes in lebensgierigen Kreisen noch nahe den Menschen, noch nahe der lebendig atmenden Natur. Vor den müden, stumpf ruhenden Seelen der Knechte und Mägde entstand das Bild des Kindes. Mit ihren halb in Schlaf versunkenen Sinnen fühlten sie seinen Atem in der Luft, sie glaubten die Gräser des Weges sanft sich niederbeugen zu sehen unter dem zarten Gewicht seiner kleinen Schritte, Türen öffnete es langsam, auf die Zehenspitzen gestreckt, mühsam mit dem Druck der kleinen Händchen die schweren Klinken niederdrückend, es flüsterte nahe um sie, sein schmeichelndes, zärtliches, weiches Lachen schmiegte sich mit der lau bewegten Sommerluft in ihre Ohren. Es umwebte die Ahnungslosen in den kurzen Stunden ihrer traurigen Ruhe mit den letzten, geheimnisvollen Schwingungen seines verwehenden Lebens.

Die zarte Dämmerung des Morgens, wieder golden und schön, kam schnell. Der Herr, frei und unbeweglich stehend im Tor des Hauses, erhob die Stimme in dem noch lautlosen Schweigen des Morgens.

Nun sprangen alle auf, reckten sich, gingen zum Brunnen und weckten die Gesichter und Hände mit kühlem Wasser. Sie halfen beim Anzünden des Herdes, bald war der Kaffee fertig, schnell tranken alle, froh, sich regen und Nacht und lähmendes Entsetzen abschütteln zu können.

Nun sammelte der Herr die Leute um sich. Er stellte sie auf nach Plan und Ordnung. In der süßesten Morgenröte, in der von Frische und goldenem Licht erfüllten Luft, unter dem von überallher froh erwachenden Gesang der Vögel begann das Suchen nach dem Kinde von neuem.

Ein Teil der Leute durchwanderte unter der Leitung von Blank, dem Wirtschafter, den ganzen, mit Winterkorn besäten Schlag sechs und sieben. Sie gingen in Reihen, je zu fünfen, hielten sich mit ausgestreckten Armen an den Händen und folgten einander in Abständen von zehn Schritt. Mit den schweren Schuhen traten sie das schön, dicht und ebenmäßig stehende, ihnen bis zu den Schultern reichende Korn nieder. Mit verstörtem Schrei und Flug schwangen sich die Lerchen auf, die Wachteln flatterten davon, hier und da floh ein Maulwurf unter seinen Hügel. Die Männer gingen still, mit gesenkten Köpfen.

Andere durchsuchten nochmals unter der Führung des Fischer-Andres alle bis im weitesten Umkreis liegenden Gewässer und Teiche. In drei Booten, in denen je vier Mann standen, überquerten sie die im Morgen duftig glitzernden Wasserflächen, durchzogen sie mit langen Stangen und Haken, mit Netzen bis auf den Grund. Die kleinen Wehre wurde aufgelassen, obwohl ein Teil der Wiesen dadurch plötzlich überschwemmt wurde, und breite Netze wurden unter das verschäumende Wasser gehalten.

Die Söhne mit den Fällern durchstreiften den Wald.

Emma mit den Mägden durchsuchte Haus, Keller und Boden nochmals, jedes Gefäß wurde umgewendet, jede Tür geöffnet, jeder Sack umgeleert, im Garten die dichten Zweige umgebrochen, die Bäume geschüttelt, das Bienenhaus nachgesehen. Zuletzt kam sie mit den Mägden in die offene Scheune Nummer vier. Diese war dunkel, heiß, glatt und eben der mit Stroh fußhoch bedeckte Boden. Sie gingen durch die Mitte und auch die Wände entlang, sie bemerkten nichts. Unmöglich konnte auch das Kind in dem offenen, ebenen Raum zu Fall gekommen sein.

Um sieben Uhr morgens trafen alle wieder auf dem Hof zusammen, nachdem drei Stunden lang dreißig Menschen gesucht hatten. Fritz war inzwischen aufgestanden, hatte die Ställe geöffnet und das Vieh zu versorgen begonnen.

Er lief ausgeruht, frisch, eilig und arbeitsfreudig umher. Der Herr befahl, daß man mit Suchen aussetzen und die nötige Arbeit erst vornehmen solle. Er hieß Fritz anspannen und fuhr mit Blank und dem Fischer nach der Stadt, um Anzeige zu erstatten.

Die Frau war am Morgen erwacht, schlafestrunken vernahm sie den Lärm des Tages vom Hof herauf, verwundert richtete sie sich auf, strich sich über die schmerzende Brust, die eingedrückt über den Kanten des schmalen Kinderbettes gelegen hatte. Lange mußte sie sich besinnen, warum dieser Morgen nicht wie alle andern war, warum das Bett des Kindes leer, ihr eigenes unberührt und sie beim Erwachen allein war. Plötzlich wurde sie dann von der Erinnerung an den vergangenen Tag überfallen, das Kind war also noch nicht gefunden. Sie schlich sich langsam in die Küche hinab, sah die bleichen, verstörten Gesichter, sie suchte den Mann und erfuhr, daß er in die Stadt gefahren sei. Verloren stieg sie die Treppe wieder empor ins Schlafzimmer, setzte sich auf den Rand ihres Bettes und verharrte so still in Erwartung. Sie konnte nichts Böses glauben. Sie hoffte auf die Rückkehr des Mannes. Wenn das Kind nicht im Hause versteckt war, war es vielleicht doch fortgelaufen, fremde Menschen hatten es aufgenommen, hatten es wohl in die Stadt gebracht, es würde dem Vater zugeführt werden, denn seinen Namen konnte es schon sagen, und den Vater kannte jedermann.

Am Mittag hörte sie den Mann zurückkommen. Ihr Herz klopfte, freudige Röte schoß über ihr Gesicht. Aber seine Schritte kamen nicht zu ihr, Sprechen und Lärmen erhob sich wieder im Hof. Sie ging ans Fenster und sah die Leute alle versammelt um den Herrn, der unter ihnen stand. Hunger quälte sie. Niemand schien sie zu vermissen, niemand fragte oder rief nach ihr. Und es war doch ihr Kind, sie hatte es geboren und aufgezogen, man mußte ihm helfen und ihr, der Mutter. Ihr dunkler, geweiteter Blick feuchtete sich in Tränen, sie wagte nicht, hinunterzugehen, unter die trostlosen, müden Gesichter der Menschen zu treten, sie setzte sich wieder nieder, wartete auf freudige Botschaft.

Die Hände über die aufgeregte, leise noch schmerzende Brust gekreuzt, lächelte sie vor sich hin, in Erinnerung an den glückverheißenden Traum der Nacht. Wie die Blumen im Traum, so würde der Mann ihr das Kind wiederbringen, dann wollte sie sich an seinen Hals hängen, ihn küssen, ihn nicht versinken lassen wie im Traum, sie war ja noch jung, das Kind war gesund und schön, sie mußten glücklich sein.

Unten war schnell zu Mittag gegessen worden, dann wurde nochmals gesucht. In geordneten Trupps wurden nochmals die Roggenschläge kreuz und quer durchzogen, die Gewässer beobachtet, die Wasserrinnen und Mergelgruben der Felder durchstöbert, Ställe, Gärten, Hecken und alle Winkel durchforscht. Zur Vesper kamen wieder alle zusammen. Schnell wurde gemolken, dann sammelten sich wieder alle um den Herrn. Scheu kam von der Haustür her auch die Frau geschlichen und mischte sich in den Kreis. Sie sah den Mann an und begriff nicht, daß so Furchtbares geschehen sein sollte, das sein Gesicht so hart und versteinert umgeschaffen hatte, das seinen, des Herrn, Mund stumm hielt, indes Blank, der Wirtschafter, reden mußte.

»Herr«, sagte der Wirtschafter, »mit Suchen ist da nichts mehr. Das ist aber auch ganz gut, daß wir gar nichts gefunden haben, da ist doch wenigstens nicht das Schlimmste passiert. Aber weiter weg, als wir gesucht haben, ist die kleine Anna doch wohl auch nicht gelaufen. Ich glaube da nun, daß da vielleicht so elende Zigeuner das Kind verschleppt haben. Was soll sonst sein? Oft genug hat man das ja gehabt, und unsere kleine Anna war ja wohl ein schönes Ding, wie sie es gern haben. Was denkt Ihr?«

Ein allgemeiner Aufschrei der Erleichterung brach aus. Das allein konnte die Lösung sein, das mußte es sein, das war schlimm, aber doch nicht das Allerschlimmste, das Kind lebte doch wenigstens noch, man konnte es den Zigeunern wieder abjagen, abkaufen, mit Geld alles wieder gutmachen. Alle die müden Gesichter und Gestalten belebten sich wieder, die Mutter aber jubelte, das war die neue Hoffnung, die Zuversicht, die ihr Herz brauchte.

Der Herr sah stumm den Wirtschafter an. Er wußte, es war ein kluger und überlegter Mann, er würde nichts sagen, was er nicht glaubte, und es war gut, daß doch die andern noch glaubten.

In der Wohnstube setzte sich der Herr vor den Schreibsekretär und verfaßte ein Schreiben, das das Verschwinden des Kindes vermeldete, seine Gestalt beschrieb und verkündete, daß der Vater für Nachrichten oder Wiederherbeischaffung eine Belohnung von dreihundert Talern aussetze. Die Mutter holte die Photographie des Kindes herbei, das Geschenk an den Vater. Mit diesen Papieren versehen, brach der Herr zum zweitenmal auf und fuhr nach der Stadt.

Auch dieser Tag ging zu Ende. Mit Mühe vollendeten die vor Müdigkeit fast umsinkenden Leute die nötige Arbeit. Große Hilfe leistete Fritz, der an dem allgemeinen Suchen und der allgemeinen Aufregung nicht teilgenommen hatte und für drei arbeitete. So sanken alle, als noch der Abend licht über allem schwebte, in tiefen Schlaf. In Ruhe lagen der Hof und das Haus schon da, als der Herr zurückkehrte. Er spannte selbst die Pferde aus und verschloß die Ställe.

Zu tun blieb nichts mehr. Er ging ins Haus, die Treppe empor und trat in das Schlafzimmer ein. Auf dem Bett lag die Frau, mit seufzenden Atemzügen schlafend, die Hände über ihrem Schoß gefaltet. Der Mann sah sie an in der sommerlichen Dämmerung, die nicht Licht und nicht Dunkelheit war. Durch ihre schlafesgeschlossenen Augen fühlte er ihren dunklen Blick, jenen weitgeöffneten, nachtschwarz wogenden Blick. In ihm versenkt war die Finsternis der Kindheit, die er gefürchtet hatte, eine zweite, böse, unsichtbar belebte Welt, ein zweiter, dunkler Gott gegen den Gott seiner Seele, gegen den Gebieter der gerechten Gebote, den Erfüller der guten Gebete.

Er wandte sich von ihr ab. Die Dunkelheit, die zunahm, fühlte er nicht. Er trat an das Fenster und sah gegen den Himmel. Von dem Bild seines Kindes war die dunkle Luft erhellt. Er sah es, von lichten Locken umspielt sein kleines Haupt, weiß leuchtend und rein seine Stirn, strahlend der Blick der hellen Augen, schimmernd sein unschuldiges Lächeln auf dem feuchten Blumenblatt des Mundes. In sein Herz brach Glanz vom Widerschein seiner zarten, reinen, vor ihm schwebenden Gestalt. Wohin war es gegangen? Welches Böse hatte sein reines, schuldloses Dasein angelockt, welcher Tod sein freudestrahlendes Leben zerbrochen?

In dem menschlichen Schmerz, der jetzt in ihm sich löste, in der heißen Sehnsucht seiner väterlichen Liebe nach dem Kind brach der Mann in die Knie.

Er sank vor dem Fenster zusammen. Von seinem Kinn, auf das Fensterbrett aufgeschlagen, ward sein Haupt emporgehalten, sein Blick hinaus in die Dunkelheit gerichtet.

In der Nacht, die um ihn stand, ahnte der Vater das Furchtbare.

Die Luft war lau und still, die Erde ruhte dunkel und trug die Früchte des Sommers.

Der Himmel, blau getönt, licht und zart gespannt, trug die prunkenden Gestirne.

Menschen und Tiere um den einsamen Wachen schliefen.

II

Am Morgen des sechsundzwanzigsten Juni, im ersten Schimmer des Lichtes, das golden wie immer aufstieg, erwachte die Frau. Sie hatte tief geschlafen. Ohne sich zu regen, wendete sie den weitgeöffneten Blick zum Fenster. Dort kniete der Mann, das Kinn auf die Fensterbank gestützt, das Haupt steil emporgerichtet, unbeweglich Gesicht und Blick gegen Luft und Himmel gerichtet. Leise rief sie seinen Namen. Er rührte sich nicht. Sie richtete sich im Bette auf. In der aufflammenden Sonne erkannte sie langsam, mit geblendeten Augen, deutlich seine breiten Schultern, seinen Nakken, und, daß das Haar seines Hauptes weiß gebleicht war in dieser Nacht. Sie eilte zu ihm und rüttelte ihn an der Schulter. Er wollte sich erheben, doch seine großen Glieder schienen ohne

Kraft, die Arme, gestützt auf das Fensterbrett, knickten zitternd ein, von neuem sank er mit dumpfem Schlag in die Knie. Die Frau wollte ihn hochziehen und griff nach seiner Hand. Doch kaum hatten ihn ihre warmen, vollen Finger berührt, als er aufgeschnellt plötzlich vor ihr stand, hochgereckt, um Haupteslänge größer als sie, das weiße, wirre Haar über der hohen Stirn, die Augen ganz verhangen von den schweren Lidern, der Mund verdeckt von dem zerzausten Bart, der allein noch die Lebensfarbe behalten hatte. So wich er fremd vor ihr zurück. Er riß seine Hand von ihr los, an dem leeren Bettchen des Kindes vorbei ging er aus dem Zimmer.

Die Frau stand still und sah mit ihren weitgeöffneten Augen im Zimmer umher. Sie weinte nicht. Sie konnte Unglück nicht begreifen. Sie strich ihre Kleider glatt, in denen sie geschlafen hatte, mit einem Kamm fuhr sie durch ihr langes, dunkles, aufgelöstes Haar, drehte es im Nacken zu einem Knoten und stieß die Haarnadeln tief ein. Sie lächelte. Sie glaubte und hoffte.

Es war fünf Uhr, und alle waren schon wach. Die Ställe wurden geöffnet, die Schäfer trieben die Herden hinaus, die Hammel und Ziegen stürmten auf die Weide, die Kühe sammelten sich zum Melken.

An der Tür des Hauses stand der Herr, wie jeden Morgen. Tiefes Erschrecken ging von seinem ergrauten Haupte aus. Alle, die es an diesem Morgen erblickten, sanken in sich zusammen. Erschüttert, verzagt und mutlos gingen alle an die Arbeit. Noch bewegte sich alles in dem alten, guten Gleise, in der tief eingewurzelten Ordnung. Doch der Blick des Herrn, der bewacht, angefeuert und auch gedankt hatte, fehlte bald über allem. Schon an diesem Morgen sah er nicht die Züge seiner Herden an sich vorüberziehen, zählte nicht mehr ihre Zahl, sondern unter den schweren Lidern hervor erblickte er nur die verkohlten Reste des Scheiterhaufens, die schmutzigen Spuren der durchsuchten Gruben auf dem Hof und weiterhin die zerstampften, niedergetretenen Kornfelder. Nur die Scheune Nummer vier war wie immer. Ihre Tore waren weit geöffnet, hin und wieder schoß ein Vogel in weitem Bogen aus dem Licht in die Finsternis des fensterlosen Raumes, eine Atzung im Schnabel, oder kehrte aus dem Dunkel zurück und senkte sich in das Korn nieder. Das dunkle Dach der Scheune zeigte den neuen, helleren Fleck, an dem es ausgebessert war.

Auf dem Hausflur trat der Fischer Andres zu ihm. »Sollen wir nicht noch einmal suchen, Herr?« fragte er leise.

Christian stand still, und es dauerte eine Weile, ehe er antworten konnte. Die schweren Lider hoben sich nicht von den Augen, und der Mund schien sich nur schwer zum Sprechen zu bewegen.

»Sucht nur«, sagte er endlich, »das Wasser treibt oft erst den dritten Tag auf. Tut alles, was not ist.«

Der Fischer wandte seinen Blick nicht von seines Herrn gebleichtem Haar, bis dieser in die Wohnstube eingetreten und die Tür leise und fest hinter sich geschlossen hatte.

Im Wohnzimmer ließ sich Christian vor dem Pult seines Schreibsekretärs nieder. Er stützte den Kopf auf und legte müde Stirn und Augen in seine Hände. In der Nacht, die sein Haar gebleicht hatte, waren in menschlicher Verzweiflung seine Knie zusammengebrochen, hatte das Bild seines Kindes, erstanden aus der väterlichen Sehnsucht, in tiefstem Schmerz sein Herz bewegt, doch jetzt war alles leer, tot seine Brust, vernichtet die Welt, die Gott erschaffen, in Sinn und Gesetz erhalten hatte nach seinem Glauben bis zu diesem Tage. Alles war zertrümmert und versunken, nur er selber war noch, atmete, lebte, er fühlte seine aufrechten Schultern zu seiten des starken Rückens, der noch nicht gebeugt war, der noch immer Schläge empfangen, noch Bürden auf sich nehmen konnte.

Er hob den Kopf und zog langsam mit der rechten Hand das oberste Schubfach des Sekretärs auf. Er entnahm ihm eine längliche Geldschatulle aus grünem, dicht geflochtenem Metalldraht und öffnete sie. Ihr Inneres war eingeteilt in verschiedene Fächer. Darin lagen sortiert die Geldmünzen, Gold- und Silberstücke, Kupfer- und ausländische Münzen, und unter dem obersten Einsatz, der abzuheben war, lagen zusammengefaltet die Papiere: die Urkunde über die Pacht der Domäne, der Trauschein, die Geburtsurkunden und Taufbriefe der Kinder.

Christian faltete alles auseinander, las und legte es breit vor sich hin. Er schlug die Wirtschaftsbücher auf, die Sparkassenbücher, fünf an der Zahl, lautend auf seinen Namen, auf den Namen der Frau und der drei Kinder. Er las die Daten der Eintragungen. Zu jedem Geburtstag, zu Weihnachten, nach Genesungen von kleinen Krankheiten hatte er die Summen vermehrt. Der Mutter hatte er bei der Geburt jedes Kindes eine heimliche Einzahlung von hundert Talern geleistet. Sein eigenes Barvermögen bestand aus viertausend Talern, so viel, als er gewollt und erstrebt hatte. Er hatte den Ertrag der Felder auf das Vierfache gesteigert. Der Erlös aus den Herden und den Produkten allein reichte aus für die Erhaltung des großen Gesindes, für die reichen und guten Anschaffungen an Geräten, Wagen, für Steuern und reiche Almosen, für die Erziehung der Kinder und für die Pacht.

Christian las die Bücher, prüfte die Summen, übersah die Arbeit seiner Jugend, den Segen seiner Mühen, sein Leben baute er noch einmal um sich auf. Zuletzt ergriff er noch ein Buch, schwarz und schmal gebunden, und hielt es in der Hand. Auf der weißen Etikette des Umschlags stand geschrieben: »Clara, Charlotte, Anna B.«, und auf der ersten Seite, die er aufschlug, stand links »Mit Gott« und auf der rechten neun Eintragungen zu je zehn und fünfzehn Talern. Es war das Sparbuch für das verlorene Kind. Sein kleiner Besitz, bestimmt, sich zu vergrößern mit den Jahren seines Lebens, mit der Zahl seiner Freudentage. Christian sah es lange an, dann räumte er alles zurück an seinen Platz, ergriff einen Bogen Papier und entwarf sein Testament für die Frau und die beiden Söhne.

Von der Mutter erhielt Fritz den Befehl, den Hof zu reinigen, der noch immer beschmutzt war mit den Resten des verbrannten Holzes und des Mistes. Er erschrak, denn er hatte sich in Gedanken seine Arbeit so schön eingeteilt, erst das Reinigen der Ställe, dann das Ordnen der Geräte, das Hacken auf dem Kartoffelacker, die Arbeit im Garten, wo er heimlich die Obstbäume stützen wollte, zur Überraschung für die anderen, die in diesen Tagen verwirrt einherliefen und die gute Ordnung der Arbeiten ganz vergaßen. Er aber freute sich mehr als je auf seine Arbeit, und wenn er jetzt den Hof waschen mußte, würde ein anderer sie tun, und alles war umgestoßen. Trotzdem eilte er gehorsam über den Hof zur Scheune, wo unter dem Dachvorsprung die Geräte hingen. Er holte den großen Reisigbesen, den Wassereimer und die Gießkanne, lief zum Brunnen zurück, schöpfte Wasser und begann, den Hof auszuwaschen. Die Sonne brannte, das Wasser, vermengt mit den Resten des Dungs, dunstete übel. Schweiß rann ihm von der Stirn. Unermüdlich holte er frisches Wasser, schwemmte und rieb die Steine, bis endlich doch der große Hof wieder sauber und feucht in der Sonne glänzte. Er wusch noch sorgfältig den Besen in klarem Wasser aus, spülte die Eimer und trug alles an seinen Platz zurück.

Zum vierten Male an diesem Morgen kam Fritz an dem offenen Tor der Scheune Nummer vier vorbei. Ein Vogel stieß aus dem Dunkel ins Licht, senkte sich trillernd tief im Flug an ihm vorbei. Fritz stand still und blickte in den hohen, weiten, schweigenden und schwarzen Raum hinein. Da drinnen war etwas geschehen mit ihm, ganz im Verborgenen, etwas hatte er getan, was er noch nie getan hatte, er war ein Mann, kein Kind mehr. Er tastete an seinen Kleidern, waren sie nicht mitten am Tage geöffnet gewesen? Scham ergriff ihn, vorsichtig schlich er einige Schritte in die Scheune hinein. Nein, er hatte alles in Ordnung gebracht. Es war dunkel und heiß, kaum konnte er sehen. Beruhigt ging er wieder hinaus. Des Kindes erinnerte er sich nicht, aber etwas hielt ihn auch ab, an es zu denken, wenn die anderen von ihm sprachen, noch vermochte er selbst von ihm zu sprechen. Sein zu furchtbarer Einsamkeit verdammtes Herz fühlte keine Liebe und keinen Schmerz, ruhig war sein Gewissen und tief sein Schlaf, der abends über seinen arbeitsmüden Körper fiel.

Am wahrsten und tiefsten trauerte Emma um die kleine Anna. Denn sie dachte nur an das Kind, sehnte sich nach seinem lieben Anblick und zerrieb sich in Sorgen und Kummer über sein Verschwinden. Es quälte sie, daß sie nicht helfen konnte in diesem furchtbaren Unglück, das so tückisch, so versteckt war, das keinen Namen hatte wie alle anderen, wo man Hilfe bringen konnte, wie bei Krankheiten, oder sich in Demut unter Gottes Willen beugen mußte, wie bei dem Tod. Aber so konnten nicht einmal ihre Gedanken das Kind umgeben, das verschwunden war, irgendwohin, schlimmer als in ein Grab, an das man treten konnte. Voll Liebe, voll Hingabe verrichtete sie ihre einfachen Arbeiten, als könnte sie dadurch das Böse besänftigen, die Schmerzen lindern. Neben ihrer Trauer um das Kind dachte sie noch an den Herrn, an die Frau und an die Söhne, denen sie nachgesehen hatte, wie sie traurig und verwaist zum Wald zur Arbeit gegangen waren. Alle umfaßte ihr gutes, starkes Herz, mit allen versuchte sie mitzufühlen, um alle sorgte sie sich. Tränen stiegen ihr in die Augen. Da öffnete sich die Tür der Küche leise, und Fritz kam langsam herein, gebeugt unter einem großen hölzernen Wassertrog, den er auf dem Rücken trug. Er stellte ihn vorsichtig auf der Bank neben dem Herd ab, ohne den kleinsten Tropfen zu verschütten, und wollte sofort wieder hinaus an seine Arbeit.

Emma rief ihn. Er wandte sich zu ihr und sah sie ruhig an. Sie blickte über sein volles, sanftes Gesicht, über seine große, starke Gestalt, dann eilte sie auf ihn zu, umfing ihn und preßte seinen Kopf an ihre volle weiche Brust. Ihr Kind war auf dem Gut neben den anderen aufgewachsen, gesund und gut, wie sie es stets gesehen hatte, versorgt mit guter Nahrung und Kleidung, erzogen zu redlicher Arbeit, die ihm gerecht belohnt wurde. Nie hatte sie Last und Sorgen um ihn gespürt. Sie hatte ihn auch nicht mehr geliebt, nicht mehr betreut und geliebkost als die anderen Kinder, die Kinder des Herrn. Jetzt fühlte sie plötzlich, daß er ihr Kind war, ein Teil ihres Wesens, ihres Fleisches und Blutes. Sie fühlte noch einmal, wie sie ihn empfangen hatte mit bitteren Schmerzen und geboren in Schmerzen, aber in Freude, wie sie ihn genährt hatte mit der Nahrung ihrer Brust, die geheimnisvoll mit ihm zugleich in ihrem Leib entstanden war. Und nun erschütterte sie das Glück, daß ihr Kind noch da war, unverloren, daß es, behütet vor so furchtbarem Schicksal, groß geworden war, daß es in ihrer Nähe lebte und sie es umarmen konnte. Unaufhörlich strich sie über seinen goldgelockten Kopf und ließ ihre Tränen darauf niederregnen. Denn zugleich mit ihrem Glück ermaß sie den Schmerz der anderen, der unglücklichen Mutter.

Fritz, tief in die Umarmung seiner Mutter gepreßt, hielt still. An seinem Ohr hörte er das Pochen ihres Herzens, es kam weich, klar und fern aus der Tiefe ihrer reichen Brust. Es jagte ihn nicht auf, in wohliger Ruhe fühlte er die Wärme des mütterlichen Blutes an seinem Körper herabströmen. Er fühlte, nun war alles gut, alles mit ihm in Ordnung, und mit den Armen umschlang er fest die volle, weiche Gestalt der Mutter, wühlte seinen Kopf mit sanftem Druck tiefer in ihre Brust hinein. Gemeinsam hob und senkte sich beider Atem.

Im Wohnzimmer war inzwischen eine Kommission der Justizbehörde eingetreten, die gekommen war, das Terrain zu besichtigen und den Tatbestand aufzunehmen. Am frühen Morgen schon hatten sie sich von den Nachforschungen, die mit soviel Planmäßigkeit und Genauigkeit vollführt worden waren, Bericht erstatten lassen, hatten selbst noch einmal alles überprüft und waren nun auch zu der Überzeugung gelangt, daß das Kind verschleppt sein müsse. Sie hatten das Gesinde vernommen und lauter offene Augen gesehen und ehrliche Antworten erhalten. Bei Fritz hatte das Verhör einen Augenblick gestockt. Einer der Beamten hatte ihn wiederholt gefragt, ob er nicht doch die kleine Anna gesehen habe, da sie mit ihm zur Scheune gegangen sei, und weiter, was es mit dem Vogelnest für eine Bewandtnis habe. Er hatte dann auf die gleichmäßig lautenden Antworten »Ich weiß es nicht«, »Ich habe nichts gesehen«, »Ich weiß kein Vogelnest« zornig werden wollen.

Doch da hatte der Herr selbst die Hand auf die Schulter des Knaben gelegt und ruhig gesagt: »Er ist ein braver Junge. Er ist aufgewachsen bei mir!« So blieb als einziger Anhaltspunkt schließlich nur der Bettler auf dem Hof, der alte Mann mit dem roten Streifen am Hals, von dem niemand wußte, war es ein Tuch oder eine Wunde.

Der Beamte verfaßte sein Protokoll, las es vor und ließ es unterzeichnen. Er versprach, bald Nachricht über den Verbleib des Kindes zu geben. Es würde alles getan werden, um in diese Angelegenheit Licht zu bringen. Außerdem sei die Behörde ja auch außerordentlich unterstützt durch die reiche Belohnung, die der opferwillige Vater für das Wiederauffinden des Kindes ausgesetzt habe. Diese errege überall die größte Bewunderung. Fürs erste wolle man die Spur des Bettlers, der an dem Tage verschiedentlich in der Nähe des Gehöftes gesehen wurde, verfolgen und sich auch mit der Schwester des Herrn, der Baronin G., in Verbindung setzen, wegen näherer Auskunft über die Zigeuner, die auf ihrem Besitz festgehalten worden waren. Schon zum Gehen bereit, wandte sich der wortführende Kommissar noch einmal zurück und sagte zögernd, schonungsvoll, in gesenktem Tone: »Haben Sie auch bedacht, daß die Möglichkeit eines Unzuchtverbrechens oder Mordes neben der eines Raubes vorliegt?«

Der Vater antwortete ruhig: »Ich habe das bedacht. Aber man muß alles tun!«

»Selbstverständlich«, erwiderte der Beamte, »denn auch ein solches Verbrechen bedarf ja der Aufklärung!«

Die Beamten verließen das Zimmer, drückten sich schmal an der Frau vorbei, die an der Tür lehnte. Mann und Frau blieben allein. Das Zimmer war still, voll von sanfter Dämmerung der großen Bäume vor seinen Fenstern. Der Mann ließ sich schwer auf den Stuhl vor dem Schreibpult nieder. Sein Kopf sank auf die Brust.

Die Frau rief leise von der Tür her: »Christian!«

Es kam keine Antwort, kein Blick, kein Zeichen.

Der Mann hob den Kopf, doch vermochte er nicht zu sprechen, noch die schweren Lider von den Augen zu heben.

Die Frau ging zu ihm hin, nahm seinen weißen Kopf und preßte ihn gegen ihre Brust: »Christian, es wird noch alles gut werden. Ich bin doch deine Frau«, sagte sie.

Er schob sie sanft von sich. »Was wir gelebt haben, das ist alles vorbei, das dürfen wir nicht mehr wollen«, sagte er; seine Stimme war ohne Klang.

»Aber Anna kann noch wiederkommen, es ist doch mein Kind auch. Was soll denn mit ihr geschehen sein, es muß noch alles gut werden, was soll denn sonst kommen?«

»Wir müssen versuchen, das Unglück zu begreifen«, sagte der Mann.

»Ich kann das nicht, Christian«, sagte Martha, »Christian!« rief sie ihn noch einmal leise an. Er stand auf und ging an ihr vorüber aus dem Zimmer, ohne auch nur einmal sie angeblickt zu haben. Sie sah ihm nach. Ihre aus dem Boden des Glückes entwurzelte Seele konnte nichts mehr fassen. Ihr Gesicht verwandelte sich. In einem starren, wie blinden Blick waren ihre Augen so weit aufgerissen, daß die Lider schmerzten, über den hochgeschobenen Augenbrauen hatte die Stirn wie durch Zauberschlag sich in tiefe, harte, von Schläfe zu Schläfe laufende Furchen gefaltet, die sie nie mehr verließen. Der Mund, der bisher durch sein Lächeln das Fleisch der Wangen heiter kräuselte, war breit und scharf über den fest ineinandergebissenen Zähnen geöffnet und riß zwei Furchen bis zum Kinn.

Der Mittag wurde ausgerufen. Sie wandte sich und ging zur Küche. Das Gesinde kam herein, drückte sich still an seine Plätze und ließ die Blicke scheu und schnell über das verhangene Gesicht des Herrn, über die gefurchten Züge der Frau gleiten, in deren blinde Augen sie hineinsehen konnten wie in totes Glas; dann sahen sie auf ihre Teller nieder. Die Kinder kamen auch, Karl und Gustav, und Fritz zwischen beiden. Sie sahen sich nur untereinander an, sie vermieden den Anblick der Eltern, der Angst und Schrecken verbreitete. Emma brachte die Speisen, und der Herr verteilte sie. Das Gebet kam, das die letzten Tage nicht gesprochen worden war. Emma versuchte zu reden, doch aufsteigende Tränen schnürten ihr die Kehle zu. »Fritz«, rief sie leise, »bete du.« Fritz erhob sich von seinem Platz, neigte den Kopf und sagte mit seiner sanften schönen Stimme das Gebet. Alle senkten hastig die Löffel in die Teller, das Mahl war gut und reichlich wie immer. Doch Mann und Frau aßen nicht, und eine schwere Beklemmung lag über der Runde. Hastig und verstohlen stillten die andern nur notdürftig ihren Hunger und standen bedrückt, halb nur gesättigt, vom Essen auf. Nur die drei Knaben hatten erst eine Weile verlegen und zögernd mit den Löffeln gespielt, doch dann sich unbekümmert ihrem jugendlichen Hunger überlassen. Schnell strömte nach dem Essen alles auseinander. Alles strebte so weit als möglich von dem Hause fort, fort aus dem Anblick der Herrschaft. Schnell und flüchtig erledigten sie ihre Arbeiten, nicht mehr wie bisher mit tiefem Ernst und freudigem Eifer, es drängte sie immer wieder, beisammen zu stehen, das Unglück zu besprechen, das sonderbare Wesen der Herrschaft und ihr eigenes Los zu beklagen. Es fehlte ihnen der klug waltende Wille, der vorsorgende Befehl, dem sie so gern gehorcht hatten, es fehlte ihnen der lohnende Blick des Herrn für ihren Fleiß. Das Essen, der schöne Feierabend ward ihnen zur Strafe. Das Haus, das ihrer aller Heimat war, wurde ihnen zum Schrecken.

Am Abend, nachdem wieder rasch und schweigend abgegessen worden war und das Gesinde schnell aus der Nähe des Hauses flüchtete, um erst im Dunkel in den Hof zurück und in ihre Kammern zu schlüpfen, herrschte früh schon völlige Stille über Haus und Hof. Verlassen die Bänke unter den abendlich duftenden, mächtigen Bäumen des Hofes, verlassen der milde, verschwiegene Teich. Von Emma sanft um den Leib gehalten, war die Frau in das Schlafzimmer gegangen, nachdem sie stumm und tatenlos den ganzen Tag in der Küche gesessen hatte. Der Mann war in das Wohnzimmer getreten, in das Zimmer, in dem nur die Erinnerungen an die Zeit waren, wo er allein und einsam gelebt hatte. Nach drei schlaflosen Nächten empfand er tiefe Müdigkeit. Inmitten des Zimmers stehend, fühlte er seine Knie wanken, seinen Körper zittern und taumeln. Er wollte auf das Sofa zugehen, sich niederlassen und ruhen, doch plötzlich erinnerte er sich des leisen Rufes, mit dem die Frau heute seinen Namen genannt hatte. Zögernd und schwer verließ er das Zimmer, stieg die Treppe empor, stand lange vor dem Schlafzimmer still. Ein furchtbares Grauen überfiel ihn davor, einzutreten, die Frau zu fühlen, ihren weiten schwarzen Blick, das Bett des Kindes zu sehen, leer und verlassen. Durch den schmalen Spalt der halb offenen Tür trat er endlich ein. In der mondlosen Nacht war alles verhüllt, das Bettchen des Kindes nicht zu sehen. Er hörte seufzend und schwer die Atemzüge der Frau. Er konnte sie nicht erkennen, doch es war, als sei ihr Blick aufgegangen in der großen schweren Nachtdunkelheit und umwoge ihn drohend und fordernd zugleich. Er tastete sich vor und entzündete Licht.

Hell, weiß und leer stand das Bettchen des Kindes plötzlich vor ihm. Tief unter seinem geneigten, verhangenen Blick erschien es, ein geheimnisvolles Zeichen des unbegreiflichen Unglücks, das geschehen war. Lange sah er darauf nieder, Gefühl ohne Namen durchströmte ihn.

Plötzlich hob er die schweren Lider von den Augen, die im Schein der Kerze nicht mehr wie Augen, sondern wie zwei Todeswunden in dem Gesicht unter der hohen, reinen Stirn sich zeigten, und sah auf die Frau. Sie lag im Bett auf dem Leib. Ihr Gesicht verborgen in die Kissen, Blick und Auge verborgen in den Kissen. Schwer und halb erstickt preßte sie den Atem aus der Brust hervor. Er löschte das Licht, nun schien ihm alle Finsternis rein, sie war nichts mehr als der versunkene Tag, aus dem der neue wieder erstehen würde.

Leise verließ er das Zimmer wieder und kehrte in die Wohnstube zurück. Seine große Gestalt zusammenziehend, legte er sich auf das Sofa und fiel endlich in tiefen, traumlosen Schlaf. Doch dieser Schlaf war so von Verzweiflung durchtränkt, daß er spät am Morgen erst erwachte, mit bleierner Müdigkeit in den Gliedern, das Herz in matten langen Schlägen leise pochend, und aus dem schlaff geöffneten Munde rann ihm bitterer Speichel langsam an den tiefgezogenen Mundwinkeln hinab in den traurig verwirrten Bart, bis auf die Brust, wie kalte Tränen der tiefsten Trostlosigkeit.

Als am frühen Morgen sich weder Mann noch Frau zeigten, war Emma erfreut darüber und hoffte, daß beide schlafen und sich erholen würden. Sie sorgte dafür, daß sie nicht geweckt würden. Leise geschah die Morgenarbeit, am Brunnen beim Waschen wurde nicht gezankt und geneckt, und das Vieh wurde schnell vom Hofe getrieben. Sie weckte und betreute die Kinder und schickte sie mit in die kleine Stadt zum Wochenmarkt, um ihnen eine Freude zu machen. Sie verlud und maß die Waren ab, die zum Verkauf gebracht werden sollten. Sie ließ den Schlächter, der das Schlachtvieh abholen wollte, sich selbst die besten Stücke aussuchen, den Müller sich selbst das Korn abmessen, das er sich zum Mahlen holte. Zwei Pferde mußten beschlagen werden, ein Bienenvolk, das verschwärmt war, eingeholt und neu verpflanzt werden. Doch sie litt nicht, daß jemand an das Schlafzimmer anklopfte, sondern auf Treu und Glauben, nach der guten Absicht ihres guten Herzens erledigte sie alles. Große Hilfe hatte sie an Fritz, den sie hin und her schicken konnte, der arbeiten, aufpassen und spionieren mußte, der unermüdlich lief und gehorchte und dem sie zur Belohnung, und sich selbst zum Trost, oft über seine weichen, hellen Locken strich. Sie war stolz, als es um zehn Uhr schon wieder ganz still auf dem Hof geworden war und Mann und Frau noch nicht gekommen waren. Schnell bereitete sie in der Küche die Mahlzeit vor, als sie, aufsehend, plötzlich den Herrn mitten auf dem Hof erblickte. Das erbleichte Haupt in der hellen, heißen Sonne, so ging er mit verdrückter Kleidung langsam mit schweren Schritten auf den Brunnen zu, pumpte den Trog voll Wasser, tauchte seine Hände ein und ließ sie lange darin ruhen. Dann neigte er sich und tauchte auch das Gesicht in das Wasser, zog sein Tuch aus der Tasche und trocknete sich ab, während er über den Hof ging, den Feldern zu. Emma erschrak tief. Nie wusch sich der Herr am Brunnen, sogar den Kindern war dies verboten, und sie taten es nur heimlich, weil sie sich gern mit den anderen Burschen neckten und bespritzten. Besorgt eilte sie die Treppe hinauf zum Schlafzimmer. Leise öffnete sie die Tür. Die Frau lag noch im Bett, in den Kleidern, das Gesicht nach unten gepreßt, auf dem Leib, und stöhnte schwer. Emma rührte sie an, sie erwachte nicht. Emma packte sie vorsichtig bei den Schultern und wendete sie um. Die Frau hielt noch immer die Augen geschlossen, ihr Gesicht war geschwollen und gerötet, die Falten des Kissens hatten in das Fleisch der Wangen tiefe weiße Gräben gedrückt. Der Mund war geöffnet, und mit den tiefen schweren Atemzügen stieß sie Stöhnen hervor, während ihre linke Hand in steter Bewegung ihre linke Brust umkreiste. Emma riß ihr das Kleid auf, holte ein Handtuch, tauchte es in Wasser, hielt sanft die kreisende Hand Marthas fest und preßte ihr das Tuch gegen die nackte Brust. Mit einem kleinen Aufschrei erwachte die Frau. Die Augenlider entblößten ihren Blick, der weitgeöffnet noch funkelte von dem Traum, der sie bis jetzt umfangen gehalten hatte. Dieser Traum war voll von Hoffnung gewesen und voll von bräutlichem Verlangen.

Die Frau blickte an sich nieder, sah ihre bloße Brust aus dem Kleid aufschimmern, sie blickte zur Seite, der Mann war nicht da, sie blickte auf das Bett zu ihren Füßen, das Kind war fort. Sie war keine Frau mehr, sie sollte keine Mutter mehr sein. Schweiß rann an ihr nieder, Brust und Rücken entlang, von der Stirn herab gegen Schläfe und Augen. Sie glaubte, daß sie weine, und fühlte sich mit einer langsamen Bewegung der Hand in die weitgeöffneten, trokkenen Augen. Sie sah Emma an, die mit traurigem Blick ihr begegnete. Sie schleuderte das nasse Tuch von sich, stand auf und schloß ihr Kleid. Sie sprach nichts, und auch Emma wagte nichts zu sagen, sondern ging still hinaus, langsam wieder zur Küche hinab. ›Sie waren nicht zusammen diese Nacht‹, dachte sie traurig, ›warum tragen sie es nicht miteinander? Im Glück waren sie so gut zusammen.‹

Christian war an den Feldern entlanggegangen, die knisternd in der Glut des Mittags reiften. Seinem gesenkten Blick boten sich die üppig gefüllten Ähren dar in der glatten Fläche der ebenmäßig stehenden Halme. Es war eine gute Ernte, bald konnte mit dem Schnitt begonnen und frühzeitig die Wintersaat angesetzt werden. In der Wasserfurche in Schlag fünf traf er Blank, den Wirtschafter. Als dieser den Herrn endlich wieder hier zwischen den Feldern gehen sah, war er so voll Freude, daß er zum Gruß seinen breiten Strohhut vom Kopfe riß.

»Ach, Herr!« sagte er, und seine grauen ernsten Augen hoben sich scheu zum Gesicht des Herrn auf, »ein gutes Korn und ein früher Schnitt, nicht wahr?«

»Ja«, sagte Christian, »übernächste Woche könnt ihr wohl anfangen!«

»Wann, Herr, Mitte oder Ende? Es ist wegen der Tagelöhner.«

»Mitte oder Ende«, wiederholte der Herr und ging weiter.

Traurig enttäuscht sah ihm Blank nach. »Man kann nichts mit ihm sprechen«, dachte er, »ein guter Herr, aber alles wird ihm verlorengehen.«

Zum Mittagessen war der Herr nicht da, doch die Frau kam und setzte sich an ihren Platz, verteilte das Essen und aß auch selbst. Die Söhne waren noch nicht aus der Stadt zurück, doch schien sie es nicht zu bemerken, sie starrte vor sich hin, und nur, als Fritz zu beten begann, zuckte sie zusammen und richtete ihren aufgerissenen Blick lange auf ihn. Nach dem Essen stand sie auf und ging in den Garten, wo Emma sie dann ziellos hin und her gehen sah. Später, als sie die Frau zur Vesper rufen wollte, fand sie sie auf einer kleinen Bank sitzen, unbeweglich, mitten im glühenden Sonnenschein, und kleine Schweißperlen standen in den Furchen ihrer Stirn. Sie hörte auch nicht auf ihren Anruf und blieb regungslos sitzen.

Christian war nach vier Uhr, als der Hof vom Melken wieder leer war, zurückgekommen und sofort in das Wohnzimmer eingetreten. Es war kühl und von grüner Dämmerung erfüllt. Auf dem Tisch stand ein Becher Milch und ein Stück Brot, heimlich von Emma bereitgestellt. Er aß und trank. Dann ging er zum Schreibsekretär, öffnete ihn und zählte das Geld ab für den morgigen Wochenlohn. Es war Sonnabend, die Woche des Unglücks hatte sich erfüllt. Er trat zu dem Schrank, in dem seine Bücher aufgestellt waren, und streifte mit dem Blick über sie hin. Am Ende einer Reihe las er auf breitem, schwarzem Rücken in goldenen Buchstaben »Die Heilige Schrift«. Lange ruhte sein Blick auf diesen einfachen Worten.

Zum Feierabend erschien er zum ersten Male wieder bei Tisch und setzte sich neben die Frau. Er aß. Er hob seinen schweren Blick und sah die beiden Söhne an. Beim Aufstehen sagte er: »Morgen ist Kirchgang für alle. Ihr könnt auch den Feldwagen noch einspannen.« Dann ging er hinaus, von neuem durchwanderte er die gesegneten Felder.

Auf alle, die am Tisch saßen, hatten seine Worte eine tiefe, befreiende Wirkung. In den Gesichtern der Männer glätteten sich die mürrischen Züge, die Frauen atmeten hörbar auf, Emmas Augen füllten sich mit Tränen einer weichen, tröstlichen Rührung. Der Gedanke an die Fahrt zur Kirche, daran, einmal wieder fort zu kommen von der verwirrenden Nähe des Unglücks, und dann auch daran, vor Gott zu treten, in seinen Willen die furchtbar drückende Last niederzulegen, in das Vertrauen zu ihm sich zu retten, im Gebet sich zu trösten, das erfüllte alle mit einem Anflug von Freude. Sie gerieten in eine eifrige Geschäftigkeit, sie stritten sich darum, mitzukommen, niemand wollte der sein, der notwendigerweise die Arbeit im Haushalt übernehmen mußte. Auf dem Hof vor dem Gesindehaus drängten sie sich, bürsteten ihre Schuhe und Röcke, die Mädchen holten in Kübeln Wasser vom Brunnen in ihre Kammern, um sich am ganzen Leibe zu waschen. Heimlich wurde das Feuer in der Küche noch einmal angeschürt zum Erwärmen des Wassers und zum Glühendmachen eines Bügelstahles, mit dem sie auch noch die weißen Schürzen und Kopftücher glätteten.

Nur zwei Gemüter blieben unbewegt und ohne Teilnahme an dem Aufschwung der andern. Das waren Fritz und Martha, die Frau.

Emma ließ die Frau nicht von sich, sie beschäftigte sie, gab ihr Befehle wie einem Kind. Sie hieß sie Wäsche und Sonntagskleider für den Mann und die Kinder heraussuchen, schickte sie im Hause umher, während sie selbst schnell die Betten des Herrn in das Wohnzimmer trug, sie auf dem Sofa ausrichtete, seine Kleider über den Stuhl hing, die Leibwäsche auf den Tisch legte. Auch eine Waschschüssel mit Wasser trug sie herbei, Seife und Handtuch dazu, damit der Herr nicht wieder, wie am Morgen, am Brunnen sich waschen müsse. Langsam wurde es dunkel und alles ruhig. Niemand wußte, ob der Herr zurück war oder nicht. Die Frau ging in das Schlafzimmer. Emma verschloß Keller und Küche, und ihre Müdigkeit war so groß, daß sie trotz ihres Kummers sofort in Schlaf versank, als sie kaum ihr Haupt auf das Lager gebettet hatte.

Der Sonntagmorgen begann strahlend und schön.

Christian erwachte früh. Er war im Dunkeln heimgekehrt, in gutem Schlaf hatte sein Körper geruht, seine Augen grüßten Sonne, Himmel und prangende Erde, sein Ohr wurde umschmeichelt vom morgendlichen Jubel der Vögel. Der schwere Duft der reifenden Felder durchwogte das Zimmer. Seine Haut brannte wohlig, als er sich wusch, er verspürte Hunger und Durst. Die sonntäglichen Kleider legten sich schön und frisch um seine Gestalt. Er lebte und fühlte sich leben. Und doch war das Unglück da, das Furchtbare geschehen, seine Welt vernichtet. Die Kraft, die sein Körper, seine Sinne, sein Geist wiedergewonnen hatten in dieser Nacht, war nur da, um das Geschehene noch einmal mit neuem Schmerz zu erleben. Er dachte zurück an seine Jugend, an Vater und Mutter. Sie hatten gelebt und gearbeitet, Sorgen und Glück gehabt, die Kinder erzogen nach bestem Wissen und Gewissen, und ruhig, wie sie gelebt, waren sie gestorben. Auch er hatte gearbeitet und mit Wissen niemand unrecht getan, er hatte gelebt wie die andern, Gott gebeten, wenn die Saat ausgestreut war, ihm gedankt, wenn sie geerntet war, hatte die Kinder seinen Geboten geweiht, seine Feste gefeiert, und vor allem hatte er sein Leben gegründet auf die tiefe Gerechtigkeit Gottes. Nun aber, in dem grauenvollen Schicksal seines unschuldigen Kindes, das er nur ahnte, das, wenn es eine Strafe sein sollte für vergangene oder verborgene Sünden, blind und grausam gegen einen Unschuldigen gerichtet war, fand er das von ihm gewaltig und vertraut zugleich gefühlte Dasein Gottes nicht mehr.

Als er sich jetzt zum Kirchgang rüstete, war sein Herz noch einmal bewegt. Verlangen erfüllte ihn, Hilfe zu finden in Gottes Wort. Er war bereit, sich zu opfern, das Leiden aufzunehmen, auch die Qual und den martervollen Tod seines Kindes, wenn sich Gott ihm nur noch einmal zeigte, auch in diesem tiefsten Dunkel.

Als er Leben auf dem Hofe bemerkte und das Erwachen der anderen, trat er aus dem Zimmer in die Küche. Emma richtete den Tisch, Fritz war da, schon zum Kirchgang angekleidet, ging auf den Herrn zu und fragte ihn bittend: »Darf ich kutschieren, Herr?«

Über das Gesicht des Herrn glitt der Schein eines Lächelns. »Kannst ja die Schimmel führen«, sagte er, und Fritz dankte freudestrahlend.

Emma fand die Frau im Schlafzimmer vor der Truhe kniend, das schwarze, seidene Brautkleid in der Hand haltend.

»Wollt Ihr das Seidene anziehen, Frau?« fragte sie erschrocken.

Martha sah sie an, dann blickte sie nieder auf das Kleid und sagte leise: »Nein, ich will nicht trauern!« und klappte die Truhe zu.

»Zieht das blaue Leinene an, Frau, es wird Euch leicht sein in der Hitze«, sagte Emma sanft, wie eine Mutter zur Tochter. Sie ging zum Schrank, holte das Kleid hervor und legte es bereit. Die Frau nickte gehorsam.

Inzwischen waren draußen die Wagen in den Hof gerollt und eingespannt. Alles war sauber und blank gewaschen und die Geschirre der Pferde glänzend geputzt. Fritz war als erster fertig mit seinem Wagen, er lehnte an dem Schimmel, pfiff leise vor sich hin und knallte mit der Peitsche, er freute sich auf das Kutschieren. Der Herr kam und stieg in die Kutsche ein, nahm die Zügel in die Hand. Scheu traten die Söhne näher und drückten sich auf ihre Sitze. Endlich kam die Frau, von Emma geführt. Das Gesicht von einem großen braunen Strohhut umschattet, schritt sie mit weichem, wiegendem Gang näher, ihre Gestalt, in zarter Fülle, war immer noch jugendlich. Der Mann beugte sich ihr entgegen und hob sie auf den Wagen. Sie erbebte, als er sie berührte. Röte übergoß ihr Gesicht, das aber unbeweglich blieb. Wie gehämmert waren die Furchen der Stirn, wie aus Erz gegossen die aufgerissenen, glühenden Augen, die nahe vor seinen Blick gehoben waren.

Als der Wagen fuhr, haschte sie nach seiner Hand, und ohne ihn anzusehen, umkrampfte sie seine Finger auf dem ganzen Wege, bis sie vor der Kirche hielten. Sie wurden sofort von allen Seiten umringt, neugierige und teilnahmsvolle Blicke ließen nicht von ihren Gesichtern, viele kamen und drückten ihnen die Hand, versuchten ein paar Worte, einen guten Wunsch zu sprechen, einen Ratschlag zu erteilen. Als sie die Kirche betraten und an ihre Plätze gingen, wandten sich alle nach ihnen um, »als wäre ich eine Braut«, dachte die Frau.

Die Orgel setzte ein, der Gesang begann, angeführt von dem Chor der Kinder und den jungen, unverheirateten Burschen und

Mädchen, oben auf der schmalen Empore. Zarte, helle Stimmen erhoben sich, die erste unter ihnen, die weich und sicher einsetzte, war die von Fritz, dann fiel rauh und kräftig die ganze Gemeinde ein.

Es war der sechste Sonntag nach Trinitatis, die Zeit der Fruchtbarkeit und der Ernten. Es war die Zeit der Lobpreisung Gottes. Der Choral begann: »Wie groß ist des Allmächt'gen Güte...«

Die Kirche war einfach, die Wände weiß getüncht, der Altar aus weißem Stein war flach wie ein Tisch, ohne Zierat, nur das Kreuz stand auf ihm, aus breiten goldenen Balken zusammengesetzt, die mächtig in den kahlen, schmucklosen Raum hineinleuchteten, die aber weder einen Schmuck noch den Leib des Herrn trugen. Denn Jesus und das Wunder seiner Geburt, die Offenbarung seiner Auferstehung standen dem Herzen und dem Glauben dieser Gemeinden ferner als Gott, der Herr, der gewaltige Schöpfer der Welt, der allwissend war, Strafe und Vergeltung verhieß, und den sie fürchteten. Seine Gebote waren nahe ihrem Herzen, sie glichen für sie den mächtigen Gesetzen der Natur, die ihr Leben mit allen seinen Bedürfnissen unmittelbar beherrschten.

Während des Gesanges hatte der Pfarrer die Kanzel betreten. Noch nie hatte ihn jemand auf diesem Gang erblickt, stets war er plötzlich oben erschienen. Es war ein kleiner gedrungener Mann, der aus einer Familie stammte, die schon in der dritten Generation Pfarrer war. Er selbst hatte keine Kinder. Sein Lebenswandel war zurückgezogen. Er kümmerte sich um seine Gemeinde nur, soweit es die Zeremonien seines Berufes verlangten. Seine Predigten hielt er genau nach dem in den kirchlichen Gesetzbüchern angegebenen Pensum. Als jetzt der Gesang beendet war, sprach er:

»Lasset uns beten!« Die Gemeinde erhob sich von den Sitzen und faltete die Hände. Er sprach das Gebet der Bitte um Andacht: »Herr, mein Gott, getreuer, himmlischer Vater! Wenn wir jetzt vor Dich treten, um unsere Herzen zur Andacht, zu Deinem furchtbaren und doch gnädigen Gotteswort zu erheben, so gib uns nun Deinen heiligen Geist, daß er unsere Augen öffne, zu sehen die Wunder an Deinen Gesetzen; daß er durch Dein Wort den Glauben in meinem Herzen wirke und vermehre und meinen Willen kräftiglich lenke, daß ich mich freue über Deine Zeugnisse und von Herzen an Dich glaube und Deine Gebote halte. Lob, Preis, Ehre und Dank Dir, Herr, in Ewigkeit, Amen!«

»Amen!« wiederholte die Gemeinde.

Christian seufzte tief. Seine bedrückte Brust hob sich, die Schultern hielt er gestrafft, die schweren Lider waren aufgeschlagen, der wunde, versunkene Blick seiner Augen hing an den Lippen des Geistlichen. Er fühlte, hier war er nicht mehr Christian B., der Herr, der klug und streng gearbeitet, der vieles erreicht und gewonnen hatte, hier war er kaum mehr Mensch. Denn wie er jetzt in plötzlich ausbrechendem Gefühl seines Kindes gedachte, hob es ihn über sich selbst. Es öffnete sich seine Seele. In unirdischen Kreisen, in die sein Geist sich hob, glaubte er seines entschwundenen Kindes Seele zu begegnen, und er fühlte sich bereit bis zum Letzten.

Der Pfarrer sprach weiter: »Vernehmet nun das Wort der Heiligen Schrift, wie es geschrieben steht im Buche Mosis, zwei, im dreiunddreißigsten und vierunddreißigsten Kapitel.«

Mit ungeheuer Erregung lauschte Christian den Worten des Geistlichen, seine gefalteten Hände mußte er lösen und seine schmerzend sich weitende Brust umklammern, kaum vermochte er zu stehen.

Der Pfarrer las vor: »Moses sprach zum Herrn: So laß mich Deine Herrlichkeit sehen.

Und er sprach: Ich will vor deinem Angesicht alle meine Güte vorübergehen lassen und will ausrufen des Herren Namen vor dir.

Wem ich aber gnädig bin, dem bin ich gnädig, und wes ich mich erbarme, des erbarme ich mich.

Und sprach weiter: Mein Angesicht kannst du nicht sehen, denn kein Mensch wird leben, der mich sieht.

Und der Herr sprach weiter: Siehe, es ist ein Raum bei mir, da sollst du auf dem Fels stehen.

Wenn dann nun meine Herrlichkeit vorübergehet, will ich dich in der Felskluft lassen stehen, und meine Hand soll ob dir halten, bis ich vorübergehe.

Und wenn ich meine Hand von dir tue, wirst du mir hintennach sehen.

Aber mein Angesicht kann man nicht sehen.«

Keuchend war Christian auf die Bank zusammengesunken. Schweiß rann von seiner hohen Stirn, sein Kopf mit den schwer verhangenen Augen sank auf die Brust. Sein Stöhnen klang furchtbar durch die Stille.

Aufgeregtes Flüstern des Bedauerns erhob sich ringsum, während die Gemeinde sich schwerfällig wieder auf die Bänke niederließ. Hier und da seufzte jemand tief.

Es war ein anderes Unglück als das, was sonst von Gott und Natur über sie verhängt wurde, wie Krankheit, Tod, Armut oder gar Krieg. Und sie begriffen, daß der Vater des verlorenen Kindes Trost und Antwort von Gott erwartete. Sie horchten auf und verfolgten Wort für Wort die Auslegungen des Geistlichen.

Auf der Empore drängte sich Fritz durch die Kameraden vor bis zur steinernen Brüstung, um gut und aufmerksam zu hören, er freute sich darauf, der Mutter genau den Text der Predigt wiederzuerzählen, denn er lernte schnell auswendig und merkte sich leicht.

Auf der Bank, neben den Eltern, saßen Karl und Gustav, preßten inbrünstig die gefalteten Hände ineinander, im Sturm erhoben sich ihre kindlichen Bitten. Das Unglück zeigte sich ihnen noch fern und sanft, ihre Jugend schützte sie davor, zu begreifen und zu verzweifeln, und schenkte ihnen unbegrenzte Zuversicht und Hoffnung.

Das Antlitz der Mutter glühte. Ihre Brust hob und senkte sich stürmisch, sie bewegte den Mund, es war, als versuchte sie krampfhaft zu lächeln. Ihr Blick aber, der starre, aufgerissene Blick unter der gefurchten Stirn, war festgebannt auf das hohe Kirchenfenster ihr gegenüber, das in buntem Glas die Darstellung Christi zeigte, wie er die Kinder segnet. Dieses Bild hatte sie gegrüßt, da sie als Braut zum ersten Male hier mit Christian gestanden hatte. Wie jetzt, hatte sie auch damals nichts vernommen von den Worten des Geistlichen. In einer Wolke von Lächeln und Glück hatte sie gestanden, ganz für sich, wie sie jetzt stand, allein, ohne Gedanken, immer nur die Erinnerungen und Bilder vom Glück vor sich, nach denen sie zurückverlangte. Ihre Füße bewegten sich, wie in eiligen Schritten jagten und scharrten sie am Platze.

Christian fühlte ihre Erregung, das Zucken ihrer Füße, die laufen wollten und entfliehen. Über sein erhobenes, nur noch Gott bereites Herz legte sich weicher, menschlicher Schmerz. »Wir sind alle verloren!« dachte er. Er sah die Frau vor sich, wie sie gewesen war, als seine lächelnde Braut, als gehorsame Frau, als hingebendes Weib. Alles Glück hatte sie aus seinen Händen empfangen. Nun, im Unglück, war sie allein, mußte er sie verlassen. Denn vom Leben, das er in seiner ganzen beglückenden Fülle gekannt und genossen hatte, das für ihn aber nun von göttlichem Sinn und von göttlicher Ordnung verlassen war, trieb es ihn zum Tod.

»Gottes Angesicht darfst du nicht sehen, kein Mensch lebt, der es sieht.« Dieses Wort erfüllte ihn langsam mit einem gewaltigen, eisigen Glück.

Von diesem Augenblick an lebte er nur noch für den Tod. Er würde sterben, und in der Nacht des Todes, die schwärzer war als alle Nächte, deren Finsternis er immer gefühlt hatte, würde Gott ihm antworten, ihm Rechenschaft geben über seines Kindes entschwundene Seele. Da würde er Gottes Angesicht wiedererkennen im Glanze seines auferstandenen Glaubens. Der schmale Raum der Felskluft der Bibel, den Gott trennend, nach den Worten der Schrift, zwischen sich und ihm aufriß, es waren die Tage seines Lebens, von denen weg er sich dem Tode zusehnte, Gott entgegen, den er nicht lassen wollte.

Müde, aber in Frieden erhob er sein Antlitz wieder von der Brust. Der Pfarrer segnete die Gemeinde, nach dem Amen setzte die Orgel wieder ein und der Gesang des Chores, angeführt von der hellen, schönen Stimme Fritz', des Mörders. Dann leerte sich die Kirche schnell.

Es war heißer Mittag. Über den weißen, staubbedeckten Wegen, auf den Ebenen der gelben, still reifenden Felder zitterte die Luft in Glut. Die kleinen Bäche zwischen den Wiesen waren versiegt, die zarten Blumen an ihren Rändern verdorrt. Kein Vogel rief, keine Wolke war am heißen, hellen Himmel. Nichts schien sich zu rühren, nur die Wagen von Treuen rollten dahin, trugen die schweigenden Menschen, die Pferde liefen mit gesenkten Köpfen, lässig hielt Fritz die Zügel über seinem Schimmelpaar. So kehrten sie heim.

An diesem Sonntag war also eine Woche und ein Tag vergangen seit dem Unglück, seit dem Geburtstag des Kindes, das fröhlich noch unter ihnen allen gelebt hatte, sie durch sein Dasein in Entzücken und Freude versetzt hatte, gerade an diesem Tage in besonderem Maße. Und während draußen in der Welt, in den fremden Städten und Ländern, vor tausend und aber tausend fremden Blikken sein Bild erschien, sein Name ertönte, sein Geschick die Herzen ergriff und um Hilfe aufrief, war es hier, wo es gelebt hatte und am nahesten geliebt worden war, mehr als tot. Denn an keinen Grabhügel konnten die Menschen treten und sein Gedächtnis ehren. Ins Leere gerichtet waren aller Liebe und Tränen. Es war ihnen allen entschwunden, so jäh entschwebt, daß es selbst schon vergessen schien, und nur der Schmerz um die zertrümmerte kleine Welt des Glückes blieb.

III

Die erste Behörde, welche die Meldung von dem Verschwinden des Kindes Anna B. empfangen hatte, war das Landratsamt des Landkreises Gr. Dieses hatte noch am 25. Juni telegraphisch alle Polizeibehörden bis in die weiteste Umgebung des Tatortes in Kenntnis gesetzt. Es erschienen zuerst am 3. Juli, dann fortgesetzt über vier Wochen lang in Abständen von drei Tagen Inserate in allen Zeitungen und als besondere Plakate große öffentliche Bekanntmachungen folgenden Inhalts:

»Menschenraub! Fünfhundert Taler Belohnung!

Am 24. Juni, abends 8 Uhr, wurde auf der Domäne Treuen bei L. im Kreise Gr. die vier Jahre alte Tochter Anna des Domänenpächters Christian B. vermißt. Da trotz gewissenhaftesten Suchens im Umkreis der Ortschaft Treuen Spuren von dem Kinde nicht gefunden werden konnten, auch ein Unglücksfall oder ein Verbrechen ausgeschlossen scheint, liegt der Verdacht nahe, daß das Kind etwa von herumstreifenden Zigeunerbanden oder anderen interessierten Personen geraubt worden sei.

Für die Wiederbeschaffung des Kindes ist von dem Vater eine Prämie von fünfhundert Talern ausgesetzt worden.

Zweckdienliche Nachrichten nimmt jede Polizeibehörde entgegen.

Die verschwundene Anna B. ist vier Jahre alt, ein Meter und zehn Zentimeter groß, von zartem, aber gesundem Aussehen. Arme, Beine und Gesicht sind rund geformt. Sie hat große blaue Augen, glatte Stirn, kleine, etwas abgestumpfte Nase, kleinen Mund, bis auf vier Backenzähne vollständiges Gebiß und blondes lockiges Haar, das über der Stirn von einem Rundkamm aus dunklem Horn, mit zwei Goldstreifen verziert, zurückgehalten ist. Bekleidet ist das Kind mit einem rot- und grünkarierten, sogenannten schottischen Kleidchen aus feinem Wollstoff, dessen Rock in Falten gelegt und an das Leibchen angeknöpft ist. Das Leibchen ist am Hals ausgeschnitten, hat lange Ärmel, die am unteren Teil des Oberärmels mit kleinen Perlmutterknöpfen besetzt waren. Ebenso war die Vorderbahn des Leibchens mit zwei Reihen dieser Knöpfchen verziert. Das Kleid war neu. An den Füßen trug das Kind weiße, wollene Strümpfe mit roten Ringen und schwarze Knopfstiefelchen. Beides war ebenfalls neu. Das Hemdchen des Kindes trug rot eingestickt die Buchstaben A. B. und war aus feinem Leinen genäht mit kleinen Ärmelchen. Am Ausschnitt und den Ärmelrändern war es bogenförmig ausgestickt. Über dem Hemdchen trug das Kind ein rosa Leibchen aus Flanell, mit Leinenknöpfen zugeknöpft, ebenso waren an den Seiten Knöpfe angebracht, an denen die weißen Gummistrumpfbänder angebracht waren, welche die Strümpfe befestigten. Ferner trug es ein ebenfalls rosafarbenes Unterröckchen aus Flanell, das an den Seiten und hinten an das Leibchen angeknöpft war. Beinkleider trug das Kind nicht.

Als besonderes Merkmal ist vorhanden eine Narbe auf der linken Brust, die von einem früheren Geschwür herrührt.«

Diese Plakate, die in einer Größe von einem Meter im Quadrat, mit großer, fetter Schrift an allen Bahnhöfen der Eisenbahnstationen, an den Wirtshäusern der Poststationen, an allen öffentlichen Gebäuden, wie Rathäusern und Schulen, ja selbst an den Nebenportalen der Kirchen, in allen Städten und Dörfern in weitem Umkreis des Landes bis zu seinen Grenzen hin erschienen, trugen noch links oben angebracht die Photographie des Kindes. Vierfach vergrößert tauchte jenes Bild des Kindes, bei dessen Herstellung es sich so sehr gefürchtet hatte, bald überall auf. Es hing in den Auslagen der strahlend erleuchteten Geschäfte in den Städten, in den kleinen Schaukästen und an den Ladentüren der Krämerläden in den Marktflecken und Dörfern.

Wie zum Anblick gekrönter Fürsten drängten sich in Scharen die Menschen zu seinem Bild; sein Name, groß und leuchtend gedruckt, schwebte auf den Lippen, sein Schicksal rührte die Gemüter auf, hetzte warme, ehrliche Anteilnahme, leidenschaftliche Neugier und geldlüsternes Interesse in den Herzen der Menschen durcheinander. So geschah es, daß nach kurzer Zeit schon die Behörden mit Nachrichten über angebliche Spuren des Kinder überhäuft wurden. Diese Nachrichten enthielten durchaus glaubwürdige, oft ganz und gar zutreffende Beschreibungen des Kindes, mußten als wertvoll anerkannt und verfolgt werden. Die Möglichkeit eines anderen Verbrechens wurde mehr und mehr ausgeschaltet, und die Meldungen, daß das Kind gesehen worden war, zogen die Erwartungen und die Aufmerksamkeit der Behörden in solchem Maße auf sich, daß die Untersuchung Mühe hatte, alles zu verfolgen.

Am 8. Juli, drei Tage, bevor mit dem Schnitt der Ernte begonnen werden sollte, kam die erste Nachricht von dem Wiederauffinden des Kindes nach Treuen. Sie bestand aus einem Telegramm folgenden Inhalts: »Laut Zeugen bei Zigeunern in W. blondes Kind gefunden, identisch mit Anna B., kommt schnellstens.«

Lange hielt Christian die Nachricht in der Hand. Er schloß die Augen, horchte in die eigene Brust. Alles blieb still in ihm, kein Gefühl regte sich. Im Tod erwartete er noch einmal Gott, im Tod fühlte er sein Kind, an das Leben, an neue, verwirrende Hoffnungen konnte er nicht mehr glauben. Er traf mechanisch die Vorbereitungen zur Reise, zählte sein Geld und hinterließ nur wenige Bestimmungen für die Zeit seiner Abwesenheit. Am 9. Juli, morgens um fünf Uhr, brach er auf. Er nahm von niemand Abschied. Nur Emma war bei ihm, reichte ihm den Imbiß und den kleinen Reisesack. Dieser enthielt außer Wäsche und Schuhen eine Kindertaille, die sie in der Nacht noch von dem übriggebliebenen Stoff des rot- und grünkarierten Kleidchens und nach genau demselben Schnitt zusammengenäht hatte, wie es das Kind am Tage des Verschwindens getragen hatte. Der Herr sollte es als Beweis mitnehmen, falls die Zigeuner, wie Emma es sich ausgedacht hatte, nun, da sie verfolgt würden, dem Kinde falsche Kleider angezogen hätten. Mit gefalteten Händen sah sie dem Herrn nach, als er davonfuhr. In ihr war eine inbrünstige Hoffnung, daß er mit dem Kinde zurückkehren würde.

Fritz kutschierte. Der Herr fuhr zuerst nach S., unterfertigte dort sein Testament bei dem Notar. Dann reiste er mit der Post bis zur nächsten Bahnstation, wo er gegen Mittag ankam. Seit er Treuen verlassen hatte, war ein seltsamer Zustand über ihn gekommen. Er fühlte sich selbst, wie er ging, sprach und handelte, als Träumenden, er fühlte sich im Innern leer, regungslos, wie gewaltsam gehalten zwischen Schlaf und Erwachen. Als er zum erstenmal wieder nach vielen Jahren einen Bahnhof erblickte, glaubte er sich zurückversetzt in seine Jugend, da er als Jüngling mit der Bahn zu den Ferienzeiten in die Heimat gefahren war. Auch daß er eilen mußte, da nur wenige Minuten bis zur Abfahrt des Zuges blieben, weckte ihn nicht auf. Als er in jugendlichen Schritten den langen Gang des Bahnsteiges durcheilte, streifte ihn im Lauf der Anblick eines großen weißen Plakates mit schwarzer Schrift: Menschenraub, und dann der Name Anna B., und darunter ein Bild: tiefe leuchtende Augen unter einer schönen, reinen Stirn, ein kindlich lächelnder Mund, ein Händchen, erhoben mit weisend ausgestrecktem Zeigefinger. Er stürmte vorüber, der Schaffner rief, er stieg schnell ein, und der Zug fuhr. Er saß still und erschöpft mit geschlossenen Augen da. Sanft fühlte er sich fortgetragen von einer fremden Kraft. Er schlief ein und erwachte erst wieder am Abend. Der Zug stand. Er hob die schweren Lider von den Augen, die verdunkelt waren in ihrer Farbe, ohne Glanz, zwei steinern erloschene Sterne, ohne Wunde mehr und ohne Schmerz. Er richtete den Blick durch das Fenster, durch das ein kühler, vom Duft des nahes Meeres erfüllter Wind eindrang und zart seine hohe Stirn umstrich. Er sah, in die blaue Dämmerung des Sommerabends gehüllt, ferne die schweren, eckigen, dunklen Türme einer Stadt, näher zu ihm dann die breite, sanft bewegte, wie von einem aus sich selber hervorschimmernden Licht silbern erhellte Fläche eines Flusses. Seine Ufer waren von tief sich niederbeugendem Gezweig umgrenzt, und in sein Wasser, das sanft von Licht getönte, bohrten sich große Kähne mit dunklen, in den samtnen Himmel ragenden Masten ein, die sich leise darin bewegten. Der Zug fuhr langsam über eine Brücke. Der Fluß und die Kähne wichen zurück, Gruppen dunkler Bäume tauchten auf, noch im Angesicht der schwarz sich auftürmenden Stadt breitete sich eine große, freie Wiese aus, und plötzlich erschollen Menschenstimmen, Lachen und Musik. Lichtschein von Fackeln, deren rötlicher Rauch gegen den blauen Nachthimmel stieg, beleuchtete einen großen, abgegrenzten Kreis von Menschen, in deren Mitte dunkle Gestalten in bunten Gewändern sich bewegten; braune Männergesichter, schwarzes, wallendes Haar von Frauen, und ihre nackten, leuchtenden Arme tauchten im Lichtkreis auf und nieder, Trommelwirbel erklang, neue Lichtgarben schossen auf, und nun erblickte Christian sein Kind. Schwebend in der Luft, den Rücken ihm zugewandt, die Ärmchen waagerecht ausgestreckt, die Händchen wie kleine schwingende Flügel bewegend, schnellte es mit winzigen Schritten vorwärts auf einem Seil, das unsichtbar schien aus der Ferne. Sein lichtes Haupt war im aufstrebenden Schein der Fackeln golden von dem zarten Flaum des Haares wie von Federchen umspielt.

Der Zug rollte um eine Biegung, und das Bild entschwand. Nacht war wieder ringsum. Unbeweglich saß Christian da. Er vermochte nicht zu entscheiden, ob diese Erscheinung Wirklichkeit oder Traum war. Wie von weit her vernahm er den aufgerührten, dumpf andringenden Schlag seines Herzens, doch Gedanken und Gefühl waren wie gefesselt in ihm, niedergehalten von Verzweiflung in seiner Brust.

Er kam nach einer Stunde weiterer Fahrt an seinem Ziel an. Auf der Polizeiwache erfuhr er, daß die Angaben über die Reise der Zigeuner falsch gewesen seien und daß dieselben, statt hier, eine Stunde Bahnfahrt zurück in dem Orte A. lagerten und wahrscheinlich morgen in der entgegengesetzten Richtung, als angenommen war, weiterwandern würden. Doch sei gestern noch das Kind bei ihnen gesehen worden. Schwer, mühsam Worte findend, erzählte Christian, daß er ein Zigeunerlager, eine Stunde Bahnfahrt entfernt von hier, erblickt habe, mit einem seiltanzenden Kind, das dem seinen glich. Er hörte den Beschlüssen der Beamten zu, die dahingingen, daß alle noch in dieser Nacht nach R. fuhren, um die Zigeuner dort am frühen Morgen zu erwarten. Er erlebte alles wie in einem Traum.

R. war ein kleiner Ort, eine Stunde vom Meere entfernt, mit einem ziemlich großen Marktplatz, mit Schule, Rathaus und Gefängnis. Die Polizei verteilte sich in zwei Posten. Der eine stellte sich am Eingang der Landstraße, die von A. herführte, auf, um so die ankommenden Zigeuner sofort einzufangen, ehe sie Gelegenheit hatten, in den Winkeln der Stadt sich zu verkriechen, die anderen bewachten den Ausgang der Stadt auf der entgegengesetzten Seite, auch wurden die umliegenden Felder und Wiesen unter Aufsicht gestellt, so daß die Bande keinen anderen, unverhofften Weg einschlagen konnte. Gegen Mittag, in der höchsten Glut, sah man auch den Zug, bestehend aus drei Wagen, sich heranbewegen. Jeder der Wagen war bespannt mit zwei starken Pferden, umsprungen von Hunden, begleitet von einem ziemlich hohen Troß von Erwachsenen und Kindern. An der Stadtgrenze wurde der Zug angehalten und sofort von der Polizei umstellt. Die Wagen wurden an Ort und Stelle auf das gründlichste untersucht, doch keine Spur von dem Kinde war zu sehen. Dann wurde die Bande gezählt und in Haft genommen. Sie bestand aus dreizehn Erwachsenen und sieben Kindern im Alter von fünf bis dreizehn Jahren.

Es ergab sich, daß die Zigeuner gestern in dem Ort, den Christian B. durchfahren hatte, wohl eine Gauklervorstellung abgehalten hatten, daß aber das seiltanzende Kind, das er erblickte, ein als Mädchen verkleideter fünfjähriger Knabe gewesen war. Ein aus rosafarbenem Tarlatan bestehendes Kleidchen und rosa Schuhe fanden sich in dem Wagen vor. Auch legte der sehr zierlich gewachsenen Knabe sofort eine Probe seines Könnens auf dem schnell aufgespannten Seil ab. Im blendenden Sonnenlicht sah Christian nahe vor sich die Bewegungen des Kindes, das leicht, aber mit gespanntester Aufmerksamkeit über das Seil lief. Nichts erinnerte ihn mehr an sein Kind, auch war das Gesicht des Knaben bleich und hager und von dunklen Strähnen umhangen. Nachdem also die Untersuchung der Wagen und Personen nichts ergab, wurde die ganze Bande ins Gefängnis transportiert, Pferde und Wagen auf Staatskosten untergestellt, die Zeugen, die das Kind bei den Banden gesehen haben wollten, sowie die gesamten Inhaftierten aus den anderen Orten herbeibeordert. Mit dem Verhör der gegenwärtigen Zigeuner wurde sofort begonnen. Alle leugneten, je ein fremdes Kind bei sich gehabt zu haben.

Am übernächsten Tag begannen die großen Verhöre mit den Zeugen im Beisein des Vaters Christian B. Es wurde festgestellt, daß die Bande um die in Betracht kommende Zeit in zwei großen Wagen gereist war, von denen der eine weiß, der andere schwarz überspannt war. In dem ersteren befanden sich zwei Brüder mit ihren Frauen und deren Kindern, in dem letzteren der Führer mit seiner Familie und einem taubstummen Zwerg. Die übrigen der Bande kamen und liefen zu, nächtigten im Freien, in Scheunen oder Gasthöfen, mußten nur für den Führer arbeiten und ihm das verdiente Geld abliefern und erhielten dann dafür am Ende einer Fahrt eine größere Entlohnung ausgezahlt. Die Behörde konnte nun also gut annehmen, daß das Kind von diesen frei und einzeln umherstreifenden Personen der Bande ergriffen, ihr zugeführt und dann, als sich die Zigeuner verfolgt fühlten, wieder weiterverschleppt wurde, da entgegen den bestimmten Zeugenaussagen nie eine Spur des Kindes von den Gendarmen bei den Zigeunern gefunden werden konnte. Die Protokolle der Zeugenaussagen, die mit größter Gewissenhaftigkeit aufgenommen wurden, ergaben folgendes Bild:

Der erste Zeuge, Handelsmann Schröder, sagte aus: »Am 1. Juli war ich bei dem Schneider Freese in L., als eine Zigeunerbande die Straße entlang kam. Bald darauf trat eine alte Zigeunerin zu uns herein und bat um Kleidungsstücke und Geld. Vor der Tür sah ich drei Kinder auf einem Karren sitzen, von denen mir besonders ein Mädchen auffiel, welches ein schottisches Kleid trug und hellbonde, lockige Haare hatte. Das Kind konnte drei bis fünf Jahre alt sein. Ich kann mit Bestimmtheit behaupten, daß ich heute unter den mir vorgestellten Kindern der Bande weder ein Mädchen mit so hellen Haaren noch mit einem solchen Kleid gesehen habe.«

Der zweite Zeuge, die Arztwitwe aus St., Frau Fischer, gab an:

»Am 4. Juli kam ich aus dem Walde bei Sch. von einem Spaziergang und sah in der Nähe des Gasthofes zum Krug eine Zigeunerbande lagern. Ich wollte mir die Gesellschaft näher ansehen und ging darauf los. Da fiel mir ein Wagen auf, mit einer schwarzen Plane überzogen und mit Türen versehen, von denen die eine geöffnet, die andere geschlossen war. Aus der geöffneten Tür wollte zweimal ein hübsches Kind mit hellblauen Augen und lockigen hellblonden Haaren heraussehen, wurde aber jedesmal von einem kleinen Knaben, der am Wagen stand, zurückgeschlagen und mit alten Sachen überworfen. Als die Bande später abfuhr, hörte ich ein Kind weinen und erfuhr dann von meiner Kusine Anna, die noch vorher am Wagen gestanden hatte, daß es dieses hübsche, blonde Kind gewesen sei. Das Kind mochte etwa drei bis vier Jahre alt sein. Mit der größten Bestimmtheit kann ich behaupten, daß dieses Kind unter der mir heute vorgestellten Zigeunerbande nicht vorhanden ist. Den Knaben, der am Wagen stand und das Kind zurückschlug, habe ich in dem mir vorgestellten sechsjährigen Franz R. sofort wiedererkannt.«

Angesichts der von dem Vater vorgelegten Photographie der Anna B. erklärten beide Zeugen: »Wir erkennen in dem Bilde mit voller Bestimmtheit dasjenige Kind wieder, welches wir bei den Zigeunern gesehen haben.«

Entgegen diesen Aussagen bestritten die Zigeuner hartnäckig, je ein fremdes Kind bei sich gehabt zu haben. Die Untersuchung wandte sich daher am nächsten Tage an die Kinder der Zigeuner und erhielt von ihnen, wenn auch nicht ohne Drohungen mit Schlägen, folgende Auskünfte.

Ein fünfjähriger Knabe erzählte: »Als wir in S. waren, habe ich an dem Wagen mit der schwarzen Plane gestanden. In dem Wagen hat ein kleines Mädchen gesessen, das etwas kleiner war als ich und ein etwas dickeres Gesicht gehabt hat. Es ist wahr, daß ich dieses Kind in den Wagen zurückgestoßen habe, während es den Kopf zum Fenster hinausgesteckt hat, und dann alte Kleider darüber gedeckt habe. Daß ich dies tun sollte, hat mir die Tante Rosa gesagt. Später hat das Kind im Wagen geschrien. Am Anfang unserer Reise war das Kind noch nicht bei uns. Gestern, als wir kamen, war es auch nicht mehr bei uns. Wer es fortgeschafft hat, weiß ich nicht!«

Ein etwa sechsjähriges Mädchen, mit reichen schwarzen Locken, antwortete auf die ihr vorgelegten Fragen, während es tanzend von einem Bein auf das andere sprang: »Wir sind schon viele Wochen auf Reisen. Das fremde Mädchen ist nicht immer bei uns gewesen. Sie war beinahe so groß wie mein Bruder. Ihre Haare waren weißer als meine Haare. Sie war auch dicker im Gesicht als ich. Gespielt hat sie gar nicht mit uns. Sie war unartig, weil sie immer weinte. Wie sie heißt, weiß ich nicht. Sie hat immer in dem schwarzen Wagen gesessen. Hier in R. ist sie noch nie gewesen. Sie ging einmal mit mir und meinem Bruder in ein Haus, woanders. Wir ließen uns Wasser geben. Sie ging in der Mitte, wir hatten uns alle drei angefaßt. Vor dem Hause saßen wir auf einer Karre. Später ging das Mädchen mit einer Frau fort und ist nicht wiedergekommen. Ich habe sie nie wiedergesehen.«

Plötzlich aber drängte sich ein zehnjähriger Knabe mit einem bleichen, gefalteten Gesicht vor und begann freiwillig zu erzählen: »An einem Montag, ich glaube, es war am Johannistag, gegen Mittag, da waren wir in einem Dorfe eingekehrt. In dem Dorfe befand sich auch ein Herrenhof. Ich und mein kleiner Bruder Wenzel sind dahin gegangen und haben da Wasser getrunken. Als wir wieder zu unserem Wagen kamen, kam meine Mutter mit einem fremden Kind. Das Kind hatte sie fest an ihrer Brust. Geschrien hat es nicht. Erst als sie mit ihm im Wagen war, hat es geschrien. Das Kind hatte so ein Kleid an wie auf dem Bild hier. Auf dem ganzen Weg hierher war das Kind im schwarzen Wagen. Abends ist die Mutter immer mit dem Kind fortgegangen, und am Morgen hat sie erst wieder herangefunden. Wenn sie mit dem Kinde fortging, war stets die Pauline bei ihr. Einmal, vor drei Tagen, als wir schlafen gehen wollten, habe ich gesehen, wie meine Mutter das Mädchen in ein Laken gewickelt hat und vor sich genommen. Sie ist dann mit der Pauline zum Dorf hinausgegangen. Am anderen Morgen, als ich schon auf war und das Pferd auch schon gefüttert war, kam meine Mutter mit der Pauline zurück, aber sie hatte das Kind nicht mehr. Sie hat dann mit dem Vater gesprochen, sie hat das Kind im Walde umgebracht. Sie hat ihm die Kehle zugedrückt. Der Vater hat aber streng verboten, etwas davon zu sagen.«

Mit diesen, alle Anwesenden aufs tiefste überraschenden Aussagen der Kinder trat man nun wieder vor die Erwachsenen und las ihnen die Protokolle vor. Die Männer blieben auch jetzt noch völlig ruhig und schweigend, zuckten trotzig die Achseln. Dagegen gerieten die Frauen, und besonders die beiden von den Kindern beschuldigten, die Rosa Slicha und die Pauline S., in Unruhe, die sich steigerte, als man ihnen einerseits mit Prügeln drohte und andererseits ihnen Straflosigkeit und sogar einen Teil der ausgesetzten Belohnung versprach, falls sie bekennen wollten, wo das bei ihnen erblickte Kind geblieben sei und wenn es das von den Behörden und dem anwesenden Vater gesuchte sei.

Aus leise zwischen ihnen gemurmelten, unverständlichen Worten entbrannte plötzlich ein lauter Streit, der sich schließlich auf die beiden beschuldigten Frauen konzentrierte, die sich gegenseitig laut und kreischend Schimpfworte zuschrien, zuletzt mit Schlägen aneinandergerieten, sich an den Haaren rissen und an den Kleidern, so daß zuletzt die Mutter des Knaben, der die Mordanklage ausgesprochen hatte, mit zerfetzter Bluse dastand, ihre große braune Brust völlig entblößt. Die jungen Zigeuner lachten, aber der Führer trat zwischen die Frauen, riß sie auseinander und zischte ihnen ein leises Wort zu, auf das sie beide sofort verstummten und auf die Fragen des Kommissars nicht mehr zu antworten wagten.

Die ganze Bande wurde abgeführt und das Verhör am nächsten Tage erst fortgesetzt. Die Männer leugneten abermals, ein Kind bei sich gehabt zu haben, die Frauen schwiegen. Zum Schein brach der Kommissar das Verhör ab, und als der Führer der Bande sagte, man würde sie wohl nun bald freilassen, da ihnen doch nichts Unrechtes nachzuweisen sei, antwortete er nicht und zuckte in der gleichen Weise wie vorher die Zigeuner die Achseln. Man behielt die Bande weitere drei Tage in Haft, die man nach Möglichkeit verschärfte, und gab ihnen Spione in die Zellen, bewachte genau ihre Gespräche und Bewegungen. Doch die Zigeuner verhielten sich ruhig, schliefen meist, sangen leise in Gruppen, die Mütter spielten mit ihren Kindern, nichts Verdächtiges oder Erklärendes wurde gesprochen. Auch stellten die Eltern die Kinder wegen der furchtbaren Aussagen nicht zur Rede. Endlich führte man sie wieder vor, und der Kommissar ermahnte sie eindringlich, das Leugnen aufzugeben, da sie doch auf diese Weise niemals weiterkommen würden. Sie sahen sich untereinander an, es war, als ob sie sich ohne Worte berieten. Dann begannen sie zögernd und vereinzelt zu sprechen, und zwar die jungen Männer zuerst. Sie gaben plötzlich zu, daß ein fremdes Kind zeitweise bei ihnen sich aufgehalten habe, und schließlich bekannten sie sogar, daß sie in dem ihnen vorgelegten Bild der Anna B. dasselbe Kind wiedererkannten. Dagegen verweigerten sie immer noch die Auskunft über das Verschwinden des Kindes und behaupteten, daß die Weiber das Kind unter sich gehalten und dieses vielleicht auch fortgebracht hätten, daß sie sich aber darum niemals gekümmert hätten.

An Hand dieser Geständnisse wurden nun die beiden durch den kleinen Knaben des Mordes bezichtigten Frauen ins Verhör genommen. Sie brachen in Schluchzen und Weinen aus und sprachen lange Zeit nichts. Erst als sie keine neuen Tränen mehr fanden, begannen sie zu erzählen. Sie gaben den Mord zu, doch eine beschuldigte die andere der Ausführung. Mit auffallender Übereinstimmung gaben sie beide die gleichen Erklärungen ab. Die Mutter des Knaben sprach zuletzt.

»Die von meinem Sohne gemachte Aussage ist wahr. Die Aussage der Pauline ist aber unwahr. Wir sind am 24. Juni in dem Forst gewesen, der nach dem Dorfe Treuen führt. Dort war ein Herrenhof. Ich schlich dahin und drehte mich in dem Hofe herum. Nach dem Mittagessen kam ein kleines Mädchen zu mir heran und sagte zu mir einige Worte. Ich konnte es nicht verstehen. Es war ein sehr schönes Kind mit blauen Augen und goldenen Haaren. Es ist dasselbe Kind, welches mir hier in der Photographie gezeigt wird. Ich habe keine Mädchen, nur zwei Söhne. Ich habe das Mädchen an mich genommen und bin nach dem Wald gelaufen zu unserem Wagen. Wir waren aber geteilt, nur der Wagen mit der weißen Plane war bei uns. Ich kroch sofort mit dem Kind hinein. Geschrien hat es nicht. Später, als wir mit dem schwarzen Wagen wieder zusammenkamen, habe ich meinem Mann das Kind gezeigt. Er hat mich geschlagen, ich habe noch die Zeichen am Leibe. Wir haben dann das Kind in den schwarzen Wagen getan. Am 4. Juli langten wir in Sch. an, wo uns auch die gnädige Frau (die Zeugin Frau Dr. Fischer) besuchte, und wo sie das Kind gesehen hat. Die Aussagen meines Neffen Franz sind richtig. Ich hatte ihm gesagt, er sollte das Kind, wenn es aus dem Wagen heraussieht, zurückstoßen und alte Kleider auf dasselbe decken. Am Abend nun kam die Pauline und erzählte, daß wir wegen des Kindes von Gendarmen verfolgt würden. Da dachte ich, man muß das Kind fortbringen. In der Nacht, es kann wohl um 10 Uhr gewesen sein, habe ich das Kind aus dem Wagen genommen und bin mit der Pauline in den Wald gegangen. Erst habe ich das Kind getragen, dann die Pauline. Wir gingen erst zusammen in den Wald hinein. Etwa hundert Schritte. Dann sagte die Pauline, ich solle zurückbleiben. Wie sie weitergegangen war, hörte ich nach einer Weile einen jämmerlichen Schrei. Dann war es wieder still. Dann kam die Pauline zurück ohne das Kind. Ich habe mir gedacht, daß sie das Kind umgebracht hat, ich habe aber doch gefragt: »Wo ist das Kind?« Sie hat gesagt: »Es ist tot.«

Diese Geständnisse wurden vor allen Beteiligten verlesen. Während die Zigeuner stumm, teilnahmslos und sichtbar erschöpft durch die Haft und die ohne Unterlaß auf sie niederprasselnden Fragen und Verhöre, Drohungen und Versprechungen dastanden, machte sich plötzlich der taubstumme Zwerg durch heftige Gebärden und Zeichen bemerkbar. Man fragte in der Zeichensprache, die er aber nicht verstand. Als man ihm das Bild des Kindes vorzeigte, legte er aber heftige und deutliche Zeichen der Verneinung ab, deutete auf die beiden Frauen und schüttelte wiederum verneinend Kopf und Hände, geriet dabei mehr und mehr in große Aufregung, sprang ungeduldig von einem Bein auf das andere und rollte seine großen Augen in dem kleinen Kopf. Einer der beiden Polizisten mußte lachen. Die Protokolle wurden nun geschlossen und die Zigeuner abgeführt.

Am nächsten Tage reisten zwei Polizisten in Begleitung des Kommissars und des Vaters Christian B. mit den beiden des Mordes verdächtigten Frauen zurück nach Sch. Dort wurden die Frauen zuerst dem Wirt im Gasthof »Krug« vorgestellt, der die beiden sofort wiedererkannte und weiterhin bezeugte: »Ich habe ausdrücklich gesehen, wie die mir hier vorgestellte Rosalie am 4. Juli abends mit einem Kind auf dem Arm über meinen Hof hinaus auf die Straße ging. Die Pauline habe ich nicht gesehen.«

Nunmehr begann die Suche nach der angeblich im Walde verscharrten Leiche des Kindes. Die Frauen wurden nach dem nahen Walde geführt, die ganze, von ihnen geschilderte Szene des Mordes an dem Kinde sollte wiederholt werden. Doch sofort gerieten die beiden Frauen wieder in Streit, jede beschuldigte die andere, das Kind am Rande des Waldes auf die Arme genommen zu haben und mit ihm in das Dickicht gegangen zu sein. Dann wieder, als sie voneinander getrennt vernommen wurden, gestand die Rosalie Slicha, das Kind in einen kleinen Fluß auf der anderen Seite der Waldlichtung versenkt zu haben, während die Pauline St. angab, das Kind an der Stelle, wo es die Rosalie Slicha ermordet habe liegen lassen, am nächsten Tage heimlich aufgesucht zu haben und ihm mittels eines Steckens unter einer großen Tanne ein Grab gegraben, die Leiche mit Moos bedeckt und das Grab mit Glockenblumen bepflanzt zu haben. Eine volle Woche wurde auf das genaueste nach der Leiche des Kindes gesucht und geforscht, ohne daß eine Spur zu finden war.

Christian B. hatte während der ganzen Zeit in einem einfachen Gasthofe gewohnt. Seine Stube im ersten Stock des Hauses war klein, eng, grau getüncht, feucht und kalt trotz der ununterbrochen herrschenden Glut der Sommertage. Durch das Fenster sah er auf einen kleinen, alten Marktplatz, der von düsteren Häusern aus rotem Sandstein umstanden war, die, angeschwärzt von Schmutz und Regen der Zeit, die Farbe vertrockneten Blutes bekommen hatten. Der Gasthof war still, von Fremden fast nie besucht, abends nur war die Gaststube dicht besetzt von lärmenden Gästen, und in den späteren Stunden trieften die Tische von vergossenem Bier und Branntwein, wenn die unsichere Hand der Trinker das gefüllte Glas nicht mehr zum Munde heben konnte. Die Stadt war klein, doch Christians müde Schritte kamen nie aus den engen Straßen heraus, die mit harten, spitzen Steinen bepflastert, seinen wandernden Fuß feindlich zurückstießen. Winzige Häuser in langen Reihen standen immer vor seinen Blicken. Fest an die Erde gedrückt, verbargen sie doch den Himmel. Freie Ebene, weiche gütige Erde unter seinem Fuß, gewölbter Himmel Tag und Nacht über seinem Haupt, alles war verschwunden. Die Arbeit der Hände, die Liebe des Herzens, Weib und Kind, das Unglück, der Schlag Gottes, der Schmerz der Seele und die Klarheit des Todes, die er schon nahe gefühlt, alles war versunken, aufgezehrt von Enge, Fremde, Verwirrung, von dem trügerischen Schein der Wirklichkeit, von dem höhnischen Angesicht der Tatsachen. Er fuhr mit den Polizisten umher, war bei den Verhören der Zigeuner dabei, immer wieder breitete er die kleine Taille des Kindes aus, zeigte die Bilder des Kindes vor, richtete Fragen an die Zeugen, machte ihnen die Bewegungen des Kindes, wie es den Kopf zurückwarf, wie es lachte, wie es tanzend ging, mit seinem erbleichten Haupt, mit seiner erloschenen Stimme und seinen schweren, müden Schritten vor. Abends ging er in die Gaststube, die heiß und von Tabaksrauch durchwölkt war, setzte sich zu den fremden, lärmenden Menschen. Er, der sonst so Stumme, sprach mit ihnen, kritisierte den Gang der Verhandlungen, beschimpfte die Behörden, nannte den »Fall B.« den Prüfstein eines Rechtsstaates, ein Ereignis, ebenso wichtig wie Sieg und Einzug in Paris. Er lebte mehr als wie im Traum, er lebte während dieser Zeit nur noch im

Rausch. Er trank vom frühen Morgen an. Im Rausch glaubte er, handelte er, konnte er sich noch erinnern, im Rausch baute er sich auf den leeren, nur noch Gott und dem Tod bereiten Raum seiner Seele nochmals auf: sein Heim, Gut und Geld, Weib und Kinder, Unglück und Strafe, Recht und Rache, Ordnung und Hoffnung. Sein Gesicht war gerötet, jugendlich begann es zu leuchten unter den weißen Haaren, die schweren Lider waren aufgehoben von dem betäubten Blick der Augen, die matt funkelten unter den Strömen des berauschten Blutes. Nur seine Stirn blieb unberührt von Rausch und Verwirrung, immer klarer, fast leuchtend stand sie unter den wirren weißen Haaren über den rauschglitzernden Augen, ein Zeichen des Wachenden über dem Träumenden.

Am Wirtshaustisch, tief im Rausch, die halbgeleerte Flasche vor sich, schrieb er mit klarer, sauberer Schrift seinem Notar um Geld, berichtete dem Wirtschafter Blank, daß wahrscheinlich eine Kriminalkommission nach Treuen käme, er solle deren Führung übernehmen und die Aussagen des Gesindes überwachen, befahl ihm, mit dem Schnitt des Roggens zu beginnen und denselben in Scheune vier, Fach zehn einzuscheuern. An Frau und Kinder schrieb er kein Wort. Er verlangte neuen Schnaps. Weich und schnell klopfte sein Herz, leicht, doch ohne zu zittern, bewegten sich seine Hände. Seine Zähne in dem offen atmenden Mund schimmerten durch seinen verwirrten Bart hindurch, und seine Augen glänzten entblößt von ihren Lidern aus dem geröteten Gesicht. Nur seine Stirn war bleich und kühl, unter den weißen Haaren tropften Schweißperlen langsam über sie hin, sammelten sich in den dichten Augenbrauen zu kleinen Bächen, die dann schnell das rote Gesicht entlang liefen und im Halse verrannen. Es war, als weine seine Stirn, indessen sein Mund im Rausche lächelnd geöffnet war. Er ergriff einen neuen Bogen Papier, und mit feinen, festen Linien und Punkten zeichnete er einen Plan der Domäne Treuen mit Haus, Hof, Ställen und Scheunen, Brunnen, Teichen, Gärten, Feldern, Wiesen, mit der Landstraße und dem Forst auf. Wieder trank er, und noch tiefer versinkend im Rausch, entwarf er neue Plakate mit der Bekanntmachung und erhöhte die Summe der Belohnung auf tausend Taler. Es war zwei Uhr nachts. Er war allein im Gastzimmer. Er erhob sich, nahm die Papiere und ging aufrecht, doch mit bleischweren Füßen die Treppe empor in sein Zimmer und warf sich in den Kleidern über das Bett. Er schlief ein. Er träumte, er sah das Zimmer vor sich, er lag im Bett gegenüber der

Tür, die Tür aber öffnete sich, von draußen fiel mattes Licht herein, und im Halbdunkel erschien ein Kind, ein Knabe, bleichen Angesichts, mit langen, weißen Locken, mit traurig verkrümmtem Mund und gesenkten Augen, und schritt langsam auf ihn zu. Mit einem gewaltig aus dem Herzen aufspringenden Gefühl von Liebe und Schmerz zugleich erkannte er sich selbst in der Erscheinung. Das Kind stand still vor ihm, und als er eben noch in seinem Gesicht forschen wollte, versank es plötzlich in sich selbst, verwehte, und am Boden lag an der Stelle, wo es gestanden hatte, ein kleiner Haufen Schnee, aus dem ein schmaler, weißer Lichtstreifen aufstieg und mit eisiger Kälte ihm ins Gesicht strahlte. Er erwachte, die Hände vor das Gesicht gehalten. Er blickte um sich, es war völlige, schwarze Finsternis um ihn, durch dichte Vorhänge waren die Fenster verhangen. Aber in der Finsternis wehte noch der eisige Hauch des Lichtstrahles im Traum. Er sprang aus dem Bett und zur Tür und öffnete sie schnell. Vom Korridor kam matter Schein einer Lampe und schwüle, dunstige Glut der Sommernacht herein. Auf dem Boden lagen die Papiere, die er mit Schrift und Zeichen bedeckt hatte, und schimmerten weiß. Er hob sie auf und verbarg sie zwischen den Kleidern, die er nun ablegte, und schlief dann bis zum nächsten Mittag. Er ließ sich nie mehr unberauscht, denn dann war ihm alles klar, logisch und begreiflich. Er wohnte täglich den Gerichtsverhandlungen bei, feuerte die Kommissäre an, verhandelte mit Agenten und Spionen, unterhielt sich mit den Redakteuren der Zeitungen, machte Reisen, wenn es galt, eine neue Spur des Kindes zu verfolgen. An die Heimkehr dachte er nicht. Er erhielt die Briefe seines Wirtschafters und die seiner Schwester. Nur selten gab er einen Bescheid oder einen Befehl an den Wirtschafter zurück, an Frau und Schwester aber schrieb er niemals.

Die Anklage auf Mord brach zusammen. Trotz wiederholten, genauesten Forschens konnten keine Spuren einer Leiche gefunden werden, dagegen liefen neue Meldungen ein, nach denen das Kind wieder gesehen worden war. Das Gericht gelangte nun zu der Annahme, daß das Kind von dem fehlenden Mitglied der Zigeunerbande, dem alten Nikolaus, fortgebracht und entweder nachträglich ermordet oder über die Grenze geschafft worden sei. Nun setzte eine zweite, im Eifer auf das höchste gesteigerte Jagd nach dem Kinde ein. Aufgefordert von der Justiz, griffen in weitestem Maße Polizei und die gesamte innere Verwaltung des Landes helfend ein. Das Ministerium des Innern entsandte besondere Polizeibeamte, gab die Spalten sämtlicher Regierungsblätter zu den umfangreichsten Publikationen frei, sogar eine allgemeine Landesvisitation wurde in Erwägung gezogen und nur wegen deren Unzweckmäßigkeit unterlassen. Statt dessen erging an sämtliche Landräte und Amtshauptleute des Reiches eine dringliche Mahnung zur äußersten Aufmerksamkeit.

Eine ähnliche Verfügung wurde auf Anregung eines anonymen Einsenders von seiten des Generalpostamtes an sämtliche Landbriefträger erlassen.

Das auswärtige Ministerium setzte sich jetzt mit den Regierungen der übrigen deutschen Staaten und denen der angrenzenden Länder in Verbindung und erhielt nicht nur bereitwilligste Zusage der Hilfe, sondern diese Regierungen ergriffen auch in der Tat energische Maßnahmen gegen Vagabunden, bei denen man das verlorene Kind vermuten durfte.

Zum dritten Male erhöhte der Vater Christian B. die Belohnung. Er setzte zweitausend Taler aus, und für das Auffinden der Leiche eine solche von tausend Talern. Täglich liefen aus den verschiedensten Gegenden Meldungen ein, daß das Kind gesehen worden sei. Alle Spuren wurden auf das genaueste verfolgt. Unaufhörlich reiste der Vater von Ort zu Ort, um bald hier, bald dort aufgefundene Kinder, die seiner Tochter ähnlich sehen sollten, zu rekognoszieren. Neunzig Personen wurden nach und nach verhaftet und monatelang festgehalten.

Blieben schon die Verfolgungen aller dieser Spuren ergebnislos, so fiel überhaupt der ganze, mit so ungeheurem Opfer an Geld, Eifer und Fleiß geführte Prozeß endlich zusammen, als Mitte November in einem ungarischen Dorf der vermißte Nikolaus aufgefunden und ausgeliefert wurde. Es war ein durch Trunksucht völlig zerrütteter Mensch, starrend vor Schmutz und Ungeziefer, von dem sogar sein grauer struppiger Bart wimmelte, und hatte eine eiternde Wunde am Hals. Er sprach nur stammelnd, aber bereitwillig und freundlich. Es wurde ihm der ganze Gang der Verhandlung und der Inhalt der Protokolle erzählt, er schien auch alles vollständig zu begreifen, erklärte aber, nie ein Kind mit sich genommen zu haben, und fügte mit rauher Stimme, aber gutmütig lächelnd hinzu: »Bin kein Väterchen!« Er konnte auch ziemlich genau die Orte, an denen er sich aufgehalten, angeben und verschaffte sich ein sicheres Alibi. Als er der Zigeunerbande Slicha vorgestellt wurde, die ihn auch sofort anerkannte, fiel er dem taubstummen

Zwerg um den Hals, und beide umarmten und küßten sich und machten in einer Zeichensprache höhnische Grimassen gegen die übrigen Mitglieder der Truppe.

Am 20. November wurden die Akten über die Verhandlungen geschlossen. Als feststehend und erwiesen wurde immer noch angenommen, daß bei der Zigeunerbande Slicha laut Zeugen in den verschiedenen Orten in der Zeit vom 1. bis 8. Juli ein blondes Kind im Alter von vier Jahren vorhanden war, welches in der Zeit von 6 bis 10 Uhr abends am 8. Juli spurlos verschwunden ist.

Der Richter, der mit übermenschlichen Kräften die Untersuchungen und Verhöre geleitet hatte, brach schwer erkrankt zusammen.

Am 23. November reiste auch der Vater Christian B. wieder heim. Er hatte die Nacht wachend und trinkend verbracht, berauscht trat er im Morgengrauen die Reise an. In der Bahn schlief er. Er kam nachts in S. an, wo der Wirtschafter mit dem Schlitten auf ihn wartete. Kein Wort wurde gesprochen. Sie fuhren über den ersten Schnee und Frost nach Treuen. Langsam wich Christians Rausch. Er erkannte die Wege, seine Felder, seine Erde, die jetzt im Winter wieder heller schimmerte als der dunkle Himmel, der Himmel über seinem Leben. Im Hofe hielten sie. Christian trat schnell in seine Stube ein, schloß fest die Türe hinter sich zu und antwortete auf Rufen und Klopfen nicht. Im Dunkeln sah er den Raum, die Möbel, durchs Fenster schimmerte es weiß, doch kein Licht, nur Schein von Schnee, und während er in tiefen Zügen die letzte Spur des Rausches aus seiner Brust atmete, erinnerte er sich plötzlich der Erscheinung seines Kindes, wie er es erblickt hatte, durch das Fenster des vorbeirollenden Eisenbahnwagens, wie es in der Luft schwebte, in der Dämmerung der Sommernacht von Fackelschein und Musik umbraust. Er tastete sich zum Fenster und sank in die Knie. Er schloß die Augen und ruhte. Er lächelte.

Über Rausch und verwirrenden Traum der letzten Wochen fühlte er den Frieden der Verzweiflung und die Klarheit, die nur im Tode noch war, wieder einziehen in seine Seele.

VI

Ganz allein für sich in einem engen Wahn von zukünftigem Glück hatte während dieser Zeit Martha, die Frau, gelebt. Sie war so hilflos unter den Schlägen des Unglückes, daß sie mehr als alle anderen, daß sie sich selbst verlor. Das unabwendbar Traurige, Harte und Grausame ihres Schicksals verwandelte ihr Herz. Sie haßte die Kinder, ja selbst das verlorene, bis tief in die Erinnerung an das namenlose Glück, das es ihr bereitet hatte, bis zur Stunde selbst zurück, da sie glaubte, es empfangen zu haben. Die Söhne wollte sie nicht sehen. Ihnen reichte Emma Nahrung und Kleidung, richtete ihr Lager für den Schlaf, bestimmte die Arbeit für ihre jungen Kräfte und schenkte ihnen die Liebkosungen für ihre verwaisten Herzen, aber sie konnte sie nicht schützen vor dem bösen, funkelnden Blick der eigenen Mutter, den diese auf die Söhne warf, wenn sie einmal, alles vergessend, mit Lachen auf den jungen dunklen Gesichtern zu Tische kamen. An den Mann dachte die Frau Tag und Nacht. Sie arbeitete nichts mehr. Seit er fortgefahren war, wartete sie auf ihn. Schon morgens kleidete sie sich in helle, hübsche Kleider, kämmte lange und sorgsam ihr dichtes, dunkles Haar, das mit lichterem Schimmer, wie der silberne Spiegel eines dunklen Wassers ihren Kopf umschmiegte. Ihre Gestalt, die früher in einer weichen Fülle ihre Mütterlichkeit verraten hatte, wurde schlanker. Mit Entzücken nähte sie sich breite Falten in ihre Taillen ein. Ihre Hände wurden weich und weiß, sie rieb sie unaufhörlich mit tiefem Wohlgefühl aneinander, wenn sie stundenlang in Träume versunken an dem Fenster des Schlafzimmers saß. Rief man sie in solchen Augenblicken an, dann schossen aus schwarzen, weitgeöffneten, unbeweglich starrenden Augen jene wilden Blicke, vor denen alle erschraken. Gewöhnlich stand sie dann auf und eilte aus dem Haus, schnell mit stürmenden Schritten am Rande der Felder verschwindend. Erst am Abend kam sie, heimlich, ohne von jemand bemerkt zu werden, zurück, und Emma fand sie dann im Bett, das Gesicht in die Kissen vergraben, in tiefem Schlafe.

An den Sonntagen kam Klara, Christians Schwester, zum Besuch. An diesen Tagen schien die Frau zu neuem Leben zu erwachen. Ihr Gesicht war dann gerötet, ihr Mund wie früher leicht und froh geöffnet. Wären die tiefen Runzeln ihrer Stirn über den glühenden, schwarzen Augen nicht gewesen, wäre sie jung erschienen wie ein Mädchen. An den Tagen, wo sie Klaras Besuch erwartete, ging sie in die Küche, sprach mit Emma und kümmerte sich um das Essen. Hörte sie dann den Wagen in den Hof einfahren, eilte sie hinaus, und kaum hatte Klara den Boden betreten, warf sie sich in ihre Arme, hielt sie lange und fest umschlungen, ihre Brust innig an die Brust der Schwägerin pressend. »Komm!« sagte sie heiser und eilig, »komm mit zu mir!« Und sie zog sie mit sich in das Schlafzimmer, neben sich auf die Truhe, die am Fenster stand. Dort ließ sie Klara sprechen und fragen, antwortete ihr aber nicht. Unablässig ruhte ihr Blick auf dem Antlitz Klaras, das so deutlich die Züge ihres Mannes trug. Sie erkannte seinen schweren Blick in ihren blauen Augen wieder, seinen schmalen ernsten Mund, sein lichtes Haar. Das Gesicht, die Gestalt der Schwägerin erinnerte sie an die Zeit des Glückes, nach der sie, die Trauer und Verzweiflung nicht fassen konnte, sich zurücksehnte. Sie umschmeichelte Klara, ließ sich von ihr trösten und beruhigen. Wie ein Kind schmiegte sie sich an sie. Wenn Klara gehen wollte, barg sie den Kopf an ihre Brust, und da Worte oder Tränen ihr nicht kamen, schlang sie bittend die Arme fest um ihren Hals und küßte sie auf den Mund.

Als die Heimkehr des Mannes sich verzögerte und Martha keine Zeile von ihm erhielt, wollte sie aus dem Haus entfliehen. »Nimm mich mit zu dir, dort will ich auf Christian warten!« bat sie kindlich die Schwägerin.

»Nein«, sagte Klara zwischen Rührung und Strenge kämpfend, »du bist eine schlechte Frau. Um nichts kümmerst du dich. Es sind doch Christians Kinder und sein Haus.«

»Nimm mich mit!« bat Martha noch einmal leise.

»Nein, es geht nicht!« sagte Klara jetzt kurz und verließ sie, um mit Emma, dem Wirtschafter und den Kindern zu sprechen. Als sie nach einer Stunde wieder nach Martha sehen wollte, war diese verschwunden, im Hause nicht zu finden. Am Abend aber, als Klara zurückfuhr und aus dem Forst auf die Landstraße einbog, kauerte auf einem weißen Meilenstein in der kühlen Herbstdämmerung Martha und rief sie leise an. Sie nahm nun die Frau mit sich und ließ sie auf ihre flehenden Bitten in ihrem Haus.

Dort war Martha glücklich. Dieses Haus war für sie erfüllt von den seligsten Erinnerungen. Vor seinem weiten, mächtigen Portal hatte Christian sie mit starken Armen aus dem Schlitten gehoben, sie hoch in der Luft gehalten, als wäre sie eine Feder. Als Fremde, als Waise, als arme dienende Magd hatte er sie sich erwählt zur Frau, und wie gut war alles geworden. Sie wollte wieder hier warten auf den Mann, daß er sie hole, wie damals als Braut, in das neuerrichtete, hochzeitliche Heim. Denn ihr Haus, das sie eben verlassen hatte, erschien ihr aus der Ferne unbekannt, befreit von Unglück und Sorgen, ein Heim kommenden Glückes.

Als die Nachrichten von dem Prozeß einliefen, aus denen zu entnehmen war, daß das verlorene Kind von den Zigeunern ermordet sei, stand sie still über der fassungslos weinenden Klara. Seit langem zum ersten Male stieg wieder das Bild ihres Kindes vor ihrer Seele auf. Sie sah sein Antlitz, seine Gestalt, sie spürte den Duft des kleinen nackten Körpers, der ihm entströmt war, wenn sie ihn wusch oder ankleidete. In dem tiefen Wohlgefühl dieser Erinnerung erbebte ihr Herz, ein Strom beglückenden Schmerzes durchfuhr ihren erwachenden Leib, um tief, im Innersten ihres Schoßes zu versiegen. Sie lächelte verzückt: »Sie ruhig«, sagte sie, »weine nicht. Wenn Christian kommt, werden wir wieder ein Kind haben.«

Klara erhob ihren tief zum Weinen herabgeneigten Kopf und starrte sie an. Zwei Mütter standen einander gegenüber. Die fruchtbare, deren Leib noch immer gebären konnte, deren Schoß über das todverzweifelte Herz siegen wollte, und die kinderlose, deren Leib verdorrt war schon in der Blüte, und die ihr Herz nun belud mit der Liebe zu dem verlorenen Kind, mit Lasten voll Kummer und Schmerzen um sein Schicksal. Durch den Schleier von Klaras Tränen schimmerte das glühende, lächelnde Gesicht Marthas verklärt und vielgestaltig hindurch. Ja, dachte sie, Martha würde wieder ein Kind haben, diese Mutter, die ihr Kind verlieren ließ, ermorden und vergehen, ohne daß sie selbst verging, sie würde ein neues Kind tragen und neue Freuden empfangen, das Leid aber dem Vater lassen. Denn der Bruder, ihr Bruder, war ein Gatte, war Vater, Leben und Freude spendender Vater, so wie sie selbst eine selige, sorgende, hütende, heißliebende Mutter gewesen wäre. Waren sie nicht beide eines Stammes Zweig? Und doch hatte sie einsam bleiben müssen, verkümmern in der eigenen Fülle und Üppigkeit, und seine Kinder wurden von einer kalten Mutter geboren, waren verwaist schon bei Lebzeiten der Eltern. Sie wandte sich von Martha ab, kümmerte sich von diesem Tage an kaum mehr um sie. Doch Martha empfand nichts. Sie lebte ohne Erinnerung an die Vergangenheit, ohne Gefühl für die Gegenwart, nur im Traum der Zukunft, in der Hoffnung auf neues Glück. Müßig trieb sie sich die Tage im Hause umher, dann wieder plötzlich war sie verschwunden, lief stundenweit die Landstraße entlang und kehrte abends erst zurück. Sie aß fast nichts, und ihre körperlichen Kräfte nahmen ab. Ihre Gestalt wurde hager, das Gesicht sank ein, und doppelt groß und unheimlich glühten die schwarzen, aufgerissenen Augen unter der gefalteten Stirn.

Klara hatte Mühe, neben der Arbeit im eigenen Haus auch noch das Anwesen des Bruders zu überwachen. Da der abwesende Herr nur selten schrieb und oft die dringendste Vorsorge zu vergessen schien, waren alle im unklaren und ohne jeden Rat. Einmal, am Sonntag, mitten in der Ernte, war mit den beiden Söhnen auch der Wirtschafter zu Klara gekommen, hatte lange verlegen geschwiegen und dann gesagt, daß gestern kein Geld zur Löhnung dagewesen sei, da keine Zahlungen gekommen waren und der Herr auch kein Geld hatte schicken lassen. Erschreckt lief Klara zu ihrem Mann, der die Summe, wenn auch nicht ohne Kopfschütteln und mißbilligendes Staunen, gegen eine Unterschrift Marthas herlieh. Der Wirtschafter, bis ins tiefste Herz seinem Herrn ergeben, sah wohl das verächtliche Lächeln auf dem feisten Gesicht des Barons, und als eine Woche später noch immer kein Geld da war, versammelte er die Arbeiter und Knechte nach Feierabend um sich und sagte ihnen, daß die Viehhändler, die große Summen schuldeten, ebenso wie die Getreideaufkäufer und die Müller, das Unglück der Herrschaft wohl ausnützen wollten und nichts mehr gezahlt hätten seit den sechs unglücklichen Wochen, und daß der Herr in den Aufregungen um das Kind wohl vergessen hätte, welches zu schikken, kurz, daß nur Geld da wäre vom Erlös des Wochenmarktes, der aber auch wegen der Ernteverpflegung nicht so hoch sei wie immer, und dieses Geld würde er jetzt verteilen. Sie müßten aber unbedingt reinen Mund halten, und übrigens sei das Geld bei Christian B. so gut wie auf der Sparkasse und sie würden noch Zins daraus ziehen. Die Leute hörten alles ruhig an und sagten weder Ja noch Nein. Sie nahmen ihre Groschen und gingen schweigend zu Tisch. Beim Essen fragte ein junger Knecht: »Erntefest werden wir wohl auch nicht haben?«

»Wem es nicht recht ist, kann gehen«, sagte da der Wirtschafter böse und kurz. Schweigend aßen alle zu Ende.

Die Ernte war gut, die Ähren waren mit Körnern schwer gefüllt. Trotz der Hitze war der Schnitt mit großer Freude begonnen worden. Besonders die jüngeren unter dem Gesinde drängten sich zu der schweren Arbeit auf den Feldern, tauschten sie gern gegen die leichtere in den Ställen und im Hause ein. Man hatte das Mähen schon vor Sonnenaufgang begonnen, da die Hitze am Tage oft allzu drückend war. In der zarten, noch ganz von Schweigen und Schlaf erfüllten Morgendämmerung zogen die Schnitter aus, leise setzte der Takt der Sensenhiebe ein, der zart schwingende, helle Ton der Messer war zu hören bei dem Niedersausen durch die Luft und bei dem Einschneiden in die Halme; dann wagte einer das erste Lied, und im Chore fielen die Hiebe immer schneller und kräftiger ein in die fruchttragenden Halme, die noch im Schutz der kaum vergangenen Nacht zu schlummern schienen. Alle auf dem Felde Arbeitenden waren froh, dem Unglückshause entronnen zu sein, alles lachte und trieb Scherze. Quälte die Sonnenglut sie allzusehr, wanderten die Leute von der Arbeit weg zu dem nahen Forst, legten sich auf Moos, an versteckt rieselnden Bächen nieder.

In fast übermenschlicher Weise war Fritz von frühmorgens bis spät nachts ununterbrochen fleißig. Er öffnete und reinigte die Ställe, versorgte das Vieh, schleppte beim Melken die großen Kübel zum Keller, das Wasser vom Brunnen in die Küche, trug das Essen auf die Felder, band an den Garben mit, begoß den Garten, der ohne seine Fürsorge in der Glut längst verdorrt wäre. Vor allem hielt er Ordnung, räumte jedem nach, und nichts entging seinem Blick. Er war flink, eifrig, gewandt wie nie. Er war da, wenn er gebraucht wurde, und verschwand ebenso schnell, wie er gekommen, wenn er die Arbeit getan hatte. Niemand sah wirklich und nahe sein Gesicht, kein Blick erkannte wirklich sein Auge. Er war ruhig und heiter. Abends, wenn er seine letzte Arbeit noch tat, die schweren Ackerpferde am Brunnen wusch und striegelte, ließ die fieberhafte, rastlose Kraft seiner Arme und Hände nach, seine Bewegungen wurden langsam; sanft strich er mit der Bürste über das Fell der Tiere, und mit müder Zärtlichkeit ließ er seine linke Hand auf den Hals des letzten Pferdes niederklatschen und dort ruhen, wenn er neben ihm zum Stalle schritt. Leise sang er mit seiner hohen, schönen und sanften Stimme. Eine vollkommene Müdigkeit erfüllte ihn, schnell sank er in tiefen Schlaf.

Nun standen die Garben in unabsehbaren Reihen, und es wurde mit dem Einfahren begonnen.

Vier Gespanne, zwei Gespann Pferde, zwei Gespann Ochsen arbeiteten den ganzen Tag. Die Pferde führte Fritz. Er schirrte ein, lenkte den Wagen auf die Felder und ließ sich die Mühe und Arbeit nicht verdrießen, während des Aufladens die Pferde wieder auszuschirren, sie bis zum Rand des Waldes zu führen, aus der brennenden Sonne in den Schatten. Er selbst half dann beim Aufladen, und sein Wagen, am höchsten mit Getreide aufgetürmt, war doch vor allen anderen Wagen fertig. Der Wirtschafter schlug ihm freundlich auf die Schulter und sagte: »Nun komm, Junge, nun wollen wir auch in Gottes Namen als die ersten einfahren!« Und er schwang sich neben Fritz auf den schmalen Kutschbock; mit gekrümmtem Rücken mußten sie sitzen unter dem überneigenden Dach der aufgebauten Garben. Fritz schnalzte leise, aber scharf mit der Zunge. Die ungeheuren Muskeln der Pferde spannten sich, faltig schob sich das Fell an den Schenkeln zusammen, noch ein kurzer Ruck an den Zügeln, und der Wagen zog an, kam langsam, Schritt für Schritt von dem Feld auf die Wegspur, die zwischen den Wiesen entlanglief, nahm dann schwankend den Weg am Brunnen vorbei über das holprige Pflaster des Hofes. Hier hielt er still. Die Pferde schnauften und schlugen mit den schweren Hufen die Steine. Fritz saß ruhig, die Zügel in der Hand, der Wirtschafter war abgestiegen und wischte sich den Schweiß von der Stirn. Hundert Schritt vor ihnen lag die Scheune Nummer vier. Das ungeheure Tor war weit geöffnet, wie schwarze Nacht lag die dunkle Tiefe des Raumes zwischen seinem Rahmen. Fritz maß mit den Blicken die etwas abschüssige Auffahrt, und berechnete den Anlauf, den er mit Pferden und Wagen nehmen müßte.

»Nun los«, sagte der Wirtschafter und wollte helfend in die Speichen der Räder greifen.

Fritz aber erhob seine Peitsche und ließ sie mit einem schweren Hieb über die Rücken der Pferde sausen. Die Tiere stampften auf, mit einem Ruck geriet der Wagen ins Rollen, raste mit seiner ungeheuren Last los, die Auffahrt hinauf, und donnerte über die Schwelle der Scheune. Genau unter dem Tor sprang Fritz vom Kutschbock auf, mit der ganzen Kraft seines Körpers riß er die Zügel zurück, und langsam verrollte der Wagen auf der dicken, weichen Schicht des Bodenstrohes. Die Pferde standen, etwas Schaum vor dem Maul, mit unbeweglichen Köpfen in der plötzlichen Dunkelheit. Das Stampfen ihrer Hufe dröhnte dumpf auf dem strohbedeckten Boden. Jeder lebendige Laut war mit einem Male erstickt, selbst die eigene Stimme erklang grabesfern dem Ohr. Das blendende Licht des Sommertages war erloschen, heiße, tote, von Modergeruch erfüllte Luft herrschte hier und schreckliches Schweigen. Fritz fühlte kalten Schweiß aus allen Poren seines Körpers zugleich ausbrechen. Er stand unbeweglich, nur seine Augen schossen umher.

Der Wirtschafter war dem Wagen nachgekommen und trat nun auch in die Scheune ein. Er blieb betroffen stehen: »Das ist ja eine schreckliche Hölle hier drinnen«, sagte er und versuchte zu lachen.

»Ich will gleich die Pferde abreiben«, erwiderte Fritz und begann mit mühsamen, schweren Bewegungen die Pferde auszuschirren und hinauszuführen. Beim Abladen der Garben half er nicht, doch fuhr er alle Wagen ein, da er, wie er sich rühmte, die Auffahrt so gut zu nehmen verstand. Wagen auf Wagen fuhr er so in die Scheune und sah, wie ihre ungeheuren Fächer mit Getreide sich füllten. Er dachte an nichts zurück und wandte den Kopf auch nie nach jenem Winkel, der nun auch schon verdeckt war durch die aufgehäuften Berge der Garben. Einmal nur, als er beim Aufschichten des letzten Getreides, das fast bis zur Decke reichte, helfen mußte, und er hoch oben auf einer der Getreidemauern stehend, die emporgeworfenen Garben auffing und einlagerte, suchte er, in Sorge, daß die Tiere ersticken könnten, das Nest mit den Vögeln. Aber es war, jetzt im August, schon leer.

Die Scheune war gefüllt und wurde geschlossen. Vier Mann waren nötig, um die Riesenflügel des Tores in den verrosteten Angeln zu bewegen. Sie teilten sich in Gruppen zu je zwei, packten die Flügel und liefen von links und rechts mit voller Wucht den weiten Bogen von der Mauer bis zur Mitte der Öffnung gleichzeitig aufeinander los und mußten zweimal ansetzen, ehe endlich die Ränder der Flügel ineinandergriffen. Ein großer, schwerer, eiserner Riegel wurde vorgelegt und durch ein Schloß versiegelt.

Alle standen, schwer atmend, noch eine Weile still. Fritz lachte. »Das war die allerschwerste Arbeit.« Der Wirtschafter erzählte von den Nachrichten über den Zigeunerprozeß, daß man die Leiche des Kindes doch nirgend finden könne. Alle hörten schweigend zu, Fritz sagte traurig: »Ach, die werden sie nie finden, die haben sie wohl gut versteckt.« Niemand achtete auf seine Worte, und langsam gingen die Leute in den Hof zurück. Fritz suchte nach seiner Mutter und ging ihr nach bis in den Milchkeller, wo sie Rahm für die Butter abnahm. Er griff zu und nahm ihr den schweren Topf ab, den sie zwischen den Knien hielt. »Was willst du hier?« frug sie.

»Hier ist es kühl«, sagte er leise. Nach einer Weile fügte er hinzu: »Es hat schon wieder kein Geld gegeben.«

»Du brauchst kein Geld«, sagte die Mutter streng.

»Ich meine nur, für dich«, sagte er.

»Ich brauche auch keins«, sagte sie kurz, aber sie war doch gerührt und legte beim Hinaufgehen ihren Arm um ihn, und er schmiegte sich schnell in ihre Umarmung, und alles war heiter und ruhig in ihm.

Die Arbeit nahm ihren Fortgang, schenkte ihm Freude und Zufriedenheit für die Tage und tiefen traumlosen Schlaf für die Nächte, die Zärtlichkeiten der Mutter erfüllten seine Feierstunden. An den Nachmittagen der Sonntage saßen sie zusammen im Garten in der kleinen Laube, und er mußte ihr Lieder aus dem Gesangbuch vorsingen, oder sie lehrte ihn auch andere Lieder, Liebeslieder, die sie aus der Jugendzeit noch kannte. Sie hörte mit Entzücken seiner schönen sanften Stimme zu.

Gerade als der Schnitt beendet war, erschien die Gerichtskommission und nahm nochmals den Tatbestand auf. Vor der zur Zeit des Unglücks offenen, jetzt aber schon verschlossenen Scheune Nummer vier erklärte der Wirtschafter, daß auch diese seinerzeit durchsucht worden, und es sei überdies, da sie völlig leer und eben war, ein etwaiges Verunglücken des Kindes darin nicht anzunehmen. Auch hätten ja der auf dem Dach arbeitende Dachdecker Güse und der ihm dabei helfende Dienstjunge Fritz Schütt nichts Auffälliges bemerkt. Der Beamte war befriedigt und ging an die Verhöre des Gesindes. Fragen und Antworten fielen schnell und klar, alles lag offen zutage. Fritz, ohne sich zu besinnen, ohne sich zu erinnern, trug die Antworten leicht auf der Zunge. Der Kommissar fragte: »Du hast die Anna B. zuletzt gesehen?«

»Ja, unten beim Teich.«

»Was hast du da gemacht?«

»Ich schnitt Weiden.«

»Was hast du mit Anna B. gesprochen?«

»Nichts. Sie wollte ein Vogelnest sehen, aber ich wußte keines.«

»Aber sie ist mit dir vom Teich weg nach dem Hof gegangen?«

»Ich weiß nicht, ich habe schwer getragen.«

»Wo bist du hingegangen?«

»Ich bin in die Scheune gegangen und habe die Weiden abgeladen.«

»Da hast du niemanden gesehen?«

»Ich habe niemanden gesehen.«

»Was hast du dann gemacht?«

»Ich bin zur Vesper gegangen, ich war sehr durstig vom Weidentragen.«

»Aber du hast doch früher angegeben, daß du einen Bettler gesehen und vom Hofe gejagt hast, und eben sagst du, du hättest niemanden gesehen!«

»Ja, ich habe den Bettler gesehen und vom Hofe gejagt. Ich habe gedacht, Sie meinten, ob ich die Anna B. gesehen habe. Die habe ich nicht gesehen. Ich wollte nicht lügen.«

Der Beamte lächelte und ließ ihn gehen.

Die Ernte war nun nach und nach gänzlich beendet worden, die Kornfrüchte waren sehr reichlich, auch das Obst gut, nur Kartoffeln und Gemüse infolge der andauernden Hitze und Trockenheit schlecht. Auch Vieh war eingegangen, vier Würfe junger Ferkel und ein Zug Hammel, der auf der Weide durch dumpfiges Wasser erkrankt war. Der Wirtschafter, so lange ohne Weisung des Herrn, fuhr in die Stadt, um auf eigene Faust Geld einzutreiben. Er erfuhr aber, daß die meisten und größten Zahlungen jetzt beim Notar geleistet worden waren, und dann von dem Notar selbst, daß das Geld an den jeweiligen Aufenthalt des Herrn abgegangen war. Im Einverständnis mit Emma versuchte er nun, den wöchentlichen Markterlös zu steigern, und brachte, da Gemüse und Kartoffeln nur wenig vorhanden waren und auch die Milcherzeugnisse sich verringert hatten, große Mengen Obst, die sonst eingewintert wurden, und viel Geflügel zum Verkauf. Er bestritt hiervon die Löhne und die notwendigen Reparaturen und Ergänzungen an Geräten und Wagen. Ende September kamen schwere Gewitter und brachten Regen. Nachdem die völlig ausgetrocknete und staubende Erde durchfeuchtet war, wurde der Mist gefahren, umgegraben und die Wintersaat beendet, auf Schlag sieben in Scheune neun mit Ausdreschen von vorjährigem Weizen begonnen. Nach der Kartoffelernte und vor dem Beginn des Holzfällens für den Winter, zu Ende Oktober und Beginn November, verteilte der Wirtschafter jede Woche einmal die drei Gewehre des Herrn, und im ersten Frost zog er mit den Knechten und Handwerkern auf Jagd. Er selbst, der Fischer Andres und ein älterer Knecht konnten schießen, die anderen scheuchten zu, liefen den angeschossenen Tieren nach, suchten wie Hunde ihre Spuren und töteten sie mit Knüppeln. Diese Jagden ersetzten ihnen die entgangenen Freuden des Erntefestes, und viele, die während der Ernte sich im geheimen vorgenommen hatten, zu gehen und diesen Unglückshof zu verlassen, waren dadurch wieder gewonnen. Bei dem Verzehren der Beute, die aus wilden Hühnern, Hasen und sogar einem Reh bestand, herrschte große Lustigkeit und fröhlicher Lärm. Dann kam schnell Kälte, Schnee und die Heimkehr des Herrn.

Der Wirtschafter schickte die Nachricht zu Klara hin. Als Martha sie vernahm, schien sie vor Schreck zu erstarren. Mit einem Schlag war sie erwacht aus ihrem Traum, ihr Widerstand war gebrochen. Wie eine schwere Hagelwolke, die fern am Himmel sich gesammelt hat, durch Sturm getragen, den Tag verfinsternd, plötzlich niederschlägt und vernichtet, so stürmte jetzt das Unabänderliche, das Hoffnungslose mit Macht in ihr verzaubertes und verträumtes Gemüt. Der Gedanke an den Mann, den sie mit zärtlicher und heißer Sehnsucht erwartet hatte Tag für Tag, flößte ihr nun Entsetzen ein. Sie sah sein weißhaariges, versteinertes Gesicht mit den verhangenen Augen vor sich, sie fühlte seine eisige, restlose Verzweiflung, sein abgewandtes ganz in das Unfaßbare gegebenes Herz, sie fühlte seine Hand, die sie von sich gestoßen hatte. Das Haus sah sie nun, wie es wirklich war, von Glück verlassen, das Bett des Kindes leer, sie selbst Abend für Abend einsam auf dem Lager, die sehnende Brust gegen die Kissen gedrückt, das Gesicht vergraben, den Leib erstickt, und alle Tage und alle Stunden vom Unglück umgeistert. Sie sank zu Boden, und zum erstenmal in dieser ganzen Zeit weinte sie, schrie, wälzte sich in Tränen am Boden hin und her. Sie wehrte sich aus allen Kräften, mit Klara nach Treuen zu kommen, um den Mann zu sehen.

Klara blickte sie stumm an, »sie ist eine Fremde«, dachte sie, »sie war sein Unglück«. Sie ließ anspannen und fuhr allein. Als sie abends um neun Uhr in Treuen ankam, fand sie alles schon dunkel. Emma kam auf ihr Klopfen herbei und sagte ihr, daß der Herr wohl angekommen sei, sich aber sofort in dem Wohnzimmer eingeschlossen habe. Klara klopfte an die Tür und rief seinen Namen, doch er antwortete nicht. Sie ging hinauf in das Schlafzimmer und wollte sich in Marthas Bett schlafen legen. Als sie im Schein der Kerze die drei verwaisten Betten, das des Bruders, das der Frau und zu Füßen dieser beiden das des Kindes erblickte, erschien ihr das Unglück so groß, daß sie es nicht fassen konnte. Die weiche Traurigkeit ihres Herzens erstarrte, ihre Klage verstummte, und die Tränen, die aufstiegen, lösten sich nicht mehr von ihren Augen. Sie hielt die Hände gefaltet, doch beten konnte auch sie nicht mehr. »Wofür soll ich beten?« dachte sie. »Das Kind ist vielleicht nicht tot, aber es ist alles viel schlimmer.« Sie wagte sich nicht in das Bett zu legen, sondern durchwachte die Nacht, auf der Truhe am Fenster sitzend.

Am Morgen begegneten sich dann alle beim Frühstück in der Küche. Der Herr trat schnell ein. Bruder und Schwester reichten sich die Hände.

Er war furchtbar verändert. Sein festes und bisher so streng verschlossenes Gesicht war aufgedunsen, die Züge verschwommen, aufgelöst in weiche, schlaffe Falten, die Farbe war fahl, an den Wangen nur von einem gelblichen Rot, das sich in kleinen Flecken dort gesammelt hatte. Sein Bart hing lang und wirr um den Mund, der, jetzt viel geöffnet, zu lächeln schien und oft lautlos sich bewegte. Den Nacken hielt er gesenkt, seine Brust schien schmäler geworden zu sein, bedrückt von den herabsinkenden Schultern. Seine Hände zitterten leicht, sobald sie ruhten, sein Schritt war langsam und doch von einer seltsamen Leichtigkeit. Die Augen waren meist gesenkt. Schlug er die schweren Lider zurück, ruhte der Blick trübe und verschleiert in die Ferne gerichtet. Doch licht und klar war seine hohe, breite Stirn unter dem verblichenen, lang und wirr verwachsenen Haar.

Er sprach nichts, und sein Schweigen war so gebietend, daß niemand zu fragen wagte. Eine vollkommene Ruhe ging von ihm aus.

Die Söhne kamen herein. Beide waren gewachsen in der Zeit, und der Jüngere war dem Älteren nun völlig gleich an Größe. Ihre Gestalten ähnelten schon sehr der des Vaters, nur die feinen, kleinen Köpfe mit dunklem Haar und dunklen Augen erinnerten an die Mutter. Sie kamen mit verlegenen Schritten näher und wagten nicht, den Vater anzusehen. Er packte jeden von ihnen an den Schultern und preßte ihn einen Augenblick lang gegen seine Brust. Dann drückte er Emma die Hand, die aufschluchzte bei dieser Berührung, und nickte den anderen grüßend zu. Man begann das Mahl. Am Platze Marthas saß Klara. Er fragte nichts. Nach dem schnell beendeten Essen, als die Küche wieder leer war, begann Klara leise: »Martha ist bei uns. Ich glaube, sie ist krank. Sie ist sonderbar, Christian, sie will nicht hierher.«

»Laß sie nur«, sagte er langsam und auch leise, »das ist gut.«

»Und die Wirtschaft, die Kinder?«

»Die Kinder sollen auch fort.«

»Nein, Christian, die nicht.«

»Doch; wenn sie wollen, kommen sie schon wieder.«

Beide schwiegen jetzt. Dann fragte Klara: »Und Anna?«

Der Bruder hob nur die Hand, hielt sie in der Luft, wo sie leise zitterte, und ließ sie dann schwer wieder auf den Tisch fallen.

Klara sah ihn an, sein verändertes, aufgelöstes Gesicht gebot ihr, zu schweigen.

»Du hast kein Geld im Hause«, begann sie nach einer langen Weile wieder.

»Geld gibt es genug, ich kann ja verkaufen.«

»Ist es schon so weit?«

»Vielleicht«, sagte Christian. Dann, den schweren Blick auf der Schwester helles Haar richtend, fragte er plötzlich: »Wie waren eigentlich unsere Eltern?«

Erstaunt sagte Klara: »Das weißt du doch. Der Vater hat immer gearbeitet und war gesund.«

»Und die Mutter?«

»Ja, die Mutter hat manchmal geweint und hat viel gebetet in der Zeit, als du noch gar nicht geboren warst.«

Er sah die Schwester an und sagte fast zärtlich: »Als Kinder waren wir doch glücklich, was?«

Klara nickte.

»Und jetzt sind wir bald am Ende. Ich hoffe es.«

»Denk doch an die Kinder.«

»Es wird immer an uns gedacht, im Guten oder im Bösen.« Christian stand langsam auf.

»Soll ich hierbleiben, bei dir?« fragte die Schwester schnell.

»Nein, fahre heim, dort ist es besser als hier«, sagte er noch, dann ließ er die Schwester stehen und ging wieder ins Wohnzimmer.

Schwer gehorchte Klara. Das Haus des geliebten Bruders war ihr in seiner Zerstörung, seinem Unglück näher und heimatlicher als ihr eigenes Heim, das Heim des Gatten, das so einsam geblieben war, von Glück und Unglück gleicherweise gemieden.

Sie fand bei ihrer Rückkehr Martha in der Küche neben dem Herd sitzend, die Hände unter der Schürze verborgen.

»Frierst du?« fragte sie.

»Ich fürchte mich.«

»Komm mit ins Wohnzimmer. Du mußt nicht hier bei den Mägden sein.«

»Ich war auch eine Magd«, sagte Martha.

»Nein, du bist eine Frau und hast Mann und Kinder. Willst du nicht zurück zu deinen Jungen?«

»Ich habe auch keinen Vater gehabt«, antwortete Martha, »warum kommt Christian nicht zu mir? Ich bin noch jung genug. Sechsunddreißig Jahre ist kein Alter. Wie alt bist du?«

»Ich? Achtundvierzig.«
»Du Arme!«
»Willst du nicht etwas arbeiten?«
»Nein. Wie sieht Christian aus? Immer noch so alt?«
»Er sieht schlecht aus. Du solltest hin und ihn pflegen.«
»Er ist nicht krank. Ich bin krank, und wenn ich in das Haus gehe, muß ich sterben, ich fühle es genau. Ich bin aber noch zu jung. Ich will nicht sterben. Wir müßten in ein neues Haus ziehen, Klara. Du mußt wieder dabei helfen. Wir können dann von neuem leben, das will ich ihm sagen, wenn er kommt. Kommt er bald?«
»Du weißt ja, er hat viel Sorgen«, erwiderte Klara, und Martha sagte nichts darauf, stand auf und folgte ihr in das Wohnzimmer. Seit diesem Tage begann Martha wieder zu arbeiten, und zwar konnte Klara sie nicht davon abhalten, die niedrigsten Arbeiten zu tun, auf die sie sich stürzte. »Ich will ruhig wieder eine Magd werden, auch in der Stadt habe ich gedient, und Christian hat mich geholt. Wenn ich nur nicht sterben muß«, sagte sie und fragte jeden zweiten Tag: »Kommt Christian?«
»Ich habe keine Nachricht«, sagte Klara.
Oft, in der frühen Dämmerung des November, lief sie fort, im bloßen Kleid, die Hände unter die Schürze gesteckt, kam erst am Abend wieder, erstarrt vor Kälte, und verkroch sich ins Bett. Mit Klara nach Treuen zu fahren, auch nur auf einige Stunden, dazu war sie nicht zu bewegen. »Dort darf man nicht mehr leben«, sagte sie. »Christian soll auch fortgehen, er soll zu mir kommen.«
Doch er fragte die Schwester nie nach ihr. Wenn Klara von ihr sprach, sagte er: »Sie hat es besser bei dir.« Und so hatte Klara nach und nach die Kleider, Wäsche und Schuhe Marthas zu sich geschafft. In der Truhe, die alle die Schätze der Frau geborgen hatte, blieb nichts zurück als das schwarze schwere Seidenkleid, und auf ihm liegend, fein zusammengefaltet, der Brautschleier. In dem Schlafzimmer wohnte nun niemand mehr. Der Mann hauste im Wohnzimmer, das er nur zu den Mahlzeiten verließ. Er sprach fast nichts mehr. Die Berichte des Wirtschafters hörte er stumm an und erwiderte nur das Nötigste. Er schrieb viel. Da der große Verbrauch an Bargeld in den letzten Monaten seine Wirtschaft sehr erschüttert hatte, rechnete und verhandelte er mit den Händlern. Er verkaufte Vieh bis weit über die Zahl hinaus, die er als Zuchtherde sonst hielt, trotzdem die Zeit ungünstig war, da infolge der guten Kornernte die Fleischpreise sanken.

Da er ständig an seinen Tod dachte und auf ihn wartete, wollte er das Erbteil der Söhne an Bargeld unbedingt erhalten. Im Frühjahr wollte er sie fortschicken, auf eine Schule in der Stadt oder in die Lehre auf ein anderes Gut, weit fort, im Süden des Landes. Er trank nie mehr, doch die ausgeweiteten, schlaffen Züge seines Gesichts füllten sich nicht mit neuer Kraft.

Der Winter begann in derselben Pracht, in der der Sommer geendet hatte. Leuchtend waren Tag und Nacht die weißen Felder im Schnee, die Teiche im Kristall des Eises. Drei Tage und Nächte hatte im November der Sturm geweht, die Bäume kahl gefegt, den Himmel mit Wolken überzogen. Nun war schon lange alles still, die Luft klar in der Kälte, und im rötlichen Schein der Wintersonne schwebte sie über den Feldern wie Schleier aus zartem Gold, umschmiegt von dem weichen, dunklen Blau des Horizonts. In den Nächten des Neumondes überzogen Wolken den Himmel, und es schneite von neuem. Die vollkommene Ruhe über der Natur war Trauer und Fest, Leben und Tod zugleich. Es schwieg der Lärm des Lebens, des Wachsens, der Geburt, und es sprach die Stille des Todes, seine erlösende Verheißung in der Nacht.

Allabendlich ging Christian B. in die Dunkelheit der Winternächte hinein, in denen der Himmel finster war, die Erde aber, das Grab, weiß leuchtete. In die Dunkelheit des Himmels waren ihm entschwebt die Liebe seines Herzens, die Arbeit seiner Hände, Glück und Leben, kalt umleuchtete ihn von unten her die Gewißheit des Todes. Zwischen beiden stand das Unglück, Gottes verhülltes Angesicht. In ihm war der Friede der vollkommenen Verzweiflung. Er hoffte, am Ende zu sein, nur noch die Kraft seines Körpers langsam ausrinnen zu fühlen in den Lauf seiner müden Tage, und dann, wenn endlich der letzte Augenblick gekommen, wenn der letzte Herzschlag verhallt war, vor sein Ohr das große Schweigen trat, vor sein Auge die tiefste Dunkelheit, dann noch Gott zu erkennen, sein Wort, seinen Willen, seine Klarheit und seine unendliche Güte. Sein Kind aber erschien ihm jetzt als Engel. Nicht tot, nicht lebend, weilte es zwischen Himmel und Erde und führte ihn den schweren Weg.

Aber das Ende war ferner denn je. Es war zu Beginn der zweiten Dezemberwoche, als Christian gegen neun Uhr abends, aus den Feldern auf den Wald zuschreitend, seiner Frau begegnete. Mit eilenden und in der Eile schwankenden Schritten kam ihm ihre dunkle Gestalt auf der weißen Erde entgegen. In der mondlosen

Nacht konnten sie sich mit dem Auge nicht erkennen, aber sie fühlten einander, strebten einander entgegen. Wortlos zusammenbrechend, fiel Martha in seine Arme. Er trug sie nach Hause.

Sie war erkrankt. Im Fieberrausch, halb nur bekleidet, war sie aus dem Bett geflohen, hatte es sie den lange gefürchteten Weg zurückgetrieben. Christian trug sie über die Treppe in die kalte, verwaiste Schlafstube und legte sie nieder, in ihr Bett. Er weckte Emma, die Feuer machte, der Frau die Kleider von dem furchtbar abgezehrten Leib abzog, heimlich und schnell die Hände der Herrin unter Freudentränen küssend. Sie machte Wasser warm und wusch ihr die Füße, die schmutzig unter dem Hemd hervorsahen. Sie hüllte die von Frost und Fieber geschüttelte Frau in wollene Tücher, flößte ihr heiße Milch mit Honig ein. Die Frau lächelte. Im Schein der Kerze sah ihr fieberglühendes Gesicht wie das Antlitz eines Kindes aus. Der Mann saß neben ihr am Bett, und sie hielt seine Hand fest umklammert. Im Fieber träumte sie, sie läge in Schmerzen vor der Geburt eines Kindes. »Du darfst noch bleiben«, flüsterte sie und drückte seine Hand, »die Schmerzen sind noch in der Brust, noch nicht im Leib. Bis zum Abend darfst du noch bleiben, ich fühle es ganz genau. Du hast lange gewartet, aber ich habe dich in die Arme genommen. Ich habe dich immer in die Arme genommen, und wir haben Söhne gehabt. Doch jetzt bekommst du eine Tochter, und wir werden glücklich sein wie noch nie. Du bekommst eine helle Tochter von deiner schwarzen Frau. Sie heißt Anna. Durch mich geht das Kind hindurch, und dann geht es fort. Aber wir brauchen nicht unglücklich zu sein, denn jetzt kommt unsere Tochter, und dann werden wir nie mehr ein Kind haben, wir haben dann alles Glück. Wenn du zu mir kommst, haben wir immer Glück, du darfst nicht fortgehen, jetzt kommen die Schmerzen, aber das Kind, unsere Tochter –« und sie stöhnte, schrie leise, bäumte sich auf, wie unter furchbaren Wehen, dazwischen rief sie mit zärtlichen Namen den Mann und das neugeborene Kind.

Still saß Christian neben ihr und hielt ihre Hand. Gegen sechs Uhr morgens erlosch die Kerze, weißer Schein schwebte vor den Fenstern, neuer Schnee fiel. Die Tiere riefen aus den Ställen, in der Küche erhob sich der Lärm des Tages. Langsam dämmerte es. Plötzlich erklang Pferdegetrappel im Hof, und nach einer Weile trat Emma behutsam ein und brachte ein Telegramm. Die Frau schlief endlich tief und erschöpft. Zart machte sich Christian frei von ihrer Hand und las die Depesche: »Unzweifelhaft Anna B. lebend gefunden, ist in Obhut bei deutschem Lehrer Röder in Kr. im russischen Polen.«

Schwer wandte er den Blick von diesen Worten weg auf das Gesicht der schlafenden Frau. Es war gerötet, jugendlich, überbreitet von einem zarten Lächeln. Die Schultern und der Beginn ihrer Brust waren entblößt. Christian sah die sanften Hügel an, die sich im Atem hoben und senkten. Er fühlte plötzlich Entsetzen über sich selbst, über sein vereistes, allzu stilles Herz. Im Glück, in der guten Zeit, hatte er gern mit den anderen gelebt, die Freuden mit allen geteilt. Im Unglück hatte er sie allzu schnell verlassen, hatte allzusehr nur dem eigenen Schmerz gelebt. Nie mehr würde er ein Kind zeugen, aber um der Frau willen, die träumte, daß sie gebäre, wollte er noch einmal ausziehen, gegen die eigene Verzweiflung kämpfen und noch einmal suchen nach dem verlorenen Kind. Er nahm die Decke und hüllte die Frau sorgsam ein. Sie erwachte nicht.

Er verließ das Zimmer, ließ sofort anspannen und fuhr in die kleine Stadt. In einer Regung seines neuerwachten väterlichen Gewissens beschloß er während der Fahrt, seinen ältesten Sohn mit auf die Reise zu nehmen. Er schickte den Wagen mit einem Arzt für die Frau zurück und begann sofort mit den Vorbereitungen. Da seine Person und der Zweck seiner Reise allgemein bekannt waren, kamen ihm alle Behörden äußerst entgegen. Die Pässe wurden ihm für den nächsten Tag schon bereitgehalten, und mit Hilfe des Postmeisters wurde sein Reiseweg an Hand großer Karten und Pläne festgestellt. In zwei Tagen konnte Christian bis zur letzten Eisenbahnstation gelangen, von wo es dann noch eine Tagereise bis zum eigentlichen Grenzübertritt sein würde. Von da sollte eine große Poststraße, wegen eines vorgelagerten Gebirges allerdings in weitem Bogen, zu der kleinen, russischen Stadt führen, die das Ziel war. Es mußten also vier bis fünf Reisetage im günstigsten Falle angenommen werden, und die Kosten beliefen sich nach der Meinung des Postmeisters auf sechzig Taler. Christian beschloß, am übernächsten Morgen zu reisen, und die Polizeibehörde signalisierte seine Ankunft an die in Frage kommenden ausländischen Behörden, so daß er überall auf Rat und Hilfe rechnen durfte.

Christian übernachtete in der Stadt. Da seine Barmittel schon sehr erschöpft waren, mußte er sich am folgenden Tage noch bemühen, auf die diesjährige Ernte Geld aufzunehmen. Spät am Abend klopfte er noch an verschiedenen Läden an, und etwas von der alten, freudig fürsorgenden Art lag darin, wie er für den Sohn ein Paar hohe Stiefel, eine Joppe und einen Reisesack mit besticktem Einsatz auswählte und kaufte.

Nachts kam er heim. Er weckte Emma, fragte nach der Frau. Sie schlief, und der Arzt hatte nur Ruhe und Stärkung verordnet. Er übergab der Magd die Sachen für den Sohn, den sie früh am Morgen wecken und auf die Reise vorbereiten solle. Auch etwas Proviant für sie beide möchte sie richten und seinen Reisesack wie immer bereitmachen. Emma machte sofort Feuer unter dem Herd, knetete einen besonders festen Teig für einen Kuchen, der lange frisch und feucht bleiben konnte, holte Sauerteig aus der Vorratskammer für zwei Brote, und während der Backofen sich erwärmte, ging sie mit der Laterne in den Hühnerstall, ergriff zwei Tiere, schlachtete sie an Ort und Stelle ab, damit niemand geweckt werde, und briet sie während des Backens mit. Dann salzte sie Butter ein und umhüllte einen von dem schweren Knochen losgelösten Schinken mit frischer Leinwand. Nach vier Uhr morgens war sie mit allem ferig. Als sie Licht in des Herrn Zimmer sah, klopfte sie an und verlangte den Reisesack zum Einpacken. Der Herr reichte ihn ihr hin. Er sah ihr sanftes, gutes Gesicht, gerötet von Arbeit. »Gott lohne dir's«, sagte er, »ich hab' euch alle vergessen und nicht gut gesorgt.«

»Ach, wäre es doch schon im Himmel!« sagte Emma. Sie meinte das Kind, sie war ganz verwirrt, daß der Herr zu ihr sprach und solche Worte.

»Sorge dich gut um die Frau, sage ihr, es sei gute Botschaft gekommen, und der Frau wegen sei ich gereist. Wecke Blank in einer Stunde, er soll sofort zu mir kommen. Bleibe gesund, und habe Dank«, und er ergriff ihre Hand und drückte sie. Sie wandte sich vor Rührung, Freude und Schluchzen. Worte fand sie nicht. Aber heiß und vollkommen wahr stieg der Wunsch, ihr Leben hinzugeben für das Glück des Herrn, in ihrem einfachen Herzen auf.

Nach und nach erwachte das ganze Haus. Fritz war schon in den Ställen, der Schlitten wurde herausgeschoben, der Wirtschafter kam mit dem Herrn aus dem Wohnzimmer, alle trieben sich in der Küche umher, teils aus Neugierde, teils weil die Küche vom Bakken in der Nacht noch so gut durchwärmt und duftend war. Eine leichte Fröhlichkeit war zu spüren. Mit leuchtenden Augen, das sonst so scheue und bedrückte Gesicht vor Freude und Staunen glühend, stand der junge Sohn zwischen ihnen. Alle bewunderten seine schönen neuen Sachen, die warme Joppe mit den Knöpfen aus Hirschgeweih, die hohen, bei jedem Schritt noch knarrenden Stiefel und den bestickten Reisesack. Der Herr trat ein, bereits fertig für die Reise gerüstet. Auch er schien lebhafter als sonst, sein Gesicht war gespannt, seine Gestalt gestrafft. Er sah den Sohn an, der erwartungsvoll zu ihm aufblickte, aber nicht näher zu kommen wagte.

»Nun, hast du Angst?« fragte er.

Der Knabe schüttelte nur den Kopf, er konnte vor Aufregung nicht sprechen. Alle lachten. Sie tranken mit Behagen die heiße Morgensuppe, denn draußen war schöne, klare Dezemberkälte. Mancher der jungen Burschen hätte Lust gehabt, diese Reise mitzumachen. Der Tag dämmerte. Der Herr stand auf und schritt noch einmal über den Hof. Die Pferde wurden eingeschirrt, das Gepäck aufgeladen. Blank, der Wirtschafter, fuhr mit zur Stadt, er sollte in die Geldregelung eingeweiht werden und Vollmachten erhalten. Nach und nach geriet alles immer mehr in Aufregung, der Lärm wuchs. Fritz knallte mit seiner Peitsche, und der Sohn bestieg als erster den Schlitten. Der Vater zögerte. Er dachte daran, daß sie von der Frau nicht Abschied genommen hatten. Er sah nach ihrem Fenster, nichts regte sich. Er sprang schnell auf den Schlitten und setzte sich neben den Sohn. Emma kam herbeigestürzt, und auf die Kufen des Schlittens sich stellend, riß sie das Haupt des Knaben zu sich nieder, so daß seine Mütze in weitem Bogen in den Schnee fiel, und überschwemmte sein Gesicht mit Küssen und Tränen. Alle kamen noch heran und drückten Vater und Sohn die Hand.

Der Knabe war sehr stolz. Nun kam auch Blank, stieg ein, und schnell fuhr der Schlitten zum Hof hinaus.

In diesem Augenblick ertönte im Haus vom Schlafzimmer her ein furchtbarer Schrei der Frau. Entsetzt fand Emma sie am Boden liegend und schreiend mit den Händen auf die Dielen schlagend. Sie war von dem Lärm im Hof erwacht und hatte durchs Fenster in der Dämmerung den fortfahrenden Schlitten mit dem Mann und Sohn erkannt. Man mußte sie mit Gewalt ins Bett bringen, Tag und Nacht blieb Emma bei ihr, erzählte ihr wieder und wieder den Bescheid, den der Herr ihr für die Frau gegeben hatte, doch sie erhielt nie ein Zeichen, daß die Frau verstanden hätte. Sie war in der folgenden Zeit eine böse Kranke, quälte Emma sehr, goß heimlich die mit größter Sorgfalt bereiteten Speisen fort, so daß Emma sich mit ihr einschloß, sie überwachte und mit sanfter Gewalt und unermüdlicher Geduld so lange zu Essen, Schlaf und Genesung zwang, bis die Kranke nach einigen Wochen sich doch wieder erheben konnte.

V

Inzwischen waren Vater und Sohn in die Stadt gekommen. Mit großen, in den neuen Stiefeln noch unbeholfenen Schritten trabte der Junge auf den Wegen nebenher. Zuerst gingen alle drei zum Getreidehändler und holten das bereitgehaltene Bargeld ab. Der Vater teilte es in drei Teile. Den einen gab er Blank, der ihn auf die Sparkasse als Reserve für alle Fälle tragen sollte, für die beiden anderen kaufte er zwei kleine lederne Beutelchen, an einem festen Band um den Hals zu tragen, und füllte sie mit dem Geld, eines für sich, eines für den Sohn.

»Solange wir zusammen sind, brauchst du es nicht anzurühren«, sagte er zu dem Sohn, »wenn wir durch ein Unglück getrennt werden sollten, oder mir etwas passiert, sollst du dich nur um dich kümmern, darum achte auf das Geld, denn das ist das Nötigste, was man braucht.«

Am Abend, als sie im Zuge saßen, öffneten sie ihre Kleider und halfen sich gegenseitig, das Geld unter dem Hemd auf der Brust zu bergen.

Immer in den Gedanken an Tod verstrickt, sagte der Vater wieder: »Wenn mir etwas zustoßen sollte, nimm meine Papiere aus der Brieftasche, das sind die Polizei-Ausweise, die man braucht, wenn man im fremden Land begraben werden muß. Du kannst mich überall begraben lassen, wo ich auch sterben sollte. Wenn du dann allein sein solltest, wende dich immer an die Polizeibehörde um Schutz für die Heimreise.«

Der junge Sohn nickte und lächelte. Seit sie im Zuge saßen und fuhren, strahlte sein Gesicht vor Freude.

»Wir werden ja die Schwester wiederfinden«, sagte er leise.

»Vielleicht werden wir sie finden«, sagte der Vater.

Sie reisten bis Mitternacht, übernachteten auf einem Bahnhof und fuhren im Morgengrauen nach Osten weiter. Der Zug war stark gefüllt, an den vielen Stationen wechselten unaufhörlich die Fahrgäste, und Karl wurde nicht müde, die vielen fremden Menschen anzusehen und auf ihre Reden zu hören. Der Vater saß starr da, schlug die gesenkten Lider nicht auf, und seine Hände lagen unbeweglich auf seinen Knien. Am Nachmittag wechselten sie die Strecke und stiegen in einen anderen Zug ein. Hier waren sie fast allein im Abteil, aber es wehte fremde Luft, zwei Männer saßen ihnen gegenüber, in langen, schwarzen Röcken, mit schwarzen Haaren und scharfblickenden schwarzen Augen in bleichen Gesichtern. Sie sprachen leise in fremder Sprache miteinander. Der Sohn begann sich vor ihnen zu fürchten und wagte kaum zu essen, als ihm der Vater von ihrem Proviant reichte.

»Warum sprechen die Leute so? Ich kann sie nicht verstehen«, fragte er leise den Vater.

»Wir fahren in ein fremdes Land, da sprechen alle so«, antwortete er.

»Warum sprechen die Menschen nicht überall gleich? Ich kann sie nicht verstehen, und sie werden mich auch nicht verstehen«, klagte der Sohn.

»Für viele Dinge gibt es keine Antwort in der Welt«, sagte der Vater und strich dem Knaben über den dunklen Kopf. Beruhigt durch diese Liebkosung schlief er ein, und der Vater konnte ihn später nur schwer wecken. Sie waren in der großen Stadt, der letzten Station vor der Grenze, angekommen. Der Sohn war ganz betäubt und verwirrt, als sie den großen Bahnhof entlanggingen, in dem die schwarzen, schweren Züge still und ruhig nebeneinander auf den Gleisen standen, wo so viele Menschen liefen, lärmten und schrien, blendende Lichter brannten, alles mitten in tiefster Nacht. Sie trieben mit der Menge der anderen Reisenden dem Ausgang zu. Plötzlich stieß der Knabe einen lauten, freudigen Ruf aus, so daß alle sich nach ihm hinwandten. In der Eingangshalle des Bahnhofes, die sie eben verlassen wollten, hatte er neben einer großen Eisenbahnkarte das Plakat mit dem Bildnis der Schwester entdeckt.

»Da ist die Schwester, das ist sie!« jubelte er und eilte zu dem Bilde hin. »Da ist sie ja, da ist sie«, stammelte er, zitternd vor Aufregung und mit Tränen des Glücks in den Augen. Die Erinnerung an die Schwester, die verknüpft war mit der glücklichen Zeit seiner Jugend, entfachte einen Sturm der Freude in seinem Herzen, den seligen Kinderglauben, daß nun alles wieder gut sei, weil er das Bild der Schwester, der schon vergessenen, hier in diesem großen, unheimlichen, fremden Haus, in der fremden Stadt wiedersah. »Da ist ja unsere Anna!« sagte er noch einmal zu dem Vater, der neben ihn getreten war, und beide versenkten sich in die Züge des Gesichtchens, das ihnen entgegenlächelte. Diesmal betrachtete es der Vater genau, Spur für Spur, ohne Frage, ohne Hoffnung, ohne Trauer, das Herz in Ruhe. Und doch war es ihm, als begönne das Bild zu leben, die Lider senkten sich über die Augen und hoben sich wieder über einem verwandelten, strengen Blick, das Lächeln des kleinen Mundes schien sich in Weinen zu verziehen, mit dem weisend erhobenen Händchen schien es zu drohen. Der Vater wich vor dem Bild zurück. Wenn das Kind doch noch lebte? Wo war sein Herz? Wo die Liebe für sein Kind, wenn er es wiederfand? Er hatte sich in die Einsamkeit des Todes gerettet, aber um ihn verdarben alle die, die sein Herz erwählt, seine Liebe gezeugt hatte. Traurigkeit und Scham überfielen ihn. Er berührte den Sohn sanft an der Schulter. »Komm, nun wollen wir die Schwester finden«, sagte er.

Vater und Sohn gingen in die Stadt, deren hohe Häuser und lange gepflasterte Straßen, die statt mit weißem, leuchtenden Schnee mit grauem Schmutz bedeckt waren, den Knaben von neuem erschreckten. Sie nahmen Quartier in einem einfachen Gasthaus, und während der Sohn bis tief in den Mittag schlief, wanderte der Vater durch die Straßen, ließ sich auf dem Rathaus, wo man über seine Angelegenheit schon unterrichtet war, in doppelter Sprache gefertigte, ausführliche Ausweise geben, so daß er in den wichtigsten Dingen ohne Dolmetscher auskommen konnte. Da die reguläre Post sofort abging, er aber dem Sohn den nötigen Schlaf nicht verkürzen mochte, bestellte er eine Extrapost für die Nachmittagsstunden, damit sie doch bis Abend die Grenze noch erreichen könnten. Dann kehrte er in das Gasthaus zurück, bestellte für sie beide ein gutes Mahl und weckte den Sohn, als es bereit war. Eine Stunde danach holte ein Wagen sie und das Gepäck ab und fuhr durch das Gewirr der Straßen bis zum Rande der Stadt, wo die Landstraße begann, mit weißem Schnee strahlend bedeckt. Dort stand ein schöner, stattlicher Schlitten für sie bereit, mit zwei Pferden bespannt, deren Zaumzeug mit hellklingenden Glocken besetzt und der mit Decken und Pelzen gegen die Kälte ausgerüstet war. Sie fuhren leicht und schnell erst über Ebene dahin, auf der das Geläut der Schellenglocken zart verhallte, dann aber bogen sie bald in dichten, hohen, verschneiten Wald ein, und die Glocken umklangen sie lauter. Dann kamen sie wieder auf freie Ebene, das Geläute ward leise, aber die starke, kalte Winterluft umbrauste sie.

»Da kommen Wolken«, sagte der Knabe und deutete auf den Horizont.

»Nein, das ist Gebirge«, antwortete der Vater.

Den Knaben überfiel ehrfürchtiges Staunen, denn, aufgewachsen in völliger Ebene, hatte er Berge noch nie gesehen.

»Kommen wir auch dahin, in das Gebirge?« fragte er leise.

»Ja«, sagte der Vater.

»Ist die Schwester dort?«

»Nein, in einer Stadt hinter dem Gebirge.«

Der Knabe dachte, seit er ihr Bild wiedergesehen hatte, immer an die Schwester, und er begriff nicht, wie sie so weit von Hause fort, in eine Stadt hinter dem Gebirge gekommen sein sollte.

Nach sechsstündiger, schneller Fahrt erreichten sie die Grenzstation, wiesen ihre Papiere vor, erhielten Nachtquartier und in gebrochenem Deutsch das Versprechen, in aller Frühe am nächsten Morgen einen Schlitten zu erhalten, der sie bis Mittag zur nächsten Poststation bringen würde, von wo sie wieder Post nehmen könnten. Als aber bis elf Uhr am nächsten Vormittag noch immer kein Gefährt sich zeigte und der Vater aus den verschiedenen Auskünften entnehmen konnte, daß der Weg bis zur Station nur zwei Stunden weit sein könne, beluden sie sich beide mit ihrem Gepäck und beschlossen, zu Fuß hinzukommen. Sie mußten aber nach einer kurzen Strecke Weges wieder umkehren, da alles tief verschneit war und ohne Spur und Richtung. Sie verhandelten nun aufs neue mit ihren Quartiergebern, und endlich fuhr nach Tisch ein kleiner, verwachsener, aber noch junger Bursche, der in einen so weiten und langen Pelz gehüllt war, daß man selbst beim Gehen seine Füße nicht sehen konnte, einen schmalen, mit einem kleinen grauen Pferd bespannten Schlitten vor dem Gasthaus vor. Er trat ein, setzte sich zum Tisch der Reisenden, lachte sie freundlich an und begann ein Glas Schnaps nach dem anderen zu leeren, das die Wirtin ihm still und ohne Aufforderung hinstellte. Nach dem vierten Glas begann er mit der Wirtin zu sprechen, und da beider Augen sich im Gespräch mehr und mehr mit teilnahmsvollen Blicken auf Vater und Sohn richteten, verstanden diese, daß die Wirtin ihm wohl ihre Geschichte erzähle. Dem Burschen stiegen Tränen in die kleinen, grauen Augen, er sprang auf, trat stürmisch auf Christian zu und umarmte ihn, dann den Sohn, wobei er unaufhörlich in warmem, beteuerndem Tone zu ihnen sprach, die seine Worte aber nicht verstehen konnten. Dann schrie er die Wirtin an, die ihm schnell noch ein Glas Schnaps brachte. Er stürzte es hinunter und lief aus der Stube in den Hof zum Schlitten. Als die beiden Reisenden ihm nacheilen wollten, mahnte die Wirtin den Vater noch schnell an das Geld für den Schnaps, und in der einen Hand den empfangenen Betrag haltend, schlug sie mit der anderen über sein Gesicht und seine Brust das Zeichen des Kreuzes.

Als sie draußen in den Schlitten einstiegen, wunderte sich der Sohn sehr, daß dieser keinen Kutschbock hatte und der Kutscher, die Zügel in der Hand, neben dem Pferde stand.

»Läuft er nebenher?« fragte der Sohn.

Doch auch der Vater konnte ihm darauf keine Antwort geben. Als das Gepäck aufgeschnallt war, warf der Bursche die Zügel lang aus, knallte mit der Peitsche, das Pferd zog an, der Schlitten fuhr, der Bursche blieb zurück und schien verschwunden. Doch als Karl sich umwandte, stand er dicht hinter ihm, mitten im Fahren, und lachte über seinen Kopf ihn an. Karl hielt ihn für einen Zauberer. Doch der Vater erklärte ihm: »Er steht auf den Kufen des Schlittens.« Da bewunderte der Knabe den Burschen sehr und nahm sich vor, daheim auch zu probieren, so zu fahren. Aus ruhigem Trab geriet das kleine Pferd mehr und mehr in Galopp, bald flogen sie über die weiße Ebene hin, ohne Weg und Steg, selbst nur eine leichte Spur hinterlassend. Es war bereits vier Uhr geworden, und die Dämmerung begann. Es war eine seltsame Fahrt. Der Bursche hielt lose die Zügel und schien kaum zu lenken, sang unaufhörlich leise vor sich hin. Es wurde dunkel. Sie flogen dahin, sahen nichts, kein Dorf, keinen Baum, keinen Meilenstein, nirgends ein Tier, sie hörten nichts als das Schnaufen des Pferdes, denn sein Hufschlag war unhörbar in dem weichen, dichten Schnee, und den leisen Gesang des Kutschers. Die Kälte stieg, ihre Glieder erstarrten. Der Sohn biß sich auf die Lippen, um seinen Schmerz nicht zu zeigen. Der Vater saß still, längst hatte er aufgehört, auf die Empfindungen seines Körpers zu achten. Sterne waren nicht am Himmel, der von Wolken bedeckt schien. Plötzlich bog der Schlitten scharf um, und in der Dunkelheit schimmerte noch dichtere Schwärze zu ihrer linken Seite. Nach und nach erkannte der Vater, daß sie am Fuße eines Berges hinfuhren. Ächzen von Tannen unter Schnee war zu hören, plötzlich auch ein Vogelschrei, scharf und erschreckend aus der Dunkelheit, dann ertönte leises Rauschen von Wasser unter dünner Eisdecke, dann das Knarren des Holzes einer unter Schnee versteckten Brücke, über die sie hinflogen. Wieder wendete der

Schlitten, sank tief ein, und langsam und mühselig zogen sie über eine schmale Spur durch Wald. In der Finsternis streiften sie niedere Äste von unsichtbaren Tannen, die bei der Berührung schwere Lasten von Schnee auf sie niederwarfen. Der Kutscher, im Dunkeln hinter ihnen, sang. Das kleine Pferd keuchte. Plötzlich sauste ein scharfer Peitschenknall des Kutschers über ihre Häupter hin, eine scharfe Wendung in das Dunkel hinein ließ den Schlitten so tief zur Seite sich neigen, daß die Reisenden beinahe herausgeschleudert worden wären, und als sie sich von der Verwirrung wieder erholt hatten, spürten sie nun weiten Raum um sich, der Schlitten glitt wieder schnell dahin, die schwarze Dunkelheit lichtete sich, und ganz plötzlich hielten sie.

Sie befanden sich auf einer freien Anhöhe vor der Stadt. Der Knabe stieß einen lauten Schrei des Entzückens aus, auch der Vater lächelte, ein schweres, ungeschicktes Lächeln, so plötzlich hatte das Gefühl von Freude ihn überrascht. Sie hatten nicht gemerkt, daß sie bergauf gefahren waren, hatten nie auf einer Höhe über umliegendem Land gestanden, und sahen nun, sanft tiefer und tiefer gesenkt, die Anhöhe vor sich abfallen, sich weit in das Tal einschmiegen, das ein großer, breiter Fluß durchzog, dessen Eisdecke matt zu ihnen heraufleuchtete. Und dann erblickten sie, mehr und mehr ihren fassungslos staunenden Augen aufgehend, dunkle Brücken, die den lichten Fluß in weichen Bogen überspannten, die Lichter der Brücken, die Lichtreihen der Straßen, die Lichter in den Häusern, und endlich konnten sie auch mit einem Blick die ganze gewaltige, zu ihren Füßen sich ausbreitende Stadt umfassen. Sie erhellte die Luft über sich mit rötlichem Schein; Vater und Sohn sahen die Erde Licht und Röte hinauf gegen den nachtdunklen Himmel strahlen, wie in der Heimat nur der Himmel Licht und Röte des Morgens oder des Abends zur Erde niederstrahlte. In den erleuchteten Himmel ragten die unzähligen, hohen Türme schwarz hinein, die großen, runden, weitgeschwungenen Kuppeln, jede ein Himmel wieder für sich. Jetzt vernahmen sie auch die Töne der Stadt, ein leises, stetes Murmeln, bis plötzlich das Geläute der Glocken einsetzte, das von den vielen Türmen mehr und mehr erklang und zu einer so großen Fülle und Kraft und Schönheit anschwoll, daß es nicht mehr mit dem Ohr allein, sondern nur mit allem aus der Tiefe des Herzens aufgerufenen Gefühl erfaßt werden konnte. Der Vater fühlte, wie er zitterte. »Ich will alles auf mich nehmen, ich will beten, daß das Kind noch lebt«, dachte er.

Auf das Abendgeläut hatte der junge Kutscher gewartet. Einfach kniete er im Schnee nieder, schlug das Kreuzeszeichen und betete. Gern hätte Karl, der Sohn, auch gebetet. Doch er wagte es nicht, hier im Freien, ohne Pfarrer, ohne Sonntag. So faltete er wenigstens die Hände und blickte auf die Stadt nieder.

Als der Kutscher wieder aufgestanden war, lächelte er ihnen zu und deutete ihnen an, daß sie jetzt aussteigen müßten. Während die beiden nebenher schritten, führte er das Pferd langsam die Anhöhe hinab, auf ein großes Brückentor zu. So zogen sie in die Stadt ein, angestrahlt von ihrem Licht, angehaucht von dem Atem der vielen, fremden, dicht an ihnen vorüberstreifenden Menschen und noch umklungen von dem Geläut der Glocken, die nun, während sie am Fuße der Kirchen die Straßen und Plätze überschritten, hoch oben zu ihren Häupten ihre gewaltigen Töne niederströmten. Wie Träumende folgten beide ihrem Führer mit Schlitten und Pferd in eine kleine Herberge in den Seitenstraßen der Stadt, wo alle drei übernachteten.

Am nächsten Vormittag blieben sie noch zusammen. Freundlich führte sie der junge Bursche, mit schnellen, gewandten Schritten seinen langen Pelz mit sich ziehend, zur Posthalterei, und half dem Vater, zwei Plätze für die Mittagspost zu erwerben. Lachend zog er sie dann in ein kleines Lokal in einer der unzähligen Straßen, wo er heiße Suppe und Schnaps für sie alle bestellte. In behaglicher Heiterkeit aß und trank er reichlich, ließ den Vater bezahlen und begleitete ihn dann noch zum Postwagen. Dort nahm er aber kein Geld für seine Fahrt, machte plötzlich ein trauriges Gesicht, zeigte mit der Hand, sich niederbeugend, die Größe eines kleinen Kindes an, umarmte die beiden Reisenden wieder, sprach dann mit dem Postillon, worauf auch der die Reisenden aufmerksam mit trauriger, teilnahmsvoller Miene betrachtete und mehrmals nickte. Dann lachte der junge Bursche plötzlich wieder, winkte mit der Hand und lief schnell davon.

Sie fuhren nun am hellen Tag den Weg zurück auf das Gebirge und lange Zeit auf seinem Höhenrücken dahin. Gegen Abend wendeten sie wieder in eine Ebene, doch so, daß Gebirge und Stadt ihnen im Rücken lagen. Sie streiften in großen Abständen kleine Dörfer mit niedrigen Hütten, deren Dächer bis zur Erde reichten. Doch überall standen Kirchen, läuteten die Glocken und beteten die Menschen zu jeder Stunde, an jedem Ort, wo die Mahnung der Glocken sie erreichte. Sie reisten durch fremdes Land, dessen Menschen, dessen Sprache sie nicht kannten. Aber ihre Geschichte, das erschütternde Unternehmen des Vaters, der, sein verlorenes Kind zu suchen, aus einem fernen Lande kam, ebnete ihre Wege, sorgte für ihr Wohl. Überall empfingen sie die Menschen mit weichen Blicken und hilfespendenden Händen. In der letzten Station vor ihrem Ziel, einem kleinen Marktflecken, in dem sie übernachten mußten, holten die Wirtsleute einen alten Soldaten, einen Krüppel, herbei, der etwas Deutsch sprechen konnte, und er mußte den im Wirtszimmer Versammelten die Geschichte der kleinen Anna B. übermitteln.

»Ihr sucht Euer Kind?« fing der Alte an.

»Ja«, antwortete der Vater mit weicher Stimme, deren Klang auf dieser Reise sich geändert hatte.

»Wieviel habt Ihr Kinder?«

»Ich habe zwei Söhne und eine Tochter.«

»Hört ihr, es ist das einzige Töchterlein«, erklärte der Alte den Zuhörern. Alle seufzten, die Frauen hatten schnell Tränen in den Augen.

»Man hat es dir geraubt?« fragte der Alte wieder.

»Wir suchen es seit einem halben Jahr.«

»Die Zigeuner haben es geraubt«, sagte Karl plötzlich dazwischen.

Der Alte sah den Knaben an. »Nein, nicht Zigeuner, böse Menschen«, sagte er dann. »Hört ihr«, sagte er wieder zu den anderen, »böse Menschen, Gott verzeihe ihnen, haben sein Töchterlein geraubt, sie suchen es seit einem halben Jahr!«

Die Frauen jammerten auf und rangen die Hände.

»Haben Sie es umgebracht?« fragte bleich und zitternd eine junge Frau, hoch in gesegneten Umständen.

»Hörst du nicht, daß sie es suchen?« sagte der Alte streng. »Wie kann ein Mensch so böse sein und ein kleines Kind umbringen? Wo hast du solche böse Gedanken her?«

»Er kann sich vor der Strafe fürchten, der es geraubt hat«, sagte die junge Frau schüchtern.

»Gott wird verzeihen«, sagte der Alte. »Gott wird verzeihen«, wandte er sich wieder zu dem Vater, »Euer Kind wird leben, und Ihr werdet es finden.«

»Ich glaubte, daß es tot sei«, sagte der Vater.

»Nein, nein, wie sollte es tot sein, warum glaubt Ihr das?« schrie der Alte erregt. »Ihr seid gottlos, wenn Ihr so Böses glaubt. Warum soll es tot sein? Warum soll ein Mensch so böse sein und ein Kind umbringen? In der Schlacht, ja, da muß man die Menschen umbringen. Ich habe auch Menschen umgebracht; es war für das Vaterland und für den heiligen Glauben. Darum habe ich auch den Glauben, daß kein Mensch so böse ist und dein kleines unschuldiges Kind umbringt. Ich habe Menschen umgebracht in der Schlacht, weil ich an Gott dachte, aber ich kann nie ein Kind umbringen. Das will Gott nicht. Ihr dürft nicht an das Böse glauben, das ist gottlos. Betet zu Maria, weiht ihr Kerzen, sie liebt die unschuldigen Kinder, sie ist eine mächtige Fürbitterin, aber Ihr dürft nicht an das Böse glauben.«

»Es kann auch schon gestorben sein«, sagte der Vater beschämt.

»Dann ist es bei Gott, es ist ein Engel, denn es war ein unschuldiges Kind. Es ist auferstanden als Engel, denn Christ ist für uns gestorben«, sagte der Alte feierlich und bekreuzigte sich, und alle schlugen das Kreuz. »Aber du suchst ja das Kind«, fuhr er dann wieder fröhlich fort, »es lebt doch. Du hast keinen Glauben. Auch wenn man leidet, muß man glauben, weißt du das nicht? Wo bist du her? Es gibt ja Städte in der Welt, da haben die Menschen keinen Glauben. Aber Gott wird dich erretten, darum mußt du dein Kind suchen, er wird deine Seele erretten.« »Gott wird seine Seele erretten«, sagte er zu den anderen.

»Und das Kind, zu dem er fährt, wird es sein Kind sein?« fragte die junge Frau.

»Es wird sein Kind sein«, antwortete der Alte bestimmt, »Jesus hat sich der Kinder erbarmt!«

Die junge Frau, in Gedanken an ihre erste Geburt, ging in eine Ecke des Zimmers, kniete vor dem Muttergottesbild nieder und betete.

Still saß der Vater da, ein einsames untröstliches Herz inmitten glaubensseliger Herzen. Sein weißes Haupt, sein blickverhangenes Gesicht, die leuchtende, hohe Stirn überweht vom Hauche eines auserwählten, unerbittlichen Schicksals. Die anderen verstummten und sahen ihn an. Er stand auf und reichte einem jeden von ihnen die Hand. Die junge Frau kam zum Tisch zurück, und ihre weichen braunen Augen auf Christian gerichtet, flüsterte sie dem Alten einige Worte ins Ohr.

»Sie hat für dich gebetet«, sagte der Alte zu ihm, »fürs Kind und für die Mutter, sie wird eine Kerze für dich opfern. Ja, ja, auch ich sage dir: Alle Heiligen mit dir und der armen Mutter!« Und die beiden Männer umarmten sich zum Abschied.

Die Reisenden wollten am nächsten Morgen früh aufbrechen, um endlich noch am selben Abend zum Ziele zu kommen. Sie hatten das Lager früh aufgesucht. Doch schlaflos lag der Vater. Im Sturm klopfte sein Herz gegen seine Brust. Die Worte des Alten, die Gebete und Wünsche aller Menschen an diesem Abend, die Hoffnung, die unzerstörbar aus ihren guten Augen geleuchtet hatte, alles das drang jetzt in der Erinnerung mit lebendiger Gewalt gegen seine in der Verzweiflung erstarrte, dem Tode mit Erwartung, ja mit Liebe hingegebene Seele vor. Furcht und Schrekken erregten ihn im Tiefsten seines Innern. Wenn sein Kind noch lebte, konnte er zurück? Zurück zur Freude, zur Arbeit, wieder in Gesundheit und Kraft schaffen für Weib und Kinder, für Knechte und Mägde, säen und ernten, befehlen und belohnen, sorgen und gewinnen, zurück wieder in die wunderbare Ordnung der Jahreszeiten, in die Ordnung von Tag und Nacht, Gebet und Erfüllung, Bitte und Dank, und leben, ahnungslos den Tod im Rücken, der kommen konnte, hart und schnell wie ein Mörder oder wie eine gütige Hand, die mitleidig die müde Kerze des ausgebrannten Leibes verlöschte? Er sollte sein Antlitz zurück vom Tod, dem Leben wieder zuwenden?

Er stand auf und wanderte bei dem Licht der Kerze im Zimmer umher. Er sah auf den schlafenden Sohn, auf sein gesundes, im Schlaf gerötetes Gesicht, auf den halb geöffneten Mund, der mit feuchten, roten Lippen den kräftig strömenden Atem von sich blies. Alles wieder lieben, die Söhne, die Frau und den wiedergeschenkten, holden Zauber des jüngsten Kindes, die Bürde der Freuden und die herrliche Last des Glückes wieder aufnehmen? Er rang die Hände, preßte sie gegen sein Herz. Zeigte sich ihm jetzt Gott, wollte sich ihm zeigen in seiner unendlichen Güte?

Er erwartete wachend, in Ungeduld, den Anbruch des Tages, weckte den Sohn, trieb eilig zum Aufbruch, und sie kamen um fünf Uhr nachmittags, kurz nach Eintritt der Dunkelheit, am Ziele an. Die Stadt war nicht so groß und zauberhaft prächtig wie jene, die sie am Rande des Gebirges gesehen hatten. Aber Lichter leuchteten und Menschen strömten auch hier, Kirchen mit Türmen waren auch hier ohne Zahl, Glocken klangen fast den ganzen Tag, und überall, herrschend auf hohen Säulen über den Plätzen oder angeschmiegt an die Portale großer Häuser und Paläste, aus dem Innern der stets geöffneten Kirchen schimmernd, grüßte sie das Bildnis Gottes, der als Mensch gekreuzigte Sohn, und mit göttlichem Lächeln und segnenden Händen die himmlische Mutter; zu ihren Füßen brannte das kleine rote ewige Licht, dessen sanfter Schein empor zum Antlitz strahlte. Ihre Altäre waren stets geschmückt, unaufhörlich schwebten ihre Namen auf den Lippen der gläubigen Seelen, und mit tiefem Begreifen verstand der Vater, warum die Menschen ihnen ihre Bitten darbrachten, die Fürsprecher anflehten, sie emporzutragen zum ewig verhüllten Angesicht Gottes, denn kein Mensch lebte, der es sah. Vor der kleinen Kapelle einer Madonna stand er lange, sah auf die Menschen, die kamen, niederknieten und nach dem Gebet sich erhoben, Friede oder doch wenigstens Ruhe auf den Gesichtern. Da er nicht gleich ihnen knien und beten konnte, öffnete er weit die stets verhangenen Augen und nahm mit hingebendem Blick das sanfte Lächeln, die segenspendenden Gebärden der Heiligen in sich auf.

Auf der Polizeibehörde zeigte er Paß und sein Ausweisschreiben vor. Man hieß ihn freundlich warten und schickte einen Boten nach dem Lehrer, bei dem das aufgefundene Kind weilte. Nach einer halben Stunde kam dieser und begrüßte den Vater sofort mit großer Wärme und Herzlichkeit. Er war Professor und seit fünfzehn Jahren Lehrer der deutschen Sprache und Philosophie. Er war ein älterer Mann von kleiner, zarte Gestalt, hatte graumeliertes Haar, und seine gleichzeitig lebhaften und träumerischen blauen Augen konnte man nur schwer fassen hinter der goldenen, ungewöhnlich blank geputzten Brille, die fortwährend aufblitzte, blendete und spiegelte, da der Professor beim Sprechen unaufhörlich den Kopf bewegte. Er zog den Vater mit sich, sah fürs erste den Sohn, der hinter ihnen drein ging, gar nicht an und begann in einem fließenden Bericht dem Vater zu erzählen, wie er das Kind gefunden habe. Er habe es, von Schmutz und Ungeziefer starrend, einem deutschsprechenden Bettelweib abgenommen, ursprünglich nur, um es einen Tag lang zu füttern und zu pflegen, dann habe ihn seine Frau beim Baden auf des Kindes Schönheit aufmerksam gemacht, auf sein lockiges, blondes Haar, auf seine entzückende und wohlerzogene Art beim Essen und Spielen, und wie es stets »bitte« und »danke« sage, und es sei offensichtlich gewesen, wie unter der Pflege und Sauberkeit das Kind sich mehr und mehr wohlgefühlt hätte, es sei so heiter und gesprächig geworden, und ihm sowohl wie der Frau sei der Verdacht aufgestiegen, daß das Kind in einer besseren Umgebung als der von Landstreichern aufgewachsen sein müsse. Dann habe er sich mitten in einem Vortrag über den Kantischen kategorischen Imperativ an den Fall Anna B. erinnert. Er habe noch in der Schulstunde nach Hause um die deutschen Zeitungen geschickt, aus denen ihm der Verlauf dieses Prozesses bekannt gewesen sei, habe dann das Bild und die Beschreibung der kleinen Anna B. mit dem Kind verglichen und sei nun zu der festen Überzeugung gelangt, daß er das verschleppte Kind aufgefunden habe. Er habe daraufhin den Behörden Mitteilung gemacht, die, wie sich ja nun ergäbe, den Vater sofort benachrichtigt hätten und seit der ganzen Zeit die des Kindesraubes verdächtige Vagabundin suchten. Denn das sei der deutlichste Beweis: die angebliche Mutter sei wohl am ersten Abend noch einmal gekommen und habe das Kind holen wollen, habe aber auf verschiedene Fragen nach dem Vater des Kindes, nach dem Ort seiner Geburt, nach dem genauen Alter keine sichere Auskunft geben können, und als man ihr vorgeschlagen habe, das Kind noch einige Tage dazulassen, sei sie schnell damit einverstanden gewesen und habe sich seit dem Tage nicht wieder blicken lassen. Inzwischen sei nun das Kind leider, trotz größter Pflege, erkrankt, der Arzt habe Lungenentzündung festgestellt. Es sei aber von einer wahrhaft rührenden Geduld und Liebenswürdigkeit während seines Leidens. Auf die Frage, wie es heiße, habe es geantwortet »Anna«, auf die Frage nach seinen Eltern habe es zu weinen begonnen.

Sie waren inzwischen zum Hause des Professors gekommen, zwei Treppen emporgestiegen und in einen dunkeln, von einer brennenden Lampe erhellten Korridor eingetreten. Hier senkte der Professor seine Stimme und flüsterte dem Vater zu: »Ich begreife ja, daß Sie Ihr Kind so bald als möglich sehen möchten, aber gerade heute ist das Fieber endlich gesunken, und es schläft schon seit dem Morgen. Könnten Sie das Opfer bringen und bis morgen warten? Oder aber, Sie dürften nur leise an sein Bettchen treten und es nicht wekken.«

»Ich will warten«, sagte der Vater.

»Das ist gut, das ist echte Vaterliebe. Sie wohnen natürlich bei uns, Sie schlafen die Nacht in seiner Nähe, und morgen früh können Sie gleich zu ihm. Meine Frau und ich, wir lieben den kleinen Findling sehr, wir werden sehr traurig sein, wenn er wieder von uns geht. Seien Sie willkommen, Landsmann, in meinem Heim!« schloß er, und schüttelte dem Vater nochmals die Hand und reichte sie jetzt auch dem Sohne. Jetzt kam die Frau herbei, klein, grau und verblüht, aber mit warmen, guten Augen. Sie sah den Vater lange an und drückte voll Inbrunst seine Hand. Auch sie erzählte im Flüsterton, daß das Kind fest schlafe, hieß endlich die Reisenden Gepäck und Überkleider ablegen, und auf den Zehenspitzen gingen nun alle in das warme, behaglich eingerichtete Wohnzimmer. Eine alte Magd kam und deckte den Tisch. Alles Gehen, Türenschließen, das Auflegen des Geschirres geschah mit einer zärtlichen Sorgfalt, kein Geräusch zu verursachen, um des schlafenden Kindes willen. Sie setzten sich zu Tisch, aßen in glücklichem Schweigen, nur mit Blicken und Lächeln und gedämpften Worten zueinander sprechend. Dann wurden die Gäste in ein geräumiges, durchheiztes Zimmer geführt. »Da drüben schläft es«, sagte der Professor noch leise und zeigte auf die Wand, an der die beiden Betten standen. Als sie allein waren, zog der Vater den Sohn an die Brust: »Freue dich, morgen werden wir die Schwester wiedersehen«, sagte er, denn jetzt glaubte er es selbst.

»Ich freue mich sehr!« sagte der Knabe mit leuchtenden Augen.

Sie legten sich nieder, und der Vater horchte an der Wand auf ein Geräusch, den leisen Ton einer Stimme von drüben. Aber es blieb alles ruhig, eine friedliche Stille lag über der ganzen Wohnung, und beide, Vater und Sohn, schliefen bald tief und traumlos ein.

Sie erwachten erst, als es schon völlig Tag war und die alte Magd in ihrem Zimmer vor dem Ofen kniete und Feuer anzündete. Es war der zehnte Dezember, ein heller, klarer Wintertag, der Schnee funkelte auf den Dächern der Häuser, der Himmel war mit einem zarten mattgoldenen Schein überzogen, und beide, Schnee und Himmel, warfen ein starkes freudiges Licht in die Fenster der Wohnungen. Von glücklichen Empfindungen erregt, kleideten Vater und Sohn sich eilig an und warteten mit Ungeduld darauf, zu dem Kinde geführt zu werden. Die Professorin trat auch bald ein, hatte ein strahlendes, glückliches Lächeln auf dem früh gealterten Gesicht und winkte ihnen, ihr zu folgen. Sie traten in ein schönes, großes, durch viele Fenster blendend erleuchtetes Zimmer, dessen Wände mit zarter, grüner Seide bespannt waren, in dem Möbel aus lichtgelbem Holz standen, Spiegel und Teppiche sich befanden. In der Mitte stand ein kleines, weißes Kinderbett, das über und über bemalt war mit kleinen Engelköpfen, die aus rosa gefärbten zarten Wolken hervorblickten, und das mit einem Himmel aus weißen und rosafarbenen Schleiern überdeckt war. Es war das Bettchen des einzigen Kindes der Familie, eines Sohnes, der als Jüngling gestorben war. In ihm saß das Kind, aufrecht, vom Licht und rosa Schein der Schleier übergossen, und spielte mit einer Puppe. Als die drei eintraten, erhob es das Köpfchen, sah sie an und lächelte. Der Vater griff nach der Hand des Sohnes, denn aller Halt verließ ihn. Er blieb an der Tür lehnen, fassungslos. Dies mußte sein Kind sein!

Langsam ging die Professorin zu dem Kind hin. »Wer ist das?« fragte sie zärtlich und deutete mit der Hand auf Christian.

»Papa«, sagte das Kind leise, sah ihn an, streckte plötzlich seine Ärmchen aus und hielt ihm die Puppe entgegen. Der Vater schleppte sich mühsam näher, zögernd streckte er die Hand aus, um die Puppe zu ergreifen.

»Schenken«, sagte das Kind und lachte ihn an.

Langsam beugte sich der Vater nieder, dicht über das Köpfchen des Kindes. Sein blondes, wie duftiger Flaum gekräuseltes Haar schwebte nahe vor seinen Augen, aber er wagte nicht, es zu berühren oder zu küssen.

Die Professorin, Tränen in den Augen, fragte: »Ist das dein lieber Papa?«

Das Kind nickte, mit seligen, leuchtenden Augen, und streckte wieder die Ärmchen nach ihm aus.

»Und wo ist deine Mama?« fragte die Professorin. Sofort verzog sich das lächelnde Gesicht des Kindes zum Weinen, es begann heftig zu schluchzen, zu jammern und rief unaufhörlich Mama, ein böser Husten schüttelte den kleinen Körper, und als es endlich wieder beruhigt war, schlief es vor Schwäche sofort ein.

Der Vater wich nicht mehr von seinem Bettchen. Unverwandt blickte er auf das Gesicht des Kindes nieder. Im Schlafe sah es blaß, verfallen und mager aus. Bläuliche Schatten lagen um die geschlossenen Augen, der kleine Mund war schmal, allzufest geschlossen lagen die Lippen aufeinander, und die kleinen Händchen ruhten abgezehrt, wächsern auf der rosigen Decke des Bettchens. Aber voll rührenden Zaubers waren sein schräg zur Schulter geneigtes Köpfchen, die reine Kinderstirn, die lichten Locken seines Haares.

Nun trat auch der Knabe an das Bettchen.

»Das ist die Anna«, sagte er flüsternd, »in welchem schönen Bett sie liegt! Nehmen wir sie nun mit nach Hause?«

Der Vater nickte ihm zu. Sie waren beide allein mit dem Kinde. Wieder beugte Christian sich nieder, neigte sich den leise hauchenden Atemzügen des schlafenden Kindes entgegen. Ganz schwer und angefüllt mit aufgewecktem, aufgerührtem, menschlichem

Schmerz strömte sein Blut zum Herzen, weitete es auf, Schmerz strömte zurück von seinem Herzen bis in die starken Glieder seines Körpers, umrauschte seine Gedanken, und endlich erzitterten seine Knie, weinte sein Herz und preßte mit Gewalt die Tränen in die heißen Augen. Sie fielen langsam nieder und verrannen in dem weichgelockten Haar des Kindes. Doch als er, nun ganz bezwungen, nun demütig glaubend, nun in neuer Hingabe liebend, langsam niederkniete, sein Gesicht ganz nahe dem des Kindes brachte, mit geöffneten Lippen seines Kindes Atem in sich aufnehmen wollte, da spürte er, je näher und näher die Vereinigung kam, mehr und mehr sich scheidend, den Duft eines fremden Blutes, den Atem eines fremden Schicksals, nicht den geheimnisvollen, mächtigen Widerhall des eigenen Blutes, nicht den göttlichen Spiegel der eigenen Seele, nicht das Fleisch und Blut gewordene Siegel der tiefsten, unsichtbaren Vereinigung, nicht die Krönung seiner Liebe.

Langsam bog er sich zurück, erhob sich wieder, erwartete, am Bett des Kindes sitzend, sein Erwachen.

Nach einer Weile schlug das Kind die Augen auf, sah den Vater an und lächelte. »Hast du die Puppe?« fragte es vertraut. Der Vater reichte es ihm. Das Kind haschte nach seiner Hand, und als es seinen großen Siegelring sah, jauchzte es vor Freude. Schelmisch schmiegte es sein Gesichtchen in des Vaters Hand, mit seinen kleinen Fingerchen begann es, den Ring von seinem Finger abzuziehen. Von Erinnerung gepackt, begann der Vater es zu necken, ballte seine Hand zusammen und öffnete sie wieder, während das Kind mit jubelndem Lachen nach seinem Finger haschte, endlich doch den Ring erhielt und ihn strahlend über die zwei letzten Fingerchen seiner rechten kleinen Hand zog: es war die genaue Wiederholung jenes Spieles in der Nacht nach dem Geburtstag, vor dem Tage des Entschwindens, das Vater und Kind miteinander gespielt hatten. Der Vater sah wieder das heimatliche Zimmer vor sich, das Bett des Kindes, die Frau, die strahlend im Glück das Kind ihm reichte. Er erinnerte sich der Narbe an der linken, kleinen Brust, die er nie gesehen hatte, weil die Frau mit errötendem Gesicht die Hand über das entblößte Kind gelegt hatte. Und in der Erinnerung daran, wagte er auch jetzt nicht, das Hemdchen des Kindes zu heben, um nach diesem Erkennungszeichen zu suchen. Er rief die Professorin und fragte, doch sie hatte keinerlei Narben beim Baden des Kindes an seinem Körper bemerkt. Sofort depeschierte er nach Hause, ob die Narbe in der letzten Zeit noch zu sehen gewesen sei, und die Antwort, die nach drei Tagen kam, lautete: »Noch am letzten Tag.« Nun entkleidete die Professorin das Kind vor seinen Augen. Erschüttert sah er seinen kleinen, abgemagerten Mädchenleib, in Rührung dachte er an seine Frau. Die Narbe fehlte.

Inzwischen war die Bettlerin, der man das Kind abgenommen hatte, festgenommen worden. Sie konnte sich zwar nicht legitimieren, behauptete aber, daß das Kind ihr eigen sei, sie wolle es aber gern herschenken, da es ohnedies krank sei, und es überall besser haben würde als bei ihr. Man behielt sie, noch in Erwartung ihrer Ausweispapiere, in Gewahrsam.

Der Vater verbrachte die Tage nur bei dem Kind. Sie spielten zusammen, er beugte seinen schweren Nacken zu ihm nieder, und das Kind schlang seine Ärmchen um ihn und sprudelte sein Lachen ihm ins Ohr. Es spielte mit seinen Händen, schmiegte sein Gesichtchen hinein, spielte mit dem Ring an seinem Finger und sang oder sprach leise vor sich hin. Es glich dem verlorenen eigenen Kind so sehr, daß der Vater oft in hilfloser Verwirrung vor ihm stand. Es nannte ihn vom ersten Augenblick an Papa und erwies ihm die liebevollsten Zärtlichkeiten. Doch Karl, den Sohn, erkannte es nicht, abweisend streckte es gegen ihn die Ärmchen aus, und ganz vergebens war es, wenn der Vater das Kind an die Mutter oder an die Heimat, an das Haus mit dem Garten, an den Teich mit den Enten, an die Pferdchen, an all die Dinge, die sein Kind so geliebt hatte, erinnerte. Nach der Mutter gefragt, verzog sich sein Gesichtchen sofort zum Weinen, es schien sich zu fürchten und verlor alle Heiterkeit.

Seine Krankheit nahm immer mehr überhand, und trotz der sorgfältigsten und liebevollsten Pflege schwanden seine Kräfte dahin. Doch hofften noch alle, daß es gerettet werden könnte. Eines Abends hatte der Vater lange noch bei dem schlafenden Kind gesessen und sein Gesichtchen betrachtet. Er dachte an die Frau. Nach langer Zeit drängte es ihn, zu ihr zu sprechen, Mitteilung zu geben von dem, was er fühlte. In der Nacht wartete er, bis der Sohn schlief, stand dann leise auf, suchte sich Papier und schrieb folgenden Brief an seine Frau: »Geliebte Frau! Nach der langen Reise bin ich hier mit Karl gut angekommen und habe das Kind gefunden, das dem unseren so sehr gleicht, im Aussehen und in allem seinem lieben Wesen, daß ich Dir depeschiert habe wegen der Narbe auf der Brust. Doch dieses Merkmal fehlt, und das große Glück, unser liebes Kind wiedergefunden zu haben, ist uns nicht beschert. Auf die furchtbare Frage, wo es ist, ob es lebt, ob es noch in den Händen böser Menschen sich befindet, oder ob es selbst vielleicht schon zu einem verdorbenen, bösen Menschen geworden ist, oder ob es tot schon in der Erde ruht, durch eine unerforschliche Bestimmung wird uns, den Eltern, keine Antwort.

Geliebte Frau, ich will dich um Verzeihung bitten, deshalb schreibe ich, denn Du sollst es bald wissen, und vielleicht muß ich längere Zeit hierbleiben. Ich habe Dich von mir gestoßen, und ich bin nicht zu Dir gekommen, und doch habe ich gefühlt, wie Du auf mich gewartet hast. Aber ich war im Tode bei lebendigem Leibe und Du noch im Leben. Aber jetzt ist mir, als sei ich auferstanden, und ich muß zurück zu Dir. Du wirst mich vielleicht nicht verstehen, denn ich habe zu lange geschwiegen, und nicht zu Dir gesprochen, aber es mußte sein.

Als ich das Kind hier sah, das dem unseren so sehr gleicht, das auch Anna heißt und zu mir Papa sagt, wie unser liebes Kind, fühlte ich doch sofort, daß es nicht unser Kind war, denn als ich es küssen wollte, fühlte ich nicht Dich, die Mutter, in ihm. Ich habe Dich gesucht vom ersten Augenblick meines Lebens an, wenn ein Mann an die Frau denkt. Und ich habe Dich gefunden, und Du bist mir gefolgt, nun verzeihe mir, daß ich Dich von mir gestoßen habe.

Ich habe den Plan gefaßt, daß ich das Kind, wenn seine Herkunft festgestellt sein wird und es wieder gesund ist, mit zu uns nach Hause bringen will. Wir werden es lieben und aufziehen, auch wenn es nicht unser Kind ist, und es soll unser Kind werden, nicht dem Blute nach, aber durch die Liebe, mit der wir es aufnehmen und für es sorgen wollen.

Lebe wohl, liebe Frau, hoffentlich bist Du schon ganz gesund, der Arzt sagte mir bei meiner Abreise, es sei nicht so schlimm. Denke an das Haus, und Blank soll gut für das Vieh sorgen, es ist unser Vermögen für die nächste Zeit. Karl geht es sehr gut hier, er staunt die fremde Welt an und liebt die Schwester.

Die Behörden sind überall eifrig, und die ganze Welt weiß von unserem Unglück, doch ein Höherer ist im Spiele, und alles Menschenwerk ist vergeblich.

Lebe wohl, grüße den Sohn, die Schwester, Emma und die anderen.

Lebe wohl, ich umarme Dich innigst, Dein Mann Christian B.«

Im Morgengrauen, als die andern noch schliefen, rief er leise die

Magd, die in der Küche schon hantierte, und schickte sie mit dem Brief zur Post.

Die nächsten Tage ging es dem Kinde besser, es bekam ein Kleidchen angezogen, und der Vater trug es im Zimmer umher, sang ihm Lieder vor, nach deren Takte er schritt. Karl, mit dem es sich nun langsam befreundet hatte, kroch auf allen vieren am Boden und ließ es auf seinem Rücken reiten. Doch am fünften Tag nach dieser Besserung hatte es wieder hohes Fieber und lag apathisch in seinem Bettchen. Sein Lachen war verstummt.

Am nächsten Morgen kam seine Mutter. Sie hatte sich legitimiert als die Frau eines Arbeiters in Deutschland, die ihren Mann verlassen hatte und einem Landstreicher gefolgt war, und war aus der Haft entlassen worden. Sie war in schmutzige Lumpen gehüllt und hatte ein von Leidenschaften und Entbehrungen gleicherweise ausgezehrtes Gesicht. Sie begehrte, das Kind zu sehen, und wurde an sein Bettchen geführt. Kaum sah sie das ruhig schlafende Kind, als sie einen lauten jammernden Schrei ausstieß. »Es stirbt, ach Gott, es stirbt!« rief sie unter Schluchzen. Das Kind erwachte, und bei ihrem Anblick jauchzte es auf, mit seinen schwachen Kräften strebte es, sich zu erheben, schlang die Ärmchen um die Mutter und preßte sich fest an ihre Brust. Als es dann wieder erschöpft zusammenfiel, ließ es sich ruhig wieder in sein Bettchen legen, und die Mutter verließ unter einer Flut von Tränen das Zimmer und die Wohnung und ließ sich nie wieder sehen.

Am Morgen des ersten Weihnachtstages fand man das Kind tot in seinem Bettchen. Es war am Abend still und friedlich eingeschlafen. Gegen Morgen erst hatte es die an seinem Bettchen wachende Professorin verlassen, und als sie mit dem Vater am Tage wieder zu ihm kam, die Arme voll neuer Spielsachen, erwachte es nicht mehr. Niemand war bei ihm gewesen, als es seinen letzten Atem verhauchte.

Es wurde in einen kleinen weißen Sarg gelegt, der, mit silbernen Sternen verziert, nach der Sitte des Landes von hohen brennenden Kerzen Tag und Nacht umstellt war. Mit der traurigen Sicherheit, die sie bei dem Tod des eigenen Kindes sich erworben hatte, hatte es die Professorin gewaschen und gekleidet, sein vom Todesschweiß verwirrtes Haar geglättet, die geballten Händchen gelöst und um einen Zweig von Tannengrün ineinander gefaltet.

Der Vater stand vor der kleinen Leiche, dem Ebenbild seines Kindes. Entsetzen in der Brust, sah er hier seinen von Anbeginn gefühlten, verzweifelten Glauben, daß sein verlorenes Kind tot sei, wie in einem überirdischen Spiegel vorgezeigt, strafend erfüllt.

Leise schluchzte der Sohn, und lautlos weinte die fremde Frau. Der Professor stand in einer Ecke des Zimmers; stumm den Kopf gesenkt, die Hände auf dem Rücken gefaltet, empfand er Trauer, daß das Gute, das er hatte stiften wollen, zunichte gegangen sei.

Sie forschten am nächsten Tage nach der Mutter des Kindes und erfuhren in der Herberge, in der sie gewohnt hatte, daß sie sich mit einem anderen Vagabunden zusammengetan und die Stadt verlassen habe.

Am vierten Tage begruben die fünf Menschen, der Professor, die Frau, Christian B., sein Sohn und die alte Magd, die auch dem Sarge folgen wollte, das Kind auf dem Kirchhof der fremden Stadt, in der Reihe der fremden Toten, und errichteten auf dem kleinen Grab ein hölzernes Kreuz, mit geschnitzten Rosen und Engeln verziert, das nur den Namen »Anna« trug. In den ersten Tagen des Januar nahmen sie voneinander Abschied, und Vater und Sohn traten die Heimreise an.

Der Vater hatte noch auf eine Botschaft von daheim gewartet, doch nichts war gekommen. Sie brachen an einem dunklen, stürmischen Wintermorgen auf. Neuer Schnee fiel so stark, daß sie nur mit Mühe den ersten Teil der Reise vollenden und die große Stadt am Gebirge erreichen konnten. Hier wurden sie drei Tage aufgehalten durch ununterbrochen tobende Schneestürme, die die Straßen und Wege vollständig verschütteten. Schwarze Wolken hingen am Himmel, und der Tag war nicht mehr als eine fahle Dämmerung. Endlich, in der vierten Nacht, legte sich der Sturm, Licht ging wieder auf, und weiß und klar gefegt erschien der Himmel. Aber die Verwüstungen auf der Erde waren groß. Dächer und kleinere Häuser der Stadt waren von der Last des Schnees eingedrückt, Menschen, vergraben und auf den Wegen verirrt, fand man erstarrt in dem tiefen Schnee. Hunger herrschte. Alle arbeiteten, die ungeheuren Schneemassen auf Schlitten zu laden und sie so nach dem Flusse zu bringen. Denn das war der einzige Ausweg. Die Kälte stieg, der Schnee vereiste schnell, in großen Bergen und Blökken schaffte man ihn auf die Eisfläche des mächtigen, breiten Flusses, wo er bald zu einem riesigen Gebirge sich auftürmte. Mit kleinen Ölfeuern taute man die zugefrorenen Brunnen, die vereisten Schlösser der Kirchen, die Riegel der Ställe auf, wo das Vieh, entkräftet von Hunger und Frost, am Boden lag. Kleine Feuersbrünste entstanden und wurden mit Schnee bald wieder gelöscht.

Stumm und namenlos mit den anderen arbeiteten der Vater und der Sohn mit an dem Rettungswerk. Essen wurde ihnen gereicht, und nachts schliefen sie irgendwo am warmen Ofen, weit ab von ihrem Gasthaus. Doch am zweiten Tag schon begannen die Glokken wieder zu läuten, gewaltig dröhnten sie über die noch halb verschüttete und verstummte Stadt hin. Lichter erstrahlten wieder, die Heiligen lächelten von ihren hohen Säulen herab, in schwarzen Zügen strömten die Menschen auf den schmalen Spuren der Wege in die offenen Portale der Kirchen, Gesang ertönte und Orgelspiel und die leidenschaftlichen Worte junger Priester. Es lockte Christian, auch einzutreten und, auf den Knien liegend, die Augen auf das Abbild Gottes gerichtet, Klang und Worten zu lauschen, doch die schwere Botschaft, daheim in der Kirche, in der großen Stunde der Entscheidung vernommen, stieg mächtig wieder in seinem Herzen auf und erfüllte mit beidem, mit Licht und Finsternis, zum letzten Male und für alle Zeiten seine Seele. Er zog den zögernden Fuß von den Stufen der Kirche wieder zurück.

Sie fanden dann beide, ohne eigentlich zu suchen, in ihre Herberge zurück und Zimmer und Gepäck in voller Ordnung. Da ihre Barschaft, so gut sie auch vorgesorgt und berechnet war, zu Ende ging, erwarteten sie mit Sehnsucht die Möglichkeit ihrer Abreise. Endlich, nach einer Woche klaren Frostes, konnten sie zwei Plätze in der Post erhalten, mit der sie auf Umwegen zur Grenze gelangen konnten. Beim Abschied weigerte sich der Wirt, Geld von ihnen zu nehmen, außer einer Belohnung für die Dienstmägde, und durch Gebärden und Umarmungen gab er dem Vater zu verstehen, daß er ja auch in der Not wie ein Bruder gehandelt und ihnen geholfen habe. So schied der Vater aus diesem Lande, das alles Menschliche, Freude und Kummer, Liebe und Tod, ihm menschlich gezeigt hatte, weise und voll Güte.

Die Reise war sehr beschwerlich, die Kälte fast unerträglich, überall, auf den Feldern, umgab sie Tod, auf dem weißen Schnee lagen die Leichen der Tiere, verendet unter Hunger und Frost.

Als sie endlich wieder auf heimatlichem Boden waren, sandte Christian ein Telegramm voraus, das die Ankunft meldete. Als sie in S. eintrafen, wurden sie von der Schwester erwartet, die in Trauer gekleidet war. Tod empfing Christian auch hier. Martha, seine Frau, war seit einer Woche schon begraben. Die Botschaft ihres Todes hatte ihn, durch die Unwetter verzögert, nicht mehr erreicht, und ehe die Heimgekehrten noch die Schwelle des heimatlichen Hauses betreten konnten, führten ihre Schritte sie an das Grab, das Frau und Mutter barg.

Zurückgekehrt vom Kirchhof, stiegen sie in den Schlitten und fuhren heim. Der Wirtschafter war auch mitgekommen und lenkte. Sie fuhren in den Hof ein und traten in das Haus. Der jüngere Sohn kam herbeigelaufen, flog dem heimgekehrten Bruder um den Hals und weinte fassungslos. Emma lief, die Schürze vor das Gesicht geschlagen, bei dem Anblick des Herrn davon.

Christian stieg die Treppe empor und trat in das Schlafzimmer ein. Die Fenster waren verhängt, fahle Dämmerung erfüllte den Raum. Das breite Ehebett war mit einem riesigen Laken überdeckt, das Bett des Kindes, zu Füßen, fehlte. An seiner Stelle stand die Truhe, war geöffnet und leer, und in ihrer dunklen Höhlung offenbarte sich ihm plötzlich der Tod der Frau, den er an ihrem Grabe noch nicht hatte begreifen können. Er verließ das Schlafzimmer wieder und ging hinunter. Er zog die beiden völlig verstörten Söhne an sich und führte sie aus der Küche in das Wohnzimmer.

Das war verändert. Die Möbel waren umgestellt, die Wände waren neu bemalt und die Fenster mit neuen Gardinen geschmückt. Frische Tannenreiser steckten überall, und in der Mitte des Zimmers stand ein mit Kerzen geschmückter, hoher Weihnachtsbaum.

»Wer hat das alles so schön gemacht?« fragte der Vater freundlich.

»Die Mutter«, antwortete Gustav, der jüngere, leise.

»Nun ist sie tot, und die Schwester ist auch tot«, sagte Karl und versuchte, es zu begreifen.

»Ja«, sagte der Vater, »Gott schickt uns viel Unglück. Ihr seid noch jung und werdet es vergessen, und ich lebe noch und werde für euch sorgen.«

Er setzte sich mit den Kindern und der Schwester um den Tisch, sprach mit ihnen und nötigte sie zum Essen. Er beobachtete ihre Gesichter, er bemühte sich, die Schatten von Schmerz und Verzweiflung, die sich auf sie gelegt hatten, zu verscheuchen, und als er merkte, daß die Traurigkeit von ihnen wich, schickte er sie hinaus und befahl ihnen, die Reisesachen auszupacken, und Karl sollte von der großen Reise erzählen.

Als die Kinder gegangen waren, schwiegen Bruder und Schwester noch lange. Endlich fragte er: »Wie ist es gekommen?«

»Es ist plötzlich gekommen. Als ich sie zum ersten Male nach deiner Abreise sah, saß sie in der Küche neben dem Herd. Sie sah zwar noch sehr elend aus, und ihre Augen hatten einen unheimlichen Glanz, aber sie war sehr lebhaft, nur schwach. Ich kam an jedem Sonntag, und sie war immer wohler. Sie hat dann vor Weihnachten mit Emma angefangen, das ganze Haus zu reinigen, vom Boden bis zum Keller. Sie hat hier die Stube umgeräumt und frisch malen lassen. Sie ist sogar zweimal mit Emma in die Stadt gefahren und hat Geschenke und Kerzen für Weihnachten gekauft. Am Weihnachtsabend haben wir hier gefeiert, und sie hat alle beschenkt und war ganz froh, ich habe noch gedacht, daß sie zu froh sei. Aber in die Kirche ist sie nicht mitgefahren. Von dir hat sie die ganze Zeit nichts gesprochen, und wenn wir gefragt haben, hat sie nicht geantwortet.«

»Hat sie meinen Brief noch bekommen?« fragte Christian.

»Ja, sie hat ihn bekommen.«

»Wann?«

»Als sie schon sehr krank war.«

»Wie ist sie so krank geworden?«

Die Schwester zögerte.

»Sage mir alles!«

»Wir sind am Heiligabend alle in die Kirche gefahren. Sie wollte es so haben. Sie wollte nicht mit, wollte aber auch nicht, daß ich bei ihr blieb. Ich fuhr dann mit, hatte aber gleich ein banges Gefühl. Wie wir zurückkamen, war im Schlafzimmer noch Licht, aber als ich hinaufkam, war es leer. Auch das Bettchen von Anna war nicht mehr drin. Wir haben sie überall gesucht, und als wir auf den Boden kamen, lag sie im Dunkeln da, neben einer ausgelöschten Kerze, und hatte Blut vor dem Munde.« Die Schwester schwieg.

»Was wollte sie in der Nacht auf dem Boden?«

»Christian, sie hat das Kinderbett auseinandergenommen und hinaufgetragen. Das war wohl zu viel für sie, und dabei hat sie einen Blutsturz bekommen, sagte der Doktor.«

Lange schwiegen beide. Dem Mann war, als fühle er die Nähe seiner Frau, ihren lebenshungrigen Körper, den er, der Todesgierige, von sich gestoßen hatte.

»Wann hat sie meinen Brief bekommen?« fragte er wieder.

»Ungefähr eine Woche danach. Sie war ohne Bewußtsein, in hohem Fieber. Ich habe ihn aufgemacht und habe ihn ihr dreimal laut vorgelesen. Die ersten zweimal hat sie ihn, glaube ich, nicht verstanden. Sie hat immer von einem neuen Kind gesprochen, das ein neues Bettchen haben müßte. Dann an einem Tag war sie still, sah mich auch ganz klar an. Da habe ich ihr noch einmal gesagt: »Martha, Christian hat dir geschrieben, soll ich es dir vorlesen?« Sie hat mich angesehen, aber nichts gesagt und sich nicht bewegt. Ich habe mich auf ihr Bett gesetzt und habe ihn ihr ganz langsam, Wort für Wort, vorgelesen.«

»Hat sie ihn verstanden?«

»Ich weiß es nicht.«

»Hat sie etwas gesagt?«

»Sie hat erst lange nichts gesagt. Ich habe den Brief zusammengefaltet und habe ihn ihr in die Hand gedrückt. Die Hand war kalt, aber sie hat sie fest zugemacht. Nach einer Weile sagte sie dann, ganz langsam und deutlich: ›Wir werden glücklich sein.‹ Und von da an hat sie immer gelächelt, auch als sie tot war, hat sie noch gelächelt, obwohl sie die letzte Nacht sehr viel ausgehalten hat.«

»Warst du bei ihr?«

»Ich und Emma. Es war sehr schwer. Es hat sie erstickt.« Überwältigt von den Erinnerungen schwieg die Schwester, ihren schon ausgeweinten Augen entstiegen nochmals Tränen. Es dunkelte schon, als sie noch leise sagte: »Als der Krampf vorbei war, hat sie die Augen geschlossen und gelächelt. Es ist dann sehr leicht gegangen, wir merkten nicht, als es vorbei war. Deinen Brief hatte sie noch in der Hand. Ich habe ihn glattgestrichen und habe ihn ihr zuletzt auf die Brust gelegt, unter das Hemd. Sie hat ihn mitgenommen.«

Der Bruder griff nach ihrer Hand und hielt sie, heiß tropften ihre Tränen darauf nieder.

Als sie beide dann in der völligen Dunkelheit aufstanden, um Licht zu machen, sagte die Schwester noch: »Ich kann gar nichts mehr fühlen. Es ist zu viel, was wir durchmachen müssen.«

»Ja«, sagte der Bruder, »es ist zuviel.«

»Ich habe Gott so viel gebeten.«

»Um was, Schwester?«

»Um Erbarmen.«

»Und ich wartete nur auf den Tod. Aber ich lebe, und die andern sterben. Anderen wird Gott gnädig sein. Das ist mein Trost.«

»Warum nicht uns?«

»Im Sterben werde ich es sehen. Aber wie jetzt Gott hart zu mir war, war ich auch hart zu Martha und den anderen Menschen. Und ich werde nie mehr, wenn es in meiner Macht steht, hart zu einem Menschen sein, und wäre es der Mörder meines Kindes. Das Leben hat sich mir verhüllt nach langer Klarheit; vielleicht ist mein Tod schön.«

Er hatte jetzt das Licht angezündet, und die Schwester sah ihn an. Sein Gesicht hatte fast nichts Menschliches mehr. Umhangen von dem weißen, wirren, langen Haar, war die Stirn glatt und von einem Schimmer übergossen, der sich über die schweren Augenlider bis in die Furchen der Wangen senkte und erst von dem wirren Bart aufgefangen wurde, der den bitteren, festgeschlossenen Mund verhüllte. Während seine hohe Gestalt in der Ruhe und in den Bewegungen ihre zu tiefst gebrochene Kraft nun verriet, erhob sich auf dem Gesicht die Spannung und Verklärung einer bis zum Letzten gesteigerten Kraft der Seele.

Die Schwester wagte nicht, ihn nach der Reise, nach dem Erlebnis mit dem Kind zu fragen.

Er sah sich in der Stube um. »Ich werde wohl nicht mehr hier unten schlafen. Martha hatte es nicht gern. Ich werde oben, in dem Schlafzimmer schlafen. Wie sie es hier unten geordnet hat, so soll es bleiben. Mußt du heute abend noch fort? Bleibe bei mir.«

»Ich bleibe.«

»Was denkst du? Ich will im Frühjahr die beiden Jungen wegtun, in die Stadt, auf Schulen. Ich muß dafür ein paar Jahre noch hier gut wirtschaften. Aber ich bin ja gesund. Wie geht es daheim, bei dir?«

»Gut. Zu gut! Die Ernte war gut, und wir haben Fohlen hoch verkauft. Aber ich will nichts davon wissen. Mein Mann trinkt und hat nachts Atemnot.«

»Kannst du nicht auf ihn achten?«

»Ich pflege ihn. Bis jetzt habe ich umsonst gelebt. Ohne Kinder. Ich habe ja gar nichts gehabt, kein Glück, kein Unglück. Du bist von Gott geschlagen, aber ich bin von ihm vergessen, ich bin vom Leben vergessen. Ich bin froh, wenn ich bei dir sein kann, wenn ich mit euch jammern kann.«

»Du kannst noch viel für mich tun«, sagte der Bruder weich, »weinen und jammern für mich, denn ich kann es nicht mehr. Sage mir auch, was ich dir schuldig bin für Marthas Begräbnis.«

»Christian!«

»Laß nur, das gehört alles dazu.«

»Ich kann es nicht sagen.«

»Dann bring mir die Papiere. Es muß in Ordnung kommen. Nicht meinetwegen, für die anderen, die noch leben.«

»Ich habe einen Platz gekauft in deinem Namen, Christian, einen Platz für uns alle. Im Frühjahr wird er ausgebaut, du hast ihn heute noch nicht sehen können.«

Er trat zur Schwester und strich ihr über das dichte, weizengelbe Haar. Sie hielt ganz still unter der Liebkosung, und beide fühlten in der mühelosen Liebe des verwandten Blutes eine Welle von Glück ihre ausgebrannten Herzen durchfluten.

Die Geschwister gingen zum Abendessen an den großen Gesindetisch in der Küche. Christian begrüßte alle und strich Emma, die bei seinem Anblick von neuem in Schluchzen ausbrach, tröstend über die Schultern. Die Söhne mußten an seiner Seite sitzen, und er blickte oft auf ihre hochgewachsenen, biegsamen Gestalten, die das Antlitz der Mutter trugen. Er richtete Fragen an sie, und die Antworten ihrer hellen Stimmen verdrängten das lastende Schweigen, das alle mit betrübten Mienen angenommen hatten, um dem Herrn ihre Anteilnahme zu bezeigen. Ein allgemeines, leise summendes Gespräch entstand, und die Gesichter erhellten sich. Es war warm in der Küche und das Essen gut. Der Herr war wieder unter ihnen, und so gaben sich alle dem Funken Freude hin. Sie blieben fast eine Stunde bei Tisch sitzen und lauschten dem Herrn, der mit seinen Söhnen über die Reise sprach, über das fremde Land, die großen Städte und über den Schneesturm, den sie mitgemacht hatten. Nur von dem Kind sprachen sie in stiller Übereinstimmung nicht.

Bald gingen alle zur Ruhe. Emma verlöschte als letzte das Licht in der Küche und verschloß die Türen. Dann aber schlüpfte sie noch einmal in die Kammer der Kinder, die sie noch wach, miteinander flüsternd, in den Betten fand. Wie in der Kinderzeit setzte sie sich zu ihnen auf das Bett.

»Erzähl' doch von Anna«, bat sie den Ältesten, während sie seine Stirn und sein Haar mit Küssen bedeckte. »Erzähle mir doch, der Vater spricht ja nicht davon, habt ihr sie wieder nicht gefunden?«

»Doch«, entgegnete der Knabe, »wir haben ein kleines Kind gefunden, es war genau wie unsere Anna.«

»Hat es denn die Narbe gehabt?« fragte Emma, fiebernd vor Erwartung.

»Es hat keine Narbe gehabt, aber es war genau wie unsere Anna.«

»Wie denn? Hat es solche Locken gehabt?«

»Ja.«

»Hat es auch so gelacht wie unsere Anna? Was hat es gesprochen?«

»Es hat zum Vater Papa gesagt. Es hat genauso gelacht und gespielt wie unsere Anna.«

»Lieber Gott!«

»Wir wollten es auch mitnehmen, aber es ist ja gestorben.«

»Es ist gestorben!« wiederholte Emma. »Es ist auch gestorben!«

»Emma«, fragte der Knabe leise, »warum ist unsere Mutter gestorben?«

Emma stand auf, im Dunkeln suchte sie noch die Gesichter der Kinder und küßte sie. »Ihr könnt das Vaterunser beten«, sagte sie noch im Hinausgehen, »tut es, es ist zu viel Unglück hier im Hause.« Furcht hatte sie befallen. Auch sie fühlte nun, es half keine Trauer, es gab kein Gebet. Sie fand lange keinen Schlaf, Seufzer auf Seufzer entstiegen schwer ihrer reinen, guten Brust.

Nur im Schlafzimmer brannte noch Licht. Vor der offenen, leeren Truhe zu Füßen des Bettes stand Christian lange, das Auge in ihre kleine abgegrenzte Dunkelheit gesenkt. Er dachte an Martha, seine Frau. Doch nichts Menschliches war in den Erinnerungen. Er konnte ihre Gestalt, ihr Lächeln, ihre Sprache sich nicht zurückrufen, aber mit Macht, mit rätselhafter Lebendigkeit fühlte er ihres Wesens Hauch, fühlte er ihren nachtdunklen Blick in seinen Augen, der einst die gefürchtete Finsternis der Kindheit um ihn geschlagen hatte, er fühlte ihren Kuß, der ihn hinzog in die Tiefen der Umarmung. Er fühlte wieder die dunklen Stunden der Geburten, in denen sie fern und gewaltig sich von ihm geschieden hatte, und er fühlte die große Nacht ihres Todes, in die sie versunken war und ihm nur die Nächte des Lebens zurückließ, die grauen Schatten jener tiefsten Finsternis. Und als er das Licht verlöschte und im Dunkeln sich in das von ihr für immer verlassene Bett senkte, glaubte er, liebend und männlich noch einmal sich hinzugeben dem dunklen Zauber ihres Verlangens. Mit geschlossenen Augen, ohne Schlaf, lag er so die Nacht in Gedanken nur an die Frau.

VI

Die Kälte des Winters stieg. Es war schwer, sich ihrer zu erwehren. Die Holzvorräte waren schon jetzt, Mitte Januar, so stark verbraucht, daß der Wirtschafter Blank mit Fritz ein paar Fuhren von der königlichen Försterei kaufen und holen mußte, damit nicht in dem kleinen Forst von Treuen gefällt zu werden brauchte, wo für dieses Jahr nur noch gutes Nutzholz stand. Alles war tief vereist. Die Erde krachte bei jedem Schritt, die Fensterscheiben sprangen, der Brunnen mußte mit Mühe jeden Morgen aufgetaut werden, und in den Ställen fand man eines Morgens ein Kalb, das am Rande der Herde gelagert hatte, erstarrt am Boden. Die Pferde wurden in warme Decken gepackt und die Gelenke mit wollenen Tüchern umwickelt. In den Geflügelställen hatte Fritz, heimlich und stolz auf seinen Einfall, Tag und Nacht zwei brennende Stalllaternen aufgehangen, um so das Eis, das sich von der Feuchtigkeit der Tiere um die Stangen gebildet hatte, aufzutauen. Vier große schwere Schweine waren krepiert, da sie das Futter, das noch dampfend in die Ställe gebracht wurde, damit es auf dem Wege über den Hof nicht gefriere, kämpfend mit der sofort sich bildenden Eiskruste, zu heiß verschlungen hatten. In der großen, hellen Küche erlosch das Feuer Tag und Nacht nicht mehr. Bis spät abends brannte das Licht, und alle saßen da versammelt. Erst wenn die Müdigkeit sie ganz übermannte, liefen die Leute, tief in ihre Kleider vermummt, schnell ins Gesindehaus, und in den Kleidern legten sie sich in die eisigen Betten. Trotzdem erkrankte niemand, und der Herr sorgte für alles. Um das knappe Holz für die Katenwohnungen zu sparen, ließ er Arbeiten verrichten, die alle, Tagelöhner, Arbeiter und Handwerker, möglichst lange in dem erwärmten Hause vereinigen konnten. Da saßen in einer Ecke drei Mägde über sorgsam gehüteten Federsäcken und schleißten Federn, in einer anderen, am Fenster, saß der Tischler und schnitzte an den Truhen, die er für der Söhne Reise im Frühjahr zimmerte. An den mittleren Fenstern hockten in einem Kreis zusammen die Kinder und die jungen Hirtinnen, die Weiden schälten, schnitten und zu Körben und Obsttragen verflochten. Der riesengroße Tisch, der sonst die ganze Front der Fenster eingenommen hatte, war jetzt an die Ofenseite gerückt. An seiner Mitte saß Emma und nähte Wäsche oder strickte, ihr zu seiten saßen vier ältere Weiber und spannen. Zu den Stunden, in denen die Mahlzeiten gekocht wurden, mischte sich in den Geruch von Menschen, Holz, Leim und Farbe auch noch der Dunst des Essens. Aber dann war es auch am wärmsten. Sobald das Feuer nur etwas nachließ, schlich sich die furchtbare Kälte ein, trotz der handbreit mit Moos verstopften Fenster, trotz der mit Schafwolle gepolsterten Türspalten. Alle begannen dann mit den Füßen zu stampfen, im Zimmer umzuwandern, einen besorgten Blick durch die Fenster nach den Ställen werfend, von wo ab und zu der Ruf eines Tieres dünn und klagend durch das Schweigen der eisigen Luft herüberklang. Zweimal in der Woche aber ließ Emma auf Befehl des Herrn die beiden kupfernen Kessel in der Waschküche heizen, da das Wasser zum Waschen in dem unheizbaren Gesindehaus stets gefroren war. Dann wuschen sich alle in dem warmen, dampfenden Raum. An den Sonntagen hatte der Herr angeordnet, daß der Wirtschafter eine Stelle aus der Bibel las, die eines der Kinder mit geschlossenen Augen aufschlagen mußte; die Söhne beteten abwechselnd das Vaterunser. Denn zur Kirche ging keiner mehr, seit Emma mit den Kindern eines Sonntagsmorgens auf halbem Wege umkehren mußte, da die eisige Kälte die Luft benahm und ihnen alle Glieder bis zum Herzen erstarrt waren.

Der Herr war nur zu den Mahlzeiten unter ihnen. Aber sie konnten fühlen, daß er, wie früher, wieder für sie sorgte und sie überwachte. Er beriet sich viel mit dem Wirtschafter, wie er im Frühjahr die Herden vergrößern, die Ernten steigern, aus dem Forst Nutzholz am besten verkaufen könne, kurz, wie die Erträgnisse der Pacht aufs möglichste zu steigern wären. Denn durch das Unglück waren nicht nur in kurzer Zeit die ersparten Gewinne verzehrt, sondern auch Schulden gemacht worden. Zudem stand seine Absicht fest, die Söhne im Frühjahr in die Stadt auf Schule zu schicken. Auf die Einwendungen des Wirtschafters, daß dies im Grunde doch durchaus nicht nötig sei, da die Kinder nirgends besser lernen könnten als hier auf dem musterhaft gehaltenen Gute, das doch alles umfaßte: Felder, Vieh, Jagd, Fischerei und die Werkstätten dazu, konnte er sachlich nichts einwenden. Aber in einer neuen, überraschenden Mitteilsamkeit bekannte er ihm, daß es ihn dränge, die Kinder spätestens im Frühjahr wegzugeben, obwohl Geldsorgen und Schwierigkeiten groß seien. Er habe ein Gefühl, daß jetzt, nach dem vielen Unglück, noch Böses, Furchtbares im Haus geschehen werde. Und davor sollten die Kinder behütet sein.

Zu den wirtschaftlichen Beratungen zog der Vater von Zeit zu Zeit auch den ältesten Sohn herbei und übergab ihm die kleine Buchführung über die Milchwirtschaft, die früher die Frau geführt hatte. Der Knabe war sehr stolz auf dieses Amt, doch hatte er nur wenig zu tun. Die Kühe gaben wenig Milch, es konnten nur mit großer Mühe kleine Mengen verbuttert werden, da die Milch sofort vereiste. Zum Markt fuhr niemand mehr. Es wurden viele Hühner geschlachtet, da sie bei der Kälte nicht legten, zu den Kartoffel- und Gemüsegruben konnte man nicht gelangen, so tief und fest war die Erde gefroren. Aber trotz dieser schweren Zeit war ihnen allen jetzt das Leben leichter, das schwere, unfaßbare Unglück war zurückgewichen vor den Kümmernissen, Mühen und kleinen Freuden der Gegenwart. Wenn sie alle in der riesigen Küche um den großen, wärmeausstrahlenden Herd sich zusammendrängten, durch die Fenster die gefährliche, strahlende Pracht der Wintertage hereinleuchtete und sie sich drinnen doppelt geschützt vor ihrem eisigen Atem der Arbeit hingeben konnten, die leicht war und mit Freuden ihnen von der Hand ging, da fühlten sie sich froh und zufrieden, erzählten und lachten und summten dem hereinsinkenden Abend entgegen mit leisen Stimmen gemeinsam ein Lied, einen Choral oder ein Weihnachtslied, das sie am Fest nicht hatten singen können, da die Frau im Sterben gelegen hatte.

Nur in zwei Menschen war neue und böse Unruhe erwacht, in den beiden Menschen, die gerade während der schlimmsten und bedrücktesten Zeit mit sich selbst in Frieden gelebt hatten, in Emma, der Mutter, und Fritz, ihrem Sohn.

Vorgeahnt seit dem Tode der Herrin, erweckt durch dieses seltsame, fast mit Gewalt herbeigerufene Sterben der schon genesenen Frau, dann klar aufgetaucht an dem Abend, da der heimgekehrte Sohn des Herrn ihr von dem Tod des Kindes Anna im fernen Land erzählt hatte, war jener große geheime Schrecken in ihr, um welches bösen Menschen willen das viele Traurige, das nun nicht mehr Unglück allein war, das Böses, Fluch oder Strafe bedeuten mußte, geschah. Emma ward von da an ganz verändert. Ihr Herz, das bis dahin selbst in tiefster Trauer und Verzweiflung noch immer geliebt hatte den stummen, einsamen Herrn, die zerstörte Frau, die verwaisten Kinder und mehr noch als je und beglückender den eigenen Sohn, war nun angefüllt mit kalter Furcht, mit angstvollem Mißtrauen gegen alle. Mit geheim forschenden Blikken, nicht mehr mit bedingungsloser, liebender Hingabe betrachtete sie den Herrn, überprüfte sein Wesen in all der Zeit und dachte mit Verwunderung daran, daß er jetzt heiterer war als früher, jetzt, da doch alles verloren war und er hätte am traurigsten sein müssen. Mit Mißtrauen betrachtete sie jeden einzelnen aus dem Gesinde, wenn es ahnungslos um sie herumsaß, und rief sich den Lebenswandel jedes einzelnen ins Gedächtnis. Aber die Sünden, von denen sie wußte, waren nicht viel und nicht groß. Ein paar unerlaubte Küsse zwischen einem verheirateten Knecht und einer jungen Tagelöhnerin waren bald entdeckt und durch ein paar Ermahnungen des Herrn zur Ordnung gebracht worden, kindliche Diebstähle zwischen jungen Mägden um ein Tuch oder eine Kette waren geschlichtet und bestraft worden, es wurde gebetet und gearbeitet, und warum sollten die Gedanken schlimmer sein als die Taten, so daß Strafe und böses Verhängnis über dem Hause lasten mußte? Auf Zucht und Ordnung war stets streng gehalten worden, und tagaus tagein war nichts geschehen als die paar Späße im Stall, es war nicht einmal nötig gewesen, ein Mädchen schnell zu verheiraten, seit dem vorigen Erntefest war niemand betrunken gewesen, es hatte keinen Streit gegeben. Woher nun das Böse, wer war unter ihnen, um dessentwillen sie heimgesucht wurden? Emma wurde menschenscheu und mußte oft ihre angstvollen, mißtrauischen Blicke verbergen, denn sie schämte sich ihrer. Dann sagte sie sich wieder, daß das Unglück doch nun vorbei sei, das Traurigste sich doch nun erfüllt habe, das Kind unwiederbringlich verloren war, die Frau tot. Aber sie trieb eine andere erwartungsvolle Unruhe. Sie betrachtete auch ihren Sohn verstohlen, wenn er es nicht sah, aber sie bemerkte nur, daß sein schönes, volles Gesicht schmaler und blasser geworden war. Mit Rührung erinnerte sie sich daran, wie unermüdlich und schwer er diesen Sommer gearbeitet hatte, und sie schob ihm besonders große und gute Bissen zu. Da sie, Mutter und Sohn, jetzt fast ununterbrochen in der Gemeinschaft mit den anderen lebten und nicht mehr wie früher in den Morgenstunden zufällig sich allein begegneten, konnten sie sich nicht mehr die kleinen zärtlichen Umarmungen erweisen, die so spät erst zwischen ihnen erstanden waren. Oft machte sie sich Vorwürfe, ihn in seiner Kindheit nicht zärtlicher geliebt zu haben, und jeden Abend betete sie für ihn. Nein, während der schlimmsten Zeit, inmitten der größten Verzweiflung, inmitten der verfinsterten Gemüter hatte sie ihn allein stets heiter, furchtlos, unverändert gesehen. Wenn sie an den Gesang seiner schönen, sanften

Stimme zurückdachte, wie er an den Kirchentagen von der Empore herabgeklungen war, dann hielt sie ihn für auserwählt, als den einzigen unter ihnen, der rein und schuldlos war.

Er aber, der in der Weite und Freiheit der sommerlichen Zeit so leicht und gut sich selbst, dem Abgrund seiner Seele hatte entfliehen können, saß nun mit haßerfüllter Unruhe inmitten des Kreises, der ihn, die Söhne und die Hirtinnen, um eine Arbeit geschart, umfaßte. Durch die furchtbare Kälte aus seinem Alleinsein in die Nähe von Menschen gezwungen, war er von Wut und Qual erfüllt. Krampfhaft sich zu Fleiß und Ruhe zwingend, flocht er mit an einem Weidenkorb, mit äußerster Sorgfalt darauf bedacht, daß seine Finger sich nicht mit den Händen der anderen berührten. Die jungen Leute lachten viel. Die Söhne neckten die Mädchen, banden ihre langen Zöpfe an die Stühle fest und flochten heimlich das Rockende der kleinen Minna in das Weidengeflecht mit ein. Als sie dann aufstehen wollte, ward sie festgehalten und zudem war der Rock so eng geworden, daß er sich bis zu den Knien hinaufschob und ihre Beine mit den zarten Formen beginnender Weiblichkeit zeigte. Knaben und Mädchen erröteten, aus Verlegenheit begannen sie sich miteinander zu prügeln, und es dauerte lange, bis der Rock wieder frei war und die beiden Hirtinnen, halb weinend, halb lachend, hochgeröteten Gesichts zur Tür hinausschossen. Fritz saß still, mit zusammengepreßten Lippen, rührte sich nicht, lachte nicht. Er krampfte seine Hände fest an den Rand seines Geflechtes. Langsam füllte sich sein durch lange Zeit unverändert weiß und ruhig gebliebenes Gesicht mit schwer vordrängendem Blut, überzog sich mit schwarzer, drohender Röte, sein Mund öffnete sich, die Lippen zitterten. Schnell stand er auf und ging hinaus, ging mit stoßenden, in den Knien einknickenden Schritten über den Hof, flüchtete vor Menschenwärme und Eiseskälte in den Stall.

Hier war es dunkel. Der sonst schwere Geruch von Dünger und Streu war dünn und stechend in der Kälte. Eine warme Dunstwolke schwebte, nur eng und scharf umgrenzt, über den dicht aneinandergedrängten Tieren, die von Zeit zu Zeit ein trübes, klägliches Brüllen ausstießen, unter dem das anhaltende leise Knirschen ihrer mahlenden Kiefer erstickt wurde. Ihre großen dunklen, ineinandergelagerten Leiber hoben und senkten sich wie die heimlich erregten Wellen eines stehenden Wassers in der Dämmerung, nur die Euter der Kühe schimmerten licht hervor. Fritz sah sich um. Er wollte arbeiten, aus seinem Körper die gesammelte Wut, die quälende Wut, die quälende Kraft herausschleudern. Doch es war um diese Stunde nichts zu tun. Er stand still und starrte auf die Tiere. Die Kälte umzog ihn von allen Seiten, legte sich um ihn wie ein schwerer, enger Panzer aus Eis. Er erstarrte. Er fühlte nur noch sein Herz, das in weichen, lauen Schlägen lockend auf und nieder stieß, er fühlte wollüstig seine Zähne, die er knirschend aufeinanderpreßte. Sein böses, wildes, mörderisches Gesicht stieg auf, die schönen Züge weiteten sich aus, unter den geschlossenen Lidern rollten die Augen in jagenden Kreisen.

Die zeugenden Gewalten, wie sie nach dem mächtigen Gesetz jedes lebende Geschöpf in sich trägt, wie sie, zutiefst ihm selbst verborgen, auch in seinem Blute wohnten, wie sie eingeboren auch in seinem Körper mitgewachsen waren von der ersten, rätselhaften Sekunde an, in der, weit noch vor der Geburt, sein Leben begonnen hatte, jene Gewalten, wie sie Sturm und Flug der menschlichen Seele schufen, allen anderen zu Glück, zu liebevoller Vereinigung, ihm aber zu Einsamkeit und böser Tat, ihm waren es furchtbare Gewalten, ihm schufen sie eine nie glücklich zu sättigende Lust.

Doch Fritz wußte nicht, daß er litt. Sein böses Glück war ihm reines Glück. Er hatte keine Erkenntnis, darum war Erbarmen mit ihm. Aufgerührt war sein schweres, schwarzes Blut, doch Eiseskälte hielt seinen Körper umpanzert. Er stand still, fühllos die Glieder, das Herz bewegt von weichen Schlägen, Kälte und Dämmerung um ihn, die stummen, dunklen Tiere in verschwommener, breiter Masse vor ihm gelagert. Da weckte ihn das Stampfen der Pferde, das gedämpft, aber unaufhörlich aus den hinteren Ställen zu ihm drang. Er wandte sich um und versuchte zu gehen. Seine steifen Beine konnten ihm kaum gehorchen, er schob sie Schritt für Schritt wie zwei hölzerne Stecken voran, er lachte, denn es war wie im Rausch. Endlich kam er in den Pferdeställen an. Wie Donnern umdröhnte sein blutgefülltes Ohr das Stampfen der Pferde, die mit den Köpfen dicht aneinandergedrängt standen, während ihre Hinterbeine anschlugen. Seine Glieder betäubt durch Kälte, sein Ohr durch das Donnern der Hufe, die Augen blind durch Stöße heißen Blutes, die Kehle umkettet von den ineinanderhackenden Herzschlägen, näherte sich Fritz den Tieren. Hölzern, steif und langsam hob er seine Hand und drängte sie um die Nüstern eines Pferdes. Aber die Hand war erstarrt, er fühlte nichts. Er fühlte nicht die böse Lockung weichen Fleisches, fühlte kein zweites Herz mit jagenden Schlägen im Innern seiner Hand. Er wartete, voll Angst, voll Begierde. Schon begann die Hand sich langsam an den weichen feuchten Nüstern zu erwärmen, schon begann sie feuchte, laue Liebkosung zu fühlen, sammetweiche Haut, die sich einschmiegte in das erwachende Innere seiner Hand, schon antwortete sein Herz in drängenden Stößen, da traf der Hieb eines ausschlagenden Tieres gegen seine Schenkel. Er taumelte zurück und stürzte zu Boden. An den erstarrten Gliedern fühlte er keinen Schmerz, aber als sein Kopf auf den Boden aufschlug und nun stärker dröhnte als die Schläge des Herzens in der Brust, öffnete sich sein in den Zähnen festgebissener Mund, und er lachte, lachte sein lautloses, zischendes Lachen, das seinen steif gefrorenen Körper nicht erschüttern, sondern ihn nur wie ein Stück Holz hin und her rücken konnte. Als er im Lachen endlich allen lustgespannten Atem ausgeströmt hatte, erhob er sich mühsam, schob sich wieder Schritt für Schritt in den Kuhstall zurück, und plötzlich ergriff ihn der Gedanke, daß Ordnung sein müsse. Er sah an sich hernieder, doch alles war gut, die Kleider nicht geöffnet. Er sah sich in der Dämmerung um, doch es gab nichts zu verbergen, nichts zu vergraben. Endlich erblickte er in einer Ecke eine breitgezinkte Mistgabel. Mit dem Aufgebot ungeheurer Energie packte er sie mit seinen steifen, fühllosen Händen und begann den am Rande des Stalles festgefrorenen Dung, der in einer dicken Kruste den Boden bedeckte, mit der Spitze der Zinken loszustechen, aufzukratzen und zusammenzuschieben. Als er, schon ermüdet und tief beruhigt, noch einmal in eine von Dunkelheit ganz verhüllte und mit alter Streu hoch angefüllte Ecke stach, fühlte er plötzlich weichen Widerstand in den Zinken der Gabel. Er zog sie zurück, an den zwei mittleren Zinken hing, durch Bauch und Brust gespießt, eine Ratte. Sie schrie, er konnte im Dunkeln nur das rasende Zappeln ihrer Pfoten erkennen, das Aufblitzen ihrer schwarzglänzenden Augen, und, als er die Gabel langsam höher hob, einen Tropfen dunkelroten Blutes, das in das Schwarz des Bodens niederfiel. Langsam senkte er die Gabel wieder, langsam schob er seinen rechten Fuß vor, schob die Ratte vorsichtig von der Gabel herunter und begrub sie unter seinem Tritt. Er hörte nur das leise Krachen der Knochen, sein Fuß war fühllos, schwer wie Stein niedergeschlagen. In der erfrorenen Erde konnte er keine Grube graben, so verscharrte er das tote Tier in einer Höhlung, die er in dem vereisten, zusammengescharrten Mist mit der Gabel auskratzte, und schichtete einen sauberen Haufen auf, den er mit frischer Spreu bedeckte. Dabei begann er leise zu singen, hoch, hell, sanft, und nach und nach fielen die Stöße schneller von seinen steifen Händen. Schon hörte er das Klappern der Melkerinnen, die mit ihren Eimern über den eisigen Hof gelaufen kamen. Mit weißem, ruhigem, sanft geebnetem Gesicht ging er ihnen entgegen, es war alles in Ordnung, es war nichts geschehen. Leicht, unfühlbar ihm selbst war sein Körper; als er über den Hof ging, war ihm, als flöge er, obwohl er schwer und mühsam seine Beine vorwärtssetzen mußte. Obwohl die Kälte, die seinen Körper schon längst erstarrt hielt, nun auch sein Gesicht überfiel, Wangen und Ohren ihm zu schmerzen begannen, wollte er nicht zurück in die wärmende Küche, nicht in die Nähe der Menschen. Er stand zögernd noch in dem eisigen Hof, da traf er an der Tür die Mutter. Sie hatte sich fest in ein großes Tuch eingewickelt, das sie beim Sprechen gegen ihren Mund hielt. Sie sah in sein blasses, jetzt von der Kälte ganz zusammengeschrumpftes Gesicht. »Wo warst du?« fragte sie.

»In den Ställen habe ich ein bißchen Ordnung gemacht.«

»Wozu bei der Kälte? Du kannst krank werden, das will der Herr nicht. Wir können es jetzt ruhig bei dem Nötigsten belassen. Die Vesper hast du auch versäumt. Nun schnell, schaff Wasser!«

Ohne einzutreten und sich zu erwärmen, lief Fritz zum Brunnen. Aber das Waser, das mittags noch geflossen hatte, war längst wieder vereist. Er lief also zum Schafstall, holte ein Bund Stroh, umwickelte damit die Brunnenröhre, dann ging er in die Küche, um ein brennendes Scheit aus dem Herd zu holen. Sie saßen alle noch beisammen, die Söhne mit den Entenhirtinnen, und lachten. Sie sahen nicht nach ihm hin, denn niemand wollte gern aus der Wärme hinaus auf den Hof, um ihm etwa helfen zu müssen. Fritz ergriff ein glimmendes Stück Kienholz; wie schwere Scharniere klappten die steifen Gelenke seiner Finger zu und hielten das am Ende noch sanft erwärmte Holz fest; dann ging er zum Brunnen und steckte das Stroh in Brand. Es flammte auf und verflackerte, er mußte zweimal neues Stroh holen und entzünden, bis er endlich die Pumpe in Bewegung setzen und mit Mühe zwei Eimer Wasser gewinnen konnte. Mit Gewalt, mit heftigem, arbeitseifrigem Willen zwang er seinem armen, erstarrten und völlig betäubten Körper die Bewegungen ab. Am Abend, der schnell kam, vermochte er nichts zu essen. Mit Mühe schleppte er sich hinaus aus der Wärme, die ihn zu peinigen begann, über den Hof in seine eisige Kammer.

Wie ein Stück Holz konnte er sich noch in Kleidern und Stiefeln in das Bett werfen, dessen zurückgeschlagene Federdecke, schwer und prall gefüllt, durch die Last seines Körpers niedergezogen, von selbst auf ihn herabfiel und ihn bedeckte.

Doch der gute und tiefe Schlaf, der ihm immer geschenkt war, kam nicht. Von seiner Brust ergoß sich langsam ein feiner Strom von Wärme. Sein Herz erwachte; leise, wie aus weiter Ferne erst, kamen seine Schläge, dann immer näher, schneller, härter, würgender fielen sie gegen seine Kehle, hielten mit starkem Druck seinen Atem gefangen, bis plötzlich, mit Macht sich durch die enge Kehle pressend, ein Glutstrom sein Gesicht, seine Augen, sein Haupt bis tief zurück in den Nacken überflutete. Wie der Feueratem heller, lodernder, beißender Flammen überbrannte es seine Lippen, rauschte es wie das knatternde Flügelschlagen eines gewaltigen Vogels gegen sein Ohr, blendete mit züngelndem Schein seine Augen, die geschlossenen Lider wie Glas durchleuchtend. Sein Atem stieß mühsam, halb erstickt in der von Hitze aufgeblähten Brust auf und nieder; er senkte den Kopf tief gegen seine Schulter, Kühlung suchend in der eisigen Kälte, aus der doch nur neue Glut ihm entgegenschlug. Sein eisesgepanzerter Körper zerbarst in Schmerzen und höllischer Glut.

Er fiel in Traum. Er hatte noch nie geträumt, verborgen war er sich selbst bisher geblieben. Jetzt aber kehrte sein Verlangen, schwarz und böse, ihm aber doch rein, keusch und natürlich, verworren, ihm aber doch klar, vernichtend und mörderisch, ihm aber doch Jugend, Kraft und Glück bedeutend, in der Kälte im Stall vereist und betäubt, jetzt kehrte es zurück und strömte aus in seinen glühenden Traum.

Während er, um sein Haupt aus dem furchtbar ihn umlodernden Brand zu retten, es auf den Kissen unruhvoll hin und her wandte, lag sein Körper starr, unbeweglich, in gelähmtem Krampf. Im Traum stampfte sein Herz mit wilden Schlägen auf. Im Traum waren seine Hände schwer gefüllt mit lauer, weicher Feuchtigkeit. Es zog ihn hinab. Unter seinen Füßen zerfloß die Erde, er sank regungslos, wie hoch aus der Luft herabgelassen, mit beiden Füßen langsam in Wasser, das in kalten, schwarzen, schlammigen Wogen unter ihm sich ausbreitete.

Seine Brust, sein Haupt standen noch in der Luft, wurden umweht von blendender, sengender Glut, die mit heißen, scharfen, nadelfeinen Stichen ihn umgab, doch langsam sank er tiefer in die schwarze kühlende Wasserfurche ein, die seine Füße gruben. Er schmiegte die Arme eng an seinen Körper, die Hände, übereinander gelegt, preßte er zart und doch fest gegen die Tiefe seines Leibes. Aus der Tiefe seines Leibes, zwischen seinen beiden Schenkeln hervor, flammte plötzlich wilder Schmerz auf, doch je stärker es schmerzte, desto fester preßte er seine Hände an, desto schneller sank er tiefer und tiefer in den weichen, kühlenden Morast ein, der langsam bis zu seinen Hüften drang und mit leisem Glucksen gegen die Spitzen seiner im Schoße ruhenden Hände pochte. Plötzlich waren aber auch seine Hände überschwemmt, er breitete sie auseinander, sie füllten sich mit dem schweren, schwarzen, kalten Schlamm. Weich, wie kühles Fleisch ruhte er in ihrer Höhlung, und plötzlich begann er zu leben, Pulse klopften leise auf, ihr Schlagen strömte in seinen Körper ein, in jagenden Doppeltakten antwortete sein Herz. Gestalten bildeten sich. Aus den schlammgefüllten Händen entsprangen weich, in gleitenden Sätzen, dunkle Leiber hüpfender Tiere, Fröschen gleich. Sie hockten still einen Augenblick lang auf den schwarzen Wellen zu seinen Füßen, die weichen Leiber blähten sich auf und sanken wieder ein unter den springenden Schlägen der Herzen, matt blinkten Augen auf, dann zerfloß alles wieder zu Schlamm. Er strebte, die Hände loszureißen aus der Tiefe seines Leibes, sie aus dem gleitenden Dunkel des Morastes aufzuheben zur Brust, die noch rein und frei in lichter, brennender Glut stand. Er wollte die ausgekühlten Hände auf sein jagendes Herz legen, aber er sank ein, tiefer in sich selbst, der sich bis zu den Hüften schon in weichen Schlamm aufgelöst hatte, er selbst war Schlamm und aufquellende Tiere in seinen Händen. Da durchfuhr wie ein Messerhieb scharfer Schmerz sein Herz. Mit Gewalt rissen sich seine Hände aus dem zähen Schlamm, schwangen sich hoch, weit über sein Haupt empor, das er zu ihnen erhob. Von oben fiel Licht auf ihn herab, und aus den erhobenen Fäusten rieselte Blut, überfloß heiß seine Augen, seinen Mund, rieselte über den Hals zur Brust, umspülte sein Herz und trat in brennenden Strömen an seinem Leib wieder hervor. Der kühlende Schlamm zu seinen Füßen war verronnen.

Er beugte sich nieder. Mit den Händen grub er Erde auf, um sein niederrinnendes Blut zu verbergen. Er scharrte und verdeckte, aber von seinem Leib rann es unaufhörlich nieder, und immer wieder neue Spuren mußte er verbergen. Und plötzlich kam der Herr über den Hof geschritten, und er flüchtete zum Teich, der gleißend, unbeweglich wie Metall vor ihm lag. Er stampfte durch hochaufgeschichtete Weiden, die nach seinen Beinen stachen, ihn überflutete Schmerz und Wut. Er ergriff eine Weidenrute, bog sie zusammen, und plötzlich zersplitterte sie in seiner Hand. Da glitt zwischen seinen Beinen hervor die kleine Anna, sie lachte, rosa und feucht schimmerte die Höhle ihres geöffneten Mundes. Das Kind glitt an ihm hoch, saß auf seinen Händen, kühl und weich ruhte ihr Fleisch in ihnen, er stürzte hin, nieder auf sie, beide stürzten nieder auf das Wasser, an dessen Rand sie standen. Aber das Wasser war fest, ein glühender Rost, das Kind unter ihm verschwand, nur er sank nicht ein, auf hartem, brennendem Lager wand sich sein Körper.

Er erwachte und erschrak. Hatte er nicht die kleine Anna gesehen? Sie war doch verschwunden seit so langer Zeit, alles hatte nach ihr gesucht, niemand hatte sie gefunden. War denn nicht alles in Ordnung? Er wollte sich erheben, in den Hof laufen, aber sein Körper rührte sich nicht. Furchtbarer, lähmender Schmerz marterte ihn. Die Mutter mußte ihn tragen, dachte er. Die Mutter mußte ihn heben und an sich drücken, sie mußte ihn waschen, von seinem Leib den Schlamm, das Blut abwaschen, ihn heilen, denn er selbst konnte es nicht. Dann war alles gut.

Am nächsten Morgen konnte er nicht aufstehen. Das einzige, was er bewegen konnte, war sein Kopf, doch auch der sank schwer, ohnmächtig zurück, wenn er ihn erhob. Als zur gewohnten Zeit die Ställe, die zu besorgen jetzt sein Amt war, noch nicht offen waren, eilte die älteste Milchmagd, ihn zu wecken. Als er nicht hörte, machte sie Licht und sah ihn, fiebernd, mit dunklem, aufgeschwollenem Gesicht. Sie rief Emma, die Mutter. Die kam herangestürzt. »Was hast du?« fragte sie erschreckt den Sohn. »Hast du Schmerzen?«

Er antwortete nicht, hatte sie wohl gar nicht gehört.

Sie versuchte ihn auszukleiden, doch die geschwollenen Füße staken so fest in den Schuhen, daß sie sie nicht herunterbrachte. »Was hast du«, sprach sie von neuem, »du bist doch nicht krank, warum hast du dich mit den Kleidern ins Bett gelegt?« Als sie wieder keine Antwort erhielt, erschrak sie tief. Sie erinnerte sich plötzlich an die furchtbare Krankheit, die er als Kind gehabt hatte, damals, nach der einzigen Begegnung mit dem Vater. Hastig ergriff sie die Kerze und leuchtete in sein Gesicht. Aber es war nicht böse, nicht teuflisch, wie damals, als sie sich vor ihm gefürchtet hatte. Es war rot und heiß und krank, aber es war das vertraute Gesicht ihres Kindes. Sie lief nun schnell in die Küche und holte ein Messer, schnitt die Stiefel auf und zog sie ihm vorsichtig von den hartgeschwollenen Füßen herab. Auch die Strümpfe mußte sie aufschneiden, sie waren innen feucht von Blut. Jetzt erschrak sie wieder sehr. Sanft, doch schnell entkleidete sie ihn völlig und suchte nach der Wunde. Doch die Kammer war eisig und dunkel. Sie hüllte ihn in eine Decke ein, sie nahm ihn wie ein Kind auf ihre starken Arme, leicht lief sie mit ihm hinüber ins Haus, trug ihn in ihre Kammer, legte ihn in ihr Bett. Hier war die Kälte nicht so eisig, da von der durchlaufenden Küchenwand Wärme ausstrahlte. Nun holte sie Schnee und rieb die erfrorenen Füße ab. Dann kam sie mit warmem Wasser und einem weichen, sauberen Tuch. Mit der selbstverständlichen, ruhigen Bewegng einer Mutter schlug sie die Decke und das Hemd zurück, um die Wunde zu suchen und zu waschen. Sie fand an seinem rechten Oberschenkel, nahe dem Leib zu, eine große, schwarze, blutunterlaufene Beule, deren Mitte aufgerissen war und blutete. Es war die Wunde von einem Pferdehuf, der ihn gestern im Stall getroffen hatte. Leise stöhnte Fritz vor Schmerz. Doch Emma wich zurück. Ihre mütterliche, hilfsbereite Hand sank nieder, glühende Röte überzog ihr Gesicht, Entsetzen fühlte sie im Herzen. Dieses Kind, das sie eben noch auf den Armen hierher getragen und gebettet hatte, war nicht mehr Kind. Aufgedeckt lag vor ihr der entblößte Körper eines Mannes, der entsetzensvolle Anblick, der sie erinnerte an die furchtbare, fremde Gewalt des anderen Geschlechts, die sie in der grausamsten Überwältigung ertragen hatte, damals, als sie dieses Kind empfing. Sie verhüllte ihre Augen. Es war ihr, als hätte sie ihr Kind verloren. Schmerz kämpfte mit Entsetzen, Liebe mit Abscheu vor dem eigenen Kinde lange in ihr. Von Zeit zu Zeit vernahm sie sein jammervolles Stöhnen, seine schmerzlichen Seufzer. Sie wollte gehen, den Herrn um Hilfe rufen, dann wieder schämte sie sich, niemand sollte das Kind so sehen, in dieser fürchterlichen Gestalt. Mühsam zwang sie sich dazu, das Blut um die Wunde abzuwaschen, ihr weiche, kühlende Salbe aufzulegen, mit Leinen sie zu verbinden. Dann deckte sie ihn zu. Seine Füße rieb sie alle halben Stunden mit frischem Schnee, bis sie nach und nach die Erstarrung weichen sah und neues Leben und neue Wärme wiederkehren fühlte. Seine Hände, die mit blutigen Rissen durchzogen waren, wickelte sie in ölgetränkte weiche Tücher, mit dem Löffel flößte sie ihm heiße Milch ein. Als sie abends mit der Arbeit im Hause fertig war, machte sie sich eine kleine Öllampe zurecht und setzte sich zu ihm. Sie blickte traurig und forschend in sein Gesicht, das ihr vertraute, schöne, reine, engelgleich gebildete Gesicht, aber es verrann vor ihren Augen, und immer nur sah sie seinen bösen, großen, männlich drohenden Leib, und von Furcht und Abscheu überwältigt, sprang sie wieder auf. Sie beruhigte sich mit Vorwürfen gegen sich selbst. Es war ihr gutes, armes, krankes Kind, das mit einer Wunde fiebernd dalag. Es war ihr großer, guter, erwachsener Sohn, der einzige, der fleißig, heiter und unschuldig unter ihren Augen gelebt hatte in der ganzen bösen Zeit. Er würde ein keuscher, liebevoller Mann werden, wie der Herr es war, ein sorgender, aufopfernder Vater. Er würde einmal, wenn es sein mußte, seine Frau umarmen, verborgen im Dunkel der Nacht, an sein Herz würde er sie drücken, sanft sie einwiegen und hinnehmen in zartester Liebe, so wie es ihr nie geschehen war. Gegen seinen Vater, den wilden, rohen, entsetzensvollen Mann, hatte er sich gewehrt als Kind, hatte nach ihm gebissen in Wut, er hatte nichts von seinem bösen, tierischen Blut in sich. So verteidigte sie den Sohn gegen sich selbst, eilte noch einmal in die Küche, machte Ziegelsteine heiß, die sie ihm an die Füße legte, zwang sich, seine Wunde am Leib nochmals zu waschen. Er blieb unverändert und regungslos, sie wußte nicht, ob er schlief oder wachte, ob er sie hörte und spürte. Als die Nacht kam und sie Müdigkeit fühlte, wagte sie nicht, wie sie gern tun wollte, sich zu ihm ins Bett zu legen, sondern sie schlief, über zwei Stühle ausgestreckt, dicht an die vom Küchenfeuer erwärmte Wand gedrückt, in Kleider und Tücher gehüllt, beim Schein der kleinen Lampe, die sie brennen ließ.

Am nächsten Morgen verrichtete sie hastig die Arbeit, dann eilte sie hinauf zu Fritz. Zögernd öffnete sie die Tür und blickte angstvoll nach ihm hin. Er schlief. Sein ruhiger und kräftiger Atem hauchte ihr entgegen. Sie näherte sich ihm. Sein Kopf war zur Schulter gesenkt, er ruhte auf seiner Wange, sein blondes Haar fiel über die Stirn wie die Locken eines Kindes, sein Mund und Kinn gruben sich weich in die Falten des Kissens. Sein Gesicht war blaß und zart. Sie rief ihn leise; er hörte nicht. Sie zog die Hand von der Decke zurück. Sie vermochte nicht, ihn jetzt aufzudecken. Er schlief so gut. Das Fieber schien vorbei, und auch die Wunde würde heilen. Als sie mittags mit der Suppe zu ihm kam, war er wach und lächelte ihr entgegen. Schnell umfaßte sie seinen Kopf und preßte ihn gegen ihre Brust.

Sie aßen zusammen die Suppe, sprachen nicht und lächelten sich an. Er versuchte auch aufzustehen, doch die Wunde schmerzte so heftig, auch kam er mit den immer noch geschwollenen Füßen nicht in die Schuhe. Aber er pflegte von nun an seine Wunde selbst, die Mutter brachte ihm nur warmes Wasser, frisches Leinen und Salbe. Nachts schlief sie jetzt in der kleinen Gaststube, was ihr der Herr angetragen hatte, und so vergaß sie ein wenig ihre Furcht und die Scham vor dem eigenen Kinde.

Nach acht Tagen konnte Fritz aufstehen und an einem Stock durch das Haus gehen, und nachts schlief er zum ersten Male wieder in seiner Kammer. Am nächsten Morgen stand er früh auf und wollte, wie immer, an seine Arbeit gehen. Obwohl die Wunde noch schmerzte und er das Bein nur steif bewegen konnte, humpelte er nach den Ställen. Doch Anton, der jüngste Knecht nach ihm, war da, und alle seine Arbeit war schon getan. Voll Zorn und Eifersucht zitterte Fritz am ganzen Körper. Er trat neben den Knecht, der an einer Krippe stand, die langen Arme um ein Bündel Heu gepreßt, das er den raufenden Pferden hinhielt. Fritz bohrte seinen rechten Ellbogen in die Rippen des Knechtes, wollte ihn verdrängen. Der Knecht, sehnig und stark, ließ das Heu fallen, verteilte es in die Krippe und lachte gutmütig.

»Laß nur, kleines Fräulein« (so nannten die Kameraden Fritz oft wegen seiner schönen hellen Stimme und wegen seiner Sanftmut); »plag' dich doch nicht. Bist ja verwundet, Kamerad.« Und er ging tiefer in den Stall hinein, um von einem Fach, das Fritz selbst einmal zwischen zwei Wänden in der Ecke gezimmert hatte, und das den Futtervorrat für eine Woche bergen konnte, neues Heu zu greifen. Fritz sah ihm zu, plötzlich hob er seinen schweren Stock mit eiserner Spitze, auf den er sich gestützt hielt, und schleuderte ihn mit ungeheurer Wucht nach dem Kopf des Knechtes. Der hatte, die Arme voll Heu, sich gerade gewendet. Der Stock flog an seinem Kopf vorbei gegen die Wand, zersplitterte dort völlig, und einige Teile prallten zurück, über die Köpfe und Leiber der Tiere nieder. Fritz keuchte vor Zorn und Angst zugleich. Der Knecht blickte auf, zu ihm hin. Erst an seinem wutverzerrten Gesicht erkannte er die böse Absicht. »Nanu«, sagte er, ließ das Heu fallen und ging langsam auf Fritz zu, »bist wohl verrückt geworden? Weißt wohl noch nicht, was ein Mann ist, Fräulein, was? Willst du mit mir anfangen? Mit mir nicht, du, geh erst zu einem Mädchen, da fang an, du, nicht mit mir.« Er lachte schon wieder, voll Ruhe und Kraft schob er Fritz, der am ganzen Körper bebte, zur Tür hinaus und schloß sie hinter sich. Fritz lief in seine Kammer, hockte sich auf das Bett; fest umwickelt von Decken, versteckte er sich, rührte sich nicht, auch zum Frühstück ging er nicht hinunter. Gegen Mittag klopfte er bei dem Herrn an und trat ein. »Ich will fort«, sagte er, ohne Gruß zuvor, »hier ist keine Arbeit mehr für mich.«

»Du hast doch deine Arbeit«, sagte der Herr erstaunt.

»Nein, der Anton hat sie genommen.«

»Du warst ja krank, er soll sie dir wiedergeben.«

»Nein, es ist nicht mehr meine Arbeit, ich will fort.«

»Fort, von deiner Mutter?«

»Ich will fort.«

Der Herr sah ihn an, seine junge Gestalt, sein kindliches Gesicht. Er war aufgewachsenen in seinem Hause wie ein dritter Sohn. Die Söhne wollte er fortschicken, retten vor diesem unglücklichen Haus. Diesen hatte er vergessen. Ja, er sollte auch fort, es war gut, wenn die Jugend von hier floh.

»Wo willst du denn hin?« fragte er.

»Zu Pferden.«

»Na gut, wenn du durchaus willst, ich werde mich für dich umsehen, laß das Bein nur erst heilen.«

»Danke, Herr.«

Nun begann eine böse Zeit für Fritz, er hatte keine Arbeit mehr. Nie ging er mehr in die Ställe, seitdem er den andern »seine« Arbeit hatte tun sehen. Finster und träge verkroch er sich stundenlang in einem Winkel des Hauses, und seine Mutter konnte ihn nicht finden, wenn sie ihn für Dienste in der Küche brauchte. Sie geriet in Sorge um ihn und konnte sich nun nicht mehr dagegen wehren, daß er ihr mehr und mehr fremd wurde und ihr Furcht einflößte. Als der Herr mit ihr darüber sprach, daß er fort solle, weil es das beste sei für die jungen Kinder, auch seine Söhne sollten ja fort, da war sie überzeugt, daß sie ihn für immer verlieren würde.

»Jetzt kommt das Unglück an mich«, sagte sie.

»Nein, Emma, das ist kein Unglück. Gott bewahre dich vor allem Unglück. Laß ihn ziehen, hier ist kein frohes Haus.«

So ward es abgemacht, daß der Herr sich nach einem guten Dienst für ihn umsehen wollte.

Mitte Februar ließ nach vier Wochen die furchtbar strenge Kälte nach. Die Luft, von leichten Dünsten durchtrübt, erwärmte sich, in der Mittagssonne schmolz das Eis von den Dächern, an der Pumpe des Brunnens, die stahlharte Kruste der Erde wurde weich. Der Geflügelstall konnte mittags geöffnet werden, und betäubt und geblendet von Luft und Licht stießen die Tiere in taumelndem Zickzack durcheinander. Die Herden hatten sehr gelitten von dem Frost, der Nachwuchs war verkümmert, von Läusen zerfressen waren die Gefieder der Federtiere, ihre Sporen und Latschen überkrustet von Grind. Zwei Pferde, schöne, starke Gäule, fraßen nicht mehr und mußten erschossen werden, da dem einen Eiter von den erfrorenen Ohren in den Kopf gedrungen, das andere lungenkrank geworden war. Vier zweijährige Hengste mußten in ärztliche Behandlung gegeben werden, und auch in der Kuhherde hatte die Kälte großen Schaden angerichtet. Nach weiteren drei Wochen Sonne und Erwärmung konnten die Kartoffelgruben aufgedeckt werden, drei Viertel der Kartoffeln und der Gemüse waren erfroren und verfault und konnten nur als Schweinefutter verwendet werden. Ende Februar setzte schon das große Tauen ein, und nun gab es wieder viel Mühe und Arbeit, das Wasser, das den ungeheuren Schneemassen entschmolz, aus dem Hause und den Ställen, wo es überall eindrang, fernzuhalten. Anfang März war schon weit und breit kein Schnee mehr auf den Feldern, und das Frühjahr kam so schnell, daß über Nacht die Halme der Wintersaat handhoch hervorschossen. Doch richtete das Wild viel Schaden an, das in Rudeln, halb verhungert durch den harten Winter, aus dem Forst bis auf die Felder kam und dort äste. Obwohl der Wirtschafter nachts einige Tiere abschoß, bemerkte man doch immer wieder neue große Strecken, die kahlgefressen waren. Die Märzsonne brannte schon heiß, es war wie früher Sommer. Die Menschen, nach der eisigen Kälte berauscht durch die plötzliche, feucht dampfende Wärme der Luft, drängten sich in die Sonne. Scherze, Spiele, wilde Liebkosungen gab es überall, schwer war es, die alte Zucht und Ordnung aufrecht zu erhalten.

Als die Ställe wieder in Ordnung waren, die Überschwemmungen glücklich abgewendet, und als auch der Hof, wieder von Eis und Schnee gesäubert, mit seinen alten, großen Pflastersteinen in der Sonne glänzte, wurde geschlachtet und gewaschen. Durch zwei Monate hindurch war das Gut völlig von aller Umwelt abgeschlossen gewesen, erst wegen der Kälte, dann, weil die Wege durch grundlosen Morast ungangbar geworden waren. Man hatte weder zum Markt, noch zur Kirche, noch zum Friedhof fahren können, und kein Besuch hatte kommen können. Aber zur Ausreise der Söhne war doch schon alles aufs eifrigste gerüstet worden. Zwei schöne, selbstgefertigte Truhen, geschnitzt und bemalt, mit eisernen Beschlägen versehen, die der Schmied selbst gehämmert hatte, waren schon fertig und mit Wäsche und Kleidern gefüllt. An einem Sonntag nahm der Vater die Söhne mit sich in seine Stube, sprach mit ihnen über die Zukunft, gab ihnen Rat für ihr bevorstehendes Leben in der Stadt, auf was sie achten müßten und auf was nicht, wie sie ihr Geld einteilen und die Augen offenhalten sollten, ob es vielleicht noch einen anderen Beruf als die Landwirtschaft für sie gäbe, den sie sich erwählen möchten. Dann wolle er ihnen auch da nach Kräften mithelfen. Er sah ihnen dabei prüfend in die Gesichter und forschte vorsichtig mit Worten in ihren Seelen, merkte aber bald, daß das Unglück für sie nicht größer gewesen war als ihre jungen Kräfte, es zu ertragen, und daß die gute Ordnung ihres Lebens noch nicht zerstört war. Das erleichterte ihn sehr, trieb ihn aber noch mehr an, die Abreise der Kinder zu bewerkstelligen und alle Vorsorge beizeiten zu treffen. Ja, diese sonderbare Ungeduld ließ ihn den Tag der Trennung sogar mit Sehnsucht erwarten. Kaum waren die Wege etwas getrocknet, fuhr er in die Stadt, die letzten notwendigen Dinge zu kaufen. Er vergaß dabei auch nicht Fritz, für den es ihm gelang, eine Stelle als Kutscher und Pferdefütterer bei dem Schultheißen Mandelkow in Pl. auszumachen, den er auf dem Viehmarkt traf. Am Abend, als alles erledigt war und es schon dämmerte, lenkte er seine Schritte noch zum Friedhof.

Die Sonne hatte den ganzen Tag über warm geschienen. Die Erde, feucht und schwarz, hielt Wärme noch in sich und hauchte sie, wie im Schlafe der Übersättigung, in die Dämmerung zurück. Ein Knistern, leise, aber doch an- und abschwellend in einem geheimnisvollen Takt, kam von den Gräbern her. Unsichtbar regten sich hier, zwischen den Reihen der Toten, die trüben, zeugenden Kräfte der Natur. Mit kalter Trauer schritt Christian zwischen den Gräbern hin. Ohne Trost, unerbittlich gegen sich selbst, hatte er sich dem unerbittlichen Gott hingegeben, bis zum Ende menschlicher Kraft. Das Letzte glaubte er erlitten zu haben, doch das Ende hatte sich zum Anfang verwandelt, die schmale Lichtspur zur Klarheit war verschüttet und verlöscht, und als er jetzt im Halbdunkel um die Grabhügel suchend irrte, über deren todbergenden Grund neues Leben trieb und gierte, fühlte er Böses, doch nicht mehr Gott, sondern Teuflisches drohen. Er strebte aus den Reihen der Gräber heraus, dem freien Gelände zu, das die neuen Ruhestätten trug. Doch der schwere Winter hatte die frischen Hügel erdrückt und verwüstet, und da noch kein Stein errichtet worden war, konnte er in der sinkenden Dunkelheit das Grab seiner Frau nicht mehr unterscheiden; er legte den Kranz von Immortellen, den er mitgebracht hatte, auf ein kleines, ganz frisch aufgeschüttetes Grab nieder, ging zurück in die Stadt und fuhr heim.

Anfang April zogen die jungen Leute fort. Im Wagen saßen die Söhne mit dem Herrn und dem Gepäck, Fritz sollte zum letzten Mal die Treuener Pferde lenken. Er hatte ein großes Bündel, in festes neues Leinen geknüpft, neben sich auf dem Kutschbock. Auch für ihn war gesorgt, genäht und gestrickt worden, neue Wäsche, Stiefel, eine Mütze und Joppe hatte ihm der Herr geschenkt, neben drei blanken Talern. Während die Söhne mit traurigen, bekümmerten Mienen sorgfältig von jedem einzelnen Abschied nahmen, pfiff und sang Fritz den ganzen Morgen vor sich hin, putzte die Pferde, machte sich unermüdlich an dem Wagen zu schaffen und kümmerte sich um niemand. Seine Mutter war in Sorgen und Kummer während der letzten Zeit ihm immer nachgegangen. Sie wollte mit ihm sprechen, das Fremde, das böse Grauen, das sie vor ihrem Kind empfunden hatte, und das zwischen ihnen immer noch stand, das wollte sie auslöschen, ihn umarmen, ihn fühlen als ihr Kind, ihr Fleisch und Blut. Sie wollte ihn auch warnen, ihn aufmerksam machen auf sich selbst, ihn ermahnen, daß er nichts Unrechtes tun sollte, nicht auf die älteren Knechte hören dürfe, die gemein und verdorben seien, er solle bei jedem Mädchen an seine Mutter denken, er solle Gott und die Gebote nie vergessen. Doch jedesmal, wenn sie mit ihm allein war, fand sie keine Worte, schlug die Augen nieder vor ihrem Kinde, errötete, und Scham erstickte ihre Gedanken. Sie floh vor ihm, um dann, wenn sie wieder ruhiger geworden, in neue Sorgen zu verfallen. Am Tage der Abreise war sie aufgelöst, ganz verstört vom Schmerz der Trennung, denn es war ihr, als verlöre sie drei Kinder auf einmal. Fast die ganze Nacht vor der Abreise weinte sie und betete für die Kinder. Die Erinnerungen an die kleine Anna, an die arme, tote Frau überfielen sie mit neuem Schmerz. Alles alte Leid wachte wieder auf, überwältigte in einem schmerzenden Krampf ihr Herz. Am Morgen war sie kaum fähig, die Arbeit und die letzte Vorsorge für die Reisenden zu schaffen. Bleich und verstört wankte sie im Hause umher. So war der Wagen schon vorgefahren, alles verladen und aufgestiegen, und Fritz knallte schon mit der Peitsche und rief durch das offene Küchenfenster herein »Adjüs!«, als sie eilig hinausstürzte zum Abschiednehmen.

»Ach Emma!« rief Karl, der ältere Sohn, und sprang wieder vom Wagen herunter, lief in ihre Arme und weinte hell und kindlich an ihrer Brust, während sie ihn an sich preßte. Sprechen konnte sie nicht. Sie umarmte noch Gustav, küßte seine weichen, kindlichen Lippen, die er ihr aus dem Wagen entgegenneigte, dann trat sie zu Fritz. Da geschah ihr etwas Furchtbares. Die Flut ihres Gefühles war plötzlich unterbrochen. Sie spürte, wie Kälte ihr Herz jäh umklammerte. Sie konnte nicht weitergehen, stand still und ließ die dem Sohn entgegengehobenen Arme sinken. Sie sah ihn an. Er war groß, voll und stark für sein Alter, doch sein Gesicht war noch das eines Knaben, es war schön, es glich dem ihren mit der zarten, weißen Haut, mit den leuchtenden, klaren Augen, und ein übermütiges Kinderlächeln lag um seinen Mund. Und doch konnte sie ihn nicht umarmen. Sie hatte kein Gefühl, keine Gedanken. Ihr Gesicht war bleich. Sie starrte ihn an, schwer bewegten sich ihre Lippen, sie hörte sich selbst sagen: »Tue nie Unrecht!«

Fritz lächelte sie verlegen an, auch er hätte seine Mutter gern noch einmal umarmt, doch er wagte nicht, da sie bleich und unbeweglich vor ihm stehengeblieben war, auf sie zuzutreten. »Adjüs, Mutter«, sagte er leise, sanft und bewegt klang jetzt seine Stimme, »ich komme bald auf Besuch.« Sie nickte. Er zog die Zügel an, schnalzte mit der Zunge und lenkte zum Hof hinaus, ruhig, wie immer. Sie stand da, unbeweglich, ohne Tränen, bis der Wagen verschwunden war. Die starke, große Frau wankte und schlich sich mit Mühe ins Haus zurück.

Nun schien das Leben auf dem Hof beruhigt. Etwas von der alten Ordnung und Gleichmäßigkeit kehrte wieder und schloß sich über das Fehlen all der Menschen, die nun schon fortgegangen waren, wie neue, zarte Haut über einer Wunde. Diese große Beruhigung ging hauptsächlich von dem Herrn aus, der seine alte Tatkraft wiedergewonnen zu haben schien, und überall in Haus und Hof, selbst in der verwaisten Küche und in dem Milchkeller mit dem früheren Fleiß und der weisen Fürsorge allen voran schaltete.

Doch nicht mehr mit dem gleichen Segen. Unter den Kühen, deren einstmals so stattliche Herde schon zusammengeschrumpft war, brach eine Seuche aus und raffte die Tiere hin, ohne daß Rettung gebracht werden konnte. Fast jeden Tag mußte der große

Wagen angespannt werden, der die verendeten Tiere in die Stadt zur Abdeckerei brachte. Da das Wetter ununterbrochen warm und trocken blieb, kein Regen fiel, kein Nachtfrost mehr kam, konnten wenigstens schnell neue, leichte Viehbaracken errichtet und die alten Ställe mit Schwefel ausgebrannt, die Wände geweißt, der Boden mit neuer Erde aufgefüllt werden. Doch kaum war es gelungen, auf diese Weise die Krankheit zum Stillstand zu bringen, mußte eines der schönsten und stärksten Pferde, ein Zuchthengst, erschossen werden, der, zum erstenmal wieder zur Weide geführt, im Hofe vor einem anrollenden Dungfaß scheute, sich losriß und gegen eine aufrecht gelehnte Egge so unglücklich anstürmte, daß er vom Hals bis zum Bauch förmlich aufgerissen wurde. Unversehrt waren nur bis jetzt die Schafherden geblieben, die Wolle, dicht und lang, versprach eine gute Schur. Durch die frühe, ungewöhnliche Wärme wuchs und sproßte alles mit Macht. Im Nu war die Wintersaat bis zu einer halben Elle aufgeschossen, ehe noch die anderen Felder fertig gedüngt und bestellt waren. Zu Ostern schon standen die Bäume in voller Blüte. Doch kein Regen fiel. Anfang Mai war die Hitze schon so groß wie sonst zur Erntezeit. Die Saat war hoch im Halme, doch die Ähren setzten spärlich an. Als auch im Mai kein Regen fiel, begannen die Wiesen zu trocknen, da der kleine Bach, der die gut verteilte Bewässerung speiste, selbst immer weniger Wasser mit sich führte. Auch der Wasserspiegel des Teiches begann zu sinken. Die Einnahmen des Hauses waren gegen das Vorjahr um die Hälfte zurückgegangen, und doch waren jetzt auch noch die Zinsen für das geliehene Geld aufzubringen, außerdem das Schul- und Pflegegeld für die Kinder in der Stadt und die noch immer laufenden Ausgaben für die Nachforschungen nach dem Kinde Anna. Um immer wieder Bargeld zu gewinnen, mußte von neuem die Herde als Schlachtvieh verkauft und das Nutzholz gefällt werden, soweit es nur in der Befugnis der Pacht stand. Es wurde gearbeitet wie früher, das Gesinde hatte alles vergessen, es wurde gelacht, geruht und gefeiert wie früher, die Arbeit gelohnt, aber ihre Früchte vergingen. Doch nur der Herr merkte das. Er versuchte sich zu wehren, hielt alles fest in der Hand, ließ nicht nach an Mühe und Arbeit, um der Kinder willen. Er arbeitete selbst mit von früh bis spät, er gönnte sich nicht mehr als vier Stunden Schlaf täglich. Er war hager geworden, sein Gesicht abgemagert, es war jetzt gebräunt unter dem gebleichten Haar, wetterhart unter der breiten, hohen, leuchtend geglätteten Stirn. Er ging nie unter Menschen, nie mehr in die Kirche, das Grab der Frau ließ er von Emma betreuen und von seiner Schwester.

Als im Juni Hitze und Trockenheit noch anhielt, sah man, daß es in der ganzen Gemarkung Mißernte geben würde.

»Strohernte, Herr!« sagte in Treuen der Wirtschafter zu Christian und deutete traurig auf die weiten, grauen Flächen der Felder, auf die braunen, jämmerlichen Wiesen. Christian dachte daran, daß er einmal schon um den Kaufpreis für Treuen gehandelt hatte, und nun würde er im Herbst kaum die Pacht zahlen können. Es wurde immer schwerer, die Tiere zu tränken, es kam Wassernot. Die Teiche verdunsteten und enthielten nur noch trüben Schlamm, der Brunnen drohte zu versiegen, in großen Tonnen wurde Wasser aus dem Forst geholt, wo eine versteckte Quelle noch rieselte. Mitte Juni war schon alles, Menschen, Tiere und Pflanzen, vollständig durch die Tag und Nacht andauernde trokkene Hitze erschöpft. Das Lachen und die wiedergewonnene Sorglosigkeit waren auch schon verschwunden, abends lagerten sich alle auf die Treppe, die in den Keller führte, um etwas Kühlung zu genießen. Nur Christian litt nichts, denn sein Körper war fühllos geworden. Unermüdlich arbeitete er weiter von früh bis spät, und seine große Sorge war, Feuer, das leicht in den ausgetrockneten Ställen und Gebäuden entstehen konnte, zu verhüten.

Der Termin kam, wo Christian die schon im voraus verkaufte Ernte des vorigen Jahres liefern sollte. Diese Schuld bedeutete für ihn einen großen Verlust, da die vorjährigen Preise niedrig, die diesjährigen aber, der bevorstehenden Mißernte wegen, hoch gestiegen waren. Er ließ nun in der zweiten Woche im Juni die Scheune Nummer vier öffnen, da zuerst der darin eingescheuerte Roggen ausgedroschen werden sollte. Zum Dreschen wurden bestimmt: Anton, der junge Knecht, der jetzt die Stelle von Fritz einnahm, vier Arbeiter und die junge Magd Paula zum Zureichen und Aufbinden der Garben. Wegen der großen Hitze sollte morgens von drei bis acht und abends noch einmal von acht bis zehn Uhr gearbeitet werden.

Im grauen Morgendämmer schritten die sechs mit dem Wirtschafter über den Hof auf die Scheune zu, um das Tor zu öffnen. Es war noch völlig still in der Natur, die Vögel schliefen, und am silbernen Himmel standen noch einzelne, ferne kleine Sterne. Der Wirtschafter wählte den Schlüssel aus dem großen Bund hervor und öffnete das Schloß, das den schweren Hebebaum an die Wand schmiedete. Er erinnerte sich dabei, wie schwer das Tor im vergangenen Sommer zugegangen war, und sagte, ein wenig sein zerknittertes Bauerngesicht zum Lachen verziehend: »Werden doch keinen Ochsen vorspannen müssen, um aufzukriegen!« Doch kaum war der Hebebaum entfernt und die Pfosten der übereinandergreifenden Flügel leicht angezogen, so stürmten die ausgetrockneten Tore auseinander, kreisten im Schwung vor und dann weit zurück zur Seite, bis nahe zu den Wänden, wo sie, zitternd in ihren ganzen Flächen, stehenblieben. Den jungen Knecht Anton hatte der rechte Flügel in den Rücken gestoßen, so daß er hart zu Boden stürzte. Ihnen allen war es, als hätte unsichtbarer Druck von innen her voller Gewalt gelauert, um endlich das Tor aufzusprengen. Sie griffen zögernd zu, um die Flügel nun ganz zurückgeschlagen, und traten dann in die weite, dunkle Öffnung ein. Drei Meter im Geviert war ungefähr die Tenne noch frei zum Dreschen, dann erhoben sich ringsum die dicken Mauern der Garben. Ein erstickender Dunst von Hitze, ausgetrocknetem Stroh und Moder entwich in den ebenfalls schon warmen Sommermorgen. Aufseufzend griffen die Männer nach den Dreschflegeln, und Paula band die ersten Garben los. Der Wirtschafter kehrte aufatmend in den Hof zurück, und bald hörte man, und von nun an alle Tage hindurch, getreulich den wohl etwas langsamen aber steten Takt der Dreschflegel.

Dann kam die Wiederkehr des Geburtstages der kleinen Anna. Es war an einem Sonnabend. Der Herr hatte schon mittags Feierabend geboten, die Hitze drückte sehr und auch die Erinnerung an das Unglück.

Mittags war Klara gekommen, um bei dem Bruder zu sein, und überredete ihn, in diesen Tagen mit zu ihr, nach Hause, zu kommen. Christian willigte ein. Er hatte geglaubt, auch die Erinnerungen in die Tiefe seines von Schmerzen wie ausgehöhlten Herzens versenken zu können, doch jetzt packte ihn Grauen, jetzt trieb es ihn zur Flucht. Er rief Blank und Emma zu sich in die Stube und gab an, daß morgen, Sonntag, alle zur Kirche fahren sollten, und wer wolle, könne nachmittags ausbleiben, und er verteilte auch einige Zehrpfennige. Nur solle Emma nach dem Mittag das Feuer gut löschen im Herde und es am Abend nicht wieder anzünden, kalte Milch und Brot sei zum Essen genug da. Emma, seit der Abreise der Kinder sehr verändert, erbleichte, zitterte in Furcht, richtete den flackernden Blick auf den Herrn und flehte: »Herr, geht nicht fort, es sind böse Tage, ich fürchte mich, bleibt hier, Herr, bleibt bei uns«, und sie legte am Ende der Rede mit verzweifelter Gebärde ihre Hände über das Gesicht.

Erschüttert, unschlüssig sah der Herr Emma an. Klara trat auf Emma zu. »Was hast du? Fehlt dir der Sohn? Du hast wohl Sehnsucht?«

Emma ließ die Hände sinken, unruhvoll, als flüchte sie vor sich selbst mit ihren Blicken, wanderten ihre Augen hin und her. »Nein, Frau, ich weiß nicht, was das ist, ich habe keine Sehnsucht nach ihm. Nur Angst habe ich. Denn, wißt Ihr, liebe Frau, zweimal gehen die Kinder von uns, wenn sie geboren werden und wenn sie unrein werden. Wenn sie böse werden, dann gehen sie aus dem Herzen fort, die Mutter sehnt sich nicht nach ihnen.«

»Du versündigst dich!« sagte Klara entsetzt. »Was hat er denn getan?«

»Er hat nichts getan, Frau, gar nichts, aber es ist besser, man hat kein Kind.«

Klara trat dicht zu Emma heran, rüttelte sie an den Schultern. »Emma, was hast du? Vertrau es mir. Ich war doch dabei, wie das Kind kam, weißt du es noch? Sage mir alles.«

»Es ist nichts, liebe, gute Frau. Es ist nichts. Er ist doch brav und gut und fleißig. Das bin nur ich.«

»Es ist Sünde, wie du sprichst!«

»Ihr habt keine Kinder, Frau, Ihr wißt nicht, was da alles kommen kann.«

Glühende Röte überzog jetzt Emmas Gesicht, sie wandte sich zur Tür. »Herr, bitte, kommt mit, ich brauche Fett und Mehl aus der Kammer für den Sonntag.« Und als der Herr ihr folgte, ging sie stets vor ihm her und zeigte ihm ihr Gesicht auch nicht, wenn sie ihn für alles genau um Anweisung fragte.

Christian erschütterte tief ihr verstörtes Wesen. Warum muß es auch noch sie ergreifen, dachte er, und um ihretwillen wäre er jetzt gern zu Hause geblieben. Doch als er neben ihr die von Sonnenlicht durchflutete Küche durchschritt, auf dem Herd den schweren, roten Saft der Beeren in den Töpfen brodeln sah, stieg die Erinnerung auf an Weib und Kind, wie sie hier, innig im Spiel verschlungen, übermütig sich im Kreise gedreht hatten, wie in unbeschreiblich süßem Doppelklang ihr Lachen ertönt war, und es hetzte ihn von neuem mit Gewalt zur Flucht. Mit einer Eile, mit einer Ungeduld, die man noch nie hatte an ihm bemerken können, befahl er, den Wagen fertig zu machen, und trieb zum Aufbruch.

Nach einer halben Stunde schon fuhr er mit der Schwester davon.

Die zurückblieben, hockten sich zusammen in dem kühlen Hausflur auf die Steinfliesen und auf die ersten Stufen der Kellertreppe nieder. So genossen sie den frühen Feierabend. Sie sprachen von der kleinen Anna, zum erstenmal wieder nach langer Zeit, doch so, als ob sie längst tot wäre, ermordet von den Zigeunern. Die Mägde begannen zu schluchzen und wollten erzählt haben, wie und wo das Kind begraben sei, und wollten nicht glauben, daß man es nirgends und nirgends finden könne. Die Männer verhandelten, scheinbar gänzlich unbewegt, darüber, ob der Herr nicht von Staats wegen Schadenersatz haben müsse, dafür, daß die Gerichte den Prozeß mit den Zigeunern aufgelassen und abgebrochen hätten, wo es doch Zeugen und Geständnisse genug gab, daß das Kind bei den Zigeunern gewesen war. Und man merke doch, wie die schöne Wirtschaft hier zugrunde ginge, und es sei eine Schande, wenn das Kind eines Herrn und steuerzahlenden Bauern einfach von der Erde verschwinden könne.

»Der Herr ist zu gut, wenn er nur das Kind wiederbekommen hätte, er hätte sein letztes Hemd gegeben«, sagte Blank. Alle nickten stumm. Emma kam und brachte das Vesper, einen großen Eimer saurer Milch, Becher für alle und geschnittenes Brot. Sie setzte sich zu ihnen, niemand wollte allein sein. »Wir haben es schön da«, sagte sie, »unser Herr ist gut. Er hätte kein solches Unglück verdient.« Wieder nickten alle, und es blieb eine Weile still. Plötzlich ertönte die heisere Stimme eines Greises, eines alten Tagelöhners, der vor kurzer Zeit um Arbeit betteln gekommen war, und den der Herr um Obdach und Gnadenbrot aufgenommen hatte. Er setzte den mit Mühe zum Mund geführten Becher mit zitternden Händen wieder ab und sagte, die trüben kleinen Augen ins Leere gerichtet: »Es kann nichts verschwinden von der Erde, was da war, kommt wieder.«

Sie versuchten zu lachen, sich des Grauens zu erwehren, das bei den Worten des Greises sie alle anfiel, und Anton schrie laut dem Alten ins Ohr: »Was tot ist, kann doch nicht wiederkommen.«

»Tot?« sagte der Alte, schüttelte den Kopf, winkte abwehrend mit der Hand und schwieg. Auch die anderen schwiegen, keiner wurde des frühen Feierabends froh. Als endlich die lastende, zehrende Sonne dem Abend langsam gewichen war, krochen sie heraus, versorgten noch das Vieh und rüsteten still Kleider und Schuhe für den Sonntag.

Den ganzen Sonntag war Emma mit einer älteren Magd allein im Hause. Unruhe und Angst trieben sie umher, plötzliche Mattigkeit ließ sie zusammensinken, bis sie von neuem wieder aufgejagt wurde. Sie durchlief das ganze Haus, ordnete die geordneten, leeren Zimmer, öffnete Fenster und schloß sie wieder, prüfte die Ställe, spähte, die Hand schützend über die Augen gelegt, mit scharfem Blick über den Umkreis des Hofes, nach den Scheunen, den Gärten, den Wiesen hin. Alles lag still, verdorrt, tot in der sengenden Glut da. Sie dachte daran, wie sie im vorigen Jahr um dieselbe Zeit das Kind gesucht hatten, gerufen und gelockt, und plötzlich war ihr, als sei die glühende, flimmernde Stille ringsum erfüllt von leisem, langgezogenem Kinderweinen, und darüber hin erklang aus der flirrenden Hitze in höheren Tönen leises, jauchzendes Lachen, vermischte sich mit dem Weinen und schied sich wieder von ihm, allein für sich hintönend.

Emma stürzte ins Haus, bleich und kalt, trotzdem sie in der furchtbaren Glut im Hofe gestanden hatte. Sie lehnte sich mit der Brust gegen die Wand, preßte die Hand auf das verkrampfte Herz. Die Magd, die am kühlen Steinboden saß, sah sie an. »Hörst du es?« brachte Emma endlich hervor.

»Nein«, sagte die Magd ruhig. Und sowie die Magd ihre Stimme erhoben hatte, war das Weinen verstummt.

»Es hat geweint und gelacht in der Luft, ich habe es gehört«, sagte Emma.

»Du kommst jetzt in die Jahre, das ist das Blut«, sagte die Magd.

»Nein, ich bin noch zu jung dazu, es ist Angst, immer Angst.«

»Bei dem einen kommt es früher als bei dem andern. Wie alt warst du, als es zum erstenmal gekommen ist?«

»Ach, das ist es nicht, das ist heute der Unglückstag.«

»Man kann nicht ewig trauern. Wenn einen Gott leben läßt, muß man leben. Die einen sind tot, und die andern leben noch. Mit dem Kind ist es wohl etwas anderes, da ist kein Grab und nichts, jetzt wäre es fünf Jahre.«

»Das Lachen war schrecklicher als das Weinen, ich habe es noch deutlicher gehört«, sagte Emma, noch immer verstört.

»Es ist etwas im Hause«, erwiderte die Alte, »ich fühle es wohl auch. Es war auch niemals recht von der Frau, wie sie da kaum von der Krankheit aufgestanden war und zum Weihnachtsfest das Bettchen auf den Boden räumt. Aber die Strafen sind zu hart. Der Herr ist gut, es ist schon unheimlich im Hause.« Und die beiden

Frauen schwiegen beklommen in dem einsamen, stillen Hause, das umlastet war von glühender Hitze.

Gegen Abend, als kaum die letzten des heimkehrenden Gesindes zurückgekehrt waren, überzog sich plötzlich, unfaßbar woher, der eben noch weiße, glutflirrende Himmel mit schwarzen, tief herabhängenden Wolken. Die Luft war still, dick, nicht zu atmen mehr, und von Dunst durchzogen, der trocken, beißend wie Rauch war. Eine fahle, gelbe Dämmerung senkte sich mehr und mehr nieder. Es war kaum sieben Uhr, und alle saßen um den großen Tisch zum Essen versammelt. Viele waren noch laut und lustig, manche noch berauscht vom Schnaps, den sie in der Stadt genossen hatten, andere von Küssen, getauscht in der Tiefe des Waldes, an einem verborgenen, noch grün schimmernden Ort, wo eine Quelle noch gerieselt hatte inmitten der tot und verdorrt in Hitze knisternden Bäume, alle aber waren erschöpft von der Glut des Tages. Plötzlich stand nun das Gewitter über ihnen, schwarz, drohend, unbeweglich. Kein Blitz zuckte, kein Donner dröhnte, kein Wind wehte, kein Regen fiel. Es war dunkel, still, kein Atem mehr in der Welt. Einer blickte dem andern in das fahl angeleuchtete Gesicht. Langsam standen sie vom Tische auf. Lange schwiegen alle. Es wurde noch finsterer, die Gegenstände der Küche verschwanden, durch das Fenster war nur noch in einem Umkreis von hundert Schritten etwas zu sehen, rechts noch ein Streifen Wiese, in der Mitte der Brunnen, und links, von einem fahlen, durchbrechenden Schimmer Lichtes gelb angeleuchtet, die Scheunenwand von Nummer vier mit dem weitgeöffneten Tor.

Jetzt begann der Wind zu kreisen, leise, wie schleichend, rückte er gegen die Fenster, raschelte in den ausgetrockneten Kronen der Bäume, eine Tür im Hause schlug krachend zu, einige Augenblicke lang war auch plötzlich das Brüllen des Viehes, das noch auf der Weide war, zu hören. Dann war es wieder still. Der Wind raschelte wieder auf, kraftlos, heiß, träge, aber stetig, er schleifte Staub und verdorrte Erde, welke, braun verbrannte Blätter, die vorzeitig von den Ästen gefallen waren, mit sich. Alle warteten, die Frauen mit gefalteten Händen, die Männer mit geducktem Nacken, auf den ersten Blitz und Donnerschlag. Nach so langer Hitze und Trockenheit mußte es ein schweres Gewitter werden. Aber es blieb still. Der Wind schlich und raschelte um das Haus, es wurde völlig Nacht, es roch nach Schwefel und Brand.

»Mach doch Licht, Emma«, schrie aus der Stille heraus Minna, die kleine Entenhirtin, mit vor Angst bebender Stimme.

»Um Gottes willen, kein Licht! Wenn bei dem Wind etwas passiert, brennt alles wie Zunder. Wir können ja nicht einmal löschen«, sagte Blank.

»Nein, kein Licht«, sagte auch Emma, »der Herr hat es verboten.«

Wieder schweigen alle. »Ich habe so ein Gewitter noch nicht erlebt«, sagte Blank wieder, »man kann ja nicht atmen.« Alle seufzten auf, ein jeder aus der beklommenen Brust.

»Es war zu lange trocken. Jetzt müssen wir im Dunkeln stecken am hellen Tage, wie die Kinder im Keller, wenn sie unartig waren«, versuchte Anton zu scherzen. Doch niemand lachte. »Vielleicht regnet es doch noch«, sagte ein anderer. »Es will nicht losgehen«, sagte Blank. Sie konnten ihre Gesichter gegenseitig nun nicht mehr erkennen, aber in ihren Stimmen verrieten sich ihre Erregung und ihre Angst. Sie schwiegen wieder und atmeten schwer. Die kleine Entenhirtin, im Dunkeln an Emma geschmiegt, betete leise das Vaterunser. Alle hörten das Flüstern des Kindes in der Stille, neben dem Rascheln des Windes. Stumm bewegten sich die Lippen der Frauen mit im Gebet, und die Männer senkten die Köpfe. So blieben sie während einer Stunde. Nach und nach hatten sie wieder angefangen zu sprechen, stockend, und immer noch den ersten Donnerschlag erwartend, oder den Sturm und den Regen.

»Ja«, sagte Blank endlich, »es muß einer nach dem Vieh sehen.«

»Warum treibt denn Gahl nicht ein?« fragte Anton unwillig. Keiner wollte gehen.

Da ertönte plötzlich, unsichtbar aus der Ferne, hinter der Dunkelheit der Wolken her, das Bellen des Hundes, das aufgeregte Brüllen der Rinder, das Blöken der Schafe, das Stampfen der Pferde, dann Rädergerassel.

»Das sind Räder, das ist der Herr!« rief Emma und stürzte zur Tür.

In der fahlen Dämmerung, die weder Licht noch Finsternis war, wälzte sich die Herde wie grauer Schatten auf den Hof zu. Sie irrte durcheinander, die Pferde stampften auf und scheuten vor den Ställen, die Ochsen senkten die Köpfe und drohten mit den Hörnern. Gahl, der Hirt, führte den Wagen des heimgekehrten Herrn, während dieser, die lange Peitsche schwingend, die hin und her rasenden Tiere zusammentrieb, sich an die Hälse der aufbäumenden Pferde hing, sie herumriß und in die Ställe führte, wo sie aufwiehernd still standen. Angefeuert und ermuntert durch das Beispiel, ja nur durch die Gegenwart des Herrn, stürzten nun auch die anderen herbei, und unter einem ungeheuren Tumult der entsetzten Tiere wurde endlich die Herde geborgen. Der Wind kreiste noch immer, die heiße, trockene Luft erstickte den Atem. Keuchend, in Schweiß gebadet, kehrten alle vom Hof zurück. Schweigend, ruhig und vorsichtig schlug der Herr Feuer und zündete die Lampe an. Aber sie brannte trübe, ohne Strahl, wie erstickt von giftiger Luft, flackerte leise vom heißen, raschelnden Wind bewegt, unheimlich war ihr Anblick in der fahlen Dunkelheit, die sie nicht zu durchleuchten vermochte. Bleich erschienen jetzt die starken, gebräunten Gesichter, farblos die hellen Haare, die weitgeöffneten Augen dunkel und glanzlos wie Höhlen.

Der Herr schöpfte sich einen Becher voll Milch und trank ihn aus. Seine Unruhe vom gestrigen Tag war gewichen, er war gefaßt. Er hatte die Natur gesehen, wie noch nie. Er war von der Schwester aufgebrochen, da ein Wetter von weitem aufzog, um zur Zeit noch daheim zu sein. Als er abfuhr, waren die grauen Gewitterwolken noch weit in der Ferne hinter seinem Rücken gewesen, und da kein Sturm kam, hatte er bald daran vergessen und glaubte nicht mehr, daß sie in seine Gegend kommen und Regen, den ersehnten, bringen würden.

Vor ihm lag Hitze, dorrende Felder und Wiesen, blendender Sonnenschein. Da traf ihn plötzlich, kurz ehe er in den Forst einbog, in nächster Nähe der Treuener Felder, kalter Wind im Rücken und heiße Tropfen im Nacken. Er wandte sich um. Dicht hinter ihm, als wollte sie auf Haupt und Schultern sich ihm stürzen, stand, steil aufgetürmt, eine schwere, schwarze Wolkenwand, unfaßbar schnell herangeweht, Blitze zuckten unaufhörlich, leiser Donner dröhnte, feine, heiße Tropfen sprühten senkrecht zur Erde. Doch vor ihm lag Sonne.

Er trieb das Pferd an, bog in den Forst ein. Im Walde war es still, die Sonne plötzlich erloschen, durch die Wipfel der smaragden aufleuchtenden Bäume schimmerte gelber Himmel. Schnell kam er zum Ausgang des Waldes. Da stampfte das Pferd auf, blieb stehen und scheute. Vor ihnen lag Treuen, gehüllt in ein Meer von schwarzen, wogenden Wolken, die, von einem kreisenden Winde umfegt, sich ineinander verschlangen zu schweren, düsteren Knäueln, sich auf und nieder senkten, aus ihrer Mitte heraus mit Dunkelheit die Erde beschatteten, während an ihren tiefhängenden Rändern Streifen gelben Lichtes mit fahlem Schein die Erde matt wieder erhellten. Denn am entgegengesetzten Horizont, jetzt im Rücken Christians, war der Himmel hell und rein, strahlend und golden erleuchtet von abendlicher Sonne.

Christian mußte absteigen und das scheuende Pferd in die Finsternis der drohenden Wolken führen. Der heiße, raschelnde Wind umschlich jetzt auch sie, die Luft drückte, von Schwefelgeruch erfüllt, kein Blitz, kein Regen fiel. Unbeweglich, scharf abgegrenzt, von dem im Kreise jagenden Wind zusammengehalten, lagerte das Gewitter heiß und tief auf Haus, Hof und den Feldern von Treuen. Kein Vogel war zu sehen noch zu hören, doch durch die dürren Halme hindurch konnte Christian auf der trocken-staubigen Erde der Felder das geschäftige Wimmeln der Millionen Feldmäuse erblicken, die durch die Hitze und Trockenheit in Unzahl entstanden waren und jetzt in der plötzlichen, fahlen Dämmerung aus- und einschlüpften, ihre winzigen Pelze und blitzenden Äuglein matt und gelb angeleuchtet.

Christian kam an dem Wiesenschlag sieben vorbei, wo die eben zusammengetriebene Herde scheu durcheinanderlief und dem Ruf der Hirten nicht mehr folgen wollte. Mit Mühe konnten alle vier, der Herr, der Hirt mit seinem Hütejungen und der Schäferhund, sie zusammenhalten und eintreiben. Hinter ihnen senkte sich die Wolkenwand, umschloß sie, der heiter strahlende Abendhimmel war nicht mehr zu sehen.

»Es will nicht losgehen«, sagte jetzt der Hirt in der Küche, »es steht ganz genau über uns, drüben hat noch die Sonne geschienen, aber es geht nicht los.«

»Im Gebirge soll es das oft geben«, sagte der Herr mit ganz ruhiger, klarer Stimme.

»Aber hier sollte es nicht so sein«, widersprach Emma, »es erstickt einen ja, es zeigt auf uns.«

»Die Emma wird ein altes Weib, immer fürchtet sie sich«, sagte Anton, und einige versuchten zu lachen. Da ertönte aus der Ecke hervor, erst leise, dann aber immer stärker einfallend, ein langgezogenes Schnarchen. Der Greis, der alte Tagelöhner, war eingeschlafen. Nun lachten alle. Einige der Katenleute wagten jetzt aufzubrechen. Schnell erhoben sich nun auch die Mägde, langsam folgten dann die Männer. Es war schon neun Uhr. Es war völlig dunkel, es wurde aber kein Licht angezündet; sie legten sich alle im Dunkeln nieder, und ihre starken Körper fielen trotz der lastenden

Luft auch bald in Schlaf. Träumten sie auch nie, auch in dieser Nacht nicht, so drangen doch heute das Stöhnen alpbedrückter Herzen und die Geräusche der in den Betten schwer sich herumwälzenden Leiber von Kammer zu Kammer.

Die Mitternacht kam heran. Es war weder Erde noch Himmel zu sehen, auch das Gewitter nicht mehr zu unterscheiden, das so, Finsternis selbst wieder von Finsternis umhüllt, unvernehmbar Auge und Ohr, furchtbarer noch auf die Herzen der Menschen niederlastete. In der Küche brannte noch das Licht, die trübe flackernde, vom Schwefeldunst der Luft halb erstickte Flamme der Lampe ohne Schein. Der Wind raschelte, heiß und trocken wehte er in kurzen Stößen zu dem halbgeöffneten Fenster herein. In der Küche waren Emma und der Herr.

Christian saß am oberen Ende des Tisches, das erbleichte Haupt in beide Hände gestützt, die sich über den verhangenen Augen und der breiten, klaren Stirn falteten. Emma saß ihm gegenüber, auf den Knien eine Schüssel, aus der sie Beeren verlas. Ihre Hände zitterten, von Zeit zu Zeit schöpfte sie tief Atem, füllte ihre ganze Brust damit aus, hielt ihn an, lange, hob den Kopf und ließ ihn in den Nacken fallen, bis sie mit einem leisen, dumpfen Seufzer den Atem wieder frei ließ und den Kopf tief wieder auf die Brust, über die Arbeit senkte. Doch freiatmen konnte sie sich nicht. Über sie, die Sanfte, über sie, die Geduldige, im Leid niemals Müde, in Liebe Unerschöpfliche, war jetzt der drohende Schlag eines bösen Schicksals nahe gehalten. Zum letzten Male war sie so, wie sie bisher gewesen: um ihr Haupt, schwer und weit gebaut, lag das weiche, glänzende Haar in üppige Flechten geordnet, am Scheitel entlang und vorn über der Stirn, die rund gewölbt war wie eine Kinderstirn, kräuselten sich kleine Locken, die mit einem zarten Schimmer, wie goldgefärbte Luft, Haupt und Gesicht umspielten. Trotz ihrer mütterlichen Brust, die sich voll unter dem Kleid wölbte, war noch immer um ihre Gestalt, in ihren Bewegungen, in ihrer Stimme der Hauch reinster Mädchenhaftigkeit, die gütige Keuschheit einer Mutter, die nie Geliebte war. Zu dieser Stunde aber, der schweren, schwarzen Gewitterstunde, war um sie ein besonderer Glanz, ein zitternder Schimmer von Schönheit. Zarte Röte hob den noch immer goldfarbenen Flaum ihrer Wangen, und der tiefe, leuchtende Glanz ihrer Augen färbte das Blau zu samtenem Schwarz. In der dumpfen, bleiernen, heißen Stille umwob es sie unsichtbar. Sie fühlte selbst ihre Gehobenheit, es ängstigte und verwirrte sie, emsig versuchte sie sich in die Arbeit zu retten. Der Herr, der sie lange angesehen und alles gefühlt hatte, fragte sie: »Willst du nicht Feierabend machen? Es ist ja Mitternacht.«

»Ich kann mich nicht legen, Herr«, sagte sie, »es ist zu heiß.«

Sie schwiegen beide. Christian schloß die Augen wieder hinter den gefalteten Händen, weich schlugen die Pulse der Schläfen und die der Hände aneinander. »Immer noch Leben«, dachte er. Hinter seinen festgeschlossenen, fest durch die Hände zugepreßten, wachen Augen war eine Finsternis, tief wie Abgrund ohne Ende, weit wie der unbegrenzbare Flug der Gedanken, und durch nichts wahrnehmbar als durch die in sich selbst versunkene Seele. Ausgelöscht alles, was menschlich war, Erinnerung, Glück, Leid und Gebet zu Gott. Er ruhte im Nichts, er ruhte eine Sekunde lang im Tod. Aber die Ewigkeit verging, wie mit Flügelschlag von weither kam wieder der erste Gedanke. »Das ist der Tod«, dachte er, und nun war das Leben wieder da, sein Atem wehte, die Schwärze vor seinen Augen wurde lichter, im dunklen Grau kam die Erinnerung, fahle, trockene Erde sah er vor sich, von winzigen Löchern durchsiebt, in die graue, kleine Mäuse in tausendfacher Zahl aus- und einschlüpften, von weitem erschien das Haus, von schwarzen Wolken umlagert, doch im Nacken fühlte er heiße, stechende Sonne. Er hob die Hand ein wenig von den Augen, roter Schein, von bunten Lichtfunken durchtanzt, drang durch die Lider. Er öffnete sie ganz und erblickte Emma, leuchtend und schimmernd in der fahlen Düsternis der Lampe. Er stand auf und trat ans Fenster, suchte den Himmel, doch Erde und Himmel waren eins, verschmolzen ineinander zu wogender Finsternis.

Die ganze Nacht stand das Gewitter über Treuen, ohne sich zu entladen. Gegen drei Uhr morgens war Emma, auf dem Stuhle sitzend, eingeschlafen. Christian ging leise zum Tisch und löschte das Licht. Aber die Morgendämmerung war noch furchtbarer als die beklemmende Dunkelheit der Nacht. Das Licht des Himmels, gewaltsam sich durch die Ränder der nebeneinander lagernden schwarzen Wolken drängend, umgab sie mit einem schmalen weißen Saum. Das graue, verdorrte, von den Wolken überschattete Antlitz der Erde wurde sichtbar. Der Wind hatte sich gelegt, und schreckliche Stille herrschte ringsum. Kein Hahn krähte, kein Vogel schien zu erwachen, von den Ställen her kam kein Laut. Als Christian, der bewegungslos am Fenster gestanden hatte, einen Schritt zurücktrat, erschrak er von dem dumpfen, weithinhallenden Geräusch, das er erweckte, das in der Stille erklang wie in einem unterirdischen Gewölbe. Die Hitze drückte, Schweiß rann in Strömen an ihm nieder. Er hatte gehen wollen, um die Leute zu wecken, doch nun stand er wieder unbeweglich, gebannt durch die Stille, er lehnte sich an das Fenster, und plötzlich von Müdigkeit überfallen, schlief er stehend ein.

Als er erwachte, schlug die Uhr im Wohnzimmer sieben. Die Wolken waren fort, eine glühende Sonne stand am blendenden, weiß überhauchten Himmel. Die Erde war trocken, die Luft heiß, unerquickt alles. Sein Mund war wie ausgedörrt, Durst quälte ihn, er konnte nur schwer die Zunge bewegen, als er Emma rief, die schlafend noch auf dem Stuhle saß. Sie erwachte, riß die Augen auf und starrte in die von Licht erfüllte Küche.

»Das Gewitter ist fort«, sagte Christian, »es hat nicht geregnet.«

»Die Sonne ist schon so hoch«, sagte sie erschrocken, »wir haben alle verschlafen«, und mit den Händen ihr Haar glatt streichend, lief sie zum Gesindehaus hinüber, wo ihr schon die Stallknechte entgegenkamen, müde und zerschlagen von dem lähmenden Schlaf dieser Nacht. Die Ställe wurden geöffnet, die Tiere schossen heraus, die Hühner wälzten sich sofort in dem trockenen Staub der Erde, die Schafe drängten sich um den Trog des Brunnens und fuhren zurück, als sie mit dem zarten Mäulern den trockenen, glühend heißen Stein berührten. Sie wurden sofort abgetrieben und zur Weide geführt, wo der Hirt eine verborgene Quelle noch wußte. Ein Wagen mit einer Wassertonne wurde angespannt und folgte der Herde, um noch etwas Wasser für den Hof herbeizuschaffen. Barfüßig, mit nackten Gliedern unter den weiten Röcken, nur den Kopf noch eingebunden in ein weißes Tuch, liefen die kleinen Entenhirtinnen hinter ihrer Herde her, die sich schreiend in das trübe, flache Wasser des halb ausgetrockneten Teiches warf. Im Hofe, am Brunnen, wurde mit Mühe etwas Wasser in einem dünnen, kraftlosen Strahl für die Menschen und die Pferde zusammengepumpt. Die Tauben umkreisten die tränkenden Pferde und fingen im Fluge die versprühenden Tropfen auf, ehe sie auf die Erde fielen. Von den Bäumen zitterten die braun verbrannten Blätter nieder auf braunes, verdorrtes Gras oder auf die glühende, grau staubende Erde, die Früchte hingen klein und verkümmert in den kahlen Zweigen, die Felder, hoch und spärlich im Halm, wimmelten deutlich von Millionen Ungeziefer. Der Himmel war weiß, flirrend von Licht und Glut, an den Horizonten ohne Grenzen, die Luft erfüllt von Brandgeruch.

Mit gespanntester Aufmerksamkeit wurde auf dem Hofe alles beobachtet und vermieden, was Feuergefahr bringen konnte. Der Herr stieg selbst mit dem Wirtschafter auf die großen Heuböden, wo das Heu aufgelockert, das noch etwas feuchte Innere nach außen gekehrt wurde, damit es sich nicht von selbst entzünden konnte.

Gegen zehn Uhr kam ein Postbote, er brachte gute Nachrichten von den Söhnen und die Nachfrage des Käufers nach der gedroschenen Ernte. Von der Scheune Nummer vier kamen aber schon die Takte der Drescher, wenn auch nicht so kräftig wie sonst, so doch gleichmäßig und unermüdlich.

In dem Helldunkel der offenen Scheune standen die vier Männer und droschen. Nur mit Hemd und Hose bekleidet, eine Mütze auf dem Kopf, hoben sie in langsamen Abständen voneinander die Dreschflegel und ließen sie niederfallen. Schweiß, verklebt mit dem Staub der Spreu, überzog ihre Gesichter und durchfeuchtete das schwere, graue Leinen ihrer Hemden. Die Hitze in der Scheune war betäubend. Die Augen quollen ihnen in den Höhlen auf, das Blut preßte sich mit Zentnerschwere durch die Stränge ihrer Adern, die sichtbar auf den harten Muskeln ihrer Arme und in den Falten ihrer rotgebrannten Hälse aufsprangen. Aber sie hämmerten weiter, ohne Gedanken, die Arbeit mußte sein.

Paula, die junge Magd, kam und ging und trug ihnen die Garben zu. Die hohe Garbenmauer war schon zur Hälfte abgetragen, ein schmaler Gang, rechts der Wand entlang, legte einen tiefen Winkel der Scheune frei. Im Hin- und Hergehen, im Reichen und Heben der Garben fühlte die junge Magd plötzlich in ihrer lose unter dem Hemd mitschnellenden Brust schweres Ziehen und drückenden Schmerz, eine leichte Schwäche zitterte durch ihren Körper, und als sie sich bückte, fühlte sie ein mildes Weh ihren Leib zusammenziehen, und, neben dem rinnenden Schweiß, die tiefere Wärme ihres Blutes sanft an sich niederrieseln. Da sie nur mit Hemd und Rock bekleidet war, wagte sie nicht, vor den Männern in die blendende Helle des Hofes zu treten, um so in ihre Kammer zu gelangen, sondern sie wandte sich verlegen der noch tieferen Dunkelheit der Scheune zu und schlich sich in den Winkel. Sie ergriff eine Handvoll Bodenstroh, um sich zu reinigen. Da berührte sie einen glatten, unter dem Stroh weiß hervorschimmernden Gegenstand, und als sie das Stroh wegriß, lag vor ihr entblößt die obere Hälfte eines kleinen Menschenschädels. Entsetzt starrte sie darauf nieder.

Sie wußte nicht genau, was sie eigentlich sah, aber ein furchtbares Grauen ging davon aus, lähmte sie, sie vermochte nicht zu rufen noch sich zu rühren. Vorn in der Scheune setzte der gleichmäßige Takt der Drescher aus. »Garben!« rief Anton mit lauter Stimme. Als keine Antwort kam, durchforschte er mit scharfen Augen den Raum und erblickte endlich ihr helles Hemd und ihre Arme schimmernd in dem tiefen dunklen Winkel. Er ließ den Dreschflegel fallen, ging langsam zu ihr und legte den Arm um ihre Hüfte. Doch sie stieß ihn von sich und zeigte mit der Hand zum Boden. Er folgte mit den Blicken, erkannte langsam in der Dunkelheit das schimmernde Weiß, das ihm ein Stein zu sein schien, und schob vorsichtig mit dem Fuß das Bodenstroh noch mehr zur Seite. Der kleine Schädel lag nun völlig entblößt vor ihnen, mit winzigen Zähnen in den auseinanderklaffenden Kiefern. Jetzt schrie das Mädchen auf und barg das Gesicht an der Wand. Auch Anton, stumm, von Grauen gepackt, wich zurück. Auf den Schrei der Magd kamen die anderen herbei, beugten sich nieder und fuhren entsetzt wieder empor. Alle flüchteten aus dem Winkel fort, in der Mitte der Scheune blieben sie stehen, über ihre schweißtriefenden Körper, über ihre blutgefüllten Stirnen legte sich Eiseskälte des Grauens.

Nach langer Zeit sagte Anton: »Einer muß den Herrn rufen.«

Keiner wollte gehen. Anton sah auf Paula, die bebend am ganzen Körper, bleichen Gesichtes, am Tore lehnte. »Hole eine Hacke«, sagte er zu ihr, und warf sich in die Brust, »man muß nachsehen, was es ist, vielleicht ist es sein Tier.«

Sie flüchtete davon. Sie lief über den Hof, und ihr Entsetzen begann sich zu lösen, sie schrie, besinnungslos, jammernd: »Herr, Herr! In der Scheune, Herr! Kommt schnell in Scheune vier, o Gott, o Gott!« und sie hetzte umher, ohne Besinnung und Ziel.

Der Herr kam mit dem Wirtschafter vom Boden des Schafstalles. Er sah die Magd mitten im Hofe stehen und mit bleichem Gesicht in der heißen Sonne, Blut an den Füßen, nach dem Scheunentor zeigen. Ohne sie weiter zu fragen, ging er auf die Scheune zu. Aus der Küche kam Emma. »Was ist, was schreist du so?« fragte sie die Magd. Diese besann sich plötzlich. »Eine Hacke! Eine Hacke soll ich holen, in der Scheune ist etwas vergraben!« Dabei legte sie ihre Hände über den schmerzenden Leib. Emma erblickte die Blutspuren auf ihren nackten Füßen. »Gehe auf die Kammer«, sagte sie sanft, »ich hole die Hacke.« Und schnell, doch noch ruhig, eilte sie an die Gartenseite der Scheune, wo unter dem vorspringenden

Dach die Geräte hingen. Sie ergriff die Hacke und eilte damit auf das Tor der Scheune zu.

Da plötzlich, als sie vor dem Tore stand, die breite Dämmerung des riesigen Raumes vor sich, die leicht hin- und herschaukelnde Hacke in ihrer Hand, ward ihr die furchtbare Offenbarung der Wahrheit. Noch wußte ja niemand, was in der Scheune verborgen lag. Aber sie erhob eine gewaltig in ihr aufbrechende Kraft zur Seherin: die tiefe Verbundenheit von Mutter und Kind, diese Verbundenheit des Blutes, das ineinandergekreist war, das eine vom andern erzeugt und genährt, ward lebendig in ihr, als trüge sie den Sohn noch einmal in sich; und doch stand er vor ihr: Fritz, ihr Kind, begegnete ihr am Scheunentore, die Hacke schaukelte in seiner Hand, das Lächeln unschuldiger Kindheit hatte er auf dem schönen Gesicht, aber Fritz, ihr Kind, tauchte durch dieses erste hindurch zum zweiten Male auf, ein von schwarzer Röte überwalltes, ausgeweitetes, grinsendes Teufelsantlitz, ein großer, fremder Männerleib, bedeckt von Blut und schwarzen Wunden. Fritz, der Mörder, begegnete ihrem Herzen.

Sie stürzte, ohne zu suchen, ohne im Dunkeln zu sehen, in den Winkel, wo der Herr mit den anderen stand. Sie sank nieder, die Hacke im Bogen von sich schleudernd; sie kniete und keuchte: »Schlagt mich tot! Schlagt mich tot!« Sie schrie nicht, ihre Augen waren geschlossen, wie von weither kam ihre Stimme, leise und flehend: »Ach, Herr, schlagt mich tot.« Dann verstummte sie, fiel in sich zusammen, ließ sich ruhig hinaus und in das Haus zurückführen, sank in der Küche in den Stuhl vor dem großen Tisch nieder und schien, die Arme schützend um den Kopf gelegt, in Schlaf zu versinken.

Die anderen standen noch im Winkel der Scheune. Keiner begriff Emmas Handlung und ihre Worte, aber der Anblick ihrer knienden Gestalt vor dem Herrn hatte das Entsetzen und Grauen noch gesteigert.

Der Herr ergriff die fortgeworfene Hacke, und mit zarter, fürsorglicher Hand schob er nach und nach den ganzen kleinen Hügel des Bodenstrohes beiseite, und mit seinen Augen, unerblindet durch Schmerz und Leid, geschärft immer mehr zu klarsten Blikken in die Dunkelheit, mußte er die toten Reste seines Kindes sehen, einen zarten, blonden Hauch von Haar noch an der rechten Schläfe des kleinen, völlig ausgetrockneten Schädels und, zwischen Erde und Stroh hervorschimmernd, das rot- und grünkarierte Kleidchen und kleine, schwarze Schuhe. Raschelnd schlüpften braune Iltisse und schwarze Ratten aus dem kleinen Grab hervor, rannten aufgescheucht durcheinander, neuen Unterschlupf suchend.

Als Christian Haar, Kleid und Schuhe erkannt hatte, trat er zurück; die Hacke fiel aus seinen Händen; mit einer Stimme, die nicht die seine war, und mit einer Ruhe, die von einer fremden, göttlichen Macht über ihn gebreitet schien, sagte er: »Hier muß zugesperrt werden, und Anton soll sofort zum Gendarmen.« Und er schob die Knechte an den Schultern aus der Scheune, löste die Flügel des Tores von der Wand und verschloß sie. Er setzte sich nieder auf die Stufen vor der Haustür, mitten in die glühende Sonne. Es war derselbe Tag, an dem im vergangenen Jahre das Kind verschwunden war. Jetzt war es gefunden. Gottes Strafe, Gottes Gnade, Gottes verhülltes Angesicht, alles war versunken. Das Böse war da, das Teuflische hatte sich gezeigt.

In furchtbarer Verödung lagen Haus und Hof während der nächsten Stunden da. Nichts schien mehr zu leben als der kleine, weiße Schädel im Dunkel der verschlossenen Scheune und das Grauen, das die mittägliche Luft und Sonnenglut erfüllte. Niemand rief und niemand kam zum Essen. In den Kammern drückten sich die Mägde zusammen, ohne Frage, stumm starrten sie einander in die bleichen, von Entsetzen verzogenen Gesichter. Die Männer standen, hinter die Ställe gedrückt, beieinander, spuckten aus und traten von einem Bein auf das andere. Alles schwieg. Hitze, Schweiß und kalter Schrecken dunstete um sie. In der Küche, allein, saß Emma, die Hände ineinandergefaltet; ihr geweiteter Blick hing fern am Himmel, bewußtlos im Aufruhr ihrer Seele, ruhte sie unbeweglich.

Gegen fünf Uhr nachmittags kam zugleich mit der zum Melken heimgetriebenen Herde die Polizei. Christian führte die beiden Gendarmen noch zur Scheune, öffnete sie und zeigte stumm auf den schmalen Gang neben der Wand der Garben, dann brach er zusammen. Zwei Knechte brachten ihn bewußtlos ins Wohnzimmer.

Die Gendarmen besichtigten die Scheune, den Winkel, in dem die Leiche lag, ohne etwas anzurühren, dann nahmen sie die Personalien aller im Hause befindlichen Personen auf; das Scheunentor ward verschlossen, versiegelt und einer der Polizisten als Wache aufgestellt, während der andere mit dem für das Gericht aufgesetzten Protokoll davonritt. Es wurde noch angeordnet, daß niemand den Hof verlassen dürfe, das Vieh dürfe nicht ausgetrieben werden am nächsten Morgen, bevor nicht die Gerichtskommission eingetroffen sei und es erlaubt habe. Gegen Abend kam ein zweiter Gendarm, um die Wache für die Nacht zu verstärken. Die zweite schlaflose, angstgequälte Nacht senkte sich auf alle nieder. Verhungert und müde kamen sie am nächsten Morgen in die Küche, wo nichts vorbereitet war, denn unbeweglich, in einem Zustand von wacher Ohnmacht saß Emma auf ein und derselben Stelle. Eine alte Magd verrichtete notdürftig die Arbeit des Haushaltes.

Am Mittag kam eine aus sechs Mann bestehende Kriminalkommission, ein Untersuchungskommissar, begleitet von medizinischen und anderen Sachverständigen, und nahm während vier Stunden den Tatbestand in der Scheune auf. Gegen Abend betraten der Kommissar, ein Polizist und der Schreiber die Küche, setzen sich längs des großen Tisches nieder und begannen mit dem Verhör des Gesindes. Auch der Herr kam jetzt herein mit bleichem, verhangenem, ausgelöschtem Gesicht. Die Fragen waren einfach, wie die Antworten, genau und klar. Es ergab sich immer wieder das gleiche Bild der bereits schon vor Jahresfrist aufgenommenen polizeilichen Protokolle, bis auf die jetzt fehlenden Aussagen der verstorbenen Frau, der abwesenden Söhne und des Dienstjungen Fritz Schütt. Über ihn wurden vorläufig Zeugen vernommen, die aussagten, daß er gegen 4¹/₄ Uhr vom Teich fortgegangen war, mit Weidenruten bepackt, daß die kleine Anna ihm gefolgt war, daß aber niemand sie mit ihm in die Scheune hatte eintreten sehen; dagegen waren Zeugen da, daß er 4³/₄ Uhr mit Güse zur Vesper in die Küche gegangen sei und dort seinen Becher mit Milch getrunken habe. Niemand hatte Unruhe oder ein verändertes Wesen an ihm bemerkt, und die Zeugnisse über ihn waren gut. Der Kommissar fragte den Herrn: »Warum und wann ist er von hier weggezogen?«

»Er ist zur selben Zeit weg wie meine Söhne, mit denen er hier aufgewachsen ist, und ich habe ihm selbst die Stelle verschafft.«

»Wo befindet er sich jetzt?«

»Auf dem Rittergut Mandelkow, Plestlin.«

»Wir werden ihn morgen dort vernehmen.«

Es war Mitternacht, als das Verhör zu diesem Punkte gelangt war. Alle waren bleich, übernächtigt, erschöpft durch Schrecken, Aufregung und Hitze. Die Beamten saßen an dem langen Tisch und schrieben Bogen für Bogen, sie hatten die Kragen ihrer Uniformen geöffnet, Schweiß rann allen über die Gesichter. Der Gerichtsschreiber löschte den letzten, eben geschlossenen Bogen ab und schob das gesamte Protokoll dem Kommissar zur Unterschrift hin, wobei er sich zurücklehnte und gähnte. Alle standen bereit, das Zimmer endlich zu verlassen, als sich Emmas Stimme leise, aber durchdringend erhob.

Sie hatte ihre Aussagen schon längst gemacht, wie die anderen hatte sie geantwortet auf die Fragen des Kommissars. Dann hatte sie die ganze Zeit über in der Ecke bei dem Herd gestanden, vier Stunden lang, ohne sich zu rühren. Niemand hatte sie beachtet, selbst dann hatte niemand an sie gedacht, als die Zeugen über Fritz vernommen wurden. Sie hatte den Blick, voll unendlichen Schmerzes, voller Qual und Liebe, unverwandt auf das erloschene Antlitz ihres Herrn gerichtet. Die arbeitsharten Hände ineinandergepreßt, hatte sie gebetet, das Vaterunser unzählige Male zwischen den stummen Lippen gehalten, flehend zum eigenen Herzen gesprochen, Gott angerufen gegen das eigene Herz, das alle Mutterliebe verlassen hatte. Als schon alles beendet war und die Kommission schon aufstand und gehen wollte, war ihre Kraft im Kampf erschöpft, sie sank in sich zusammen, sie fühlte sich auf den Knien ruhen, sie hörte sich langsam, leise und deutlich sagen: »Herr Kommissar, mein Sohn Fritz ist der Mörder, ich habe ihn gesehen mit der Hacke, glauben Sie nicht seiner Unschuld und seinen guten Zeugen.«

Die Stille, die diesen Worten folgte, war so tief, daß das Flügelschlagen der kleinen Motten, die gegen das Licht der Lampe stießen, wie Donner den Raum erfüllte. Dann kamen die scharrenden Geräusche, mit denen die Umstehenden von Emma wegrückten und durch eine Gasse, die sie bildeten, ihre zusammengesunkene Gestalt in dem Winkel freigaben. Der Kommissar, mitten im Zimmer stehend, fragte: »Was sagen Sie da? Stehen Sie auf und wiederholen Sie!«

Doch sie rührte sich nicht. Den flehenden Blick auf den Herrn gerichtet, sagte sie: »Schlagt mich tot, Herr, lieber Herr!«

Christian stand auf und ging zu ihr. Sanft sie um den Leib fassend, hob er sie vom Boden auf und führte sie zu einem Stuhl am Tisch. Auch die Beamten nahmen wieder ihre Plätze ein, und der Kommissar fragte: »Wer sind Sie?«

»Emma Schütt.«

»Sie sind die Mutter von Fritz Schütt?«

»Ja.«

»Ich mache Sie aufmerksam, daß Sie nicht gezwungen sind, gegen Ihren Sohn belastend auszusagen.«

»Ja.«

»Verstehen Sie mich? Sie brauchen als Mutter nichts Schlechtes über Ihren Sohn zu sagen, selbst wenn er etwas Schlechtes getan hat.«

»Ja.«

»Also, was haben Sie gesehen, was er getan hat?«

»Ich habe ihn mit der Hacke gesehen.«

»Mit welcher Hacke?«

»Die ich gestern geholt habe für die Scheune.«

»Wo haben Sie sie geholt?«

»Unter dem Dachvorsprung, da gehört sie hin.«

»Und wann haben Sie Ihren Sohn damit gesehen?«

»Als das Unglück geschah.«

»Wollen Sie damit sagen, am 24. Juni des vergangenen Jahres?«

»Ja.«

»Wissen Sie noch, um welche Stunde das war?«

»Eine Stunde vor dem Abendessen.«

»Haben Sie mit Ihrem Sohn gesprochen?«

»Ja.«

»Was sagten Sie?«

»Ich sagte: Was machst du mit der Hacke? Und er lachte und schaukelte sie in den Händen und sagte: Ich habe sie ein bißchen gebraucht.«

»Er hat gelacht?«

»Ja.«

»Nun, da kann er doch nichts Böses getan haben, wenn er lacht.«

»Nein.«

»Ist das alles, was Sie wissen?«

Emma verstummte, mit einer plötzlichen Bewegung sprang sie auf, schlug die Hände vor das Gesicht und eilte hinaus.

»Verdächtig«, sagte der Kommissar zu dem Gendarmen, »ist zu überwachen.«

Die Beamten erhoben sich nun eilig und fuhren noch in der Nacht unter Zurücklassung der Wache ab. Das Gesinde zerstreute sich in die Kammern, Christian blieb allein zurück. Er löschte das Licht. Eine schmale, zarte Mondsichel stand am Himmel, Sterne, klar und funkelnd, waren um sie geschart. Mattes Silberlicht umschwebte Hof, Brunnen und die Scheune. Christian verließ die Küche und stieg leise die Treppe empor zu Emmas Kammer. Er öffnete die Tür und trat ein. Ein Schrei wie der eines gemarterten Tieres gellte neben ihm auf. Emmas Gestalt, im Winkel neben die Tür gedrückt, schnellte vor, floh, schwang sich auf das Bett, das breit vor dem geschlossenen, matt blinkenden Fenster stand, Glas klirrte im nächsten Augenblick, das Holz des Fensterkreuzes krachte splitternd, und nur in der allerletzten Sekunde konnte Christian die schräg aus dem Dunkel der Kammer in die silberne Tiefe des Hofes neigende Gestalt der Magd an den Röcken packen, und während er mit der rechten Hand aus aller Kraft die gewaltsam zum Sturze Strebende festhielt, zog er mit der Linken behutsam die zersplitterten Glasstücke aus dem geborstenen Rahmen, brach eine Öffnung in das geschlossene Fenster, durch das er Brust und Gesicht der Magd zurückziehen konnte. Er legte sie auf das Bett und machte Licht. Beide bluteten. Emma hatte Wunden im Gesicht, an Kopf, Hals und Brust, Christian tiefe Schnitte an Händen und Armen. Mit geschlossenen Augen lag Emma auf dem Bett, Schluchzen erschütterte ihren Körper, doch statt Tränen rann ihr Blut über Haupt, Stirn und Gesicht.

An die verschlossene Haustür klopfte der Wachposten von der Scheune, durch den Schrei und das Klirren des Fensters alarmiert. Doch Christian antwortete und öffnete nicht. Er löschte wieder das Licht. Im Dunkeln trug er leise Emma die Treppe hinab in das Wohnzimmer, wusch ihre und seine blutenden Wunden aus und wachte über ihren ohnmächtigen Schlaf. Erloschen war sein eigenes Leid, ausgebrannt war seine Verzweiflung, geendet selbst die Hoffnung auf Tod. Er lebte hinter Gottes aufgehobener Hand auf schmalem Raum, und was ihm noch blieb, Kraft des Körpers und Gefühl des Herzens, gab er aus nur noch für die Schicksale anderer Menschen.

VII

Der Mörder Fritz hatte in dieser Zeit, vom Frühjahr bis Juli, in seiner neuen Heimat und in dem neuen Dienst vollkommen ruhig und zufrieden, mit der ganzen Freude der Jugend am Dasein gelebt. Die Arbeit gefiel ihm. Sein Herr war der Schultheiß eines Ortes, der ungefähr zweitausend Einwohner hatte, und den zwei lange Straßenzüge durchliefen, die auf einen kleinen Hauptplatz mündeten. Der Schultheiß besaß nur eine kleinere Wirtschaft, dagegen eine Torfbrennerei, eine Viertelstunde weit vom Ort in der Heide gelegen, die in einem Umkreis von ungefähr zwanzig Meilen die fruchtbare Ebene der Felder unterbrach. Zu seiner großen Freude hatte Fritz viel zu kutschieren, und die Pferde waren ausschließlich seiner Pflege und Obhut anvertraut. Vier starke Lastpferde für die Torffuhren standen im Stall und zwei Wagenpferde für den Herrn, der viel über Land fuhr. So klein der Ort war, war es doch eine neue Welt für Fritz. Straßen und Häuser waren hier, statt der Tag und Nacht ihn umgebenden grenzenlosen Weite der Natur, Menschen, die er nicht kannte und die ihn nicht kannten. Er fuhr mit Stolz, mit übermütigem Hochmut seine Wagen die Straßen entlang, ließ die Pferde Galopp laufen, wenn der Wagen leer war; stehend auf dem Bock, hielt er die Zügel lose, blickte weder nach rechts noch nach links, fühlte aber von allen Seiten Blicke auf sich gerichtet. Kam er dann mit dem beladenen Wagen zurück, schritt er lässig nebenher und pfiff eine sanfte Melodie. Die Leute im Ort betrachteten ihn wohl, er gefiel allen, er war sauber, hübsch und fleißig. Die Mädchen kicherten und erröteten, stießen sich gegenseitig an, wenn sie ihn sahen, die Frauen lächelten von der Arbeit aufblickend ihm zu, und auch die Männer waren wohlwollend gegen ihn, wenn sie in irgendeiner Weise mit ihm zusammenkamen.

Und doch hatte er keinen Freund, nie sah man ihn in Gesellschaft anderer Burschen in langer Reihe hinter der ebenso langen Reihe der Mädchen die Dorfstraße durchziehen, nie sah man ihn am Brunnen oder an den Sonntagen in der kleinen Wirtsstube.

Schrecken hatte ihn aber ergriffen, als ihm sein Bett in der Knechtskammer angewiesen wurde, in der er mit drei anderen Knechten schlafen sollte. Er stand regungslos in der Dunkelheit vor seinem Bett, knöpfte und nestelte an seinen Kleidern herum, schwankte zwischen Gehorsam und Widerwillen, zögerte und wartete mit List, bis die anderen Knechte tief und schnarchend schliefen, dann schlich er hinaus in den Pferdestall und legte sich da auf einem Bündel Heu schlafen. Das tat er Nacht für Nacht, bis es die Frau einmal merkte und lachend es dem Mann erzählte. Die Frau hatte Fritz sehr gern, er war fleißig und bereitwillig für alle kleinen Dienste, die sie oft in Küche und Haus von ihm benötigte. War etwas vergessen worden zu holen oder zu besorgen, lief Fritz schnell und heimlich, um es in Ordnung zu bringen. Er half das Geschirr waschen und die Wäsche spülen in dem kleinen Fluß, der den Ort durchzog, und sang den Frauen dazu mit seiner schönen Stimme Kirchenlieder vor. Auch konnte er jetzt manchmal in Gemeinschaft der andern lachen, nicht das alte, unheimliche, lautlos zischende Lachen, sondern ein neues, helles, mädchenhaftes Kichern.

Heimweh hatte er nicht, kaum Erinnerung an den Ort, wo er bisher gelebt hatte. An seine Mutter dachte er nur von Zeit zu Zeit, wenn er seinen Lohn unschlüssig in den Händen hielt, den er ihr sonst immer gebracht hatte. Er hatte für das Geld, da er ohne Bedürfnisse war, keine Verwendung, aber auch keinen Platz, es aufzubewahren, da er es in der Kammer, in der er doch nicht schlief, nicht lassen mochte. Er nahm es also mit in den Pferdestall und vergrub es da in einer Ecke in der Erde. Aber auch dieses Graben, Verbergen und Zudecken weckte nichts in ihm auf. Keine Erinnerung, kein Traum, kein Verlangen quälte ihn. Manchmal fand er morgens beim Aufwachen seine Hände tief unten am Leib liegen, wechselseitig die Nägel in die Handflächen gekrallt und Leib und Hände mit Halmen des schlafdurchwühlten Strohes, auf dem er lag, sonderbar verstrickt und umknüpft. Dann lachte er vor sich hin und sah zu, wie sich Hände, Stroh und Leib wieder voneinander lösten.

Er war stets als erster am Brunnen, um sich zu waschen. Mädchen, glühend in der Hitze des Sommers und ihrer jungen Jahre, lockten ihn herausfordernd. Doch er verzog nur spöttisch den Mund, die Hände in die Hosentaschen vergrabend, stieß er sie mit dem Ellbogen von sich, wenn sie sich genähert hatten, und ging pfeifend davon. So galt er als ein besonders braver Junge. In Frieden, in Ordnung und Sicherheit war er in die Welt gestellt, und in Sicherheit und Frieden war die Welt um ihn gestellt; alles schien gut. Doch er hatte einen Feind. Dem Blick eines bösen Menschen leuchtete erkennbar das Zeichen hinter seiner Stirn, ein Böser erkannte das Antlitz des Teufels unter den Zügen des schönen, engelhaft gebildeten Gesichtes.

Sein neuer Herr war es, der ihn erkannte. Mandelkow war ein Mann von fünfzig Jahren, klein, mager, die rechte Schulter schief verwachsen, das Gesicht völlig verdeckt durch einen schwarzen, seltsam langhaarigen Bart, der von der Schläfe her schon einsetzte und Wangen, Mund und Kinn verdeckte. Deutlich zu sehen waren nur seine kleinen, grauen Augen, die scharf und stechend blickten.

Er sprach viel und mit einer dünnen hohen Stimme, die sich aus seiner schmalen, zusammengedrückten Brust mühsam hervorpreßte. Er arbeitete nie und hatte feine, kleine Hände. Als Kind hatte er städtische Schulen besucht und war von ungewöhnlicher Klugheit in allen Angelegenheiten geschäftlicher oder amtlicher Art. Man nannte ihn einen schlauen Fuchs oder den »Advokaten«, in einem großen Umkreise von Ortschaften war sein Rat gesucht. Dieses Ratgeben und die Beschäftigung mit den Angelegenheiten anderer war seine Leidenschaft, und obwohl er geizig und habsüchtig war, kümmerte er sich kaum um seine eigene Wirtschaft und seine Geschäfte und schalt nur die Frau, wenn nicht genügend Geld erspart wurde. Er hatte als jüngerer Sohn das Anwesen geerbt, mit Wiesen, Feld und jenem Stück Heideland, auf dem er als erster mit Gewinn Torf zu stechen begann. Er hatte lange allein gelebt, erst spät seine Wirtschafterin geheiratet und hatte keine Kinder. Er saß Abend für Abend im Wirtshaus, er trank nicht viel, las Zeitungen und redete in langen Vorträgen zu den Bauern, die um ihn geschart saßen und zuhörten. Er fuhr oft in die Kreisstadt und kannte alle Beamten der Behörde und der Gerichte, wußte eines jeden Laufbahn und Geschichte. Denn sein eigenes Leben wagte er nicht mehr zu leben. In seiner engen, verkrüppelten Brust hütete er ein Geheimnis, eine furchtbare Erinnerung, vor der er ständig auf der Flucht war. Er hatte einen einzigen Bruder gehabt, einen großen, starken, gütigen Menschen, der sich seiner, des Schwachen, als Kind schon Verwaisten, väterlich sorgend angenommen hatte. Und doch hatte er, erwachsen unter des Bruders Obhut, ihn mit verwundetem, schwarz aufgeschwollenem Arm, fiebernd und hilflos in der Kammer eingeschlossen, als er den Doktor holen sollte; es war eilig gewesen, er aber war langsam und gemächlich drei Stunden zu Fuß gewandert, um die Pferde zur Erntezeit zu schonen, so sagte er vor sich selbst. Während des Wanderns hatte er an die Erbschaft gedacht, an Macht und Geld. Er hatte die Nacht vergehen lassen und war mit dem Doktor erst am Morgen zurückgefahren. Sie hatten den Bruder tot hinter der zugesperrten Kammertür gefunden, mit verkrampfter Gestalt und blau verquollenem Gesicht. Sie hätten nichts gehört, nur am Abend noch ein Stöhnen, sagten die Mägde. Der Arzt stellte den Totenschein aus. Er sagte, es sei Brand zu der Wunde gekommen. Gestern abend noch wäre es die letzte Zeit zum Retten gewesen. Er, der jüngere, schwächere Bruder, hatte alles geerbt, doch keine Frucht erquickte ihn, kein

Lohn ward ihm zur Freude, wie Luft war ihm das Leben, mühsam ein- und ausgeatmet mit seiner engen Brust. Um sich selbst zu entgehen, belauerte er die anderen Menschen. Wenn er Unrechtes aufspüren konnte, sorgte er für Gerechtigkeit, Strafe, Sühne. Wenn er Fritz sah, seinen Eifer bei der Arbeit, sein schönes volles, sanftes und doch immer abgewandtes Gesicht, wenn er sein Lachen, Singen und Pfeifen hörte, lächelte er kalt und spöttisch, unsichtbar unter seinem Bart, und seine kleinen Augen kniffen sich zusammen. Als die Frau ihm erzählte, daß Fritz heimlich im Pferdestall schlafe, schlug er vor Freude mit der Faust auf den Tisch. Er kannte den Fall Anna B. genau, es hatte ihn darum gereizt, Fritz zu sich zu nehmen; nun merkte er, was noch niemand bisher beobachtet hatte, daß Fritz nie von diesem Geschehnis sprach und, wenn in seinem Beisein davon gesprochen wurde, gleichmütig und still zuhörte, statt zu prahlen, daß er alles in nächster Nähe erlebt habe, wie es wohl einem jungen Burschen zu verstehen gewesen wäre. Wenn er sich von Fritz über Land fahren ließ und dieser vor ihm auf dem Kutschbock saß, bestrich er mit lauernden Blicken seinen jungen, starken Rücken, der im Takt auf und nieder federte, seinen vollen Nacken, der bis zu den blonden Haarspitzen hinein gerötet war, seine Ohren, die, klein und schön geformt, doch ein wenig abstehend, zu beiden Seiten seiner Mütze rosig leuchteten. Einmal war er mitten in der Nacht aufgestanden und nach dem Pferdestall geschlichen, hatte dort den schlafenden Jungen aufgescheucht und ihm das Nächtigen außerhalb der Kammer verboten. Er beobachtete dann zufrieden, mit welcher Vorsicht und List Fritz die Schlafstätte im Stall doch wieder aufsuchte, wiederholte aber das Verbot nicht.

Im Juni, zur selben Zeit, als in Treuen die Leiche aufgefunden wurde, saß der Schultheiß mit seiner Frau und dem Gesinde beim Abendessen. Im Wirtshaus hatte er von dem Gendarmen die Neuigkeit erfahren. Er wartete, bis alle aßen, dann sagte er plötzlich und richtete dabei seinen stechenden Blick voll auf den in Frieden essenden Fritz: »Na, Fritz, siehst du wohl, nun haben sie die Anna doch gefunden.«

Fritz ließ den Löffel fallen, riß seine Augen aus dem funkelnden Blick des Herrn los und sah zum Fenster hinaus. Noch hatte er die Worte selbst nicht begriffen, doch jener blöse Blick überwältigte ihn. Noch nie hatte ihn jemand so angesehen. Plötzlich ward die ganze Welt ihm zum Feind in diesem einen Blick. Die Welt, die ihn bisher so gütig geborgen und getragen hatte, ihn, den frühen Feind der Welt. Entsetzen und Furcht überfielen ihn zum ersten Male. Sein Gesicht erbleichte zu einer fahlen Maske seiner selbst. Der Glanz der Augen, die Jugend war wie fortgewischt, seine Kiefer stießen klappernd aneinander. Schweiß tropfte von seiner Stirn und feuchtete seine Hände. Dann kamen ihm langsam die Worte des Herrn wieder ins Gedächtnis. Sein Blut strömte zurück, die Kräfte zum Kampf erwachten ihn ihm. Er lehnte sich langsam in den Stuhl zurück und vergrub herausfordernd die Hände in den Taschen. Ruhig und voll richtete er den Blick auf den Herrn, der den seinen senkte. Nach einer Weile aber schnellte der Herr den Blick wieder hoch und fragte: »Wie groß war denn die Anna, Fritz?«

Fritz sagte: »Oh, sehr groß war die nicht«, und lachte.

»Warum ißt du nicht?«

»Es ist so heiß, ich habe keinen Hunger.«

»So, du hast keinen Hunger?«

Die andern blickten bei diesen Worten auf und sahen auf Fritz, der nun seinen Löffel wieder ergriff und aß. Nach dem Essen verrichtete er noch seine Arbeit, dann ging er in die Knechtekammer und legte sich da in sein Bett, so verstört und verschüchtert hatte ihn der Blick des Herrn. Doch als die andern kamen und um ihn her in tiefen Atemzügen zu schlafen begannen, hielt es ihn doch nicht, er nahm seine Kleider, schlich sich hinunter und legte sich auf einen halb mit Heu beladenen Wagen, der neben den Ställen stand, denn er wagte auch nicht, in den Pferdestall zu gehen. Die Nacht war heiß und hell, die Sterne funkelten. Fritz sah sie über sich stehen, sie glichen den böse funkelnden Augen des Herrn, die ihn erschreckt hatten. Er richtete sich auf, wer wollte etwas von ihm? Plötzlich fiel ihm sein Geld ein, der ersparte Lohn, den er im Pferdestall vergraben hatte. Er sprang vom Wagen, schlüpfte vorsichtig in den Stall, mit den Händen schaufelte er die kleine Grube auf, in der das Geld lag, es war wohl da gut verwahrt, aber vielleicht fanden sie es auch, und er nahm es auf und knüpfte es seitwärts in den unteren Saum seines Hemdes. Dann ging er wieder zurück zum Wagen, wühlte sich tief in das heiße, betäubend duftende Heu ein und schlief, bis ihn in der Morgendämmerung der feuchte Tau erweckte. Um sieben Uhr, nach dem Frühstück, fuhr er den leeren Lastwagen hinaus ins Moor. Er ließ wie immer die Pferde durch die Gassen sausen, stand breitbeinig auf dem Bock und hielt lose die Zügel. Auf der Heide half er die Torfstücke verladen. Er arbeitete flink, pfiff vor sich hin. Alles war wie immer. Er erschrak auch nicht, als er nach ein paar Stunden den Herrn kommen sah mit zwei Gendarmen. Sie gingen geradewegs auf ihn zu, und der eine Gendarm zog ein kleines schwarzes Heft zwischen zwei blanken Knöpfen seiner Uniform hervor, schlug es auf und fragte: »Sind Sie Fritz Schütt?«

»Jawohl«, sagte er.

»Dann kommen Sie mit uns«, sagte der Gendarm.

Fritz sah auf den Herrn: »Ich kann doch nicht so von der Arbeit fort.« Der Schultheiß schwieg und sah ihn nur mit seinen stechenden Augen an. Doch der Gendarm lachte: »Komm nur, mein Junge, da ist die Arbeit ganz egal.«

Dieser Ausspruch verwirrte Fritz sehr. Zögernd ließ er die Torfstücke, die er eben im Schwung vom Boden aufgehoben hatte, wieder fallen und folgte langsam den Gendarmen. Auf dem Hauptplatz sah er mit Staunen den Treuener Wagen stehen mit den beiden Braunen, die er so oft gelenkt hatte. Er trat zu den Tieren, klopfte ihnen die Hälse, schnalzte leise, wobei sie ihn erkannten, die Ohren bewegten und freudig wieherten. Er nahm die Zügel in die Hand, wog sie liebkosend auf und nieder. Aber der Gendarm zog plötzlich einen dicken Strick unter dem Sitz hervor und band ihm die Hände. Die bösen Augen des Schultheißen ruhten triumphierend auf ihm. Das erschreckte ihn so, daß er sich nicht zu wehren versuchte. Er mußte im Wagen Platz nehmen, der eine Gendarm setzte sich neben ihn, während der andere die Braunen lenkte. Das erfüllte ihn mit Wut und Zorn. Er knirschte mit den Zähnen, suchte seine gebundenen Hände zu verbergen, indem er sie gegen seinen Leib preßte und seinen Oberkörper tief darüberbeugte. Er blickte unter der gesenkten Stirn hervor nach allen Seiten, ob ihn niemand sähe. Doch der Wagen war schnell ins Freie gelangt, rollte den Weg nach Treuen zu. Nun wandte er seine zornigen Blicke nicht von dem Gendarmen, der auf dem Kutschbock saß und die Pferde lenkte, während er im Wagen sitzen mußte, mit gebundenen Händen. Ein Gefühl bitterer Feindschaft stieg ihn ihm auf gegen die Gendarmen, gegen die Pferde, die sich so leicht von einem anderen lenken ließen, gegen den Wagen sogar, auf dessen Boden er mit den Füßen stampfen wollte, aber er verbarg seine Feindschaft und seine Wut, heimlich drückte er nur mit großer Kraft seinen rechten Fuß gegen das Holz, als könne er ihm so wehe tun. Trotzig und feindselig sah er nun die Gegend der Heimat wieder, der sie sich inzwischen genähert hatten, die breite Chaussee, von der sie in den Forst einbogen, dann den Teich, die Wiesen und Felder, an deren Ende die Domäne mit ihren Häusern, und dann schließlich den Hof, auf den sie ratternd einfuhren, am Brunnen endlich haltend. Von weitem hatte er wohl Gestalten im Hofe bemerkt, doch jetzt war alles leer, niemand war zu sehen, nicht der Herr, nicht die Mutter. Sie stiegen alle drei vom Wagen, die Gendarmen nahmen ihre Mützen ab und wischten sich den Schweiß von der Stirn. Die Hitze war noch drückender geworden, seit der Himmel von weichen, weißen und grauen Wolken tief überzogen war; heißer Dunst lagerter in der Luft. Der Gendarm, der kutschiert hatte, rückte Mütze und Uniform wieder zurecht und schritt mit abgemessenen Schritten ins Wohnhaus, wo der Kommissar ihn erwartete. Fritz, unter der Bewachung des zweiten Gendarmen am Wagen stehend, riß verstohlen an den Stricken um seine Hände, doch er sagte nichts, fragte nichts. Nach einer Weile trat der Kommissar mit dem Gendarmen aus der Tür des Wohnhauses und ging geradewegs auf die Scheune Nummer vier zu. Der Gendarm winkte ihnen, zu folgen.

»Also vorwärts«, sagte der Begleiter zu Fritz. Fritz rührte sich nicht. Er wandte nur den Kopf nach den Pferden zurück, die schweißtriefend noch vor dem Wagen standen. Sie hätten mit Stroh abgetrocknet werden und etwas frisches Heu für den Durst bekommen müssen. Aber ihm hatte man ja die Hände gebunden, und die Gendarmen dachten nicht daran. Er fühlte Verachtung gegen sie und im voraus auch gegen den Kommissar. »Na, geh doch«, drängte der Gendarm, und langsam setze sich Fritz in Bewegung. Der Gendarm ließ ihn vorschriftsmäßig drei Schritt vorausgehen, und in diesem kleinen Zug gelangten sie zur Scheune. Das verschlossene Tor, vor dem Tag und Nacht eine Wache patrouillierte, war inzwischen geöffnet worden. Die Flügel waren aber nicht ganz zurückgeschlagen, sondern standen in einem rechten Winkel nach vorn und bildeten eine Gasse, die in den dunklen Raum führte. Unter dem Bogen des Tores, zwischen Licht und Dämmerung, waren der Kommissar und der zweite Gendarm aufgestellt und erwarteten Fritz. Der Kommissar, selbst im Dunkeln stehend, richtete den Blick scharf auf das beleuchtete Gesicht des langsam näher kommenden Jungen und auf seinen Gang. Doch konnte er nicht das leiseste, selbst unbewußte Zögern in seinen

Schritten bemerken, die auf die Unglücksstätte zulenkten, kein Zucken oder Verändern des Gesichtes. Mit Trotz, aber völlig offen und klar richtete Fritz den Blick gegen ihn. Stumm blieben sie voreinander stehen. Der Gendarm stand stramm und grüßte. Noch immer schwieg der Kommissar und sah Fritz an. Doch der blieb geduldig und still, kein Wort, keine voreilige oder verräterische Frage entschlüpfte ihm. Lässig hielt er die gebundenen Hände vor sich hin und blickte ruhig in die Dämmerung der Scheune hinein. Endlich fragte der Kommissar und hob den Bogen eines Protokolls, den er in der rechten Hand gehalten hatte, empor: »Sie sind Fritz Karl Martin Schütt?«

»Jawohl«, sagte Fritz und mußte lachen, als er seine vielen Namen hörte.

»Geboren am fünften Dezember 18... in G.?«

»Das kann wohl sein, wenn es da steht«, erwiderte Fritz.

»Lassen Sie solche Scherze«, sagte der Kommissar, »antworten Sie auf meine Fragen mit Nein oder Ja.«

»Das soll keine Frechheit sein«, sagte Fritz ruhig, »aber ich selbst kann doch nicht genau wissen, wann ich geboren bin.«

Der Kommissar schwieg eine Weile und sah Fritz an, dann fragte er plötzlich und scharf: »Dann weißt du wohl auch nicht, wo die Anna B. hingekommen ist?«

»Das weiß ich nicht, das weiß keiner«, sagte Fritz ruhig. Der Kommissar fühlte, daß der Überfall mißlungen war und er einen Fehler gemacht hatte. Durch diese Frage war Fritz gewarnt und mit Widerstand gewappnet.

»Folgen Sie mir«, sagte der Kommissar und ging voraus nach dem Winkel, wo die Leiche in noch unveränderter Stellung lag. Fritz und die Gendarmen folgten. Da der Tag trübe war und zudem die Torflügel nicht ganz geöffnet waren, gerieten sie nach ein paar Schritten in völlige Dunkelheit. »Rechts halten!« kommandierte der Kommissar, stieß aber selbst nach dem nächsten Schritt heftig mit dem Kopf gegen einen aus der Wand hervorspringenden Balken. Fritz lachte, als er den dumpfen Knall hörte. Er kannte hier alles ganz genau, sagte aber nichts. Endlich schimmerten nach ein paar weiteren, tappenden Schritten schmale Streifen Lichtes aus dem Dach hernieder, und man konnte den Teil des Raumes, der unter ihnen lag, allmählich erkennen. Fritz blinzelte nach dem einfallenden Licht empor, »das Dach ist schon wieder entzwei«, dachte er. Der Kommissar stand jetzt still. Alle keuchten, denn die

Luft in der Scheune ließ sie kaum atmen. Der Kommissar fragte: »Wo sind wir hier?«

»In Scheune vier, Fach zehn«, antwortete Fritz.

»Du kennst es genau, was?«

»Ja, da haben wir voriges Jahr das Dach ausgebessert, Güse und ich. Es läßt aber schon wieder durch«, sagte Fritz und verfolgte prüfend die Ritzen im Dach, durch die Licht einfiel.

»Nein, mein Freund, das ist etwas anderes«, sagte der Kommissar und gab dem rechts stehenden Gendarmen ein Zeichen. Jetzt bemerkte Fritz, daß eine Leiter an der Wand lehnte. Der Gendarm stieg sie empor und schob mit einer Stange, die er plötzlich zur Hand hatte, blitzschnell ein genau viereckiges, kunstvoll ausgeschnittenes Stück des Strohdaches zur Seite, so daß plötzlich Licht einströmte und ein viereckiges Stück Himmel zu sehen war. Fritz verfolgte mit Staunen eine träge sich vorüberwälzende Wolke, ihm war, als sähe er so Wolken und Himmel zum ersten Male.

Der Kommissar beobachtete auf seinem Gesicht genau das kindliche Staunen, mit dem er das plötzlich enthüllte Stückchen Himmel betrachtete.

»Jetzt sieh hierher!« befahl er und wies mit der Hand zur Erde, wo sich die Grube mit der Leiche befand, genau unter dem Viereck des einfallenden Lichtes.

Doch Fritz senkte nicht sofort den Blick zu Boden. Geblendet vom Licht, blinzelte er erst in das Gesicht des Kommissars, aus dem er unter gespielter Ruhe und Gleichmütigkeit die furchtbare Spannung des Augenblickes wohl erkannte. Wieder fühlte er die Feindschaft der ganzen Welt gegen sich, wieder fand er Kraft und Trotz zum Kampf. Er ließ seinen Blick vorsichtig seitwärts zu Boden wandern, erst ins Dunkle zurück, wo er nichts sah, dann langsam das Bodenstroh entlang, das erst glatt und eben lag, dann aber sich langsam häufte, ein kleiner Hügel kam, den sein Blick überstieg, dann ein kleines Tal, dann erblickte er kleine schwarze Schuhe, etwas Rotes schimmerte auf, dann Schmutz und Erde und dazwischen gebettet kleine weiße Stücke. Einige lagen beisammen, als wären es Finger einer Hand, aber dann erkannte er plötzlich den kleinen Schädel, weiß glänzend, und, von dem einströmenden matten Licht getroffen, einen Hauch blonden Haares. Jetzt erbebte er und trat zurück. Doch der Kommissar konnte kein anderes Entsetzen auf seinem Gesicht entdecken als das, welches dieser Anblick in jedem Menschen, wenn er nicht völlig roh sein sollte, hervorrufen mußte. Ja, jetzt richtete der Mörder seinen entsetzten Blick gerade auf ihn, voll, offen und fragend.

»Erkennen Sie die Leiche?« fragte der Kommissar.

»Nein, das kenne ich nicht«, antwortete Fritz leise.

»Warum sagen Sie ›das‹, ich frage Sie, ob Sie die Leiche erkennen?«

»Das ist eine Leiche?«

»Natürlich. Sie wollen mir doch nicht weismachen, daß Sie noch keine Leiche gesehen haben?«

Fritz schüttelte den Kopf und schwieg.

»Natürlich haben Sie schon eine Leiche gesehen, Sie haben sogar schon diese Leiche gesehen. Nur sah sie damals, vor einem Jahr zum Beispiel, ganz anders aus. Das hier sind ja nur noch Knochen, aber damals hatte sie noch Fleisch und Haut und Augen und Haare, nicht wahr?«

Fritz sah den Kommissar ungläubig an, schüttelte den Kopf. »Was denn nur für eine Leiche?«

»Na, die Anna.«

»Das soll die Anna sein?« fragte Fritz jetzt lebhaft und blickte wieder auf die Leiche nieder.

Der Kommissar befahl, daß man ihm die Hände aufbinde. Der Strick war feucht von Schweiß und knotete sich nur schwer auf. Allen dreien rann der Schweiß in Strömen den Körper entlang, nur mit Mühe konnte der Kommissar das Verhör in der drückenden Luft zu Ende führen.

»Knien Sie nieder!« befahl er jetzt.

»Was soll ich?«

»Niederknien!«

»Das tu' ich nicht.«

»Widersetzen Sie sich nicht, je schneller Sie gehorchen, desto besser wird es Ihnen gehen«, sagte der Kommissar und drückte Fritz an den Schultern nieder. Fritz kniete vor der Leiche.

»Fassen Sie die Schuhe an«, befahl der Kommissar. Fritz gehorchte. »Sehen Sie sie genau?«

»Ja.«

»Sind das die Schuhe, die die Anna B. bei ihrem Verschwinden getragen hat?«

Fritz zog seine Hand von den Schuhen fort und sagte: »Das weiß ich nicht mehr.«

»Fassen Sie das Kleid an! Betrachten Sie es genau! Wie ist es?«

»Rotes Zeug.«

»Betrachten Sie es genau. Wie ist es noch?«

»Es ist auch Grün darin.«

»Sind die Farben gestreift?«

»Nein, das ist gewürfelt.«

»Erinnern Sie sich, daß die Anna B. ein solches Kleid getragen hat?«

»Ja, dessen erinnere ich mich.«

»Heben Sie den Rock des Kleides hoch.«

Fritz gehorchte. Ein rosafarbener Unterrock mit weiß gesticktem Bogenrand kam zum Vorschein.

»Erkennen Sie auch diesen Unterrock als den der Anna B. wieder?«

»Das weiß ich nicht, ich habe sie nie ausgezogen.«

»Sie bestreiten also, daß die Leiche, die da vor Ihnen liegt, die der Anna B. ist?«

»Das kann ich nicht wissen, sie hat doch kein Gesicht.«

»Nun, wir sind aber alle überzeugt, daß es die arme kleine Anna ist, und Sie können es auch ruhig glauben, daß sie es ist. Sind Sie nun nicht traurig darüber, das kleine Kind, das so lieb und heiter war und gegen alle so freundlich, daß Sie das nun so hier wiedersehen?«

»Das ist schon so lange her, daß sie weg war.«

»Ja, aber Sie erinnern sich doch an sie. Sie haben doch viel mit ihr gespielt.«

»Ja.«

»Nun, und das hier erschüttert Sie gar nicht?«

»Das hier erkenne ich gar nicht. Es hat kein Gesicht.«

Der Kommissar verstummte und überblickte noch einmal die kniende Gestalt des Jungen. Er hielt sich ruhig und lässig, die Hände lagen leicht auf den Oberschenkeln, der Kopf über dem gerade gehaltenen, kräftigen Rücken war ein wenig nach vorn geneigt, der jugendliche, rosig-braune Nacken, die reichen, blonden Haare, die zart geröteten Ohren, alles war matt angeleuchtet von dem einfließenden, wolkig trüben Licht. Die Augen hielt er, mit dem Blick auf seine Knie und auf die schmale Spur Bodenstroh, die zwischen ihm und der Leiche lag, gerichtet, so tief und ruhig gesenkt, daß sie geschlossen schienen. Er glich einem trotzigen, aber völlig offenen Kinde.

»Sie können aufstehen«, sagte der Kommissar und wandte sich

dem Ausgang der Scheune zu. »Ich will im Wohnzimmer noch ein paar Fragen an Sie richten.«

Fritz erhob sich, klopfte die Spuren von Stroh und Erde von seinen Knien ab, strich sich über die Hände, die jetzt erst von dem Binden zu schmerzen begannen und rote Striemen zeigten, und folgte ruhig, doch etwas mürrisch dem Beamten. Als sie auf den Hof kamen, begegnete ihnen der Wirtschafter mit ein paar Knechten. Sie blieben in einer Reihe stehen und sahen ihn an. Er steckte die Hände in die Taschen und ging gleichmütig an ihnen vorüber. Keiner grüßte den anderen. Als sie sich nun dem Wohnhaus näherten, überfiel ihn plötzlich die Angst, daß er dem Herrn oder seiner Mutter begegnen könnte. Bei dem Gedanken an den Herrn zitterte er. Ja, wenn der Herr ihm etwas tun wollte (daß man ihm etwas tun wollte, nur so empfand er die Fragen und das argwöhnische Forschen der Polizei), dann konnte er sich nicht dagegen wehren. Aber der Herr hatte ihm ja nie etwas getan, war immer gut zu ihm gewesen, und die Arbeit bei ihm war doch die schönste gewesen. Seiner Mutter aber wollte er das Geld geben, den ersparten Lohn, den er sich in der letzten Nacht in das Hemd geknüpft hatte. Bei diesem Gedanken beruhigte er sich wieder.

Sie traten alle in das Wohnzimmer ein, das ganz verändert war. Der Tisch war zum Fenster gerückt, seine schöne rote Decke war abgenommen, und das spiegelnde Holz war mit Papieren überdeckt; Stühle standen ringsum. Ein Schreiber saß da mit einer Feder hinter dem Ohr und gähnte. Als der Kommissar eintrat, sprang er auf und grüßte. Der Gendarm blieb an der Tür stehen. Der Kommissar warf seine Mütze auf das Sofa, öffnete Rock und Weste. Sein bleiches Gesicht mit den graublauen, matten Augen war gedunsen von der Hitze und von dem Aufenthalt in der Scheune, auf seiner Stirn war eine große blaue Beule von dem Stoß an die Wand. Er löste seine Halsbinde und trocknete sich mit einem Handtuch, das an der Tür hing, den Schweiß von dem kurzen, kräftigen Halse. »Holen Sie Wasser zum Trinken!« sagte er zu dem Schreiber.

Der Himmel war von Wolken jetzt ganz umzogen, bleigrau, von heißem Dunst erfüllt war die Luft vor den geöffneten Fenstern. Der Schreiber kam zurück und meldete, es sei kein rechtes Trinkwasser da, der Brunnen sei seit drei Tagen trocken, ob er Buttermilch bringen solle.

»Ja, nur etwas zu trinken«, sagte der Kommissar. Nach einigen

Minuten kam der Schreiber mit einer Kanne Milch und einem Glas zurück. In dem Augenblick, als er zur Tür eintrat, setzte draußen der erlösende, lang ersehnte Regen in Strömen ein. Der Kommissar blickte zum Fenster und sagte: »Also, da gibt es doch Wasser!« Da lachten alle, am fröhlichsten aber Fritz, sein Kichern trällerte über die Laute der anderen hin. Der Kommissar trank ein Glas Milch und blickte über den Rand des Glases auf ihn hin. Er goß ein zweites ein, reichte es ihm und sagte: »Na also, einen Spaß verstehst du auch. Nun setze dich auch. Du kannst dich ruhig ein bißchen ausruhen, und trink die Milch, wir haben ja alle Durst. Nachher, wenn du dich ausgeruht hast, werde ich dich noch ein paar Kleinigkeiten fragen, nichts anderes, als was schon vor einem Jahr die Polizei gefragt hat.« Er rückte Fritz einen Stuhl hin, setze sich ihm gegenüber, lehnte sich zurück, schlug die Beine übereinander und lächelte ihn an. Draußen rauschte in machtvollen Strömen der Regen. Feuchte Kühlung wehte in das Zimmer, alle fühlten sich erquickt, leicht und fast glücklich.

Fritz setzte sich und hielt das Milchglas in der Hand. Er sah den Kommissar an, lächelte und fragte mit sanfter, heller Stimme: »Ihr seid kein Polizeikommissar?«

»Nein, nein! Wir sind vom Gericht, das ist lange nicht so schlimm.«

Der Posten an der Tür lächelte. Das sah Fritz. Er schwieg und trank bedächtig seine Milch. Der Kommissar sah ihm eine Weile zu, dann fragte er: »Trinkst du Milch gern?«

»Jawohl.«

»Lieber als Bier?«

»Bier kenne ich nicht, das kostet Geld.«

»Na, du verdienst doch auch. Da kannst du dir doch wohl auch einmal Bier kaufen. Was machst du denn mit deinem Gelde?«

Fritz schwieg und trank weiter.

»Na, du sparst wohl?«

Fritz nickte.

»Für wen denn? Du hast wohl gar schon einen Schatz?«

»Ach wo«, sagte Fritz plötzlich böse und gereizt.

»Na, warum nicht«, lachte der Kommissar, »da ist ja doch nichts Böses dabei. Du bist doch bald ein Mann«, er senkte die Stimme und blinzelte vertraulich, »hast du schon einmal so eine Dummheit gemacht, du weißt schon?«

»Ich habe immer meine Arbeit gemacht.«

»Na und abends nach Feierabend? Hast du nicht ein Mädchen lieb?«

»Das gehört doch nicht auf das Gericht.«

»Na ja, wir sprechen jetzt auch nicht amtlich zusammen, nur so, du brauchst mir so etwas natürlich nicht zu sagen. Ich dachte nur, weil du doch so ein junger hübscher Bursche bist. Du hast also immer nur mit den Kindern gespielt, mit der kleinen Anna?«

»Jawohl.«

»Die war doch noch so klein. Hast du ihr auch nicht mal wehe getan, so aus Versehen?«

»Nein.«

»Hast du sie auch nie geneckt oder geschlagen. Kinder quälen einen doch manchmal sehr und sind unartig.«

»Ach wo.«

»War die kleine Anna immer artig, und du hast sie nie ein bißchen gestraft?«

»Nein.«

»Du warst also nur gut zu ihr und hast sie geküßt und gestreichelt?«

Fritz lachte: »Ach wo!«

»Na, wir wollen ja jetzt auch gar nicht mehr von der kleinen Anna sprechen. Das kommt später. Aber das kannst du mir noch verraten, was du mit deinem Gelde machst.«

»Das kriegt die Mutter.«

»Die Mutter, so.« Der Kommissar schwieg. Er dachte an die furchtbare Anklage der Mutter gegen den Sohn, der für sie sein Geld sparte.

»Du hast wohl deine Mutter gern?« begann er nach einer Weile wieder.

»Ach ja.«

»Und sie dich wohl auch?«

»Na ja.«

»Hast du ihr nicht einmal irgendeinen großen Kummer gemacht?«

»Ich weiß nicht, da hat sie mir nie etwas davon gesagt.«

»So? Sie hat aber sehr über dich geklagt.«

»Da weiß ich nichts davon, ich habe ihr Geld mitgebracht.«

»So? Wo hast du es denn? Zeige doch einmal.«

Fritz stutzte. »Das kann ich nicht«, sagte er.

»So«, sagte der Kommissar und schwieg.

»Ich habe es im Hemd«, begann Fritz nach einer Weile wieder. »Wenn ich einmal in die Ecke gehen darf, kann ich es holen.«

»Natürlich«, lachte der Kommissar, »das Hemd wollen wir gar nicht sehen, nur das Geld darin.«

Fritz stand auf und ging in die Ecke zwischen Wand und Sekretär, öffnete die Kleider und nestelte das Geld los. Nachdem er alles wieder an sich geordnet hatte, trat er zum Tisch und legte drei Taler darauf nieder.

»Drei Taler!« rief der Kommissar erstaunt aus. »Nein, du bist wirklich ein guter Sohn!« und er schlug ihm auf die Schulter. Doch Fritz rührte sich nicht und sah ihn mit ernstem Gesicht mißtrauisch von der Seite an.

»Na, was willst du?« sagte der Kommissar. »Ich sehe eben, du bist ein anständiger Kerl. Du lügst nicht. Wenn du mir das Geld nicht gezeigt hättest, hätte ich dir natürlich nie mehr was geglaubt. Aber so sehe ich, daß du die Wahrheit sagst. Nun sage ich dir aber auch die Wahrheit, du bist nämlich ein bißchen in Verdacht gewesen, aber nun ist das alles widerlegt, und du wirst mir nur noch ganz klipp und klar auf ein paar Fragen antworten, die ich dir jetzt amtlich vorlege, und dann kannst du gehen.« Bei diesen Worten legte der Kommissar Binde, Weste und Rock wieder an, strich das Haar glatt und setzte sich neben dem Schreiber an den Tisch. Der Schreiber hatte, durch einen Blick des Kommissars verständigt, das Protokollieren unterlassen, um die bisher gestellten Fragen als völlig unverfänglich erscheinen zu lassen. Jetzt fiel er gierig mit einer bereit gehaltenen Feder über das Papier her, um das Verhör, das er fest im Gedächtnis hielt, niederzuschreiben. Es war zwei Uhr mittags. Alle verspürten Hunger. Draußen regnete es gleichmäßig, ruhig, ununterbrochen. Der Posten an der Tür trat verstohlen von einem Bein auf das andere. Fritz lachte, als er es bemerkte. Der Kommissar aber klopfte mit dem Finger auf den Tisch, er saß plötzlich hochaufgerichtet, streng und unnahbar da, sagte mit kaltem, befehlendem Ton zu Fritz: »Stehen Sie auf!« und zum Schreiber: »Fertig?«

»Jawohl«, antwortete der Schreiber, vollendete schnell eine Zeile und faltete einen neuen Bogen.

»Antworten Sie mit Ja und Nein! Sie sind Fritz Karl Martin Schütt, geboren am 5. Dezember 18... in G. als Sohn des Tagelöhners Karl Schütt und seiner Ehefrau Emma, geborene Anton?«

»Ja.«

»Sie besuchten die Schule in L., lernten Lesen, Schreiben und Rechnen?«

»Ja.«

»Sie wurden Ostern 18... in der Pfarrkirche L. im evangelischen Glauben eingesegnet?«

»Ja.«

»Sie traten in den Dienst des Domänenpächters Friedrich Christian B. in Treuen und waren da tätig von 18... bis vor einem Vierteljahr, wo Sie in den Dienst des Bürgermeisters Mandelkow in Plestlin eintraten, in welchem Dienst Sie sich zur Zeit noch befinden?«

»Ja.«

»Warum gingen Sie von hier fort?«

»Ich soll nur ja und nein sagen.«

»Gingen Sie fort, weil Sie unzufrieden waren?«

»Nein.«

»Oder hatten Sie sich etwas zuschulden kommen lassen und fürchteten Strafe?«

»Nein.«

»Der Herr hält sehr auf Ordnung, er war wohl sehr streng?«

»Nein. Der Herr ist gut. Er ist wie mein richtiger Vater. Ich habe immer Ordnung gehalten.«

»Sie haben nie einen Verweis von dem Herrn erhalten?«

»Nein.«

»Warum gingen Sie fort?«

»Der Anton hat mir die Arbeit abgenommen.«

»Was für eine Arbeit?«

»Meine Arbeit.«

»Das verstehe ich nicht. Deshalb geht man doch nicht aus einem guten Dienst.«

»Doch.«

»Ist das die Wahrheit?«

»Ja.«

»Am vierundzwanzigsten Juni vorigen Jahres zwischen vier und acht Uhr abends verschwand das Töchterchen Ihres Dienstherrn spurlos. Sie waren an dem Tag und zu der Zeit hauptsächlich damit beschäftigt, dem Dachdeckermeister Güse beim Ausbessern des Strohdaches der Scheune Nummer vier, über Fach zehn, zu helfen?«

»Ja.«

»Sie holten zu diesem Zwecke Bandweiden vom Teiche herauf, wo Sie mit den Entenhirtinnen Friederike und Minna zusammentrafen und wohin auch die kleine Anna kurz vor ihrem Verschwinden angelaufen kam?«

»Ja.«

»Sie haben mit ihr gesprochen und sie mit sich genommen, um ihr ein Vogelnest in der Scheune zu zeigen?«

»Nein.«

»Sie lügen! Sie haben früher zu Protokoll gegeben, daß die kleine Anna mit Ihnen nach der Scheune gegangen ist, weil Sie ihr ein Vogelnest zeigen wollten.«

»Ein Vogelnest ist viel zu hoch zum Zeigen.«

»Aber die kleine Anna ist doch mit Ihnen gegangen?«

»Ja.«

»Bis in die Scheune?«

»Nein.«

»Sie ist nicht mit Ihnen in die Scheune getreten?«

»Ich habe es nicht gesehen.«

»Wohin ist sie denn gegangen?«

»Daß weiß ich nicht.«

»Aber vom Teich herauf ist sie mit Ihnen gegangen?«

»Ja.«

»Wissen Sie noch, was sie für ein Kleid anhatte?«

»Ein Rotes.«

»Und Sie haben auch nicht gesehen, wohin sie gegangen ist, als Sie aus der Scheune zurückkamen?«

»Nein, da war sie schon weg.«

»Wohin weg?«

»Sie war ja verschwunden.«

»Was haben Sie denn mit der Hacke gemacht, die Sie an dem Nachmittag in der Hand gehalten haben, als Ihre Mutter Ihnen begegnete? Die haben Sie wohl für die Weiden gebraucht?«

»Für die Weiden kann man nur Messer brauchen.«

»Wozu haben Sie sie also ein bißchen gebraucht?«

»Ich habe einen Bettler fortgejagt.«

»Haben Sie ihn mit der Hacke geschlagen?«

»Nein. Er lief von alleine fort.«

»Wo haben Sie denn an dem Abend gesucht, als alle anderen nach dem Kinde suchten und riefen?«

»Ich habe nirgends gesucht.«

»Warum nicht?«
»Ich habe mit Karl einen Scheiterhaufen gemacht, damit es leuchtet, das ist besser.«
»Wollten Sie auf diese Weise helfen, das Kind zu suchen?«
»Ich weiß nicht.«
»So. Was haben Sie in der Zeit von vier bis acht gemacht?«
»Mit Güse gearbeitet, zur Vesper habe ich Milch getrunken, dann habe ich mich ein bißchen gedrückt und habe geschlafen.«
»Sie erinnern sich genau?«
»Ja.«
»Schlafen Sie öfters so am Tage?«
»Nein.«
»Warum waren Sie an diesem Tage so besonders müde?«
»Es war heiß, und ich hatte schwer getragen.«
»Ach ja, Sie trugen die Weidenruten.«
»Ja.«
»Sie haben nun heute in der Scheune Nummer vier, im Fache zehn, die vergraben gewesene Leiche der Anna B. wiedererkannt?«
»Nein, das habe ich nicht.«
»Ach, richtig, ja. Sie erkannten nur das Kleid wieder.«
»Ja.«
»Nun sind wir alle überzeugt, daß diese Leiche die verschwundene Anna B. ist, und daß das Kind am vierundzwanzigsten Juni vorigen Jahres schon dort in der Scheune von unbekannten Tätern vergraben worden ist. Sie haben nun zur selben Zeit, an demselben Ort, dort in der Scheune gearbeitet. Haben Sie gar nichts bemerkt, einen fremden Menschen, einen Schrei, ein Geräusch, das uns auf eine Spur lenken könnte?«
»Nein.«
»Aber denken Sie doch nach, Sie müssen doch etwas bemerkt haben.«
»Güse hat auch nichts gemerkt.«
»Allerdings.«
»Ja.«
»Aber Sie haben doch zum Beispiel den fremden Bettler gesehen?«
»Der war beim Brunnen.«
»Vielleicht ist er dann zurückgeschlichen, haben Sie nichts bemerkt?«

»Nein, er lief ja auch in die Felder, die andern haben ihn ja auch gesehen.«

»Ach ja, natürlich, Sie haben sich alles gut gemerkt.«

»Jawohl.«

»Und immer die Wahrheit gesagt?«

»Jawohl.«

»Dann ist es gut. Nun kannst du gehen, mein Junge, und brauchst keine Angst zu haben. Und die Hände werden dir auch nicht mehr gebunden.«

»Das ist gut, das hat mich auch sehr geärgert.«

»Du kannst nun ruhig den Leuten erzählen, daß nichts mehr gegen dich vorliegt.«

»Jawohl.«

Der Kommissar brach das Verhör ab und erhob sich. Fritz ging langsam zur Tür, zögerte noch ein wenig und ging dann hinaus. Er stand im Flur und sah durch die offene Haustür auf den vom Regen überschütteten Hof. Der Regen floß in dicken, schweren Tropfen senkrecht nieder und schlug kleine Wasserblasen auf dem Pflaster. Ab und zu huschte eine Magd, unkenntlich unter den über den Kopf geschlagenen Röcken, über den Hof und verschwand in einem der Ställe. Niemand sah nach ihm hin. Aus der Küche drangen Stimmen. Fremd, verlassen, feindselig war auch die Heimat. Er dachte, daß er hier wieder fortgehen müsse, seine Arbeit war ja nicht mehr hier. Da fiel ihm ein, daß er das Geld für seine Mutter drinnen auf dem Tisch hatte liegenlassen, er wandte sich zur Stubentür zurück, doch als er sah, daß die Klinke, von innen niedergedrückt, sich bewegte, stürzte er davon, lief in den strömenden Regen hinein, hetzte über den Hof und, ohne sich umzusehen, durch die Felder in den Wald. Hier hielt er inne, wischte sich das Haar aus dem Gesicht und fühlte mit Behagen, wie der warme Regen in weichen, kleinen Bächen vom Nacken her seinen Rücken entlanglief, so daß er lachen mußte. Unter dem Schutz der Bäume ging er bis zur Landstraße, seine bloßen Füße bei jedem Schritt in das vom Regen neu aufschwellende Moos mit wohligem Gefühl eindrükkend. Auf der Landstraße angelangt, zog er seinen Rock aus, schlug ihn über Kopf und Schultern und lief in gleichmäßigem Trab bis nach S., wo er müde und durchnäßt ankam. Dort traf er einen Knecht, der ihn auf seinem Wagen bis kurz vor Pl. mitnahm, wo er um die Zeit des Abendessens eintaf. Er schlüpfte in seine Kammer, zog ein trockenes Hemd und seine Sonntagshose an und trug die nassen Kleider in den Pferdestall zum Trocknen. Dann trat er in die Stube ein. Das Gesinde hatte schon abgegessen, nur der Schultheiß saß noch am Tisch, sah aber nicht zu ihm auf. Fritz, von Hunger und Müdigkeit ganz benommen, durch die Anwesenheit des Herrn verwirrt, begann zu sprechen: »Ich kann nicht dafür, wenn die Arbeit liegenbleibt. Den ganzen Tag haben die nichts zu tun, als einen zu fragen.« Der Schultheiß sagte nichts, sah ihn nicht an. Die Magd brachte ihm eine große Schüssel voll Suppe, Fritz lachte und begann gierig zu essen. Plötzlich schnellte der Herr über den Tisch herüber, seine funkelnden, kleinen Augen waren dicht vor den Augen des Jungen, als dieser erschrocken vom Essen aufsah, doch seine Stimme war gedämpft, freundlich, vertraulich lokkend: »Na, nun sage doch, was wollten denn die von dir?«

Fritz bog seinen Kopf zurück und sagte mit lauter Stimme: »Ach, die hören jeden ab, ob er die kleine Anna nicht gesehen hat.«

»Brauchst doch nicht so laut zu schreien!« sagte der Schultheiß und zog sich langsam wieder zu seinem Platz zurück. Fritz aß weiter. Der andere sah ihm zu. Dann rückte er von neuem ganz nahe an ihn heran und schmeichelte von neuem: »Na, Fritz, wenn du da nur nichts damit zu tun hast! Weißt du, dann kriegen sie dich doch!«

»Ich habe damit nichts zu tun. Ich habe nichts getan, ich weiß nichts.«

»Ja, aber Fritz, du sahst doch gestern so verstört aus?«

Fritz schwieg und blickte auf. Der Herr hatte sich weit über den Tisch gebeugt, sein Kopf war von dem Höcker seines Rückens hoch überragt, das Gesicht zu einem schmeichlerischen Lächeln verzogen, die Augen aber stachen feindselig nach ihm. Vor dem Blick erschrak Fritz. Jetzt sprach auch er leise, als er sagte: »Ach, das tat ich doch nur so.« Er legte den Löffel hin und stand auf.

»Iß doch fertig!« rief der Herr plötzlich laut und lebhaft. »Iß doch fertig. Wenn du nichts getan hast, kannst du doch fertig essen.«

Fritz kehrte langsam zum Tisch zurück, setzte sich und sprach: »Immerzu wird bloß von der Anna geredet.«

»Na ja, du kannst da doch viel erzählen, oder?«

»Ich kann da gar nichts erzählen, ich weiß davon nichts.«

»Na, dann ist es ja gut«, sagte der Herr und stand vom Tisch auf, während Fritz zu Ende aß.

Während der nächsten Woche geschah nichts. Obwohl Fritz ganz furchtlos war und die Erinnerung an das Verhör und die Leiche ihn nicht bedrückte, zeigte er sich doch die ersten Tage nach diesem Geschehnis sehr still und in sich gekehrt. Ihn bewegte das unverhoffte Wiedersehen mit der Heimat, den Feldern, Wiesen, dem Hof mit Scheunen und Ställen. Das alles war doch so verändert gewesen. Verlassen hatte der Hof dagelegen, der Herr, die Mutter waren verschwnden gewesen, unsichtbar verborgen irgendwo hinter Türen hatten sie wohl auf ihn gesehen. Die Menschen waren vor ihm geflohen, vor ihm, der bisher die Menschen geflohen hatte. Das schreckte ihn mehr als alles. Er fühlte, daß die Welt verwandelt war, daß in seinem Leben sich etwas änderte. Wenn in Treuen der Herr nicht mehr Herr war, fremde Leute im Wohnzimmer sich breitmachten, irgendein Herr aus der Stadt, der nicht einmal eine Uniform anhatte, an Stelle des richtigen Herrn ihn anschrie und zur Rede stellte, dann konnte er auch nichts dagegen tun, wenn sie etwas mit ihm vorhatten. So dachte er. Verdrossen und verzagt ging er seiner Arbeit nach, und erst am Sonnabend, als ihm wieder Lohn ausgezahlt wurde und er das Geld in seiner Ecke im Pferdestall vergrub, kam wieder seine alte Heiterkeit über ihn. Am Sonntag, gegen Mittag, als er gewaschen und geputzt an der Tür des Pferdestalles lehnte, wollte er singen. Doch seine schöne, helle, sanfte Stimme schien versiegt, die Kehle schmerzte ihn, mühsam brachte er nur ein paar dünne, hohe Töne hervor; erstaunt und traurig verstummte er. Wieder fühlte er sich gehetzt, angegriffen und verfolgt, von Feindschaft umstellt, und trotzig begann er wenigstens zu pfeifen. Da trat plötzlich, hinter seinem Rücken auftauchend, der Schultheiß vor ihn hin: »Na, Fritz, du willst unschuldig sein und hast dir doch die Hände binden lassen?«

Doch Fritz erschrak nicht. Er pfiff einen langen Ton zu Ende und sagte: »Ach, das war ja gar nicht richtig, sie haben sie gleich wieder aufgemacht.«

»Na, siehst du, jetzt hast du gelogen, merk dir das«, sagte der Schultheiß und ging mit schnellen, kleinen Schritten wieder davon. Fritz sah ihm nach und pfiff, so laut er konnte, doch wich er von diesem Tage an seinem Dienstherrn aus.

Am Mittwoch kam ein Bote vom Gericht und bestellte Fritz für Donnerstag nach L. in den Gasthof zum Kriminalkommissar. Man ließ absichtlich Fritz den ganzen Tag allein und unbeschäftigt und beobachtete ihn. Doch sein Gehaben verriet nichts Verdächtiges. Er kam am nächsten Morgen aus seinem Pferdestall heraus, bürstete, fütterte und tränkte seine Pferde, er frühstückte, zog sich dann seine Sonntagskleider an, auch Schuhe an die Füße, und machte sich um neun Uhr auf den Weg. Er ahnte nicht, daß auf seiner ruhig und gleichmäßig fortgesetzten Wanderung im Abstand ein verkleideter Polizist ihm folgte. Fritz ging, ohne auszuruhen, mit jugendlichen Schritten die drei Stunden des Weges. Er sah weder nach rechts noch nach links, von einem Fluchtversuch war nichts zu merken. In L. angekommen, meldete er sich in dem kleinen Gasthof und fragte nach dem »Berliner Herrn«, weil er auf der Vorladung »Kriminalkommissariat Berlin« gelesen hatte. Der Wirt hieß ihn an einen Tisch niedersetzen und brachte ihm Bier und zwei große Scheiben Butterbrot. Das hätte der Gerichtsherr so angeordnet. Fritz, durstig und hungrig nach dem langen Weg, aß und trank. Plötzlich trat ein Gendarm ein, und zwar nicht durch die Gaststubentür, die vom Hausflur hereinführte, sondern durch eine Tür hinter dem Schanktisch, und Fritz sah für einen Augenblick durch die geöffnete Tür in dem anschließenden Raume einen Tisch ohne Decke, mit Papieren belegt, und zwei Männer, die an dem Tisch saßen. Wut und Trotz stiegen in ihm auf, er schob das Bier und den Rest des Brotes weit von sich. Der Gendarm setzte sich mit wohlwollendem Lächeln zu ihm an den Tisch. »Na, schmeckt's? Noch ein Bier?« fragte er.

»Danke, habe keinen Durst mehr.«

»Ach, trink mal ruhig noch eins, du hast ja einen langen Weg gemacht.« Und der Gendarm winkte dem Wirt, der ihm ein frisches Glas brachte. »Der Kommissar muß dann noch etwas mit dir sprechen, wir gehen dann nebenan in die Stube. Du kannst dich aber noch ausruhen.«

»Bin nicht müde.«

»Na, desto besser. Warten mußt du aber doch noch, wir haben noch keine Zeit für dich.« Und der Gendarm ging wieder hinaus. Fritz saß allein in der Gaststube, in die an einem Werktagsvormittag wenige Gäste kamen, nur ein paar Fuhrleute, die im Stehen ein Glas Bier tranken, mit ihren rauhen Stimmen lärmten und wieder gingen. Sie blickten neugierig auf Fritz, der in seinen Sonntagskleidern da saß, und fragten den Wirt nach dem feinen Besuch. Doch der zuckte die Achseln, er sagte nicht gern, daß das Gericht in seiner Stube vernahm. In L. war Fritz nicht bekannt, doch die Blicke der Menschen steigerten seine Wut. Er begann das zweite Glas Bier zu trinken und fühlte, wie Hitze in seinen Kopf stieg, wie seine

Adern anschwollen und seine Augen brannten. Jetzt kam der Gendarm wieder herein und sagte ihm, nun sei es bald so weit, aber er brauche doch nicht das abgestandene Bier zu trinken, der Wirt solle ihm noch ein Viertel Wein geben. Doch den Wein trank Fritz nicht. Seine Wut und sein Zorn wurden plötzlich kalt, Trotz und Verachtung erfüllten ihn. Mit finsterem, völlig verschlossenem Gesicht betrat er endlich die Stube, in der der Kommissar, am Tische sitzend, ihn erwartete.

»Ich habe Sie kommen lassen, um einige Lücken in unserem vorigen Verhör zu ergänzen«, begann der Kommissar und ließ den Blick forschend über Fritz gleiten. Er bemerkte mit Freuden auf dessen vollem Gesicht die Zornesröte, ebenso die von Zorn verdunkelten Augen. »Sie sind den Weg gelaufen, ich habe Ihnen deshalb einige Erfrischungen reichen lassen«, sagte er.

»Ich brauche keinen Wein und kein Bier«, sagte Fritz. »Sie wollen ja doch etwas mit mir machen, Sie wollen mir keine Ruhe lassen, ich kann aber nichts mehr sagen.«

»Ich habe die Auflehnung nicht verdient«, sagte der Kommissar, »und außerdem sind Sie gezwungen, auf meine Fragen der Wahrheit gemäß zu antworten.« Er nahm die Akten zur Hand und wiederholte einige Fragen des vorigen Verhöres, dann fragte er nach den Äußerungen, die Fritz seinen verschiedenen Kameraden gegenüber getan hatte: »Die finden sie wohl nicht mehr« und: »Die haben sie gut verwahrt.«

Doch Fritz schwieg. Auf seiner Zunge lag noch der Geschmack des bitteren Bieres und ließ seinen Trotz nicht zur Ruhe kommen. Er dachte an die Arbeit, die er versäumte, er hatte Sorge, daß er die Stelle verlieren und seinen Lohn einbüßen würde. Er fühlte sich umstellt von Feinden, doch er füchtete sie nicht, sondern er verachtete sie. Er zuckte als Antwort nur geringschätzig die Achseln und sagte zum Schluß: »Ich weiß nicht. Ich habe alles gesagt. Ich habe nichts getan.«

Der Kommissar mußte das Verhör schließen. Als Fritz, der sich ohne Gruß zum Gehen wandte, schon an der Tür war, rief er ihm plötzlich nach: »Hier sind auch deine Taler, die du in Treuen hast liegenlassen, deine Mutter will nämlich nichts mehr von dir haben!« Und er warf die klirrenden Talerstücke auf den Tisch. Mit einem Schlag blieb Fritz stehen. Doch er wandte sich nicht sogleich um. Sein erbleichendes Gesicht blieb der Tür zugekehrt. Der Kommissar sah nur das Zucken, das wellengleich seinen Rücken erschütterte. Plötzliche Stille trat in der Stube ein, unter den gesenkten Stirnen der Beamten richteten sich lauernde Blicke auf Fritz. Er kehrte sehr langsam zum Tisch zurück, unschlüssig und verwirrt griff er nach dem Geld, räusperte sich lange und würgte endlich die Frage hervor: »Warum denn?«

»Weil sie glaubt, daß du ihr Schande gemacht hast«, erwiderte der Kommissar vorsichtig.

Darauf sagte Fritz nichts, ergriff das Geld und ging hinaus. Er wurde mit dem zu dieser Zeit abfahrenden Postwagen ein Stück des Weges zurückgefahren und kam spät am Nachmittag wieder daheim an. Er ging in seine Kammer, zog sich um und begab sich sofort an seine Arbeit. Das Geld hatte er aus der Tasche des Sonntagsrockes herausgenommen und trug es so lange in der linken Faust verborgen, bis er es in einem freien Augenblick im Stall verbergen konnte. Er scharrte mit den Händen in der Ecke die Erde fort und legte in die kleine Höhlung das Geld hinein. Als er die Erde wieder zugeworfen und alles geglättet hatte, fühlte er sich plötzlich verloren, gefangen. Sie waren ihm an die Kehle gesprungen, es mußte etwas mit ihm sein, die Mutter hatte sie auf ihn gehetzt. Seine Hände zitterten, als er die Erde glattdrückte, das Stroh wieder darüberschob. Er fürchtete sich. Er eilte aus dem Stall an die Arbeit, holte die beladenen Wagen von der Heide, schirrte die Pferde aus und warf ihnen Futter vor. Er erschrak zu Tode, als er plötzlich den Herrn auf sich zueilen sah. Er wandte sich ab, suchte zu entfliehen, doch die heisere, knarrende Stimme hatte ihn schon erreicht. Der Herr blieb dicht vor ihm stehen. Er war über den Hof gerannt, damit ihm Fritz nicht entkommen sollte, jetzt keuchte er ihm den hastigen Atem seiner engen Brust aus den zum Sprechen gierig geöffneten Mund ins Gesicht: »Na, na, haben sie dich wieder scharf gehabt?«

Fritz schwieg und wandte seine Blicke in den offenen Pferdestall zu der Ecke, die nachts sein Lager bildete und wo jetzt das Geld, von der Mutter verschmäht, verborgen war.

»Na, da muß doch etwas Schweres mit dir sein, wenn sie dir doch neulich die Hände gebunden haben, was?«

Fritz antwortete nicht.

»So zwei Jahre werden sie dir wohl geben, was?«

Jetzt sprach Fritz. Sein Gesicht war blaß, sanft und sehr traurig. »Es muß wohl was mit mir sein, sie lassen mir keine Ruhe, sie wollen was mit mir machen. Der Herr aus Berlin, das ist ein sehr kluger Herr, Bier hat er mir geben lassen, ich habe auch anderthalb getrunken, ich bin aber nicht betrunken geworden. Wein hat er mir auch geben lassen, aber ich habe wohl gesehen, da war etwas Gelbes dazwischen, da habe ich nicht getrunken. Ich werde nicht tun, was die wollen. Aber zwei Jahre, das wird wohl so sein, das werden sie wohl fertig kriegen.« Jetzt kehrte langsam wieder Röte in sein Gesicht zurück, seine Augen glänzten, er vermochte nicht aufzuhören mit dem Sprechen: »Aber dann, wenn die Jahre vorbei sind, wenn ich dann wieder loskomme, dann wird es schlimm mit mir, daß weiß ich schon, da haben sie dann etwas aus mir gemacht. Die sollen mich lieber in Ruhe lassen, dann ist alles besser und nichts geschehen. Aber so fordere ich dann meinen Lohn, meinen Lohn für zwei Jahre und hundert Taler für das Händebinden dazu, die sollen mich nur lassen!«

»Gut, gut, fein!« rief der Schultheiß. »So mußt du es machen!«

»Jawohl, ich lasse mich nicht betrunken machen, sonst kommt da noch etwas heraus, sonst hätten sie wohl was zu hören bekommen, sonst hätte ich da was erzählt, ich werde ja doch jemandem Schande machen«, da brach er plötzlich ab, seine Augen weiteten sich groß und dunkel, er schien Tränen zu bekämpfen. Der Schultheiß wußte nicht, wie er das deuten sollte.

»Na ja, sie haben dich wohl scharf vorgehabt«, wiederholte er noch einmal den Anfang des Gesprächs.

»Jawohl, die dachten wohl, ich würde was sagen, aber was die wissen wollen, weiß ich nicht«, seine Stimme wurde jetzt leise, sanft, kraftlos. Erschöpft und verwirrt durch seine eigenen Reden ging er davon. Der Schultheiß sah ihm nach und lächelte, seine Augen funkelten. Am nächsten Tag fuhr er in die Kreisstadt und gab als Zeuge dieses Gespräch zu Protokoll.

Zwei Tage nach dem Zeugenverhör seines Dienstherrn wurde Fritz Schütt, als des Mordes an der kleinen Anna B. verdächtig, verhaftet und in das Untersuchungsgefängnis nach Gr. gebracht. Zwei Gendarmen scheuchten ihn vor Tagesanbruch von seinem Lager im Pferdestall auf, nachdem der Schultheiß sie listig erst in der Knechtskammer, dann im ganzen Hause nach ihm hatte suchen lassen. Fritz blieb vollkommen ruhig, zog seine Hose an und bat nur, am Brunnen sich noch waschen zu dürfen. Er streifte sein Hemd herab und wusch sich Schultern, Brust und Rücken, die voll und weiß in dem frühen Morgen leuchteten. Dann bat er noch um seine Schuhe, nach denen der Gendarm eine Magd schickte, die ihm aus seiner Kammer außerdem noch einen Rock und ein zweites Hemd mitbrachte, das sie ihm mit mitleidigen Blicken reichte. Als sie schon zur Haustüre hinaus auf die Straße getreten waren, rief aus einem ebenerdigen Fenster, halb versteckt hinter der Gardine, der Schultheiß nach Fritz. Fritz trat an das Fenster heran; der Schultheiß beugte sich vor, sein Hemd öffnete sich und ließ seine schmale, knochige Brust sehen; er streckte seinen langen, zarten Arm aus und drückte Fritz einen Taler in die Hand, die er mit seiner kleinen feuchten Hand fest umschloß. Er reckte seinen Kopf vor, brachte seinen stark atmenden Mund mit dem stachligen, langhaarigen Bart nahe an Fritzens Ohr und flüsterte ihm zu: »Mach's gut, laß dir nur nichts anhaben!« Dann gab er ihm plötzlich einen Stoß gegen die Schulter, daß Fritz taumelte. Die Gendarmen nahmen ihn in die Mitte, und sie gingen die Straße hinab. Fritz blinzelte unter gesenkten Lidern hervor auf die Häuser zu beiden Seiten, ob viele Leute nach ihm sähen. Aber es war noch früh, drei Uhr morgens. Nur zwei Frauen gingen vor ihnen her, gebeugt unter schwer gefüllten Tragkörben, und mit langsamen, schweren Schritten bewegten sie ihre dicken, faltigen Röcke im Schwunge hin und her. Der Morgenhimmel war verhangen von Wolken. Luft und Erde waren feucht, denn Regen war die ganzen Tage niedergegangen und hatte die von der Hitze dürr aufgeschossenen Ähren der Felder nach und nach zu fauligem Braun verfärbt. Die drei Männer mußten bis nach L. wandern, von wo sie Post bis zum Ziel nehmen konnten. Fritz schritt ruhig dahin, die Augen auf den Boden gesenkt, auf seinem Gesicht war der Ausdruck kindlicher Versonnenheit. Sein Herz war von tiefer Trauer erfüllt. Er fühlte die Welt, in die er mit blindem Vertrauen sein Leben hineingelebt hatte, dieses Paradies, das ihn getragen und geborgen hatte, alles fühlte er versinken. Aus seinem Schlaf war er gerissen, von seiner Arbeit fortgetrieben, von der Heimat und der Mutter verlassen, sein Lohn war geraubt, alles war in Feindschaft gegen ihn gestellt. Still, sanft, traurig legte er die Reise zurück und betrat das Gefängnis. Er beachtete kaum seine neue Umgebung. Er war während der Untersuchungszeit ruhig und ohne jedes Schuldbewußtsein. Nach und nach wich auch seine Traurigkeit wieder, er pfiff und sang leise vor sich hin in seiner Zelle, nur ab und zu überzog ein grüblerischer Ernst sein schönes, kindliches Gesicht. Bei den Verhören war er aufmerksam, klug und gewandt. Er antwortete in kurzen Sätzen und widersprach sich nie. Er log nicht; konnte er die Wahrheit, die ihm selbst nicht klar war, die er aber als Feind, als Gefahr für sein Leben ahnte, nicht sagen, antwortete er: »Das weiß ich nicht, das kann ich nicht sagen.«

Die Untersuchung erforderte einen ungeheuer großen Aufwand an Arbeit, Zeit und Mühe. Der ganze voraufgegangene Prozeß gegen die Zigeuner wurde von neuem aufgerollt, unzählige Zeugen und Sachverständige in wiederholten Verhören vernommen, bis endlich die Anklage formuliert werden konnte. Da der Angeklagte zur Zeit der Tat noch nicht achtzehn Jahre alt war, wurde sie nicht einem Schwurgericht, sondern einem Spruchgericht vorgelegt. Gestützt wurde die Anklage auf direkte, durch Zeugen und Tatsachen begründete Beweisführung. Im Anfang war auch die Mutter des Angeklagten wegen Verdachts der Mitwisserschaft beobachtet worden. Doch dieser Verdacht mußte wieder fallengelassen werden, auch ihre Zeugenschaft hatte bisher nicht viel zur Klärung beigetragen, da sie die furchtbare Anschuldigung ihres Sohnes durchaus nicht begründen wollte. Auch war die Mutter nicht zu einer Begegnung mit ihrem Kind im Untersuchungsgefängnis zu bewegen, von der man sich viel versprochen hätte. Dagegen erbot sich sein Dienstherr, der Schultheiß Mandelkow, wiederholt freiwillig, mit ihm zu sprechen und ihn zur Wahrheit zu ermahnen. Er kam dem Angeklagten mit vertraulichem Lachen, mit Augenzwinkern und Scherzen entgegen, versuchte durch freundschaftliche Ratschläge ihn zum Reden zu bringen. Doch Fritz sah ihn ruhig und überlegen an, lachte nicht und sprach nicht. Alle Versuche, den Angeklagten zu irgendeinem Geständnis zu bewegen, waren also vergeblich, und während die Untersuchung am Tatorte und die Protokolle der Zeugen die Anklage mehr und mehr erhärteten, schien alles, wendete man sich an den Angeklagten selbst, wieder zusammenzufallen vor dessen Ruhe und sicheren Aussagen.

Die Zeit bis zur Verhandlung verging für Fritz sehr schnell. Er arbeitete am Tage, aß wenig und erwartete mit Spannung die Verhöre. Nachts schlief er tief auf dem harten Lager, von Zeit zu Zeit durchwogten gestaltlose Träume seinen Schlaf. Dann erwachte er und fand seine Hände in der Tiefe seines Leibes ineinander verstrickt, eingekrampft in das eigene Fleisch, und während er sie auseinanderlöste, schüttelte ihn das alte, lautlose, zischende Lachen. Daß er in einer Zelle allein für sich leben mußte, erfüllte ihn mit Zufriedenheit, ja mit Stolz. Er hielt seine Zelle sehr sauber und in peinlichster Ordnung, richtete sein Bett genau nach der Vorschrift, beschmutzte seinen Tisch nicht mit dem Eßgeschirr und hatte sich bald so weit gebracht, daß er seine Notdurft nur abends verrichtete, kurz ehe das Gefäß entleert wurde, so daß nichts von Geruch in seiner Zelle zu merken war. Im November wurden ihm warme Kleider gebracht, die ihm sein Herr, Christian B. schickte. Er legte sie sofort voll kindlicher Freude an. So erschien er am ersten Verhandlungstage, in nichts gegen früher verändert, außer daß sein schönes Gesicht manchmal den Ausdruck sanfter Traurigkeit zeigte.

Er nahm ruhig, fast mit bescheidenem Stolz, auf der Anklagebank Platz, blickte sich aber nicht um, sondern verfolgte den Gang der Verhandlung mit unermüdlicher Aufmerksamkeit.

Die Verlesung der Anklage dauerte drei Stunden lang. Sie entrollte noch einmal ausführlich von Anbeginn an das Schicksal der kleinen Anna B., ihr Verschwinden, die Verfolgung der Zigeuner, den Prozeß gegen diese und das Auffinden der Leiche in der Scheune nahe dem elterlichen Haus. Begründet wurde die Anklage gegen Fritz Schütt damit, daß er zuletzt mit dem Kind gesehen worden war, und zwar in unmittelbarer Nähe der Scheune, in der es als Leiche wiedergefunden wurde, daß er ferner von seiner Mutter in der fraglichen Zeit mit einer Hacke in der Hand angetroffen worden sei, über deren Gebrauch er keine genaue Angabe machen konnte, daß er keinerlei verdächtiger Momente gewahr geworden sein wollte, deren Zeuge er notwendigerweise hätte sein müssen, da die Anna B. in unmittelbarer Nähe von ihm ermordet und verscharrt worden sein mußte, und endlich darauf, daß er zu verschiedenen Malen, als man das Kind noch suchte, die Äußerung getan habe, daß es nicht mehr zu finden sei.

Die Verteidigung erhob sofort die Einwände, daß der Prozeß gegen die Zigeuner noch immer nicht geklärt sei, daß die Zeugen, die das Kind Anna B. lebend bei ihm angetroffen hatten, noch immer da seien, und daß es ebensogut möglich sei, daß die Zigeuner das von ihnen geraubte und getötete Kind in der Scheune, nahe dem elterlichen Hause, verborgen hätten, um den Verdacht von sich ab und auf die Leute von Treuen zu lenken.

Auf diese Einwände hin wurde das Gutachten der Sachverständigen verlesen, das bekundete, daß die Leiche des Kindes in einem Zustand der Mumifizierung statt der Verwesung aufgefunden worden sei, daß dieselbe also sofort nach dem Tode von atmosphärischer Luft abgesperrt gewesen sein müsse, wozu der Aufenthalt in der Abgeschlossenheit des Scheunenraumes an sich schon geeignet sei, noch mehr aber dadurch, daß die Scheune bald nach dem Verscharren der Leiche mit Erntefrüchten gefüllt wurde, welche die Luft völlig absperrten und den Prozeß der Mumifizierung begünstigten. Ein Transport der Leiche von seiten der Zigeuner, bei denen das Kind ja noch im August, also zu einer Zeit, da die Scheune schon geschlossen war, gesehen worden sein sollte, sei also völlig ausgeschlossen.

Alle diese Ausführungen, die er allerdings in ihrer formulierten Ausdrucksweise nicht immer verstand, verfolgte der Angeklagte mit großer Aufmerksamkeit von Anfang bis zum Ende. In einer kindlichen Spannung hingen seine Augen an den Lippen der Sprechenden. Als er unter den Zeugen die beiden Entenhirtinnen erblickte, nickte er ihnen lächelnd zu. Die Mädchen aber erröteten und wandten ihre Gesichter fort. Die Verhandlung dauerte an diesem Tage von zehn Uhr morgens bis drei Uhr mittags.

Als Fritz in die Zelle zurückgebracht wurde, fragte er den Wärter, wann es denn morgen wieder losgehe. Er erwartete die Verhandlungen mit Freude, es erfüllte ihn mit Befriedigung, wenn er im Saal auf der Anklagebank saß, durch eine Umzäunung von den anderen Menschen getrennt, deren Nähe er immer geflohen war und sie nun doch hören und sehen konnte.

Die zweite Verhandlung dauerte von morgens neun bis nachmittags fünf Uhr mit einer Pause von zehn Minuten. Auch da ermüdete der Angeklagte nicht, saß ruhig, unbeweglich da, nur seine Augen wanderten von einem zum andern. Trotz der großen Lebhaftigkeit, mit der er alles verfolgte, ließ er sich nie zu einem Ausruf oder einem Wort hinreißen, sprach nur, wenn er gefragt wurde, und gab die gleichen, kurzen Antworten dem Staatsanwalt wie dem Verteidiger. Er brach an diesem Tage einmal in Lachen aus, so frei und herzlich, daß der Verteidiger sofort als auf ein Entlastungsmoment darauf hinwies. Es war bei der Vernehmung des Zeugen Mandelkow. Der Vorsitzende fragte den Angeklagten: »Ist es wahr, daß Sie sich bei der Mitteilung des Schultheißen Mandelkow von dem Auffinden der kleinen Anna als Leiche in der Scheune der Domäne verfärbt haben?«

Fritz richtete seinen Blick lange auf den Vorsitzenden, dann auf den Zeugen, der ihn mit lächelndem Mund unter den tückisch funkelnden Augen ansah, und sagte langsam, aber übermütig: »Das wird der Herr wohl wissen, ich weiß es nicht, ich kann mir doch nicht selbst in das Gesicht sehen.« Und er lachte bei seinen eigenen Worten hell und kichernd auf.

Der Vorsitzende sprach weiter: »Ist es wahr, daß Sie in einem Gespräch mit Ihrem jetzigen Dienstherrn den Kriminalkommissar verdächtigt haben, Sie betrunken zu machen?«

»Jawohl, das habe ich gesagt. Er hat mir Bier und Wein geben lassen. Ich habe vorher erzählt, daß ich nur Milch trinke.« Und mit dem Finger auf den neben ihm stehenden Kriminalkommissar zeigend, fügte er hinzu: »Das ist ein sehr kluger Herr!«

Hier brach im Saal ein allgemeines Gelächter aus, der Kommissar wandte sich verlegen zur Seite. Der Präsident rief zur Ordnung und wandte sich von neuem an Fritz: »Sie halten sich nach allen Aussagen und Beteuerungen für unschuldig, wieso kamen Sie darauf, dem Zeugen Mandelkow gegenüber zu sagen, daß Sie wohl wüßten, zwei Jahre seien Ihnen bestimmt? Wofür glauben Sie denn eine Strafe verdient zu haben?«

»Ich weiß nicht mehr, daß ich so etwas gesagt habe. Der Herr war immer hinter mir her. Er hat mir gar keine Ruhe gelassen. Er hat wohl hier wollen viel erzählen.«

Der Schultheiß auf der Zeugenbank zischte wütend durch die Zähne.

Der Vorsitzende fuhr fort: »Aus welchen Gründen verließen Sie Nacht für Nacht Ihre Kammer und schliefen statt im Bett auf Stroh im Pferdestall?«

»Das kann ich nicht sagen, es ist mir lieber so. Ich bin ja am Tage auch bei den Pferden.«

»Und warum vergraben Sie Ihren ehrlich ersparten Lohn unter der Erde, statt ihn im Koffer aufzuheben wie alle anderen?«

Fritz errötete. »Ich weiß nicht. Es ist unter der Erde besser fort.«

»Wieso fort?«

»Ich weiß nicht.«

»Vergraben Sie öfters Dinge, die fort sein sollen?«

Fritz schwieg.

»Wieso kamen Sie zu den Äußerungen Ihren Kameraden auf der Domäne gegenüber, daß das Kind wohl nicht mehr zu finden und es wohl gut verwahrt sei?«

»Das war doch auch so.«

»Aber woher wußten Sie das?«

»Das dachte ich so.«

»Haben Sie viel an das verschwundene Kind gedacht?«

»Ach nein. Es war immer viel Arbeit.«

Es folgte dann noch die Vernehmung der zwei Zeugen aus dem Prozeß gegen die Zigeuner, die als glaubwürdig verblieben waren und unter Eid nochmals aussagten, in der ihnen vorgelegten Photographie des Kindes Anna B. mit der größten Bestimmtheit jenes Kind zu erkennen, das sie bei den Zigeunerbanden gesehen hatten. Mit dieser für den Angeklagten günstigen Zeugenvernehmung schloß der zweite Gerichtstag.

Erschöpft, in tiefer Müdigkeit, schlief der Angeklagte vom frühen Abend bis zum nächsten Morgen in ruhigem, traumlosem Schlaf, während Richter, Verteidiger und Staatsanwalt in schlafloser Nacht von neuem ein jeder sich wieder und wieder in die Akten versenkten, in Eifer, Mühen und Sorgen sich auf den nächsten Tag vorbereiteten, der das Urteil in diesem die Öffentlichkeit in so weitem Maße beschäftigenden Prozeß bringen sollte.

Am dritten Tag begannen die Verhandlungen um neun Uhr morgens und dauerten bis zehn Uhr abends mit einer Pause von zwei Stunden. Material, Verhöre, Zeugenaussagen häuften sich, der Eifer, die erhöhte Arbeitswilligkeit, die nur durch unerhörte Kraftanstrengung bemeisterte Ermattung der Richter schufen schon am frühen Vormittag eine ungewöhnliche, fieberhafte Spannung im Gerichtssaal, gegen die die Ruhe, das gleichmäßig heitere Antlitz des Angeklagten sonderbar abstach.

Denn bisher hatte ihn nichts erschüttern, ja, nicht einmal berühren können von dem, was von den Richtern verhandelt und verlesen wurde, ihre Fragen und Mahnungen konnten ihn nicht erreichen. Denn diese Welt, die feindlich mit klaren Worten und Gesetzen gegen ihn anstürmte, konnte nie der Spiegel der Wahrheit für ihn sein. Unverständlich waren für ihn »Mord« und »Unzuchtsverbrechen«, unverständlich waren ihm ja selbst die dunklen, bösen Gefühle, der Rausch und die mörderische Wollust, die in seiner Seele verborgen lagen. Das verschwundene Kind war ihm nicht mehr als ein versunkener Schlaf, eine in Bewußtlosigkeit verträumte Umarmung. Die Leiche des Kindes, die ausgebleichten Knochen und der hohle weiße Schädel hatten ihn an nichts erinnert. Er hatte geliebt und hatte gemordet, doch er wußte nicht, daß es zweierlei war, und er wußte nicht, daß er beides getan hatte.

Er fühlte wohl dunkel, daß er verloren sei, so wie die Welt für ihn verloren war seit jenem Morgen, da man ihn von Schlaf und Arbeit fortgerissen und ins Gefängnis gebracht hatte. Doch das Warum fühlte er nicht. Daher sein dem Richter unverständlich hartnäckiges Leugnen, seine Ruhe, seine Unbefangenheit, seine Heiterkeit.

Jedoch am Nachmittage des dritten Verhandlungstages erschienen Christian B. und die Mutter des Angeklagten als Zeugen. Von diesem Augenblick an veränderte sich das Verhalten des Angeklagten völlig. Er bewahrte zwar noch immer seine Ruhe, und die Erschütterung, die sich bei dem Anblick der beidem auf seinem Gesicht zeigte, war noch immer nicht die eines plötzlichen Schuldbewußtseins und konnte auch von dem Richter nicht so gedeutet werden. Aber seine Augen, weit geöffnet, von Erregung feucht und verdunkelt, wanderten halb gerührt, halb voll Spannung von einem zum andern, bis sein Blick sich ganz und gar in das Gesicht der Mutter vergrub. Er war erst errötet, nun erblaßte er tief.

Das Gesicht der Mutter, von unzähligen, erst kurz verheilten, noch geröteten Wunden zerschnitten, die als ewige Striemen über die klare Stirn, die guten Wangen und das weiche Kinn gezogen waren, bedeutete für ihn einen Schrecken, eine böse Drohung. Sie hatte nur einen kurzen Blick auf ihn geworfen, schnell preßten sich ihr bittere Tränen aus den Augen und rieselten heiß und schmerzend über das dornige Gewirr ihrer Narben auf ihre Brust nieder. Da geschah das Seltsame, daß der Sohn langsam die Hände zur Brüstung des Gitters hob, sie ineinanderfaltete und mit flehendem Ausdruck, mit einer gespannten Traurigkeit an den Lippen seiner Mutter hing.

Es wurde aber zuerst Christian B. vernommen. Seine hohe, schon so gebeugt gewesene Gestalt erschien wieder jung, aufgerichtet, seine Schultern waren gereckt, schienen willig, Last und Sorgen von neuem zu tragen, aber sein Gesicht, weiß umrahmt von Haar und Bart, war das eines Greises. Die Haut war durchfurcht von Falten des Grames, der erloschen war, die hohe Stirn zermürbt von Kampf ohne Sieg oder Gnade, nur die Augen schienen noch lebend in einem sanften Glanz abgründiger Demut, wenn die Lider, die schwer wie Grabdeckel sie bedeckten, sich hoben.

Er machte seine Aussagen mit ruhiger Stimme, ohne Erregung. Über den Angeklagten befragt, sagte er, daß er ihn immer für einen fleißigen, ehrlichen, nicht bösen Menschen gehalten habe.

Der Vorsitzende: »Halten Sie nun nach allem, was sich ergeben hat, den Angeklagten für schuldig?«

Christian: »Ich will das nicht entscheiden. Ich bin kein Richter.«

»Sie haben ein Jahr lang die größten Opfer gebracht und mit unendlicher Mühe die Nachforschungen nach Ihrem armen Kinde betrieben. Würde es Sie nun nicht auch mit Genugtuung erfüllen, wenn das Gericht endlich die Lösung des furchtbaren Unglücks findet und die entsetzliche Tat nach Möglichkeit irdischer Gerechtigkeit sühnt?«

Christian: »Nein, ich empfinde keine Genugtuung darüber, und eine Erklärung für den Tod meines armen Kindes könnte ich auch in der bewiesenen Schuld des Angeklagten nicht finden. Und keine Strafe kann das sühnen.«

Da sprang die Mutter plötzlich von der Zeugenbank auf, trat neben ihren Herrn und rief mit lauter Stimme: »Er ist schuldig, strafen Sie ihn, strafen Sie ihn, Sie müssen in strafen!«

Ihre Narben glühten wie feurige Schlangen in ihrem Gesicht auf, während Ströme von Tränen es überfluteten, ihr weinender Mund ausgeweitet bebte. Auch der Angeklagte war aufgesprungen und starrte nach der Mutter hin. Im Saal erhob sich ein Tumult, der Vorsitzende rief zur Ruhe, und der Herr führte die Magd an ihren Platz zurück, strich ihr beruhigend über Schultern und Arme. Der Verteidiger beantragte eine Pause, damit die Zeugin sich beruhige, ehe sie ihre schwerwiegende Aussage mache. Es trat die Pause von zwei Stunden ein. Der Angeklagte wurde in die Zelle zurückgeführt, wo er unbeweglich auf seinem Schemel hockte, beide Hände weich und wie schützend vor sein leicht gesenktes Gesicht gelegt. Er ließ das Essen unberührt; er schien zu schlafen, als man ihn wieder zur Verhandlung rief.

Die Verteidigung warf jetzt die Frage auf, ob der Angeklagte jene Hacke, mit der seine Mutter ihn angetroffen habe und auf die sie bisher ihre Anklage stütze, nicht lediglich dazu benutzt haben könne, den alten Bettler, der um die fragliche Zeit auf dem Hofe der Domäne sich aufgehalten, zu verjagen. Dieser alte Zigeuner war nach seiner Entlassung aus der damaligen Haft von seiner Bande abgefallen und hatte sich durch die ganze Zeit in der Umgebung von Treuen aufgehalten. Er sei geladen, und die Verteidigung beantrage seine Vernehmung vor der der Mutter.

Der Alte wurde vorgeführt. Er war über und über mit einer womöglich noch dickeren Kruste von Schmutz und Erde bedeckt als früher, die gleichmäßig fast sein ganzes Gesicht, Haar, Hände und Kleidung überzog; sie war mit Strohhalmen, mit Resten von Unrat verflochten, die von den Kehrrichthaufen oder Stallecken hängengeblieben waren, welche ihm zum Nachtlager dienten. Sein Erkennungszeichen, die Wunde am Hals, war unter Schmutz verschwunden, den ihm erst ein Gerichtsdiener abkratzen mußte, damit sie festgestellt werden konnte. Er ging schwer. Seine Füße, mit unerkennbaren Lumpen und Lederresten umwickelt, schienen bei jedem Schritt mit der Erde zu verwachsen und mit unendlicher Mühe sich wieder von ihr aufzuheben. Dagegen sprach er jetzt fließend, lachte viel, und seine Augen blickten schwarz, lebendig und klug aus dem unter Bart und Schmutz versteckten Gesicht hervor. Er erkannte den Angeklagten sofort wieder und erhob drohend gegen ihn den Finger. Der Vorsitzende legte ihm eine Abbildung des Gutshofes in Treuen vor und fragte ihn, ob er sich besinnen und zeigen könne, aus welcher Richtung der Angeklagte mit der Hacke hergekommen sei. Er zeigte sofort auf die Gartenseite der Scheune.

»Und was tat der Angeklagte mit der Hacke, als er Sie sah?«

»Oh, er wollte sie auf mich feuern, der schlimme Kerl, es ist ein schlimmer Kerl, ich bin schon alt, und manchmal muß ich stehlen, ein alter Mann kann doch ruhig einen Apfel stehlen im Sommer, wo sie an den Bäumen hängen, die Menschen habe ja immer Äpfel gestohlen, Herr Richter, das wissen Sie doch auch, Sie wissen schon, wo ich meine. Aber gleich kommt einer mit der Hacke, das ist zu hart, Herr Richter, zu hart.«

»Haben Sie noch bemerkt, wohin der Angeklagte sich dann mit der Hacke wandte?«

»Ich habe ihm den Rücken gekehrt, wie einem Teufel. Ich wollte ihn lieber hinter mir haben, ich bin gelaufen, einmal habe ich mich umgedreht, da hat er beim Brunnen gestanden und hat gelacht. Er ist ja sehr hübsch, aber schlimm, Herr Richter.«

»Und haben Sie sonst nichts bemerkt, etwas Auffälliges?«

»Nichts bemerkt, nichts. Es war so schön leer im Hof. Zwei oder noch mehr Äpfel hätte ich bekommen können.«

»Nehmen Sie sich in acht, wenn Sie stehlen, kommen Sie mit dem Gesetz in Konflikt, Sie wissen doch, daß man nicht stehlen darf?«

»Jawohl, Herr Richter, man darf es nicht, jawohl«, und seine schwarzen Augen funkelten vor Vergnügen, als er das sagte.

Der Vorsitzende beherrschte sich und fragte ruhig weiter: »Und Sie haben auch von dem Kind, das, Sie wissen ja, an dem Tag verschwand, nichts bemerkt?«

»Nein, es war leider kein Kindchen zu sehen, es hätte mir die Äpfel geschenkt. Es lief aber keines herum, es hat auch keines gerufen oder geschrien. Ich weiß schon, nach dem Kind habt ihr mich schon immer gefragt, aber ich habe keines, habe keines gehabt, wie ich jung war, auch nicht, bin kein Väterchen.« Alles lachte. Der Verteidiger stellte fest, daß kein Beweis vorliege, daß der Angeklagte mit der Hacke wirklich in der Scheune war.

Die Mutter wurde wieder vorgeführt. Sie war ruhiger, und das Verhör nahm seinen formellen Lauf. Der Vorsitzende:

»Sie wissen, daß Sie als Mutter des Angeklagten das Recht haben, Ihre Aussagen, soweit sie ungünstig sind, zu verweigern?«

»Ja.«

»Trotzdem traten Sie in der Voruntersuchung als Kronzeugin auf und sprachen als erste bei dem Auffinden der Leiche den furchtbaren Verdacht über Ihren Sohn aus.«

»Ja.«

»Halten Sie denselben auch heute noch aufrecht?«

»Ja.«

»Und sind bereit zu erklären, von dem Recht der Aussageverweigerung keinen Gebrauch zu machen?«

»Ja.«

»Wollen Sie den Eid leisten?«

»Ja.«

Der Vorsitzende ließ Emma schwören. Sie umkrampfte dabei mit beiden Händen das einfache Kreuz.

»Wollen Sie uns nun die Gründe Ihres Verdachtes angeben?«

»Welche Gründe?«

»Nun, woraus schließen Sie die Schuld Ihres Sohnes an dem Tod des Kindes?«

»Ich weiß es.«

»Nun, und woher wissen Sie es? Haben Sie etwas von der Tat bemerkt?«

»Ich habe keine Tat gesehen.«

»Also wann stieg Ihnen zum erstenmal der Verdacht auf?«

»Ich mußte die Hacke holen, wie das Kind gefunden wurde, und wie ich sie in der Hand hielt und in die Scheune lief, da wußte ich es.«

»Die Hacke hat Sie also daran erinnert, daß Sie Ihren Sohn vor Jahresfrist damit sahen?«

»Ja, wie ich die Hacke in der Hand hielt und in die Scheune lief, hat sie hin und her geschaukelt wie bei ihm.«

»Von welcher Richtung kam damals Ihr Sohn?«

»Es war im Scheunentor.«

»Damals war Ihnen nichts verdächtig erschienen?«
»Nein.«
»Und auch während des ganzen vergangenen Jahres haben Sie nichts Verdächtiges an dem Angeklagten bemerkt?«
»Nein.«
»Wie war er zu Ihnen?«
»Sanft und gut und fleißig.«
»Sprachen Sie mit ihm über das Verschwinden des Kindes?«
»Wir haben zusammen gebetet, daß das Kind wiedergefunden werden möchte.«
»Und er hat mitgebetet?«
»Er hat gebetet und gesungen mit mir.«
»Ihr Verdacht ist also doch nur eine Vermutung, oder sagen wir ein Gefühl, und daraufhin erheben Sie eine solche Anklage, die einen Menschen zum Schafott bringen kann?«
»Er ist doch ein Mörder!«
»Er ist doch Ihr Sohn!«
»Darum weiß ich es.«
»Das verstehe ich nicht.«
»Ich weiß es, und darum will ich sterben, ich kann nicht mehr leben.«
»Ganz recht, Sie waren so von der Schuld des Angeklagten überzeugt, daß Sie einen Selbstmordversuch machten. Haben Sie nun, gesetzt den Fall, es wäre so, auch darüber nachgedacht, aus welchem Grunde wohl der Angeklagte das Kind ermordet haben sollte?«
»Ich weiß es.«
»Nun, warum?«
»Ich kann es vor den Menschen nicht sagen.«
»Vor den Richtern aber wollen Sie es sagen?«
»Ja.«
Es wurde auf kurze Zeit die Öffentlichkeit von der Verhandlung ausgeschlossen. Der Richter fragte die Zeugin leise, in fast zartem Ton: »Nun, warum, glauben Sie, hat der Angeklagte diese Tat getan?«
»Er mußte es tun, es war sein Trieb.«
»Haben Sie irgendwelche unzüchtigen Handlungen an ihm bemerkt?«
»Nein. Niemals.«
»Also, können Sie uns nicht den Grund sagen?«

»Ich will alles sagen, denn er muß bestraft werden. Es fängt bei seinem Vater an, der hat mich niedergeworfen und hat mich entsetzt, mich mit Gewalt gezwungen, und ich habe dann das Kind bekommen. Es war aber ein gutes und sanftes Kind. Es war auch schön, sehr schön. Einmal war er krank, und ich habe ihn gewaschen am ganzen Körper, und da habe ich seine Blöße gesehen, und es war kein Kind mehr, sondern ein Mann, und es war böse, es war ein schwarzer Trieb, und es war nicht mehr mein Kind, ich habe mich vor ihm gefürchtet. Und wie ich die Hacke holte, habe ich alles gewußt, Herr Richter, und sie hätten mich totschlagen sollen, sie sollen ihn totschlagen, und sie sollen mich totschlagen, denn es ist doch mein Kind, das ist das Beste«, und sie wandte sich plötzlich gegen den Sohn, hielt ihm ihr zerfetztes, bleiches Antlitz entgegen, und während ihre Augen mit unzerstörbar guten Mutterblikken seine Gestalt umfingen und ihr Herz, zerschnitten und zerfetzt wie ihr Gesicht, mit unversiegbarer Zärtlichkeit sich füllte, flehte sie ihn an: »Lüge nicht; laß dich erschlagen, laß dich totschlagen, du weißt ja nicht, wie böse du bist. Ich will es dir ja sagen, aber wie soll ich es nur sagen? Es ist so furchtbar mit dir, wenn du Freude haben willst, mußt du immer Böses tun, verstehst du das, die Natur ist böse in dir; du dürftest kein Mann sein, es wird nur immer Schreckliches aus dir kommen, leugne nicht, laß dich totschlagen, wenn du stirbst, sterbe ich auch, du bist mein Kind!« Sie war langsam bis an die Barriere gekommen, mit einem heftigen, sehnsüchtigen Griff riß sie den Kopf des Kindes an ihre große Brust, preßte sein Gesicht gegen ihr Herz, fest und fester, mit aller Kraft, mit allem Wunsch, ihn da zu ersticken, seinen Atem aufzusaugen mit den Stößen ihres Herzens. Vergebens wehrte sich der Sohn gegen die eiserne Umarmung, erst zwei herzutretende Gendarmen konnten sie voneinander trennen. Keuchend, mit halb ersticktem Atem und hochgerötetem Kopf erhob sich Fritz, während die Mutter erschöpft mit leisem Weinen zusammensank.

Der Vorsitzende wandte sich an den Angeklagten: »Angeklagter, was haben Sie zu den Worten Ihrer Mutter zu sagen?«

Er antwortete, immer noch keuchend, mit heißen, verquollenen Augen in dem roten Gesicht, sehr schnell: »Ich habe nichts getan.«

Die Zeugin wurde entlassen und die Öffentlichkeit wiederhergestellt. Es war schon nachts, als die Verhandlung schloß. Das Urteil sollte am nächsten Tag gefällt werden. Richter, Staatsanwalt und Verteidiger schliefen selbst nach den Anstrengungen dieses Tages kaum einige Stunden in der Nacht. Hatte es schon die Anspannung aller Geisteskräfte gefordert, die Tatsachen dieses Prozesses zu klären und zu bestimmen, schien es jetzt, wo nun das Urteil gefällt werden sollte, ganz unmöglich, die letzte Klarheit zu erkennen. Nach monatelanger Arbeit in der Untersuchung, mit einer sein eigenes Dasein ganz auslöschenden Hingabe, mit einer ihn selbst verwirrenden Einfühlung in die Atmosphähre der schrecklichen Tat erwog der Richter noch in der letzten Nacht Schuld und Urteil in der gleichen Ungewißheit wie am ersten Tage.

Der Angeklagte schlief auch in dieser Nacht tief und traumlos. Doch hatte der Anblick der Mutter, ihr von Leiden und Narben zerfetztes und entstelltes Gesicht und mehr noch ihre furchtbaren Worte ihn mit Macht getroffen. Diese Worte, die mehr als Worte, die Blutzeugen seines eigenen Blutes waren, die das Verborgenste in ihm trafen, von dem er selbst noch nicht gewußt hatte, sie waren der erste glühende Funke, aus dem jene Flamme erstand, die dieses schwarze Blut, diesen mörderischen Schoß und sein böses Zeugen ausbrennen sollte, die nach und nach diese Seele erleuchten sollte bis zu der Erkenntnis ihrer selbst.

Sein erstes Empfinden war Furcht. Die Mutter wollte die härteste Strafe für ihn, er war verloren. Nie würde es wieder werden, wie alles einmal war, die Strafe mußte er auf sich nehmen. Er stand in der vom hellen Mondschein der klaren Winternacht erhellten Zelle. Er wandte sein Gesicht dem weißen Gestirn zu, das groß und nahe vor dem Gitter des Fensters schwebte, wie ein zweites Gesicht, von Gebirgen wie von Narben durchzogen, ihm zugewandt. Vor diesem Gesicht entkleidete er sich. Langsam nestelte er die Kleider auf und ließ sie von sich zu Boden fallen. Als er im Hemd stand, raffte er es schnell zur Höhe, zeigte seinen Leib. Alles blieb ruhig. Still und schön blieb das silbern schwimmende Antlitz des Mondes, und doch vermochte er nicht, seinen Blick vom Himmel loszureißen und zur Tiefe seines entblößten Leibes zu senken. Er ließ das Hemd langsam wieder fallen, er fühlte Frost und kroch unter die rauhe Decke der Pritsche. Schnell erwärmte er sich und schlief ein. Er war noch völlig vom Schlaf verwirrt, als der Wärter ihn morgens weckte, und lachte während des Ankleidens vor sich hin. Doch als er zu sich kam, wurde er ernst und still, er dachte an die Strafe.

Um acht Uhr begann die Verhandlung. Er hörte diesmal kaum zu, wartete nur darauf, seine Mutter wiederzusehen. Von ihr erwartete er die Strafe. Doch es wurden nur die Zeugen nochmals vernommen, die das Kind Anna B. bei den Zigeunern gesehen hatten, bis sich der Richter in ausführlichen Erklärungen dafür entschied, daß diesen Zeugen, nach der gegebenen, im besten Falle doch unsicheren Art alle Rekognitionen nach Bildern und Erinnerungen, weniger Glauben zu schenken sei als jenen Zeugen, welche die Leiche der Anna B. und ihre Kleider rekognosziert hatten. Dann folgten die über Stunden sich ausdehnenden Plädoyers des Staatsanwaltes und des Verteidigers über Für und Wider der Schuld. Um sechs Uhr abends erkannte das Gericht auf Grund vorliegender Tatsachen und Beweise: daß der Angeklagte Schütt am 24. Juni die Anna B. mit Vorsatz und Überlegung getötet habe und deshalb wegen Mordes zu der gesetzlich höchsten Strafe, nämlich zu fünfzehn Jahren Gefängnis, verurteilt werde. In einer zweistündigen Ausführung begründete der Vorsitzende das Urteil. Die Milde der Strafe wurde damit erklärt, daß der Angeklagte bei Begehung der Tat sein achtzehntes Lebensjahr noch nicht erreicht hatte. Das Publikum nahm, erschöpft durch die lange Dauer der Verhandlungen, das Urteil ohne ein besonderes Zeichen von Erregung oder Teilnahme auf. Nicht anders auch der Angeklagte. Ruhig und gleichmütig erhob er sich, um den Saal zu verlassen, als plötzlich sein Dienstherr Mandelkow dicht vor ihm auftauchte und mit lauter, pfeifender Stimme, doch in beschwörendem Ton rief, daß es alle hören konnten: »Nun rede doch, sage es ihnen doch! Es kann doch nichts mehr geschehen! Sage ihnen doch, daß du es getan hast!« Noch ehe der Vorsitzende zur Ruhe rufen konnte, war schon der ganze Saal verstummt, aller Blicke auf den Angeklagten gerichtet. Fritz sah den Dienstherrn ruhig und scharf mit seinen hellen Augen an, senkte seine Hände in die Taschen und sagte laut und langsam: »Ich kann nichts sagen. Ich habe nichts getan!« Er drehte sich um, seinen Weg nach der Zelle anzutreten; in einem lebhaften Tumult erhoben sich die Stimmen der Bestürzung oder der Empörung, die seine Worte hervorgerufen hatten, hinter ihm.

Als Fritz in seiner Zelle angelangt war, überfiel ihn plötzlich tiefe Müdigkeit. Er vermochte nicht mehr seine Kleider auszuziehen, ehe er sich auf das harte Lager niederließ. Aber schlafen konnte er nicht. Er dachte daran, daß seine Mutter heute nicht gekommen war, und er dachte an die Strafe. Totgeschlagen wurde er nicht, obwohl es die Mutter so gewollt hatte, aber man würde ihn sicher ins Zuchthaus bringen. Da würde man ihn wohl mit Ketten umschnüren, er würde nicht mehr gehen können, nicht sich bewegen können, nicht sich in einem Winkel verstecken können, wenn er sich danach sehnte, man würde ihn wohl mitten an eine Wand anschließen. Das schlimmste aber würde wohl sein, daß jeder an ihn herantreten, ihn berühren konnte; er dachte sich aus, daß er, mit den Händen in einem eisernen Ring festgeschlossen, sich wohl von dem Wärter an- und auskleiden lassen müsse, da er doch, ewig gefesselt, keine Handreichung, auch nicht die letzte um der Notdurft willen, mehr tun konnte. Dieser Gedanke erfüllte ihn mit Entsetzen, mit einer grauenhaften Furcht vor der Strafe. Er sprang vom Lager auf und eilte zur Tür. Sein Trieb, zu entfliehen, war so stark, daß er an die Türe rüttelte, daß er nicht begriff, daß sie sich nicht öffnete. Er tastete an den Wänden der Zelle umher nach einem Ausgang, stumm, klopfenden Herzens, Schweiß rann in der Kälte an seinem Körper herab. Plötzlich aber stand er vor dem Fenster still, vor dessen Gitter weiß und voll die Scheibe des Mondes schwamm, ein unbewegliches Gesicht, von Gebirgen wie von Narben zerfetzt, ein stilles, kaltes, ausgebrannte Gestirn. In seinen Anblick verlor er sich ganz, von dem bleichen Schein, der auf seiner kindlichen, heißen Stirne ruhte, floß ein Strom von Kälte wie der Hauch tödlichen Eises in sein Herz, dessen Schläge sich zu entfernen schienen, wie leise davonschleichende Schritte verklangen, die Kraft verließ seinen Körper, er sank zusammen.

Am Morgen fand ihn der Wärter am Boden liegend in tiefem Schlaf, die Glieder steif von Kälte. Er begann, um ihn gleichzeitig zu erwärmen und zu erwecken, seinen Körper mit den Händen zu reiben, doch kaum erwacht, stieß ihn Fritz mit Entsetzen und Gewalt von sich und richtete sich auf, so schnell es seine von Kälte und von dem harten Lager auf dem Steinboden gelähmten Glieder erlaubten. Der Wärter, halb abgewandt, beobachtete ihn von der Seite, sagte nichts und verließ die Zelle. Verstört setzte sich Fritz auf den Rand seines Bettes nieder. Beim Erwachen hatte er die Schwere seiner Glieder wie Ketten gefühlt, die ihn umschnürten, das Tasten des Wärters an seinem Körper hatte ihn entsetzt, er glaubte die Strafe schon erfüllt. Langsam aß er die heiße Morgensuppe, die ihn erwärmte und seine Erstarrung löste. Doch wich die Bedrücktheit und Sorge nicht von ihm. Der Morgen war ein Sonntag. Den Gefangenen in Untersuchungshaft war es erlaubt, während der Reinigung der Zellen auf dem langen Gang sich etwas zu ergehen. Es ergab sich dabei oft, daß die Gefangenen einige Worte miteinander austauschen konnten, nur mußte laut und dem Wärter hörbar gesprochen werden. Fritz hatte bisher von dieser Erlaubnis nie Gebrauch gemacht. Er hatte kein Bedürfnis nach Freiheit, nach Bewegung und am wenigsten nach Menschen gehabt. Heute jedoch, im Innersten verwirrt durch Furcht, schlich er sich an die geöffnete Zellentür und spähte vorsichtig auf den langen, dämmerig erleuchteten Gang. Er ließ die wandelnden Gestalten der Gefangenen, die, als ob sie jeden einzelnen freien Schritt bis zum äußersten auskosten wollten, in langsamen, sorgsam ausgetretenen Schritten gingen, an sich vorüberziehen, bis er mit einem plötzlichen Entschluß einen jungen Mann förmlich ansprang und mit seinen Füßen sich in dessen müden, aber doch leichten und federnden Schritt einschmiegte. Dieser junge Mann glich dem Herrensohn auf Treuen, Gustav, hatte dunkles Haar, ein blasses, schmales Gesicht, das von Verzweiflung und bitterer Melancholie verwüstet war. Er warf unter seiner gefalteten Stirn einen kurzen Blick aus den dunklen Augen auf Fritz, als der mit einem Satz sich zu ihm gesellte, doch sagte er nichts. Sie gingen nebeneinander her. Fritz fühlte erst mit Staunen, dann aber mehr und mehr mit Qual, wie er im Takt der Schritte innig verbunden mit einem anderen Menschen ging; er wollte sich davon losmachen, wollte entrinnen, versuchte seine Schritte zu verdoppeln, doch der Abstand zwischen den Gefangenen war zu kurz, er stieß sofort an den Vordermann an, er mußte zurückbleiben und war wieder eingezwungen in den Schritt des anderen. Zornige Erregung und hilfe Angst ergriffen ihn. Schweiß perlte von seiner Stirn. Er dachte, es wäre vielleicht doch besser gewesen, ihn zu erschlagen, wie die Mutter es wollte. Endlich, nachdem er lange an seinem Trotz und seiner Angst gewürgt hatte, begann er heiser und mit unendlicher Mühe zu sprechen: »Gestern haben sie mich verurteilt.«

Der andere ließ seinen dunklen, traurigen Blick über ihn gleiten, sagte aber nichts.

»Zuchthaus ist eine sehr böse Sache, was?«

Der andere zuckte die Achseln. »Die Menschen verdienen es«, sagte er mit einer dunklen, klangvollen Stimme.

»Aber sie müssen einem doch abends die Ketten abnehmen, wenn man sich auf die Pritsche legt und sich ausziehen muß! Das muß man doch alles selber machen können, bei großen Leuten macht das doch niemand mehr gern, die Mutter macht es auch nicht gern, wenn man schon groß ist, das weiß ich jetzt.«

»Ich verstehe nicht, was Sie meinen«, sagte der andere lächelnd, »doch wenn Sie meinen, daß Sie im Zuchthaus hilflos mit Ketten angeschmiedet werden, so sind Sie im Irrtum. Das geschieht nur in ganz seltenen Fällen, zum Beispiel, wenn Sie sich gewalttätig benehmen. Im allgemeinen aber bewegen Sie sich dort so frei, wie es eben in einem Zuchthaus möglich ist.« Bei dieser Rede lächelte der Gefangene vor sich hin und warf einen liebenswürdigen Blick auf den Wärter, der sich sofort nach Beginn des Gespräches ihnen genähert hatte.

»Sie wissen das? Sie wissen das?« fragte Fritz gierig.

»Gewiß, es ist so«, war die Antwort.

Ohne noch etwas zu erwidern, löste sich Fritz mit einem Satz wieder aus der Reihe, aus dem Gleichklang der Schritte, und stürzte in seine Zelle zurück. Hochatmend stand er da still, legte sich selbst beruhigend die Hand auf sein klopfendes Herz. Der Wärter trat in die Zelle ein.

»Was hast du denn?« fragte er. »Du brauchst dich nicht aufzuregen, du kommst ja gar nicht ins Zuchthaus, hast doch nur Gefängnis gekriegt. Das ist nicht anders wie hier bei uns, und hier hast du es doch gut, wie?«

Fritz sah den Wächter mit einem kindlichen, vor Freude geweiteten Blick an. »Ich habe kein Zuchthaus gekriegt?« fragte er leise.

Der Wärter schüttelte den Kopf.

Fritz senkte den Blick zu Boden. Leise erzitterte sein Körper, sein Gesicht überzog sich mit zarter, heller Röte, und Tränen rannen still und schnell unter den gesenkten Lidern hervor. Der Wächter wandte sich ab und ging langsam zur Tür. Dort blieb er stehen. Nach einer Weile fragte Fritz wieder leise: »Kann ich die Strafe gleich kriegen?«

»Jawohl, das kannst du. Du mußt dich vorführen lassen und deine Erklärung abgeben, daß du mit dem Urteil einverstanden bist.«

»Ach ja.«
»Soll ich also melden, daß du morgen vorgeführt werden willst?«
»Ja.«
»Das ist gut. Die Strafe ist ja auch milde.«
»Ja, die Strafe ist milde«, wiederholte Fritz.
»Das ist schön, daß du das einsiehst. Ich werde es also melden«, sagte der Wärter, dann ging er und verschloß die Tür.

Fritz wanderte mit leichten, glücklichen Schritten in der Zelle umher, atmete tief durch die von den aufsteigenden Tränen zusammengepreßte Kehle, mit dem Handrücken wischte er sich die feuchte Spur der Tränen von dem Gesicht. Er war zum erstenmal erschüttert, er weinte zum erstenmal. Böses hatte sich ihm in Gutes verwandelt. Furcht in Freude. Die milden Worte des Wärters hatte er noch im Ohr und hielt sie gegen die bösen Drohungen der Mutter. Zum erstenmal fand er auch als Mensch zum Menschen. Zum erstenmal auch fühlte er die Menschen nicht nur als Feinde, die ihm nachspürten, ihn aufscheuchten aus den schützenden Winkeln seines Schlafes und seiner Arbeit, sondern er fühlte sie jetzt auch als Freunde, die ihm gute Botschaft gaben, als er das Schlimmste fürchtete. Er war ergriffen, er fühlte Dankbarkeit. Er hörte auf, mit müßigen Schritten in der Zelle umherzugehen, stürzte sich über seine Korbflechterei her, die man ihm als Arbeit gegeben hatte, und vertiefte sich mit fieberhaftem Fleiß darein, als könnte er so für alles danken. Müde von Arbeit und erschöpft von den Erregungen schlief er gut die Nacht. Am nächsten Morgen wurde er in die Gerichtskanzlei geführt und hörte mit glücklichem Lächeln den Sekretär an, der ihm bedeutete, daß er das Recht noch habe, seine Angelegenheit durch zwei höhere Instanzen zu verfolgen.
»Ich will die Strafe kriegen«, sagte er als Antwort.
»Mit anderen Worten: Sie wollen also jetzt ein Geständnis ablegen?« fragte der Sekretär.
»Nein, ich komme nur wegen der Strafe.«
»Wie wollen Sie sich also erklären?«
»Ich weiß nicht, wie ich das sagen soll.«

Der Sekretär beriet nun mit ihm, wie die Erklärung aufgesetzt werden sollte. Der Wortlaut, zusammengesetzt aus den formellen Bezeichnungen des Sekretärs und den persönlichen Ausdrücken des Gefangenen, war folgender: »Ich beruhige mich bei dem gegen mich unter dem 6. Dezember dieses Jahres ergangenen Strafurteil und bitte, die mir zuerkannte fünfzehnjährige Gefängnisstrafe sofort antreten zu dürfen. Ich sehe, ich komme von der Strafe nicht ab, und will sie deshalb gleich auf mich nehmen.« Fritz unterschrieb mit seinem Namen in großen, schön ausgeschriebenen Buchstaben. Auf diese Erklärung hin wurde auch seine bisherige Untersuchungshaft sofort in Strafhaft verwandelt.

Die nächste Woche verging gut. Der Gefangene war ruhig, heiter, er arbeitete und sang, seine Zelle hielt er sauber, und mit einer Art naiven Entzückens hatte er sogar die Gefängniskleider angelegt, die ihn wie eine sonderbare Verkleidung anmuteten. Am dritten Tage nach der Erklärung besuchte ihn zum erstenmal der Anstaltsgeistliche. Fritz bezeigte bei seinem Eintritt in die Zelle eine strahlende Freude. Er errötete über und über und folgte mit glänzenden Augen den Worten des Pfarrers. Er empfand es mit ungeheurem Stolz, daß ein Pfarrer, den er bisher stets nur von weitem gesehen hatte und immer nur in Gemeinschaft mit anderen Menschen, der in der feierlichen Kirche immer erhoben über den anderen auf der Kanzel oder den Stufen des Altars gestanden hatte, nun hier zu ihm allein in seine Zelle kam, auf gleichem Boden sich mit ihm befand, auf seinem Schemel saß, während er vor ihm stand.

Der Pfarrer war überzeugt von der Schuld des Gefangenen. Es machte ihn tief erstaunt, bei dem Mörder eines unschuldigen Kindes eine solche Hingabe für Gebet und Predigt zu finden. Er hoffte fest, den Sünder zur Reue, den Mörder zum Geständnis zu führen. Am ersten Tag prüfte er ihn und hörte ihm das Vaterunser, das Glaubensbekenntnis und die zehn Gebote ab. Er sah, wie ruhig und andächtig die Lippen des Mörders über das Gebot glitten: »Du sollst nicht töten.« Doch der Pfarrer verzagte nicht, ›ich muß sein Gewissen erst wecken‹, dachte er.

»Denkst du oft an Gott?« fragte er Fritz.

»Ich bin schon lange nicht in die Kirche gegangen«, antwortete Fritz beschämt.

»Gott ist überall, er ist allwissend und allsehend. Er sieht alle deine Taten, er weiß alle deine Gedanken. Fürchte dich vor ihm!«

»Ja«, sagte Fritz.

»Und wenn du Gott erzürnt hast, wenn du seine Gebote oder nur eines seiner Gebote übertreten hast, dann zittere vor seiner Strafe, denn sie ist furchtbarer als die Strafe der Menschen.«

»Ja.«

»Denke also an Gott! Denke an ihn, bevor du einschläfst! Denke an deine furchtbare Sünde! Denke an Gottes Strafe, die über dich kommen wird, dann bete!«

»Ja.«

»So wollen wir heute noch gemeinsam in Ehrfurcht vor Gottes großer Allmacht das Lied singen ›Erzittere meine Seele vor Gottes mächt'gem Zorn‹.« Der Pfarrer stimmte an, und Fritz fiel mit seiner hellen, schönen Stimme ein, übertönte freudig den rauhen Gesang des Pfarrers. Er sang auch noch lange weiter, als er wieder allein war, er erinnerte sich aller Lieder, die er gemeinsam mit der Mutter im Sommer in der Laube gesungen hatte, als alles noch gut gewesen war. Die Dämmerung kam früh, doch Schnee, der in dichten Flocken fiel, erhellte die Zelle. Er legte sich nieder, in der Kälte faltete er die Hände unter der Decke, dachte an den Geistlichen und betete. Er dachte an die Worte des Pfarrers »Gott sieht alles!« und ein Schauer überrieselte ihn. Doch auch die Mutter hatte alles gesehen, in seinem Schlaf hatte sie erblickt, was man vor sich selber doch verbergen mußte. Er wollte zu Gott beten und wollte zur Mutter beten. Doch in der tiefen Erwärmung seines Blutes schlief er ein, die Hände über dem Schoß gefaltet. Im Traum aber versank er bis zu den Hüften in warm dampfende, schwimmende Nebel, die seinen Leib mit unfaßbar weichen Wellenschlägen umkosten, während sein Haupt mit eisern hartem Druck von obenher niedergepreßt wurde gegen sein eigenes Herz, wo es plötzlich ruhte, abgetrennt vom Nacken, doch lebendig, mit Ohren, die seine eigenen Herzschläge hörten, mit Augen, die niederblickten zum eigenen Leib, der aber unsichtbar war, aufgelöst in weich schleichende, farblos wogende Wolken. Doch der Nebel ward weißer und dichter, er ballte sich zusammen, das weiße, volle, sanfte Gesicht seiner Mutter schwebte auf zwischen seinen Schenkeln, schlafend und friedlich, doch plötzlich sprang das rote Gestrüpp ihrer Narben auf, glühte und leuchtete böse, ihr Mund weitete sich, sie schlug die Augen auf, ihr Blick, von seinem Schoße aufwärts gerichtet, senkte sich in den Blick seines Hauptes, das auf dem eigenen Herzen ruhte. Seine Hände aber schoben sich zwischen den Blick der Mutter und seines eigenen Hauptes Blick, glitten den Leib hinab, dort sprangen seine Finger auseinander, um einzuschlagen in das Netz der Wundnarben, die für sich zu leben begannen, auf und nieder zuckten wie feurige Schlangen, während das Antlitz der Mutter versank. Da schnellte sein Kopf zurück, sein Herz schlug frei auf, er öffnete die Augen, und nach langer Zeit merkte er, daß er erwacht war.

Weiß erhellt war die Zelle von dem silbernen Licht des Mondes, das wiederum durchwirkt war von dem lebendigen Widerschein der fallenden Flocken. Es war still und feierlich um ihn. ›Gott sieht alles‹, dachte er noch einmal und zog die Hände unter der Decke hervor, sorgfältig deckte er sich ringsum zu und ließ die Hände auf der Decke. In seinem Nacken fühlte er noch den furchtbaren Schmerz des Traumes. ›Ich will die Strafe haben‹, dachte er. Er schlief wieder ein. Er erinnerte sich am nächsten Tag des Traumes nicht mehr genau, doch fühlte er sich zerschlagen, seine Glieder waren schwer und schmerzten. Überall drohte das Antlitz der Mutter aufzutauchen, er wagte nicht, an sie zu denken. Er war still, sang nicht und arbeitete fleißig. Am Sonntag morgen kam der Geistliche zu ihm, sie beteten und sangen zusammen.

»Hast du an Gott gedacht?« fragte der Pfarrer.

»Ich habe jeden Abend gebetet.«

»Hast du erkannt, wie groß deine Sünde vor ihm ist?«

»Ja.«

»Hast du auch erkannt, in welchem Gebot du dich gegen Gott versündigt hast?«

Fritz schwieg.

»Sage mir die zehn Gebote Gottes.«

Fritz zählte sie auf.

»Denke nur daran, Abend für Abend, und prüfe dich in Furcht und Demut, welches seiner Gebote du übertreten hast. Du mußt erkennen, bekennen und bereuen. Verstehst du das?«

»Ich muß erkennen und bereuen.«

»Willst du das befolgen?«

»Ja.«

»Denke daran, daß Gott alle, die seine Gebote übertreten, mit schwerer Strafe straft. Wenn du aber erkennst und bereust, kannst du durch die Gnade Christi gerettet werden. Erkenne und bereue.«

»Ja.«

»Fürchte Gottes Strafe!«

»Die Strafe ist milde.«

»Des Menschen Strafe, mein Sohn, du meinst des Menschen Strafe. Des Menschen Strafe ist leicht, denn sie trifft nur den Leib. Aber Gottes Strafe ist furchtbar, denn sie trifft die Seele. Deine Seele, das ist das Unvergängliche in dir, das unvergänglich Gute und das unvergänglich Böse. Du mußt das Gute in dir retten. Du bist aber zum Bösen verdammt, wenn du nicht Gott erkennst in seinen Geboten, und wenn du nicht deine Sünden erkennst gegen seine Gebote. Ich will dich zu Gott führen, zu seiner Strafe und zu seinem Erbarmen.«

»Ja«, sagte Fritz leise, während seine Augen glänzten. Der Geistliche verließ ihn gerührt und in der festen Hoffnung, daß er ihm bald seine Tat gestehen würde.

Doch am Nachmittag dieses Sonntags trat der Wärter ein und sagte Fritz, sein Vater sei da und wolle ihn besuchen. Völlig verständnislos folgte er dem Wärter in die Besuchszelle. Er hatte nie an seinen Vater gedacht, er wußte nichts von ihm, denn er wußte auch nichts mehr von jener Begegnung in seiner Kinderzeit, wo er feindselig in des Vaters dargereichte Hand gebissen hatte. Jetzt erblickte er durch die Stäbe des trennenden Gitters die hünenhafte Gestalt eines Mannes, ein fahles, riesiges Gesicht, umgeben von schmutzig-rotem Bart, kleine, schwimmende Augen.

Der Vater brach beim Anblick des Sohnes in ein lautes, dröhnendes Gelächter aus. Er riß seinen breiten, wie ein Maul zwischen den Kiefern eingeschnittenen, farblosen Mund auf und stieß mit jedem frischen Atemzug sein lachendes Gebrüll von neuem aus, bis endlich der Sohn, der ohne Empfindung und Gedanken dastand, mit seinem hellen, leisen Lachen einstimmte. Endlich beruhigte sich der Alte, und seinen Atem sammelnd, stieß er die Worte aus: »Na, du Aas. Da ist mein Sohn, das Aas! Kennst du mich? Willst du mich noch einmal beißen?« Er hielt seine rechte Hand hoch, an der am Ballen des Daumens drei weiße, perlengroße Narben zu sehen waren.

»Warum beißt du jetzt nicht, du? Warum hast du dich denn einsperren lassen? Schämst du dich nicht?«

»Die Strafe ist milde«, sagte der Sohn.

»Das sagt wohl deine Mutter?« Darauf schwieg Fritz.

»Du dummes Aas, deine Mutter, das ist so eine, die versteht von den Männern nichts. Sie will nichts von den Männern wissen, verstehst du, das laß dir lieber von mir sagen. Ich bin dein Vater, ich habe dich nicht vergessen. Ich freue mich, daß es so mit dir gekommen ist. Jetzt will ich dir etwas sagen: du hast doch nichts gestanden? Du brauchst dich nicht bei dem Urteil zu beruhigen. Du mußt appellieren, verstehst du? Appellieren, so sagt auch der Verteidiger, ich habe mit ihm gesprochen, und er meint das, und ich meine das auch. Verstehst du? Und morgen ist die Zeit um. Ich bin dein Vater, und ich sage dir, du mußt Appellation einreichen.«

»Wenn die Strafe zu viel ist«, sagte Fritz, den Blick verfangen in des Mannes kleine, wasserfarbene Augen, aus denen er aber eine ihm verwandte, böse Kraft ihm entgegenströmen fühlte, die ihn bezwang. »Wenn die Strafe zu viel ist, dann will ich das tun, dann will ich die Appellation einreichen. Du bist ja mein Vater.«

»Jawohl. Nun mache die Sache so. Ich sage es dem Verteidiger.« Er sah den Sohn von oben bis unten an, während seine endlos breiten, geöffneten Lippen erzitterten, und seine Stimme, die sonst bei jedem Wort gewaltig gedröhnt hatte, flüsterte, als er sagte: »Wie die Mutter siehst du aus, du bist ja schön. Schön bist du ja wie die Mutter, aber innen, da ist der Vater, was?«

Fritz schwieg und blickte ihn ernst an.

»Na, adjüs, du Aas«, sagte der Vater plötzlich, wieder laut und dröhnend, drehte sich um und ging mit schweren, stampfenden Schritten hinaus.

Mit heißem, dunkel gerötetem Gesicht kam Fritz in die Zelle zurück. Er durchwanderte sie mit stürmenden Schritten, er pfiff so laut, daß der Wärter es ihm verbieten mußte. Er schleuderte seine Arbeit in die Ecke. Spät am Abend schlief er erst ein und drängte am Morgen in aller Frühe, daß er vorgeführt sein wolle. Gegen Mittag kam er wieder in die Gerichtskanzlei und gab eine zweite Erklärung ab: »Ich habe mich anders bedacht, nehme meine Erklärung, mich bei dem gegen mich ergangenen Straferkenntnis zu beruhigen, hiermit zurück und appelliere gegen das Urteil vom 6. Dezember dieses Jahres.« Diese Erklärung wurde durch den Verteidiger gerechtfertigt und Mitte März des folgenden Jahres verhandelt.

In der Zwischenzeit war der Gefangene sichtlich verändert. Sofort nach dem Besuch des Vaters fiel dem Wärter sein trotziges Wesen auf. Zwar arbeitete er fleißiger noch als früher, säuberte seine Zelle sorgfältig wie immer, doch sprach und grüßte er überhaupt nicht mehr, und wiederholt mußte ihm der Wärter sein herausforderndes Singen und Pfeifen verbieten. Am tiefsten war der Pfarrer durch ihn enttäuscht, als er, statt des reuigen Geständnisses, die Kunde von der Appellation vernahm. Auch wies jetzt der Gefangene seine Worte und Ermahnungen zurück, sobald sie auf seine Tat und deren Geständnis und Reue hinzielten. Doch hörte er weiterhin die Predigten, und besonders in der inzwischen genahten Weihnachtszeit des Evangelium von Christi Geburt, mit sichtbarer Andacht und Freude an. Der Geistliche sah, wie dem Mörder, dem verlorenen Sünder in seinen Augen, Gott unerschütterlich nur Sonntag, Ruhe, Feier und Freude bedeutete. Er dachte lange darüber nach, und traurig erkannte er, daß es ihm nie gelingen würde, diesen Menschen zu Gott zu führen, wie er es verstand, Gott ihn begreifen zu lassen in seinen Geboten, seiner Strafe und erlösenden Gnade. Des Sünders Seele war nicht gottergeben. Aber Gott mußte ihr ergeben sein. Über dem verlorenen Samenkorn aus dem Gleichnis des Heilandes schien schützend der Schatten von Gottes Hand zu schweben, daß es nicht verdorre. Denn wie war es sonst möglich, daß der Mörder beten konnte, ja mit Freude und Glauben beten konnte, Gottes Namen anrufen, ohne auch vor Gottes Strafe zu erzittern, ohne in Reue sich zu zermartern, ohne von den Qualen des Gewissens zerrissen zu werden? Der Geistliche ließ ab, von der Tat des Mörders zu sprechen. Wenn er weiterhin mit dem Gefangenen betete, unterwarf er sich ihm, ließ von ihm die Bibelstellen bestimmen und die Gebete und Gesänge auswählen.

Reue und Gewissensqualen erschütterten die Seele des Mörders nicht. Durch des Vaters Anblick, durch seine Worte, sein Lachen, das der Sohn tief in sich widerklingen fühlte, war er von neuem in Trotz, in stumpfe Ruhe, in kalte Heiterkeit versetzt. Die schrekkensvolle Erinnerung an die Mutter war für lange vertrieben. Aber sie kehrte zurück. Hatte der Vater einst den Sohn in trüben, unmenschlichem Verlangen gezeugt, die Kraft der Mutter, deren gutes, reines Blut das Kind genährt, deren Schoß es geboren hatte, stieß ihn jetzt zum zweiten Male aus dem brütenden Schlaf der bewußtlosen Seele in schmerzendes Erwachen, aus dunkler Verborgenheit gebar sie ihn zum zweiten Male zu Tag und Leben.

In Dunkelheit, in Einsamkeit bis in den Schlaf hinein hatte der Mörder sich bis jetzt gehalten, er vergaß sich noch in Arbeit, Singen, in dem Auf- und Abwandern in der Zelle, in Lachen und trotzigen Gedanken, in schönen Gebeten, in Schlaf und Traum. Kam aber nebelhaft fern die Erinnerung an den Traum, in dem der Mutter entsetzlich zerschnittenes Gesicht aufgetaucht war, nicht aus dem Herzen, nicht aus den Gedanken, sondern unter den immer verhüllten Orten seines Körpers hervor, überfiel ihn Furcht, Furcht vor sich selbst. Er ward sich selbst zum Schrecken. Krampfhaft hielt er sich bedeckt vor sich selbst, wandte stets sein Haupt zur Seite, schloß die Augen, wenn er seinen Körper entblößen mußte. Er hatte sich hartnäckig geweigert, an den Sonnabenden in das allgemeine Bad zu gehen. Trotzdem diese Weigerung auffallend war, da die meisten Gefangenen gern diese Badegelegenheit benutzten, um sich eine Stunde in Freiheit zu fühlen, nackt und fröhlich miteinander umherzulaufen, sich gegenseitig zu necken oder zu quälen, kam man dieser Weigerung des Gefangenen ohne Widerspruch nach, da man eine Isolierung in Anbetracht seines besonderen Falles für gut hielt. Er bekam an den Badetagen eine hölzerne Wanne mit lauwarmem Wasser in die Zelle geschoben. Er entkleidete sich mit geschlossenen Augen, mit fest zusammengepreßten Lippen und angehaltenem Atem, damit er nichts sähe, nichts fühle von sich selbst. Er wickelte das Tuch, mit dem er sich wusch, wie einen Handschuh um seine Hand, damit er sich nicht selbst berühre. Beim An- und Auskleiden des Abends und des Morgens beeilte er sich, aus den Kleidern sofort unter die Decke zu kommen, und beim Erwachen griff er wieder unter der Decke hervor nach den Kleidern. Beim Einschlafen legte er die gefalteten Hände auf die Decke und hielt sie da, trotzdem sie in der Kälte der Zelle bald erstarrten. In der Nacht, erweckt vom Schmerz des Frostes, zog er sie wohl in die Wärme unter die Decke, aber er barg sie in die Wölbung zwischen seinem Rücken und der harten Matratze des Lagers. So, von sich selbst gefesselt, auf doppelt hartem Lager liegend, hatte er nicht mehr den alten tiefen, traumversunkenen Schlaf der Bewußtlosigkeit, sondern nur einen leichten, dünnen Schlaf, den Schlaf der Erweckung. Es kamen nicht mehr die dumpfen Mahnungen der Träume, es kam nach und nach der klare Brand der Gedanken. Er dachte zuerst an seine Arbeit, er dachte sich ein neues Muster aus, in dem er die dünnen Rohrfäden der Stühle flechten wollte, einen neuen Stern, von einem Kreise umlaufen. Dann dachte er plötzlich an den Vater, er hörte den wilden, bösen Ton, mit dem jener auch über die Mutter gesprochen hatte, er dachte an Vater und Mutter zugleich und begriff, daß er ihrer beider Kind sei, daß der Vater ihn gezeugt, die Mutter ihn geboren hatte. Nun dachte er an die Geburten der Tiere in Treuen, und in nebelhafter Vorstellung erblickte er die Eltern in ihrer Umarmung, er sah den Vater mit mächtigen Knien lastend auf der Mutter, deren Antlitz er sich fest an die Erde gepreßt vorstellte. Aber des Vater riesiges, fahles Gesicht sah er triumphierend erhoben, ausgeweitet vom Lachen. Dann aber ging die Mutter wieder in ihrer ruhig wandelnden Gestalt, mit ihrem weißen, sanften Gesicht über den Hof in Treuen. Kindheit und Heimat tauchten auf, das Haus in Treuen, die Söhne, die Frau, der Herr. Der Gedanke an den Herrn hielt ihn fest. Der Herr war sein Vater gewesen, die ganzen Jahre, die er bis jetzt gelebt hatte. Er dachte an den Herrn Christian B. und die Frau, er wollte sich vorstellen, wie sie sich umarmt hatten, doch nie hatte er von dem Herrn jenes Lachen gehört, nie ihn sich so niederkrümmen sehen, wie er den Vater vor sich sah, der ihn gezeugt hatte. Der Gedanke an den Herrn, die Erinnerung an seine hohe Gestalt, menschlich und edel gestrafft, an sein keusches, verhangenes Gesicht, beugte ihn. Er glaubte, ihm zu gehorchen, als er die kommenden Tage ruhiger, fleißiger und stiller sich verhielt. Er fragte nie nach seiner Berufung, er dachte längst nicht mehr daran, daß er sich gegen seine Strafe aufgelehnt hatte.

Am Weihnachtsfest erhielt er ein Paket mit Kuchen, von dem er aber nicht wußte, daß sein Herr Christian B. es ihm hatte senden lassen. Am zweiten Feiertag wurde er wieder in die Besuchszelle geführt. Er fürchtete, seinen Vater wiederzusehen. Aber nicht dessen ungeheure Hünengestalt wandte sich ihm entgegen, sondern schmal zwischen die Stäbe des Gitters gezwängt, so daß nur die dürftigen, abfallenden Schultern verdeckt waren, sonst aber der ganze magere Körper, mit dem Höcker im Nacken, mit dem kleinen listigen Gesicht war im Zwischenraum der Gitterstäbe, stand sein zweiter Dienstherr, der Schultheiß Mandelkow, vor ihm. Auch er lachte ihm entgegen, doch es war ein leises Kichern. Er sprach gedämpft, flüsternd, in großer Erregung. »Na, hast du ein schönes Christfest gehabt, Junge du?«

Fritz schwieg.

»Du redest nicht? Nicht einmal mit mir?« Er sah Fritz lange an, Qual und Bosheit zeigten sich zugleich auf seinem Gesicht. »Ich habe dir Geld gebracht«, begann er dann wieder, »im Stall haben wir gemistet, da habe ich deinen Schatz gefunden.« Er zog, ohne seinen Blick von Fritz zu wenden, die mit weißem Papier umwickelten Talerstücke aus seiner Tasche.

»Ich brauche hier kein Geld«, sagte Fritz.

»Du darfst es ja gar nicht haben, du dummer Junge«, kicherte sein Herr, »ich weiß wohl, was sich gehört hier an diesem Ort, ich weiß ganz genau, wie es in einem Gefängnis sein muß, wenn ich auch nicht drinnen bin. Du darfst jetzt das Geld nur sehen, dann gebe ich es ab, unten, bei der Direktion, da wird es gut verwahrt, bis du es mal wieder selbst vergraben kannst. Du Armer, immer hast du vergraben, und die anderen graben es wieder auf, was?« Er lächelte, schob seinen Kopf mit emporgerecktem Kinn durch die Stäbe hindurch, während seine stechenden Blicke zwischen halbgeschlossenen Lidern dünn wie der Glanz von Nadeln hervorschossen. Fritz wich, obgleich durch doppelte Gitter von ihm getrennt, einen Schritt zurück, doch warf er seinen Kopf trotzig hoch und zuckte geringschätzend die Achseln. In das Gesicht des Schultheißen schoß eine helle Röte der Wut, hastig begann er zu sprechen: »Na, ja, du bist stolz, du hast Berufung eingelegt. Warum denn? Du bist zu dumm! Köpfen wollen sie dich doch nicht. Warum hast du nicht gestanden, wie alles fertig war? Da hättest du doch reden sollen. Du bist zu dumm. Ich hätte ihnen alles gesagt, wie gern hätte ich alles erzählt, ganz genau erzählt, wie alles gewesen ist, sollen nur die anderen es wissen, was für einer man ist. Du bist immer still und redest nicht, rede doch, dann ist alles so leicht, dann ist gar nichts mehr schlimm. Du vergräbst das wohl auch? Wohin vergräbst du denn das in dir, he?« Er schwieg, schöpfte keuchend den Atem aus seiner engen Brust, seine Augen waren jetzt geöffnet und glitzerten wie in Hitze oder Feuchtigkeit. Fritz konnte ihm nichts antworten. Nach und nach beruhigte sich der Schultheiß, zog seinen Kopf zwischen den Stäben zurück und fragte nach einer Weile weiter: »Nun, erzähle doch, wie geht es dir hier?«

»Die Strafe ist milde«, sagte Fritz.

»Die Strafe ist gut, ja, Strafe ist gut«, sagte der Schultheiß. Seine Stimme, sein Gesicht waren plötzlich wie erloschen, sein Blick war weit geöffnet, weich wandte er sich seitwärts, mit sehnsüchtigem Ausdruck wie in weite Ferne versinkend; er stand ganz still, nur seine Brust flog, die Erregung ausatmend, in Stößen auf und nieder. Große Ruhe herrschte plötzlich im Raum. Nach einer langen Weile, in der nichts geschah, kein Wort fiel, kein Blick gewendet wurde, kein Glied gerührt, erhob sich endlich der Wärter von seinem Platz und trat mahnend auf den Schultheißen zu. Der erwachte aus seiner Versunkenheit, sah nicht mehr nach Fritz hin, sagte mit müder Stimme zum Wärter: »Ich habe ihm gut zugeredet, aber er ist verstockt. Er wird aber noch reden, er wird bestimmt noch einmal reden«, und dann ging er hinaus.

Fritz wurde in die Zelle geführt. Er dachte nicht weiter über die Worte des Schultheißen nach, denn nicht zu reden drängte ihn seine Tat. Den Schultheiß aber fand sein Gesinde am Morgen des Neujahrstages mitten im Moor mit zerschmettertem Schädel liegen; den rechten Fuß hielt er noch mit einer Schlinge an den Hahn der Flinte geknüpft, mit deren Lauf er den Schuß in seinen Mund gelenkt hatte. Seine Tat, mit Vernunft, mit Überlegung, mit dem seelischen Werkzeug des Menschen getan, hatte ihn so unwiderstehlich zum Wort, zum Bekenntnis gedrängt und gehetzt, bis er sich selbst Stillschweigen mit furchtbarer Macht hatte gebieten müssen.

Der Winter verging schnell, Ende Februar war schon der Himmel wie verklärt, in den Stunden des Mittags war die Luft zart durchleuchtet und durchwärmt von Sonne. In diesen Stunden drängte sich in mächtigen süßen Schwaden der Frühlingsduft der Erde durch das geöffnete Zellenfenster. Die ergebene, fast friedliche Stimmung, die Fritz in den letzten Wochen erfüllt hatte, steigerte sich mit dem Erwärmen, Erwachen, Schwellen und Wachsen alles Lebendigen in der Natur in ihm zu erregter Fröhlichkeit, zu einer aus ihm selbst hervorsteigenden Freude, zu einem glücklichen Lebensgefühl. In dem Mittagsstrahl der einfallenden Sonne stehend, die Augen geschlossen, mit zurückgeneigtem Kopf, die Hände, nach der zuchtvollen Gewohnheit im Schlafe, auf dem Rücken gefaltet, sang er vor sich hin, mit hoher, sanfter, schöner Stimme, wie einst in der Heimat, und es klang so rührend und schön, daß der Wärter sich nur schwer entschloß, es ihm zu verbieten, wenn es zu lange dauerte oder zu laut wurde. Übrigens brauchte der Wärter kein Wort zu sagen, sein Eintritt in die Zelle genügte, um den Gefangenen sofort zum Schweigen zu bringen. Denn Fritz war menschenscheuer als je zuvor. Ihm waren die gemeinsamen Spaziergänge mit den anderen Gefangenen eine Qual. Er sprach mit keinem. Mit gesenktem Blick, festverschlossenem Munde, die Hände krampfhaft in den Falten seines Kittels verborgen, ging er mit unsicheren, verlegenen Schritten im Kreis der anderen mit, und als erster schlüpfte er schnell und nun plötzlich wieder sehr gewandt in seine Zelle zurück. Auch vor sich selber verbarg er sich weiter mit angstvoller Sorgfalt, mit der größten Schnelligkeit wechselte er seine Kleider, nachts barg er immer die gefalteten Hände in den Rücken und schlief den traumlosen, durch den Schmerz der zusammengepreßten Hände aufgestachelten Schlaf, aus dem er jederzeit schnell erwachen konnte.

In einer Nacht aber, die eiskühl auf den sonnedurchwärmten Frühlingstag folgte, erwachte er, von brennendem Durst gequält. Erstaunt hörte er sein Herz pochen in weiten, ausholenden Schlägen, sein Mund glühte, fühllos stieß die schwere, trockene Zunge in seiner Höhle umher. Er richtete sich auf, nahm die gelähmten Hände hinter dem Rücken hervor, löste sie, dann stand er auf, tappte nach seinem Krug mit Wasser und trank. Doch er kam nicht dazu, das Wasser in schnellen, durstigen Zügen zu trinken. Der erste Schluck, der kühl und wohlig seine glühende Mundhöhle durchwogte, überströmte ihn mit einem Gefühl der Wollust: seine ausgetrocknete Zunge, nun wieder zu Gefühl erweckt, umschmeichelte die sich lau erwärmende Flüssigkeit, bis er endlich den Schluck mit sanftem Druck gegen die Kehle rinnen ließ. Danach lachte er, sein altes, furchtbares, lautloses, ihn völlig erschütterndes Lachen.

In der Zelle war es dunkel, kein Mond schien, nah und schwer lag der Himmel vor dem kleinen Fenster, besteckt mit einem Stern, winzig und weiß, ohne Licht und Schein. Luft und Stille waren unbewegt, kalt. Nicht Sterben, nicht Leben schien in dieser Stunde zu sein, die zwischen Nacht und Morgen schwebte. Das Lachen des Gefangenen verging, im Boden stieg Kälte auf, schnitt ihm wie unsichtbare Schläge von Ruten in Beine und Rücken, und in diesem Schmerz verging noch einmal das lockende Pochen seines Herzens. Leer, ertötet fiel sein Körper nieder, es war nicht Schlaf, nicht Wachen, was ihn umfing. Das Wasser des Kruges, der umgestürzt war, lief mit noch tieferer Kälte als der des Bodens in kleinen Rinnsalen ihm um Schultern, Nacken und Rücken, und er sagte plötzlich leise: »Ich habe schwer getragen, Herr.«

Als er wieder erwachte, war es frühe Morgendämmerung. Der Himmel war dem kleinen Fenster wieder entrückt, Luft und Wolken in mattem Weiß schwebten hoch, leises Rauschen klang durch die Stille wie zarter Wind oder weicher Regen, ganz fern erklangen auch menschliche Laute, Schritte auf Erde. Mühsam richtete Fritz seinen erstarrten Körper vom steinernen Boden der Zelle auf. Sein Hemd war im Rücken naß, um ihn standen still und dunkelglänzend die Lachen vergossenen Wassers. Er fühlte Erinnerungen kommen an den Teich der Heimat; hatte er nicht jetzt eben auch Ruten getragen, die peitschten gegen Beine, Rücken, Schultern und Nacken? Nein, denn er hatte auf kaltem Boden gelegen, aber damals war er aufrecht im heißen Sommer gegangen. Schnell ergriff er sein Handtuch und trocknete das Wasser vom Boden auf, bis nur noch eine geringe Spur von Feuchtigkeit zurückblieb. Dann schloß er die Augen, zog schnell das Hemd aus, breitete es, mit dem durchnäßten Rücken nach oben, im Bett aus, legte sich selbst darauf, während er das nasse Handtuch über seinem Leib ausbreitete. So wollte er alles trocknen und in Ordnung bringen. Gebettet in naßkaltes Gewebe, schlief er in trauriger Besänftigung nochmals ein, bis ihn der Wärter weckte.

Ein herrlicher Frühlingstag stieg herauf. Früh schon war die Sonne da, durch eine klare, von Winterkälte noch gläsern reine Luft funkelten ihre warmen, alles gierig liebkosenden, lockenden Strahlen. Der Duft der Erde, erweckt durch die Wärme, stieg süß und schwer auf zur Luft, als wäre er der zurückgeatmete Kuß der sich umarmenden Elemente. Nicht sahen die Gefangenen die Gräser sprießen, Blumen und Blätter der Bäume wachsen, Menschen und Tiere freier sich bewegen, nur im Atem der wild berauschten Luft, der durch die Fenster des Gefängnisses drang, sogen sie den Frühling in sich ein.

Fritz saß, Haupt und Rücken umwogt von der gierigen Wärme, gebeugt über seine Arbeit, durchzog den Holzrahmen eines Stuhlsitzes mit einem Geflecht aus feinen gelblichen Rohrfäden, die, regelmäßig in einer Länge von einem Meter geschnitten, in dicken Bündeln an der Wand lehnten. Er bekam von der Verwaltung des Gefängnisses nur diese Arbeit zugewiesen, da er sie mit besonderem Fleiß und mit einem gewissen Geschmack ausführte. Seine Hände flogen, schnell und fehlerlos bildete sich unter ihnen das Muster der Sterne mit dem Kreis, von ihm selbst erfunden. Doch seine Knie zitterten, seine Augen waren blind, sein Ohr war umtobt von dem Rauschen seines Blutes, das aufgestachelt war von der Wärme der Sonne. Ein Tropfen Schweiß rann von seiner Stirn und hielt zwischen den Wimpern seines rechten Auges, stand da still wie eine Träne, und vor seinem geblendeten Blick dehnte er sich im Silberglanz zu einer weiten Fläche. Wasser, unbewegt, flirrend wie glühendes Metall, war um ihn. Sein blondes Haupt, stetig umspielt vom Glanz der Sonnenstrahlen, sank tief zurück in den Nacken, seine Augen schlossen sich, das glitzernde Wasser verrann, doch weit öffnete sich sein Mund, zwischen den schlotternden Kiefern entglitt Lachen ohne Laut und Ton. Die Arbeit fiel aus seinen Händen mit hartem Schlag auf den Steinboden nieder. Fritz sprang auf, glitt mit weichen, tief in die Knie einbeugenden Schritten in der Zelle umher, das Lachen noch immer um den aufgerissenen, vollen Mund, die Hände warf er empor, streckte sie aus, öffnete und ballte sie in leeren Griffen, bis er plötzlich ein Bündel des

Rohres packte, es hochschwang, es weit über den Kopf emporwarf und es sich dann, wie schwere Last, auf den gebeugten Rücken lud.

Er wanderte weiter in der Zelle umher, doch die Last war nicht schwer, schlug nicht scharf und peitschend gegen ihn, leise knisternd tanzte sie mit seinen Schritten auf und ab, glatt und zart streichelte sie mit dem einen Ende der Spitzen seinen Nacken, mit dem anderen seine Beine. Da packte er sie fester, preßte sie zwischen seine Hände, duckte sich tief, hob sie über dem Nacken empor und schlug sie in sausendem Schwung nieder gegen seinen Rücken; wieder und wieder schlug er sich selbst, aber er konnte nicht die Schmerzen wie einst empfinden, die ihn bis zu besinnungsloser Wut berauscht hatten, weich und federnd schnellten die zarten Fäden des Rohres zurück, ermüdet ließ er sie zu Boden fallen.

Er stand still, keuchte, finster war sein Gesicht von Röte, zuckend öffneten und schlossen sich seine Hände. Gier, Wut und Kälte zugleich erfüllten ihn. Seine Augen, aufgerissen, verdunkelt, hart glänzend wie Lack, starrten empor zu dem kleinen, von goldenem Licht erfüllten Fenster, gegen das plötzlich, in einem scharfen Bogen heranfliegend, mit schrillen, langtrillernden Lauten und bebenden Schwingen ein Vogel stieß, eine Sekunde lang sich niedersenkte im Flug und dann zurücktauchte in den Äther.

In diesem Augenblick und in dieser Erscheinung traf Fritz zum erstenmal klar und deutlich die Erinnerung an die kleine Anna. In dem zitternd bewegten, goldenen Glanz des Lichtes, das den Raum des Fensters erfüllte, in dem jubelnden Schwung des Vogelfluges, im trillernden Ruf des Vogels begegnete ihm ihre zarte Gestalt im tanzenden Gang, ihre wie Federn schwebenden Locken des Haares, ihr Lachen aus geöffnetem, rosig schimmerndem Mund. Nicht als Opfer des Mörders, bleich, tot, anklagend und rächend, sondern als lockendes Bild, als einzige Erfüllung des Verlangens erschien sie ihm. Er streckte die Arme aus, er beugte sich der Erscheinung entgegen, er umfaßte die leere Luft, er stürzte zu Boden. Er wälzte sich mit dem Leib auf dem aufgelösten Bündel des Rohres umher, er verstrickte seine gierig sich auf- und zukrampfenden Hände in die feinen, glatten, doch scharf schneidenden Fäden, er umknotete beide Hände mit ihnen, zog die Schlinge mit den Zähnen fest, bis aus tiefen Schnitten Blut von den Händen rann. Es sikkerte langsam, dicht vor seinem über die Hände gelagerten Blick als gewaltige, rotglänzende, wandelnde Berge vorüber, deren Zug er enden sah auf dem Geäst der Arbeit, die neben ihm lag.

Das erschreckte und erweckte ihn. Mit noch eisenhart gespannten Gliedern erhob er sich und blickte verstört auf die wilde Unordnung in der strengen, kleinen Zelle umher, auf die zerstreut liegenden Rohrfäden, auf den umgestürzten Rahmen der Arbeit, auf den verschobenen Schemel. Ratlos betrachtete er das langsam hervorquellende Blut an seinen Händen. Er fürchtete, daß es niedertropfen und das Rohr und die Zelle beschmutzen könnte, er fürchtete sich aber auch davor, die Hände an seinem Kittel abzuwischen oder das Waschwasser rot mit ihnen zu färben, denn überall sollte Ordnung sein. So wendete er die Hände hin und her, erhob und senkte sie, und die Blutbahnen, immer wieder zurückgeleitet von den Rändern der Hände, bedeckten sie nach und nach wie ein Netz. Er sah darauf nieder, und das Angesicht der Mutter stieg auf, weiß und durchzogen von dem roten Netze der Wundnarben. Er rieb die Hände ineinander, so daß sie sich schnell mit gleichmäßigem Rot um und um bedeckten, mit der Zunge wusch er sich die Fingerspitzen sauber, wobei er mit Zorn und Traurigkeit sein eigenes Blut schmeckte. Er löste mit großer Vorsicht seine Kleider ab, er wollte an dem äußersten Rand des Hemdes die blutigen Spuren verbergen, das Netz der Wundnarben, das Angesicht der Mutter auslöschen, als er plötzlich, im letzten Augenblick noch zögernd, das Hemd zu beschmutzen, auch dieses vorsichtig mit den Fingerspitzen forthob und die Hände an seinem nackten Leib abwischte. Er hielt wieder die Augen geschlossen, den Kopf von sich selbst abgewandt, doch fühlen mußte er die Berührung mit sich selbst, die wie ein gewaltiger Hieb, wie ein bis zum Innersten durchstechender Schlag ihn traf. Ausgewichen war er immer dem Anblick seines Leibes, verborgen gehalten hatte er sorgfältig vor Blick und Gedanken, was die Mutter entblößt und erkannt hatte. Jetzt aber, mit der von dem aufdonnernden Herzen eisern beengten Brust, warf er sich in der Mutter Umarmung, die ihn hatte töten wollen, jetzt, wo er seinen Leib mit den blutenden, geballten Fäusten schlug, wo er seine ausgespreizten Finger in die harten und doch in der Härte furchtbar erzitternden Stränge seines Fleisches bohrte, wollte er sich selbst zerfetzen, wollte sich totschlagen, wie sie ihn beschworen hatte.

Feuchtigkeit von Schweiß, Blut und Lust benetzten seinen Körper, Tränen aber in Strömen sein Gesicht.

Lange stand er noch in dem hellen Sonnenbrand des Märztages, ermattet von Schlägen, von tödlichen Griffen gegen sich selbst, bis zum Herzen erschüttert von Schmerz. Er hob das tränenüberströmte Gesicht dem kleinen, lichterfüllten Fenster entgegen, in dem zwitschernd der Vogel, lockend die Luftgestalt der kleinen Anna ihm erschienen war. Er dachte an sie, und leises Schluchzen erschütterte seinen Körper. Er wußte, daß er einst das Furchtbare mit ihr getan hatte, was er jetzt gerne sich selbst getan hätte. Er wußte, daß er sich nach Mord sehnte, und daß er verloren war.

Eine vom Frühlingswind getragene weiße Wolke verdeckte im weich treibenden Flug die Sonne, im Schatten war das lichterfüllte Fenster. Den Leib noch entblößt, mit müden, langsamen Bewegungen sammelte Fritz das Rohr vom Boden auf, bündelte es wieder und stellte es in die Ecke. Er hob den Rahmen mit der Arbeit auf und rückte den Schemel wieder an seinen Platz. Dann besah er seine Hände, sie waren von nun schon verhärtetem Blut und Schmutz bedeckt. Scham und Keuschheit hatte ihn verlassen, er sah ruhig nieder auf sich selbst, während er über dem bestimmten Gefäß seine Notdurft verrichtete, in deren Strahl er Blut und Schmutz der Hände abwusch, um ja nichts in der Zelle zu besudeln. Denn ein Rest jener alten, erschütternden Sehnsucht »es muß Ordnung sein« regte sich auch jetzt in ihm. An seinem Hemd trocknete er sich ab und ordnete seine Kleider. Er nahm seine Arbeit auf, hielt sie aber untätig in den Händen, in deren zerschnittenem Anblick er sich versenkte.

Er fiel von diesem Tag an in tiefe Traurigkeit. Er arbeitete wenig, nie sang er mehr.

In jeder Nacht träumte er von Mord. Zwar war sein entsetzensvolles Wissen um sich, um das Furchtbare in ihm, so tief in seine Seele eingeschlagen, daß er selbst in diesen Träumen Gestalten nicht zu sehen wagte. Aber er fühlte sich morden: er fühlte sein lustvoll erregtes Blut, seine Glieder leicht, getragen von fremder Kraft, und in seinen Händen hielt er gefangen weiche, schmeichelnde Leiber, zart und warm anklopfend an das Innere seiner Hände, sein Herz auflockend zu wildestem Sturm, und er drückte zu, tötete unsichtbares Leben, erstickte klopfend gefühlte Herzen, tot war die ganze Welt, nichts rührte sich mehr, er aber ward nun schwer, zur furchtbaren Last sich selbst, die Erde trug ihn nicht mehr, sie tat sich auf, Schlamm gluckste träge unter seinen Füßen, er sank ein, löste sich auf, ward eines mit den schweren, schwarzen Wellen des Morastes.

Schwer erwachte er des Morgens, bleich und mager wurde sein weiches Gesicht, trübe blickten seine lichten Augen. Der Wärter bemerkte seine Traurigkeit, er teilte es dem Geistlichen mit, der zu hoffen begann, daß des Mörders Gewissen doch erwacht sei, daß er bereuen und gestehen wolle. Aber er fand ihn in sonderbarer Weise verstockt und seinen Worten ganz unzugänglich. Nicht nur, daß er jede Ermahnung, die seine Tat betraf, mit teilnahmslosem Stillschweigen überging, jetzt sang und betete er auch nicht mehr wie früher mit dem Pfarrer mit. Er öffnete wohl den Mund, denn nicht aus Trotz kam sein Widerstand, sondern daher, daß sein Wesen im Innersten gebrochen war, doch er brachte keinen Ton, kein Wort hervor. Seine Blicke irrten schräg gesenkt am Boden entlang, Hände und Füße waren unaufhörlich in unruhvoller Bewegung.

»Warum faltest du die Hände nicht?« fragte der Pfarrer sanft, das Gebet nach der ersten Bitte des Vaterunser abbrechend. Fritz sah auf seine Hände, die hin- und herzuckten, und schwieg.

»Willst du nicht mehr zu Gott beten?«

Fritz nickte mit dem Kopf. Auf seiner Stirn flammte plötzlich glühende Röte auf.

»Kannst du nicht beten?« fragte der Pfarrer wieder.

Fritz zuckte die Achseln.

»So will ich für dich beten, höre nur zu«, sagte der Pfarrer, schlug sein Andachtsbuch auf und las leise, wie für sich sprechend, ein einfaches Gebet um Andacht des schwachen Herzens und um Erlösung für reuige Sünder, und als er das Buch zuklappte, fügte er aus eigenem Antrieb noch die Bitte hinzu: »Herr, mein Gott, erbarme Dich seiner Missetat, erbarme Dich, erbarme Dich seiner verlorenen Seele. Amen.« Als er den andächtig gesenkten Blick erhob, da sah er, wie unter der gleichfalls geneigten, von Röte durchwölkten Stirn des Gefangenen still und lautlos Tränen zu Boden fielen. Die Hände waren nicht gefaltet, aber beruhigt war ihr Zukken, und das Scharren der Füße hatte aufgehört. Der Pfarrer trat auf ihn zu, legte seine Hand auf das lichte Haupt des Mörders und sagte: »Gott ist mit dir, er ist dir gnädig, ich weiß es.« Und selbst erschüttert, verließ er die Zelle.

Tags darauf wurde Fritz angekündigt, daß am nächsten Morgen seine Verhandlung vor dem Appellationsgericht begänne und er in der Frühe schon abtransportiert werden würde. Er erschrak sichtlich, wurde weiß bis in die Lippen. »Na, laß gut sein«, sagte der Wärter, »du hast es ja so gewollt, das geht auch vorbei.« Fritz sagte darauf nichts und nahm seine Arbeit zur Hand. Doch am Mittag fand ihn der Wärter untätig sitzend, die Hände fest in die scharfen Rohrfäden verstrickt, die an den Ballen und den fleischigen Außenrändern Schnitte wie von scharfen Messern eingruben.

»Was machst du nur? Jetzt hast du dich schon wieder geschnitten, du möchtest wohl gern ins Spital kommen? Aber wegen so ein paar Wunden geht das nicht, und dort ist es auch nicht schöner als hier. Seit wann bist du nur so ungeschickt?« So schalt ihn freundlich der Wärter und brachte ihm Wasser zum Waschen der Wunden. Am Abend war trotz der zerschnittenen Hände die Arbeit fertig und der Rahmen in sauberem Muster ausgeflochten. Das Rohr schien aufgebraucht. In der Nacht fiel Regen, in lauen, weichen Schwaden niedersinkend. Am Morgen fand der Wärter den Gefangenen vor seinem Lager in tiefer Ohnmacht liegend, seine Hände zwischen den übereinandergeschlagenen Schenkeln verborgen, wo sie ein furchtbares Knäuel von Fleisch, Haut und geronnenem Blut, durchschnitten und umstrickt von feinen, scharfen Rohrfäden, umschlossen. Man brachte ihn in das Spital des Gefängnisses, wo man den Ohnmächtigen nach einer schnellen Untersuchung tiefer noch einschläferte und seinen von ihm selbst zerfetzten und verwundeten Leib behandelte und verband.

Zu gleicher Stunde tagte das Appellationsgericht, verwarf die Berufung und erkannte die erste richterliche Entscheidung zu Recht an. Im Gerichtssaal, in unmittelbarer Nähe des Verteidiger, saß der Vater des Angeklagten, der sich bei dem Spruch des Gerichtes erhob und unter einem furchtbaren Gelächter den Saal verließ. Am nächsten Tage erschien er im Gefängnis und verlangte seinen Sohn zu sprechen. Man führte ihn in den Krankensaal. Er fragte den Aufseher nach der Krankheit seines Sohnes. »Er hat sich da selbst etwas getan«, sagte der ruhig, »das kommt oft hier vor.« Der Vater schob sich mit seinen schweren Schritten zum Bett des Sohnes.

Fritz saß aufrecht, hatte auf den Knien ein Brett liegen, auf dem er in Vierecke geschnittenes Papier zu Tüten faltete. Er hatte bald nach dem Erwachen aus der Bewußtlosigkeit um Arbeit gebeten. Er sah nicht zu dem Vater auf und arbeitete still weiter. Auch der Vater schwieg lange. Dann sagte er mit seiner dröhnenden Stimme: »Sie haben dich verdonnert. Hast du gestanden?« Fritz schwieg. »Hast du Dummheiten gemacht?« fragte der Vater drohend. »Ich kann nichts dafür, ich wollte es wohl totschlagen«, sagte Fritz leise und sanft. Jetzt erst schien der Vater zu verstehen, er brach in ein furchtbares, weithin dröhnenden, höhnisches Gelächter aus, sein roter Bart sträubte sich auf in dem großen, fahlen Gesicht, seine kleinen Augen versanken, die Adern an seinem halb entblößten, fetten, faltigen Hals sprangen dick auf, aus seinem weit geöffneten Rachen brüllte er: »Du Ochse! Kein Stier! Du bist ein Ochse!« Unter Lachen hob er seine schwere Rechte hoch, ballte sie zur Faust, plötzlich zischte er nur noch und hieb nieder in das Gesicht des Jungen, der wimmernd aufschrie. Der Aufseher riß den Vater mit großer Gewalt zurück, ehe der zum zweiten Schlag ausholte, doch gelang es dem Vater noch, in weitem Bogen auf das blutüberströmte Gesicht des Sohnes zurückzuspeien. Dann schob er sich mit seinen schweren, jetzt aber zitternden Schritten, mit keuchendem Atem langsam zum Saale hinaus. Vater und Sohn sahen sich nie wieder.

Nach zehn Tagen wurde Fritz wieder in seine Zelle gebracht, wo er endgültig seine fünfzehnjährige Freiheitsstrafe antrat. Nie erhielt er Besuche oder Briefe, nur zu den Festen des Jahres kamen regelmäßig Pakete mit Geschenken von seinem Herrn Christian B., wie sie für das Gefängnis erlaubt waren. Aber es fand sich weder ein Wort noch ein Gruß dabei.

Vier Wochen nach seiner Krankheit hatte sein Körper begonnen sich umzubilden zu jener Art, die lange jung und unveränderlich blieb, da Leidenschaft sie nicht zerrüttete. Seine hellen Augen schwammen nun in feuchtem Glanz, ein etwas trauriger Friede sprach aus ihnen, seine Wangen und sein Kinn füllten sich rund, rosig, wie mattes Porzellan färbte sich seine Haut, sein weißer Hals ward voll wie der eines Mädchens, auch seine Hände polsterten sich mit Fleisch, das die tiefen Schnittwunden ausglättete. Er war ein stiller, sanfter Gefangener, arbeitete und hielt Ordnung an sich und der Zelle, er sang oft, schöner, sanfter als je, nie mehr zu laut, er pfiff nie mehr, und der Wärter brauchte ihm nichts mehr zu verbieten. Während des Sommers genoß er auch mit mehr und mehr sichtbarem Vergnügen die Spaziergänge im Hofe, begann auch mit den Gefangenen zu sprechen, und als der Winter kam, richtete er mit Hilfe des Wärters und des Aufsehers an die Direktion die Bitte, ihn aus der Einzelhaft zu entlassen, was ihm ein Jahr später auch als Belohnung für sein gutes Verhalten gewährt wurde. Er lebte nun unter anderen Menschen, schlief mit ihnen gemeinsam seinen bis in den Traum beruhigten Schlaf. Sehr selten, nur in den Jahreszeiten, wenn der Frühling aus dem Winter hervorbrach oder der

Sommer in den Herbst versank, mußte der Gefangenenaufseher ihn nachts wecken, da er mit zusammengekrampften Kiefern die ineinandergeschlagenen Zähne laut knirschend bewegte. Wurde er so erweckt, war er zornig, stieß mit den Füßen nach dem Wärter und dann noch lange gegen die Eisenwand des Bettes. Am Tage darauf war er dann traurig, arbeitete nicht und aß nicht. Dann ging das alles auf lange Zeit wieder vorüber. Mit den anderen Gefangenen sprach er wohl und wich ihnen auch nicht mehr aus, doch schien er gleichermaßen unempfindlich gegen ihre Tücken und Roheiten wie gegen ihre Freundlichkeiten zu sein. Durch seine ununterbrochen gute Führung kam er in den Arbeitssaal für Bevorzugte. Er ging regelmäßig in die allgemeine Andacht, doch allein betete er nie mehr. Die Wärter, Aufseher und auch der Direktor sprachen alle gern mit ihm. Auf vielerlei Weise versuchte man immer noch, ihn zum Geständnis zu bringen. Zwar wiederholte er nie mehr seine früheren, schnell und bestimmt geäußerten Beteuerungen: »Ich habe nichts getan«, doch er schwieg, sah wie träumend an allen vorbei ins Leere, und fassungslose Traurigkeit lag auf seinem schönen, engelhaft geglätteten Gesicht. Und so mußten alle, die wohl nach bestem Wissen seine Tat erforscht und verurteilt hatten, die Hoffnung auf die letzte Befriedigung ihres Gewissens aufgeben, die Welt mußte es aufgeben, das Geheimnis, das über dem Verschwinden des kleinen, schönen Kindes Anna B. und dem Auffinden der Leiche lag, je wirklich zu erfahren.

IX

Im dreizehnten Jahr der Gefangenschaft von Fritz Schütt meldete sich bei der Gefängnisdirektion sein früherer Dienstherr Christian B. Er fragte, ob der Gefangene noch lebe und gesund sei, und wie er sich geführt habe. Man beantwortete erstaunt seine Fragen und fragte ihn zurück, ob er ihn denn besuchen wolle. Christian B., der mit niedergeschlagenen Augen die ganze Unterredung geführt hatte, senkte für eine Weile nachdenklich das weiße Haupt, schüttelte es dann verneinend und bat nur, man möge den Gefangenen bei Entlassung aus dem Gefängnis mit seinen Papieren als Ausweis nach Nieder-Sch. in sein Haus schicken, er wolle ihn da aufnehmen; weiter erlegte er einen Betrag von fünf Talern für die Reise dahin.

Der Gefängnisdirektor, der bei der Unterredung zugegen war, reichte ihm zum Abschied bewegt die Hand, die Christian umständlich, als fände er sie nur schwer, ergriff, und jetzt schlug er auch zum erstenmal seine Augen auf. Er enthüllte einen Blick voll gewaltigen Ausdrucks, der aber nicht zu begreifen war, denn er schien ohne jedes menschliche Zeichen und doch wieder völlig durchtränkt von jeglicher menschlichen Erkenntnis, er schien wahnsinnig und doch klar, seherisch und doch blind. Der Direktor, der voll Neugier diesen Blick erwartet hatte, wich ihm verwirrt und beschämt aus, und als er wieder zurückblickte, waren die Augenlider des anderen schon wieder gesenkt, schwer, in unzählige Falten gerunzelt, verhängten sie die Augen, die in den zurückgesunkenen, durchfalteten Höhlen lagen, geschützt unter dem Dach der vorspringenden, hohen, matt schimmernden, noch immer glatten Stirn. Die Gestalt Christians, der jetzt siebenundfünfzig Jahre zählte, war noch immer hoch, sein Rücken war ungebeugt von Alter und Arbeit. Aber um die schmal zur Brust geneigten Schultern, um den mageren, von weißem Haar tief herab bedeckten Nacken lag das Zeichen der gebrochenen seelischen Kraft, von dem schneeweißen, weich hängenden Haar und Bart wehte die verstummte Trauer.

Der Gefängnisdirektor, klein, dick, jung, mit glattem, rotem Gesicht, sprach: »Es ist schön, es ist christlich von Ihnen gehandelt, wenn Sie sich des verlorenen Menschen annehmen, der Ihnen einmal so Böses tat. Wahrhaftig, Sie sind ein Nachfolger im Geiste Christi, und im Namen der gesamten humanen, fortgeschrittenen Menschheit danke ich Ihnen für Ihren großmütigen Entschluß.« Er schwieg einen Augenblick, doch Christian B. antwortete nicht, sondern hob und senkte nur langsam und sanft die Schultern.

»Denn sehen Sie«, fuhr nun der Direktor wieder fort, »meist ist es so, daß man wünscht, gerade wenn man, wie ich, sich ernsthaft für die Gefangenen interessiert, jeder, der hierher kommt, käme nie mehr heraus, wenn er eben schon einmal hergekommen ist. Er hat im Grunde genommen keinen anderen Platz in der Welt mehr, als diesen. Das Gefängnis bietet unbedingt eine Möglichkeit für den Verbrecher, sich zu bessern, denn er muß hier ja erlernen, seine Triebe zu beherrschen, sich mit Zucht und Gewalt zur Besinnung zu bringen. Und selten ist selbst ein verbrecherischer Mensch so sehr vom Schicksal geschlagen, als daß er nicht auch wenigstens einige gute Keime in sich trüge, und sie zu wecken, aufzurufen und dauernd wachzuhalten gegen die bösen, ist vielleicht der tiefere Sinn der Gefängnisstrafen. Ich jedenfalls möchte das Gefangenhalten verbrecherischer Menschen wohl als notwendig, aber hauptsächlich deshalb als notwendig ansehen, daß man sie gefangenhält vor sich selbst, vor ihren furchtbaren Taten. Aber gerade, wenn dieser Weg einer Besserung beschritten wurde und seine guten Anlagen unter Sorgfalt und Strenge sich oft sogar so weit entwickelt haben, daß sie die schlechten überwiegen, dann kommt der Verbrecher wieder hinaus in die Welt, und da wird er nicht mehr geschont und dauernd zu sich selber gebracht und, als Verbrecher und Sträfling wiedererkannt, doch nicht als solcher behandelt, nämlich in dem Sinne als solcher behandelt, indem man, das Böse ruhig vorausgesetzt, nur an das Gute und Menschliche ihn ihm appelliert, sondern da werden durch Verachtung, Furcht, Vorsicht, Mißtrauen einerseits und neue Verlockungen, Einsamkeit und Not andererseits seine schlechten Instinkte geradezu wieder herausgefordert. Wohl wird mit der Zeit die menschliche Gesellschaft sich mit dieser Frage ernstlich beschäftigen und sie auch lösen müssen, aber bis jetzt können auch wir da gar nichts tun, und darum muß ich Ihr geradezu edles Vorgehen in höchstem Maße anerkennen. Meine Gefangenen sind für mich wie meine Kinder. Über ihre Tat sehe ich hinweg, aber ihre Führung und Entwicklung im Gefängnis verfolge ich ganz genau. Der Sträfling Fritz Schütt ist ein durchaus gutartiger Gefangener, hat laut Akten in der Zeit vor meinem Dienstantritt und während der bereits sechsjährigen Dauer meiner Tätigkeit nie Anlaß zur Klage, sondern nur zu Lob gegeben. Zwar war er zu einem Geständnis nicht zu bringen, doch scheint er sich mit seiner Seele, in der sicher nicht alles so war, wie es sein sollte, selbst ins reine gebracht zu haben, dafür zeugt mir auch der merkwürdige Erkrankungsfall im ersten Jahr der Gefangenschaft, den ich Ihnen nicht weiter erklären muß, der mich aber bestärkt, Ihren schönen Vorsatz als edel und christlich einerseits, aber auch als zumindest ungefährlich andererseits zu erklären.« Er hielt seine Hand nochmals zum Gruße hin, doch Christian B., anscheinend sie nicht bemerkend, nahm sie nicht, neigte nur zweimal, einmal als Zustimmung, einmal als Gruß, sein Haupt und ging.

Er kam am Abend noch nach Hause zurück. Es war nicht mehr die frühere Heimat, Treuen, die Heimat des Glückes und des Niederganges. Es war eine Heimat des Alters, eine Heimat für das Leben im Schatten des vergangenen Lebens, das glühend, prangend, durchwogt von Ereignissen, die unbegreiflich noch in der Erinnerung waren, zurücklag. Dieses Leben teilten die drei Menschen: Christian B., seine Schwester Klara, jetzt siebenundsechzig Jahre alt, und Emma, die Magd, die Mutter des Mörders, die Jüngste unter ihnen, einundfünfzig Jahre alt. Die Heimat war ein kleines Bauerngut, eine Tagereise nur von Treuen entfernt, aber es war eine neue Welt.

Das Gut lag eine halbe Stunde von dem letzten Haus des Dorfes Nieder-Sch. entfernt, zu dem es gehörte. Die Hälfte seiner langgestreckten Äcker grenzte an die Landstraße. Das Haus, zweistökkig, neu und sauber aus gelben, glatten Backsteinen errichtet, mit einem Ziegeldach bedeckt, mit blanken, weithinspiegelnden Fenstern in weißgestrichenen Rahmen versehen, lag am Fuße eines kleinen, sanft und breit zu mäßiger Höhe ansteigenden Wiesenhügels, der nach allen Seiten hin gleichmäßig abfiel und so die gewaltige Ebene der Felder und Wiesen unterbrach. Auf dem Hügel standen, in regelmäßigen, nach oben sich verengenden Ringen um seine Abhänge gezogen, Obstbäume aller Arten, und oben, auf der kleinen Ebene seines Rückens, erhoben über die große Ebene ringsum, war eine Laube errichtet unter einem mächtigen, von weitem schon sichtbaren Lindenbaum. Hier saßen im Sommer die Frauen und verrichteten die leichteren Arbeiten des Haushaltes, oder ruhten hier am Abend, die Hände in dem Schoß übereinandergelegt, und sahen mit den müden, von vielem Leid erloschenen Blicken auf die weite Ebene, die im Hauche der Dämmerung versank. Am Tage grasten und spielten die Ziegen und die jungen Lämmer auf dem Hügel und sprangen auch übermütig in das Wiesental hinab, in das der Hügel auf der dem Hause abgewandten Seite auslief; sie kehrten jedoch meist bald zurück, denn der Wiesenstreifen war lang, aber nur schmal, bot nicht viel Raum zu Sprüngen, auch grenzte er an einen klar strömenden breiten Bach, dessen Ufer im Bereich des Anwesens von sichernden Holzplanken eingefaßt waren, über die gebeugt die Frauen ihre Wäsche spülten. Die Felder, bestehend zumeist aus Weizen- und Haferfeldern, außer dem großen Kartoffelfeld, umgaben in einem weiten Rechteck die beiden noch freien Seiten des Hügels. Das Haus hatte nach der Landstraße zu seinen kleinen mit grauem Kies überschütteten Hof, in dessen Mitte wieder der Brunnen stand, wie in Treuen einst, mit einem schönen, weitauslaufenden Wassertrog versehen. Rechts seitlich vom Haus, mit der Schmalseite ebenfalls an den Hügel grenzend, stand der in einem weiten Viereck gebaute Stall, der mit einer Dachscheuer versehen war, und tiefer in das Feld gerückt eine zweite große Scheune mit Dreschtenne, aus massivem Mauerwerk erbaut und mit einem Tor verschlossen, dessen Flügel beim Öffnen auf Schienen in die Mauer eingeschoben wurden. Im Stall standen nur zwei Kühe, ein Ochse, zwei braune, halbschwere Pferde. Größer war die Zahl der Kleintiere, die der Ziegen und Lämmer besonders, und die Herde des Geflügels. Der Gewinn der Wirtschaft wurde gezogen aus den natürlichen Produkten, aus dem Verkauf von Getreide, Milch, Butter, Eiern, aus der Wolle der Schafschur, doch wurde kein Handel mit Schlachtvieh mehr wie früher getrieben. Auch auf dem Hofe selbst wurde nach der Angabe des Herrn nicht mehr geschlachtet, außer hier und da ein Huhn, und das zu Fest- oder Erntetagen unbedingt nötige Fleisch wurde an den Markttagen, an denen die eigenen Produkte verkauft wurden, selbst gekauft. In allen anderen Zutaten aber waren die Mahlzeiten reich und kräftig. Das Gesinde bestand aus zwei jungen Knechten und einer Magd, die einäugig, aber ungewöhnlich kräftig und flink war.

Das Wohnhaus, im Viereck erbaut, glich in der Anordnung dem in Treuen. Zu ebener Erde wurde es durch einen vom Eingang zum Ausgang durchlaufenden, breiten und hellen Flur in zwei gleiche Teile geteilt; von der Hofseite aus rechts lag die geräumige Küche, welche wie in Treuen mit Herd, Tischen und Bänken zu den gemeinsamen Mahlzeiten diente, und auf der gegenüberliegenden Seite des Flures war das Zimmer des Herrn.

In diesem Zimmer befanden sich: eine einfache Lagerstatt, Waschgeräte, vor dem Fenster der Schreibsekretär, neben ihm, der Tiefe des Zimmers zu, sein Schrank mit den Büchern der eigenen Schuljahre, neben denen jetzt auch die Schulbücher der Kinder standen und die Heilige Schrift. Kein Tisch war zu sehen, die Kleider hingen an Haken in einer Ecke, unter einer Gardine verborgen. Drei Stühle standen in einer Reihe an der Wand neben der Tür, über ihnen hingen die zwei Flinten und die große Pistole. Es gab kein Bild, keinen Spiegel. Obwohl zarte, weiße, sorgfältig aufgesteckte Gardinen vor den Fenstern waren und eine blankgeputzte, mit einem rosafarbenen Schirm aus dünner Seide umhüllte Lampe auf dem Bücherschrank stand, eine Uhr mit ebenfalls blitzendem, weitausschwingendem Pendel tickte, erschien das Zimmer wie eine unbewohnte Zelle. Sein Bewohner suchte es auch nur abends auf, um einsam und müde auf das schmale Lager zu fallen, und verließ es früh morgens wieder für den ganzen Tag. Nur an den Sonntagen betrat er es auch nachmittags auf einige Stunden, setzte sich vor den aufgeklappten Schreibsekretär, um zu rechnen und zu schreiben.

Klara und Emma ordneten und betreuten dieses Zimmer mit versteckter Fürsorge, rafften die Gardinen in ihre feinen Falten, putzten die Lampe und regulierten die Uhr, legten von Zeit zu Zeit stillschweigend auf das Fensterbrett ein Stück besonderen Gebäcks oder die Erstlinge der Früchte, im Winter aber ständig eine Reihe duftender Äpfel hin, die ebenso stillschweigend angenommen und verzehrt wurden. Außer den ehrfüchtig gedämpften Gesprächen der beiden Frauen bei diesen Beschäftigungen erklang zwischen den Wänden dieses Zimmers kaum ein Wort. Denn aus der geschlagenen Brust Christians stieg kaum noch ein Seufzer. Er war völlig verstummt. Zuweilen, da er schreibend an seinem Pult saß, glitt ein schwerer Blick zur Seite, auf die Stelle, wo das Buch »Die Heilige Schrift« stand. Doch er griff nie nach ihm, auch zur Kirche ging er nie mehr. Denn wozu sollte er Gottes Wort noch hören, durch sein Ohr vernehmen, wenn er Gottes Wille mit so gewaltiger Schrift in seiner vom Unglück rein gebrannten Seele trug? Er glaubte noch. Er fürchtete nicht, hoffte nicht, liebte und haßte nicht, aber er glaubte an Gott, obwohl er ausgestoßen war aus seinem Erbarmen, aus seiner Gnade, ja aus seiner Gerechtigkeit; und er glaubte an den Tod, noch immer, an das dunkle Tor, hinter dem sich ihm der Glanz, die Erleuchtung, das Angesicht Gottes enthüllen sollte.

Er hatte sich gelöst von jeglicher Erinnerung und hatte jeden Tag von sich gewiesen. Er hatte seine beiden Söhne, die gut und schön herangewachsen waren und wohl die Freude eines Vaters hätten sein können, von sich getan. Als der ältere dreiundzwanzig, der jüngere einundzwanzig Jahre alt war, hatte er sie auf das Schiff gebracht, das sie nach Amerika, zu jenem harten, aber freien Leben auf einer kalifornischen Farm brachte, welches er für sie bestimmt hatte. Es war eine gute, mit Sorgfalt und durch sichere Empfehlungen ausgewählte Stelle, von der die Kinder dann auch regelmäßig zufriedene und freudige Briefe schrieben. In den ersten Jahren sprachen sie noch von Heimweh, besonders in den Zeiten, in die die Feste der Heimat fielen. Dann aber begannen sich mehr und mehr die Worte der fremden Sprache in ihre einfache Redeweise einzuflechten, bis zuletzt die Sprache ihrer Heimat sich ihnen nur noch schwer und fremd zu formen schien. Sie hatten sich in Charakter und Wesen völlig gleich entwickelt und hingen einander sehr an.

Bis zur Verheiratung des jüngeren Sohnes hatte der Vater noch für sie gearbeitet, war auf Gewinn für sie bedacht gewesen. Er hatte jedem bis zu diesem Zeitpunkt ein Vermögen geschaffen und es ihnen zum Teil ausgezahlt. Die Kinder legten es zum Erwerb einer eigenen Farm an, die sie zusammen bebauten. Der Vater verringerte von da ab seinen Viehstand bis auf das nötigste, das jetzt in dem Stalle war, gab auch einige Äcker ab, und seit den letzten zwei Jahren trug das, was blieb, nach seinem Willen Arbeit, Nahrung und den Notpfennig für Krankheit und Alter für ihn, die Söhne und die Seinen, die er um sich geschart hatte.

Christian B. hatte vor den vielen Jahren in Treuen endlich sein totes Kind aus den Händen der Gerichtsbehörden empfangen und in einem kleinen Sarg, den der Tischler Andres mit der gleichen Liebe und Kunstfertigkeit gebaut hatte wie einst die Truhen für die ausreisenden Söhne, in dem bereitgehaltenen, kleinen Grab neben dem Hügel der Mutter versenkt. Es war still und heimlich geschehen, obgleich die ganze Umgebung auf dieses Begräbnis gewartet hatte. Der Vater trug selbst den kleinen Sarg, kniete am offenen Grabe nieder, beugte sich tief hinab und stellte ihn selbst auf die Erde auf, wobei von den Wänden der kleinen Grube feuchte Krumen Erde auf sein gebleichtes Haupt bröckelten. Er war allein mit dem Pfarrer, der, selbst zu Tränen erschüttert, für sie beide nur die Worte sprach: »Ich segne deine armen irdischen Reste, die zu Staub wurden, wie der Herr es gebot, du aber, sündenlose Seele, umschwebe uns und gib Trost und Frieden im Namen des mächtigen Gottes denen, die in tiefer Trauer um dich weinen.« Der kleine Hügel wurde schnell aufgeschüttet, und Christian bestimmte als Schmuck ein gleiches einfaches Holzkreuz, wie er es einst auf jenem Kindergrab im fernen Lande dem Ebenbilde seines Kindes errichtet hatte. Einsam und still war er heimgekehrt.

Er hatte dann nur noch gearbeitet, schwer gekämpft. Er hatte damals durch Mißernte und Viehschäden seine Einnahmen verloren und war Bardarlehen und Pacht schuldig. Er mußte Pferde und Wagen verkaufen, mußte die schöne, gepflegte Herde als Schlachtvieh verschleudern, um Zinsen und Pacht zu begleichen. Aus dem

Holz, das er gefällt hatte, soweit es ihm zustand, hatte er Möbel und Gegenstände zum Verkauf zimmern lassen. Dann kam eine gute Heuernte, die er verkaufen konnte, da er selbst keine Herde mehr hatte, und drei aufeinanderfolgende gute Durchschnittsernten ermöglichten es ihm, seine Schulden zu decken und eine Ersparnis von tausend Talern wieder zu erübrigen.

Am Ende dieser drei Jahre war seine Pacht abgelaufen, und er erneuerte sie nicht wieder. Er schied von Treuen, wie er gekommen war, nicht reicher, nicht ärmer, einsam, ohne Weib und Kind, obwohl er gearbeitet und geerntet, geliebt und gezeugt hatte.

Auch das Schicksal seiner Schwester Klara hatte sich indessen erfüllt. In einer Herbstnacht des letzten Jahres in Treuen kam eine Botschaft von G., die Christian an das Sterbebett des Barons rief. Er fand den Schwager besinnungslos, Gesicht und Hände blau verdunkelt, in einem Todeskampf liegen, der neun Stunden währte, und in dem der riesige Körper seine starken und trägen Kräfte bis aufs äußerste zu einem vergeblichen Ringen anspannte. Ohne Wort und Tränen saß Klara bei dem Sterbenden, ihre einzige Bewegung war ein schnelles Zufahren ihrer rechten Hand auf die Augenlider des Gatten, als es einmal so schien, daß sie sich wieder öffnen wollten. Denn sie war Witwe schon seit vielen Jahren, und der sterbende Gatte war längst begraben in ihrem Herzen. Sie hatte sich geweigert, die Verwandten des Mannes kommen zu lassen, erst als alles still war, keine gierig erpreßten Atemzüge die Brust des Toten mehr bewegten, stand sie auf, winkte ihrem Bruder, ihr zu folgen, und unternahm mit ihm die Vorbereitungen für das Begräbnis und die Benachrichtigung der Verwandten. Trauerkleider trug sie schon seit dem Tode Marthas. Lange schon, vor dem Auffinden der kleinen Leiche in Treuen, wußte sie, daß Böses auch in ihr war, und sie hatte danach gehandelt. Ihren Mann hatte sie in sich getötet, als er noch lebte, sie hatte seine Krankheit berechnet, sein Sterben erwartet. Sie liebte den Bruder, sie trauerte um das unglückliche Kind. Der Baron hatte nie auf sie geachtet, sie hatten nie miteinander gesprochen, aber er hatte sie verstanden, ihre geheime, aber tödliche Verachtung gegen ihn, den Gatten, aus dessen Umarmungen sie immer wieder zurückgekehrt war, enttäuscht, beschämt, vernichtet, ohne das fanatisch ersehnte mütterliche Glück. Und wie er unter dieser Verachtung gelitten hatte, bezeugte die erschütternde Bosheit seines Testamentes, abgefaßt ein Jahr vor seinem Tode, worin er sein gesamtes Hab und Gut seinen etwa noch zu erhoffenden Kindern vermachte und dann noch hinzufügte, sollten jedoch Gott und seine Ehefrau Klara geb. B. ihm diese versagen, bestimme er als Erben die Kinder seines jüngeren Vetters, unter der Bedingung, daß die eingebrachte Mitgift der Frau, rückwirkend mit Zinsen zu zehn Prozent, sowie das gesamte Mobiliar des Wohnhauses ihr zukomme, wofür er sie bitte, alle Abbildungen seiner selbst sowie seinen Hochzeitsrock zu verbrennen. Die sonderbare Auffassung des Testamentes erschreckte die Erben, die die Anspielungen nicht verstanden. Das Gericht stellte der Witwe anheim, das Testament anzufechten. Doch Klara erklärte sich damit vollkommen einverstanden, wies auch das Angebot eines Altenteiles von seiten der Erben sowie die ungebührlich hohe Zinsvergütung ihrer kleinen Mitgift zurück und verließ nur mit dem ihr persönlich gehörenden, notwendigen Hausrat das Gut, um nach Treuen zu ihrem Bruder zu ziehen. Auch sie verließ diese Heimat, wie sie gekommen war, nicht ärmer und nicht reicher und einsam; Arbeit, Kraft und Hoffnung ihrer Jugend hatte sie fruchtlos dort verschwendet.

Mit der Summe, die sich zu gleichen Teilen aus der Ersparnis des Bruders und der Mitgift der Schwester ergab, erwarben sich beide dann jenes kleine Bauerngut, das ihre dritte Heimat auf Erden wurde. Mit sich nahmen sie Emma, die gute, treue Magd, die auf ihrem Muttergesicht die vielen Zeichen des Grauens und der Schande für ihren Sohn trug, dessen Gesicht einst so schön und engelhaft erschienen war. Die Röte ihrer Narben war mit den Jahren geschwunden, und inmitten der langsam in Kummer und Alter welkenden Haut zogen sie sich nun blaß, zart gerunzelt, wie Gräben, über Stirn und Wangen, von den Schläfen bis dicht an die Augen, über Nase und Mund. Auch der früher so sanfte Blick ihrer Augen war zerstört durch Verzweiflung. Doch nicht erloschen war ihr Herz; es liebte, was ihm geblieben war, die Söhne in der Ferne, den Herrn in der Nähe, der sie abgehalten hatte von ihrem verzweiflungsvollen Sturz aus dem Fenster, und der sie täglich von neuem wieder am Leben hielt durch die Güte, mit der er ihr bewies, daß er sie brauche. Sie liebte Klara, ihre erste und letzte Herrin. In der neuen Heimat lebte sie auf, wagte auch wieder, zum Grab der toten Frau und des Kindes zu gehen, wozu sie in Treuen den Mut nicht mehr gefunden hatte.

Für ihren Sohn betete sie Abend für Abend. Sie schlief in dem neuen Haus in einer hübschen Stube, die über der Küche lag, allein. Dahin flüchtete sie, wenn Verzweiflung und Erinnerung sie überwältigten, dort stieß sie wieder und wieder ihren glühenden Wunsch aus, richtete sie ihre inbrünstige Bitte an Gott um den Tod ihres Kindes. Sie hatte sich ein eigenes Gebet gebildet, sie rang die Hände, unzählbar oft flüsterte sie: »Lieber Gott, nimm ihn weg, nimm sein böses Leben von der Erde!« Oder sie mischte dieses furchtbare Flehen in die Bitten des Vaterunsers, sie betete: »Und nimm Fritz von dieser Erde und bewahre ihn vor allem Übel, denn dein ist das Reich und die Herrlichkeit.« So hoffte sie, daß der Mörder im Gefängnis erkranken und sterben möge. Sie wartete Jahr für Jahr auf diese Nachricht. Sie wollte ihn dann wieder lieben, so wie sie ihn in der Erinnerung lieben konnte, da er noch ein Kind war, sanft, fleißig und bescheiden, als aus seinem schönen Kinderantlitz ihr Freude und Reinheit entgegengestrahlt und alle Schmach verlöscht hatte, mit der sie ihn empfangen hatte. Das Kopftuch tief um ihr entstelltes Gesicht gebunden, begleitete sie abwechselnd mit der einäugigen Magd Klara zur Kirche.

Klara war die einzige unter ihnen, die zurückdachte, die in die Erinnerung sich verlieren konnte mit noch menschlichem Schmerz. In ihrer Stube, die über der des Bruders lag, und die traulich mit den schönsten Stücken ihres Hausrates ausgestattet war, stand auf dem Nähtisch vor dem Fenster das Bild der kleinen Anna, im festlichen Kleidchen, das Köpfchen von den zarten Locken umschwebt, mit ernsten großen Augen und lächelndem Mund, das rechte Händchen mit dem weisend ausgestreckten Zeigefingerchen bis zur Schulter erhoben. Klara betrachtete es täglich, bekränzte seinen Rahmen mit Blumen oder Tannenzweigen, die sie, da es keinen Wald in der Nähe gab, oft von dem Kirchhof mitbrachte, auf dem sein kleines Grab lag. Obwohl sie von allen dreien die Älteste war, schien sie doch die Jüngste zu sein. Ihr weizengelbes, volles Haar war nur an den Schläfen leicht ergraut, ihre strengen Züge waren milder geworden, die vielen Tränen hatten ihren hart blickenden Augen einen traurigen, weichen Glanz verliehen, ihr bitter gefalteter Mund war gelöst. Spät noch hatte sie sich in das Glück gerettet, des geliebten Bruders Leben und Unglück zu teilen und endlich die ungenützten Kräfte ihres Herzens verschwenderisch zu vergeben.

Alle mußten trotz des zunehmenden Alters schwer arbeiten. Christian schaffte gleich einem Knecht mit auf den Feldern, Klara sorgte für die Mahlzeiten, Emma für die Ordnung im Haus und in den Ställen. Die junge Magd ging in allem zur Hand und brachte zweimal in der Woche in einem großen Rückenkorb die Produkte zum Verkauf in den nahe gelegenen Marktflecken. Sie arbeiteten alle einander in die Hand, sie lebten einer dem anderen zum Gefallen, sie sprachen zueinander ohne Worte. Nie redeten sie von dem Vergangenen, nicht, wenn sie abends beisammensaßen auf dem sanften Hügel und ruhten, nie am Tisch, bei dem Essen, wo die jungen Knechte scherzten und stritten, wo alle nur vom Wetter sprachen oder von ihrer Arbeit.

Dann erhielt Christian die Nachricht aus Amerika, daß ein Enkel ihm geboren war, ein Mädchen, das auf den Namen Anna getauft sei. Er saß in seiner kahlen Stube vor dem geöffneten Schreibsekretär, in dessen Schubfach er den Brief, als er ihn gelesen hatte, verschloß. Er empfand keine Freude. Er wußte plötzlich, warum in seiner Jugend ihn Finsternis erschreckt hatte, wenn die Freuden der Wollust, das Glück des Zeugens in ihm sich regen wollte. Es hatte ihn warnen, halten wollen. Jetzt begriff er die Bedeutung jedes einzelnen menschlichen Daseins, das einmal erweckt, im Guten ebenso wie im Bösen verwurzelt sein konnte. Er dachte plötzlich klar und ohne innere Erregung, daß dreizehn Jahre vergangen waren, seit man sein Kind tot gefunden hatte. Er dachte an den Mörder im Gefängnis, an Fritz, der ein Kind gewesen war, wie die seinen, aufgewachsen unter dem Schutze eines Hauses zu solchem furchtbaren Ende. Hätte er nicht auch der Vater des Mörders sein können, statt der Erzeuger des armen, unschuldigen Opfers? Nicht bei ihm hatte diese Entscheidung gelegen und furchtbar war beides. Und es erwachte in ihm gerade in jener Stunde die ungeheure Regung, die ihn trieb, nach der Stadt zu fahren, wo sich das Gefängnis befand, und dort jene Erklärung abzugeben, daß man den Sträfling bei seiner Entlassung zu ihm schicken möge. Den Seinen hatte er von diesem Entschluß nichts mitgeteilt, und ein Jahr war nach dieser Reise verflossen, still und schnell, wie die Jahre alle für diese Menschen vergingen. Da kam kurz vor dem Weihnachtsfest ein zweiter, wichtiger Brief an den Herrn, großen Umfanges und mit mächtigen Siegeln und Stempeln versehen. Es war ein Schreiben der Gefängnisdirektion, die mitteilte, daß dem Fritz Schütt auf dem Gnadenwege in Anbetracht seiner musterhaften Führung das letzte halbe Jahr seiner Strafe erlassen würde. In Fürsorge für die entlassenen Sträflinge fragte der Direktor an, ob es trotz des veränderten Termines bei dem hochherzigen Angebot von Christian B. bliebe, den Sträfling bei sich aufzunehmen.

Wegen der Kälte, die in seinem nie geheizten Zimmer im Winter herrschte, schrieb Christian am Abend in der Küche, mitten unter den anderen seine Antwort, daß er bitte, den Fritz Schütt, wie verabredet, zu ihm zu schicken und einige Zeit vorher den genauen Tag der Entlassung mitzuteilen. Während er schrieb, schnell und gewandt, saßen alle in achtungsvollem Schweigen um ihn herum. Als er fertig war und dies bemerkte, sah er sie nacheinander an, und plötzlich geschah es, daß er lächelte, und ohne Worte lächelten die Frauen zurück, erstaunt alle über diese grundlose Heiterkeit, die wie ein Zauber aus ihren zerrütteten Herzen in ihre alten, leidvollen Gesichter stieg. Christian stand auf, stieg in seine hohen Lederstiefel und trug den Brief selbst noch ins Dorf zu dem Boten, der ihn am nächsten Tag zur Poststation bringen sollte. Es schneite in sanften, knisternden Flocken, die Erde in weiter Ebene leuchtete kristallhell, beschattet von dem erddunklen Himmel ohne Licht. Christian schritt durch die Nacht, die einmal voll tiefster Bedeutung für sein Leben gewesen war. Jetzt war auch dies erstorben in ihm.

Dann kam das Weihnachtsfest, das wie immer gefeiert wurde um der jungen Knechte und der Magd willen. Denn Christian sorgte, daß jeder das Seine erhielt, die noch jung Lebenden ihre Arbeit, ihre Nahrung, ihren Lohn und ihre Freuden. So hatte Klara einen Weihnachtsbaum aufgestellt und geschmückt, Geschenke besorgt, die Kerzen entzündet, das Evangelium vorgelesen und das Weihnachtslied angestimmt, sie war selbst ergriffen und gerührt. Sie schmückte auch das Bild ihres Lieblings, der kleinen Anna, entzündete ihm eine Kerze aus zart rosafarbenem Wachs, die mit goldenen Papiersternen beklebt war, und in deren sanftem Schein sie um das tote Kind weinte. Doch von ihm sprechen durfte sie nicht, auch an diesem Abend nicht. Steinern stand der Bruder im schwebenden Licht der Weihnachtskerzen, während Emma in der Ecke am Herd saß, die gefalteten Hände vor das Gesicht gepreßt. Nur vor dem nächtlichen Kirchgang, den die Frauen, der Sitte gemäß jede ein brennendes Licht in einer gläsernen Laterne tragend, antraten, zog er die Schwester sanft an den Schultern zu sich heran und legte in einer innigen Bewegung seine Wange an die ihre, nahm dann die Hand Emmas zwischen die seinen und drückte sie.

Am nächsten Morgen, einem sanften, stillen Wintertag, an dem nur die Knechte und die junge Magd zur Kirche gegangen waren, saßen die beiden Frauen allein in ihrer Einträchtigkeit in der Küche und bereiteten gemessen und ruhig, da es noch früh war, das Mittagessen vor. Sie sprachen ab und zu ein leises Wort miteinander, als sie plötzlich erstaunt verstummten, denn sie sahen Christian über den Hof kommen und zu dieser ungewohnten Zeit zu ihnen in die Küche eintreten. Er setzte sich an den Tisch und sah ihnen still eine Weile bei ihren Beschäftigungen zu. Er lächelte, wie er an jenem Abend gelächelt hatte, als er den Brief geschrieben hatte. Aber nur Klara sah es und lächelte zurück, Emma kniete vor dem Herd, dessen Feuer sie anfachte. »Ja«, sagte Christian, »ihr seid fleißig. Das Beste für uns ist es doch nur noch, für andere zu sorgen. Komm, Emma, setze dich mit hierher und höre zu.« Er zog die Magd neben sich auf die Bank vor dem Tisch und ergriff ihre Hand. Ihnen gegenüber saß Klara.

»Hast du schon daran gedacht«, sagte der Herr zu Emma, »daß die Strafzeit von Fritz um ist und er bald freikommt?«

Die Frauen starrten ihn an, Klara bleich vor Entsetzen, während die weißen Narben in Emmas Gesicht blutrot aufsprangen. Sie wollte aufstehen, entfliehen, doch sie konnte sich nicht losreißen, der Herr hielt sie fest mit seiner Hand, die die ihre umklammerte. Der Herr erhob seine Stimme und sagte langsam und nachdrücklich: »Und wenn er freikommt, muß man für ihn sorgen, und er gehört zu uns, wie das Unglück, das uns alle betroffen hat, und es ist mein Wille, daß er hierher kommt und hier arbeitet wie früher.«

»Um Gottes willen!« sagte die Schwester leise, im Innersten entsetzt.

Emma aber schrie auf, sie jammerte gellend: »Nein, nein, Herr, nein, nein! Nur das nicht, nur das nicht! Warum ist er nicht gestorben, lieber Gott, warum ist er nicht gestorben!« Und sie wand wimmernd ihren Oberkörper hin und her, festgehalten noch immer von der Hand des Herrn. »Ich kann ihn nicht sehen, ich kann ihn nie wiedersehen. Wäre er tot!«

»Das ist zu furchtbar, was du willst«, sagte Klara leise und hing gebannt an des Bruders steinernem, blickverhangenem Gesicht.

»Furchtbares ist geschehen, das ist nicht mehr furchtbar«, sagte Christian ruhig. »Er ist dein Kind, Emma, und ich habe ihn mit erzogen und habe ihn aufwachsen sehen. Wir sind hier einsame alte Leute, hier kann er mitleben, er soll gut leben unter meinen Augen.«

»Wäre er tot, wäre er tot!« jammerte die Mutter.

»Er ist doch ein Mörder!« sagte die Schwester.

»Das ist Gottes Sache.«

»Christian«, sagte die Schwester beschwörend, »Christian, dein Kind!«

»Ich habe es tief betrauert«, sagte der Bruder.

Alle drei schwiegen. Dann sagte die Schwester: »Ich bin bald siebzig Jahre alt, das dachte ich nicht mehr zu erleben. Tue, wie es dir gut scheint, Christian.«

Emma war verstummt, kein Wort, keine Träne mehr. Tief in sich zusammengesunken saß sie da, sie fühlte kaum, daß die Hand des Herrn die ihre freigab. Sie erhob sich und ging wieder an die Arbeit. Die Schwester richtete den weichen, getrübten Blick durch das Fenster auf den stillen, verschneiten Hof, dann zurück auf den Bruder, der mit gesenkten Lidern, die rechte Hand leicht auf den Tisch aufgelegt, ruhig dasaß. Sie beugte sich über seine Hand und küßte sie. Der Wonne, das Gefühl ihres Herzens in ungewöhnliche Höhen zu tragen, wie die Kraft ihrer Jugend es einst ersehnt hatte, gab sich die Alternde nun hin.

Schwer litt unter diesem Gedanken nur Emma, die Mutter, und sie vermochte ihn nicht zu bewältigen. In ihrer Not klammerte sie sich an die Hoffnung, daß ihr Gebet doch noch erfüllt werden möge, daß ihr Kind tot sei oder sterben würde, im letzten Augenblick noch, am letzten Tage noch im Gefängnis, oder daß sie selbst tot umsinken würde, wenn er wirklich hier in das Haus träte, wenn sie ihn, den furchtbaren Mann, nicht mehr ihr Kind, wieder erblikken müßte. So lebte sie in Angst, in täglicher Erwartung des Entsetzlichen. Mit Ehrfucht und Schrecken zugleich betrachtete sie oft das unbewegliche, verhangene Angesicht ihres Herrn, der ihr unbegreiflich war. Als aber Monat auf Monat verrann und nichts geschah, versank sie nach und nach in eine erschöpfte Beruhigung.

Ostern ging der jüngere Knecht fort, da seine Zeit abgelaufen war. Es kam niemand an seine Statt, da, wie Christian sagte, keine guten Leute frei seien. Die übrigen teilten sich in seine Arbeit, aber es war schwer. »Für die Ernte muß ich wieder jemand nehmen«, sagte Christian an einem Feierabend, als alle müde um den Tisch saßen, »vielleicht auch schon früher, richtet jedenfalls das Knechtbett frisch her.«

Man sah ihn in der darauffolgenden Zeit viel auf dem großen, geräumigen Heuboden, der über dem Stall lag, sich bewegen und beschäftigen. Er brachte Bretter aus dem Dorf herbeigeschleppt, und man hörte ihn hämmern. Doch da er selbst nichts sagte, fragte niemand. Einmal aber kam Emma, einem verlaufenen Küken nachgehend, auf den Boden über dem Stall. Sie fand ihn zur Hälfte ausgeräumt, das Heu hoch aufeinander zurückgeschichtet und durch gespannte Seile festgehalten, und auf der freien Hälfte, unter einem Dachfenster, war sauber durch weiß gehobelte Bretter ein kleines Gelaß errichtet, in dem das Knechtsbett stand und Stuhl und Tisch. Das Fenster war zurückgeschoben, und die Maisonne flutete herein. Frieden und Heiterkeit schwebten um dieses rührend einfache, verborgene Heim. Lange stand Emma vor diesem Anblick, lange grübelte sie über seinen Zweck und seine Entstehung nach, bis sie es begriff. Der Herr hatte es errichtet, mit eigenen Händen gezimmert, heimlich selbst das Bett und die Möbel herbeigeschafft für den, der kommen sollte. Weich fühlte sie sich angerührt von dem Frieden des kleinen Raumes, von der stillen Sorgfalt, mit der er, so schlicht er war, erschaffen worden war von dem Herrn für den Knecht. Stille Tränen rannen, in den Gräben der Wunden ihr Gesicht durchziehend, nieder auf ihre Brust. Sie faltete die Hände und sagte vor sich hin: »Wie er will, wie er will.« Und so kam der Tag, an dem Fritz plötzlich wieder unter ihnen weilte.

Es war Anfang Juli, kurz vor dem Schnitt. Der Herr war am Sonnabend-Feierabend, trotz eines heranziehenden Gewitters, die Landstraße entlang dem Dorf zugegangen und erst bei Dunkelheit, in strömendem Regen, der kühl und erfrischend fiel, zurückgekommen. Alle schliefen schon. Am Sonntag morgen waren die beiden Frauen, Klara und Emma, zur Kirche gegangen und kurz vor dem Mittagmahl zurückgekehrt.

Klara trat erst in ihre Stube ein, legte das Schultertuch und Gesangbuch fort und schritt dann langsam den kleinen Hügel hinan, dessen Wiesen, vom Regen erfrischt, in der Sonne golden und grün erschimmerten. Sie ging auf ihren Bruder zu, den sie in der kleinen Laube auf dem Rücken des Hügels sitzen sah.

Christian sah ihr lächelnd entgegen. Ihr Gang war weich geworden, voller ihre hagere Gestalt, und ihr Gesicht, das dem seinen so glich, trug jetzt im Alter einen sanften, etwas traurigen Schein von Jugend. Sie setzte sich zu ihm und erzählte langsam in wenigen Worten, daß im Dorf Zwillinge getauft worden, und eine neue Steuer bekanntgemacht sei. Nun kam Emma, die indessen das Mahl fertig bereitet und den Tisch gedeckt hatte, ebenfalls den kleinen Hügel hinan, um zwischen den feinen Gräsern noch etwas

Salbei für den Salat zu pflücken und um die beiden zum Essen zu rufen. Gerade, als sie an den Eingang der Laube angelangt war, ertönte in die sonnendurchglühte Stille des Mittags das ängstliche Blöken eines Lammes und das Plätschern von Wasser. Sie wandten alle drei ihre Blicke nach der Richtung, aus der die Laute kamen, und sahen am Ufer des silberströmenden Baches die kniende Gestalt eines Mannes, der auf seinen Armen ein junges Schaf hielt, das anscheinend bei seinen Sprüngen über die kleine Planke des Ufers gesetzt und in das Wasser geglitten war, und dessen nasses Fell der Mann, der das Tier wohl aus dem Bach gezogen hatte, mit seinen Händen rieb und klopfte. Der Mann trug ein weißes Hemd und eine Hose, keine Schuhe, auf dem Kopfe aber eine Mütze. Um ihn herum lagen auf dem Rasen ausgebreitet Rock und zwei hohe Stiefel. Er drehte den dreien in der Laube seinen Rücken zu, der ungewöhnlich breit und massig war. Klara legte, um besser sehen zu können, die Hand über ihre Augen und fragte: »Wer ist denn das?«

»Es ist Martin, der neue Knecht für die Ernte«, sagte Christian ruhig. »Er ist gestern im Gewitter gekommen und hat sich nun seine Kleider und Stiefel gereinigt. Er hat nur einen Rock. Er kann deswegen auch heute ruhig hier draußen essen und auf die Weide aufpassen. Schickt ihm seinen Teil heraus.« Sie gingen alle drei ins Haus, und Emma schickte die einäugige Magd mit einer Schüssel Essen hinaus auf die Weide zu dem neuen Knecht. Die Magd kam zurück und sagte lachend: »Warum hat denn der Martin so einen kahlen Kopf? Er ist doch noch so jung.« Da wußte Klara, wer es war. Emma ahnte nichts. Am Abend richtete nun Klara mit der Magd das Essen, und Emma konnte auf dem Hügel sitzen. Sie hielt in ihren unermüdlichen Händen ihre Strickarbeit, die immer die gleiche war, die weichen, gebleichten Wollenstrümpfe für den Herrn. Sie ließ unter dem Kopftuch, das ihr zerschnittenes Gesicht immer beschattete, ihre sanften Augen in die weite Dämmerung der Ebene schweifen, über die dem Licht langsam entsinkende Erde. Der Tag war heiß gewesen und die Arbeit der letzten Zeit für die Alternden sehr hart. Im Frieden der Dämmerung, die schmeichelnd erfüllt war von dem sanften Murmeln des Baches und von dem prächtig strömenden Duft der Linde, deren Blüten über ihrem Haupte, unsichtbar fast, zwischen den Blättern hingen, in dem silbernen Seidenschimmer des nächtlich sich rüstenden Himmels schlief sie ein. Sie hörte nicht, daß man ihren Namen rief, und auf einen Wink des Herrn weckte sie auch niemand auf. Doch nicht viel später erwachte sie von selbst und eilte erschrocken den Hügel hinab. Die Dämmerung war ein wenig noch gesunken. Mit ihren schlafbeschatteten Augen sah sie, vom Hause kommend, den neuen Knecht. Seine starke, volle Gestalt, sein fleischiges Gesicht, dessen untere Hälfte von einem dichten, lockigen Bart bedeckt war, war ihr nur seitlich zugewandt. Sie sah ihn mit scheuen, eiligen Schritten nach dem Stall gehen und dort in jene Tür eintreten, hinter der sich die Treppe befand, die zu dem kleinen Gelaß führte, das sie heimlich entdeckt hatte.

»Das war der Martin«, dachte sie, »der soll also dort oben schlafen.«

Sie trat in die Küche ein, wo der Tisch vom Essen schon abgeräumt war und nur für sie noch Milch, Speck, Brot und ein Stück Kuchen bereitstand. Klara lächelte ihr entgegen: »Seit wann schläfst du schon am Tage? Du bist doch die Jüngste von uns!«

Aber Emma fragte ernst: »Warum schläft denn der neue Martin oben im Stall?«

»Es ist mir lieber so«, sagte der Herr, »er kann auf das Vieh achten, im Winter hat es viel Marder gegeben.«

Emma erwiderte nichts, eine Regung von Enttäuschung durchzog so leise und heimlich ihre Seele, daß sie es selbst nicht spürte. Am nächsten Morgen, in erster Frühe, als sie noch allein in der Küche stand, deren Türen und Fenster weit geöffnet waren, und die von dem zarten, wie Duft schwebenden Licht des aufgehenden Morgens ganz erfüllt war, trat über die Schwelle, umflutet von der jungen Sonne, der neue Knecht, groß und breit, mit fleischigen Gliedern, mit einem runden, vollen Gesicht, das zarte, weiße und rosige Farben hatte und bedeckt war von einem blonden, ungeschnittenen Bart, der in Locken sich kräuselte. Auf dem Kopfe trug er eine Mütze, die bis tief in seinen Nacken reichte. Er blieb unter der Tür stehen und sah sie mit großen, blauen, kindlich leuchtenden Augen an. Auch Emma blickte ihn an. »Der neue Martin«, sagte sie. Sie merkte, wie seine Blicke ihr Gesicht durchkreuzten, wie sie die Wege ihrer vielen Narben gingen.

»Mutter!« sagte er plötzlich mit sanfter Stimme. »Mutter, guten Tag!«

Sie wich entsetzt zurück. »Nein«, stammelte sie und erhob ihre rechte Hand, als wolle sie ihn fortscheuchen. »Nein, nein, Ihr heißt doch Martin, was sagt Ihr da –«

»Ich bin Fritz. Ich bin freigekommen. Der Herr will mich aber Martin nennen. Es soll niemand wissen, wo ich herkomme.« Er schwieg, und sie antwortete nicht. Sie hatte seine sanfte, schön tönende Stimme wiedererkannt, aber ratlos wanderten ihre Augen um seine massige, fremde Gestalt, ratlos kämpfte ihr Herz zwischen Entsetzen und einem abgrundtief in ihrer Seele sich regenden Gefühl von Freude.

»Es ist mir gutgegangen dort«, begann er wieder, »ich habe mich gut gehalten. Alle waren zufrieden. Es ist vieles anders geworden mit mir«, und er lächelte ihr zu mit Mund und strahlenden Augen.

Emma hörte die Schritte der Magd die Treppe herunterkommen.

»Komm herein«, sagte sie tonlos. Sie wandte ihm den Rücken und ging zum Herd. »Setzt Euch nur, Martin, die Suppe ist gleich gut«, sagte sie dann laut, während die Magd eintrat.

Das Frühstück wurde gerichtet, alle kamen zusammen und aßen, und der Fremdling saß von nun an wie heute immer mitten unter ihnen, schwer, dick, mit vollem, lockigem Bart, großen, kindlich blickenden Augen, nicht scheu und nicht keck, still, bescheiden und mit einer sanft von ihm ausstrahlenden Heiterkeit. Bei der nun einsetzenden schweren Erntezeit zeigte er sich überaus fleißig, unermüdlich, geschickt, stark und schnell. Er sprach wenig, er lebte ganz für sich, war aber bald umgeben mit Tieren. Er schien für Tiere eine tiefe Zärtlichkeit zu empfinden, die er aber zu verbergen sich bestrebte. Er pflegte die Pferde mit äußerster Sorgfalt und hielt die Ställe für alles Vieh sehr sauber.

In seinem kleinen Gelaß hatte er bald allerlei kleines Getier um sich versammelt; er hatte eine Maus gefangen und sie gezähmt. Zwei junge Stare, die er kaum flügge, durch Raubtierfänge verwundet vor ihrem Nest gefunden, hatte er mit großer Mühe aufgezogen, und zwar hatte er ihnen in der Ecke seines Dachfensters ein künstliches Nest gebaut, in das er sie den Tag über setzte, so daß in der ersten Zeit, angelockt durch ihr Rufen, die Alten noch herbeikamen und die Jungen fütterten. Nachts bettete er sie zwischen seine Matratze in der linken Ecke der Bettstatt. Er bedeckte ihre Wunden mit sammetweichen, kühlen Gräsern, die er am Bachufer mühsam zusammensuchte. So führten die Tiere, flügellahm und hinkend zwar, dennoch ein fröhliches Leben in seiner sonnigen Zelle; er richtete sie in seinen freien Stunden mit großer Geduld ab, so daß sie kunstvoll die Hälfte eines Chorals pfeifen konnten. Er übernahm es auch, die schöne große, aber wilde Hauskatze an den

Umgang mit seiner Maus und den Vögeln so zu gewöhnen, daß er sie einmal mit all ihren neugeborenen Jungen, tief und selig schnurrend, auf seinem Bett fand, während die kleine Maus über sie hin und her huschte und die Stare, auf der Stuhllehne des einzigen Stuhles sitzend, pfiffen. Im Winter freilich hatte sich eines Tages die kleine Maus in das hochgetürmte wärmende Heu verkrochen, aus dem er manchmal, wenn er die Treppe emporgestiegen kam, ihr leises, weiches Piepsen zu hören glaubte, als ob sie ihn riefe. Für die beiden Stare aber hatte er schon längst ein geräumiges, luftiges Gehäuse aus ganz dünnen Holzstäbchen geschnitzt und zusammengebaut, und als die Kälte kam und die Tiere auch am Tage ihre Köpfchen mit den klugen Augen unter den Flügeln versteckt hielten, setzte er sie behutsam hinein und trug sie hinüber in das Wohnhaus.

Das war das dritte Mal, daß er ein Wort an seine Mutter richtete. Das zweite Mal war es geschehen, als er ihr seinen ersten Lohn, wie einst als Kind, brachte. Er war wieder früh, als sie noch allein war, über die Schwelle der Küche getreten, hatte ihr das Geld auf der Hand hingehalten und gesagt: »Da hast du, Mutter!« Doch Emma war wieder zurückgewichen, hatte abwehrend die Hand erhoben: »Nein, nein! Was wollt Ihr? Das Frühstück ist noch nicht fertig!« und hatte sich schnell abgewandt von ihm. Sie wußte nun wohl, daß es ihr Sohn war, aber sie konnte nichts fühlen, nichts begreifen.

Wenn sie in furchtbarer Erschütterung an dem Knecht Martin, wie sie ihn auch vor sich selber nannte, jene tief vertrauten Zeichen wiedererkannte, seinen steten Fleiß, der der ihres Sohnes gewesen war, seine großen, kindlichen Blicke, die die ihres Kindes gewesen waren, und dann seine Stimme, seinen sanften, tönenden Gesang, der einst andächtig und voll Kraft in der Kirche über den Häuptern der betenden Menschen erklungen war, dann war es ihr Fleisch, ihr Blut, ihr Herz, – aber vergangen, versunken in einen fremden, großen, dicken Mann, der Martin hieß. Und wenn er sie bei dem Namen Mutter rief, war es ihr, als riefe ein Toter aus ihm, wie aus einem Grab hervor. Nie antwortete sie mit dem Namen Sohn.

Ein Fremder war er allen, bei denen er nun lebte. Mit seiner schweren, massigen Gestalt, seinem dicht gelockten Bart, ohne Worte lebend, abseits schlafend, mit sich allein seine Feierstunden haltend, erinnerte er nicht an das Vergangene, nicht an das Böse, nicht an das Gute, nicht an sich selbst. Der Herr, Klara, die Mutter, sie alle erkannten ihn in ihm selbst nicht mehr. Doch er erkannte sie. Sie waren noch die gleichen Menschen, nur von Kummer und Alter gezeichnet. Das Antlitz der Mutter, von Narben durchschnitten, es war seine Mutter. Die edle Gestalt des Herrn, sein kluges, blickverhangenes Gesicht, es war sein Herr. Doch ihn rief man mit fremdem Namen, und selten nur rief man ihn.

Es drängte ihn oft zu sprechen, aber er wagte nicht, auch nur mit der Magd oder dem Knecht zu reden, denn er durfte nichts von sich erzählen. Er verfiel von Zeit zu Zeit in tiefe Traurigkeit, oft sang und weinte er zugleich. Er weinte auch nachts, im Traum, der stets ohne Gesicht und Zeichen war, und beim Erwachen war dann sein Bart durchnäßt von Tränen. Er sprach mit seinen Tieren in unverständlicher Sprache, murmelnd bewegte er dann seine Lippen. Für die Tiere sorgte er. Mit dem Käfig, in dem die Stare saßen, in der Hand, trat er an dem ersten Wintermorgen zu seiner Mutter und sprach sie ein drittes Mal an. »Kann ich die Vögel wohl in der Küche lassen, Mutter? Bei mir drüben ist's kalt.«

»Sagt nicht Mutter!« antwortete Emma. »Es ist eine Sünde, wenn ich so etwas sage, aber sage nicht Mutter zu mir. Ich habe immer gewünscht und gebetet, du wärest tot, nun habe ich den Fluch davon, ich kann nichts mehr fühlen für mein Kind. Es lebt noch, und ich müßte es lieben, ich könnte es noch lieben, aber Gott hat es sterben lassen für mich. Sagt nicht Mutter zu mir, Martin.« Sie weinte nicht, aber ihr grenzenloser Jammer zitterte in ihrer Stimme, als sie die Worte sagte.

»Es ist aber besser geworden mit mir«, sagte der Sohn, sehr sanft, als wolle er sie trösten.

Sie zwang sich, ihn anzusehen, sie durchforschte sein volles, rosiges, bartbedecktes Gesicht; es glich nicht mehr dem eines Engels, es glich nicht dem eines Teufels, es war ihr Kind und nicht ihr männlich entwachsener Sohn, und es war doch ihr Kind.

»Du Armer«, sagte sie, »du Armer!«

Sie nahm die Vögel aus seiner Hand und setzte sie auf einen niedrigen Schrank, der in der Ecke in der Nähe des Fensters stand. Seit dem Tage begann sie sich um ihn zu sorgen. Sie nähte an den Winterabenden Wäsche für ihn und strickte ihm Strümpfe. In ihr wuchs ein Gefühl auf für ihn, sie begann ihn zu lieben, doch so, als liebe sie nur ein fremdes, einsames Kind an Stelle des verlorenen eigenen.

Schnell wie Tage vergingen die Jahre dieser kleinen Gemeinschaft von Menschen. Ohne Ereignisse glitten sie ineinander, für die Alternden, vom Leben nur noch zum Tode Ausruhenden, und für den jungen Einsamen, dessen Kraft und Blüte in der tiefsten Wurzel verdorren mußte. An Stelle des früheren zweiten Knechtes war auch ein älterer gekommen, und die einäugige Magd war der einzige wirklich junge Mensch unter ihnen allen. Sie war sehr lebensfroh, trotz ihres Gebrechens. An den Sommerabenden eilte sie ins Dorf, wo sie singend und scherzend in den langen Reihen der anderen Mädchen mitschritt, auch zum Tanzen ging sie und war an einem Winterabend sogar einmal betrunken nach Hause gekommen, so daß sie Emma in tiefem Schlafe des Morgens vor der Küche liegend fand.

Im vierten Jahre der Zeit, da der neue Knecht Martin eingezogen war, kam die Nachricht aus Amerika, daß die Söhne zum Besuch in die Heimat abgereist seien. Still und ohne inneres Zeichen empfing der Vater die Nachricht. Doch die beiden Frauen, Emma und Klara, gerieten in eine große, freudige Erregung. Sie sprachen von nichts anderem mehr, und lange vor der zu erwartenden Ankunft rüsteten sie das Haus, öffneten die verschlossene Stube, in der die schönen rosenkranzgeschmückten Betten standen, jene Betten, in denen die heimkehrenden Kinder in den Zeiten des Glücks empfangen und geboren worden waren; wo der Schrank stand, noch immer gefüllt mit der Wäsche, dem Schatz der jungen Frau, wo die Truhe stand, in der Brautkleid und Schleier geruht hatten, und die nun schon so lange leer war. Die beiden Frauen lüfteten, klopften, breiteten die Betten in der Frühlingssonne aus, entfalteten frisches, weißes Leinen, von schweren Spitzen durchzogen, vor den Fenstern rafften sie zarte Gardinen in schwebende Falten. Sie wuschen das ganze Haus, buken Brot und Kuchen, alles viel zu früh, so daß es wieder verzehrt werden mußte, damit es nicht vertrockne. Sie konnten sich nicht vorstellen, daß eine Reise so lange dauern sollte, bald glaubten sie, daß sie die Kinder überhaupt nicht angetreten hätten, bald fürchteten sie, das Schiff sei gesunken. Endlich, es war schon im Juni, kam die Depesche, daß das Schiff in den Hafen eingelaufen sei und die Reisenden in zwei Tagen auf der der Heimat nächstgelegenen Poststation eintreffen würden. Bis dahin wollte ihnen der Vater entgegenfahren, und endlich war der ersehnte Augenblick gekommen für die Frauen, wo der Wagen aus dem Schuppen gerollt, gewaschen und geputzt und mit den beiden Braunen bespannt wurde. Martin hielt die Zügel dem Herrn hin, der allein kutschierte.

Gegen Mittag war er fortgefahren, und am Abend, in der ersten Dämmerung, kam er zurück. Der Wagen bog von der Landstraße den Feldweg ein, und die beiden Frauen sahen herzklopfend schon von weitem die Gestalten, die er trug: zwei Männer, groß und schlank, in dunklen Kleidern und mit städtischen Hüten auf dem Kopf, und zwischen ihnen sitzend eine Frau, ein Kind auf dem Schoß. Der Wagen kam auf den Hof, hielt beim Brunnen, und die Reisenden stiegen ab. Sie begannen sofort alle durcheinander laut und lachend zu sprechen, während sie dem still auftauchenden Martin das Gepäck auf seinen breiten Rücken luden. Sie riefen bei jedem zweiten Satz durchdringend und hell »Hallo«, so daß die Magd, die neugierig hinter den Frauen an der Haustür stand, kicherte.

Der Vater hatte die Zügel um das Brunnenrohr geschlungen und den Wagen abgebremst, indem er einen Stein unter das rechte Vorderrad schob. Er achtete nicht auf das Rufen und Schwatzen der Söhne, beugte sich hinab, ergriff das Händchen des Kindes, das, im Alter von vier Jahren, müde und erstaunt auf dem Hofe stand, und führte es, während die Mutter des Kindes sein anderes Händchen hielt, den beiden Frauen zu, die erregt und scheu an der Haustür standen. Hinter ihnen kamen die beiden Söhne. Aus ihren hageren, tiefgebräunten und gestrafften Gesichtern strahlten die dunklen Augen in einer übermütigen Heiterkeit, als ihre Blicke über den Hof und das Haus schweiften.

Christian hob das Kind empor und reichte es seiner Schwester, die es an sich preßte und mit Küssen bedeckte. Das Kind hielt still und weinte nicht. »Wie heißt du?« fragte endlich Klara, als ihre Bewegung sie wieder sprechen ließ. »How?« fragte das Kind mit einer dunklen kräftigen Stimme zurück und fuhr lachend mit seinem Fingerchen den Mund Klaras entlang, der sich bewegte und gesprochen hatte, ohne daß es ihn verstehen konnte.

»Hallo!« rief plötzlich der eine der Söhne. »Hallo! Das ist ja unsere Tante Klara! Meine liebe Tante, ich hoffe, du bist gesund. Oh, was sind wir alle groß geworden!« Und nun lachten beide aus voller Kehle und drückten der verlegen dastehenden Klara die Hand. Die Söhne glichen einander so sehr, daß man sie nur der Größe nach unterscheiden konnte. Beide trugen den dunklen Bart kurz verschnitten um die Oberlippe, während das Kinn frei rasiert war, beiden hatten die weißen, blitzenden Zähne in regelmäßigen Reihen, die dunklen Augen, das volle schwarze Haar. Nur überragte der Jüngere um eine Handbreit den älteren Bruder. Der Jüngere war es auch, der am meisten sprach und mit etwas hellerer Stimme als der Ältere.

Der Vater wandte sich an den Ältesten und sprach: »Da ist Emma, die dich genährt hat.«

»Hallo!« rief sofort der Jüngere und trat auf Emma zu, die den Kopf mit dem ins Gesicht gebundenen Tuch bis zur Brust gesenkt hatte, ergriff ihre Hand und drückte sie: »Guten Tag, Emma, du bist auch so groß geworden, ich habe dich nicht mehr erkannt, ich hoffe, du bist gesund, komm, ich will dich küssen, wie einmal als Baby«, und er lachte, packte ihren Kopf und hob ihn zu sich empor. Da erblickte er ihre Narben, die in der Röte der Freude und Erregung feurig leuchteten. »Oh«, sagte er leise, »hast du Unglück gehabt, old Emma?« Er küßte sie vorsichtig auf die Wange, griff dann nach seinem Kind und reichte es ihr: »Das ist mein Baby, gefällt es dir?« Emma streckte die Arme nach dem Kind aus. Doch das Kind, bis jetzt vollkommen zutraulich, wich schreiend vor dem narbendurchglühten Gesicht zurück, wehrte sich mit aller Macht und streckte die Arme nach seiner Mutter aus, die es zu sich nahm und mit Liebkosungen beruhigte. Emma legte die Hände auf ihr Gesicht und wollte in das Haus eilen, doch der Vater des Kindes hielt sie fest und sagte seiner jungen Gattin auf englisch einige Worte, worauf diese an Emma herantrat, sie zart auf die Wange küßte, ihr auch die eigene zum Kuß hinhielt, was aber Emma nicht verstand.

Das Kind hatte sich inzwischen schon beruhigt, und unter Lachen drängte sich nun auch der ältere Bruder hervor zu Kuß und Umarmung, und besonders Emma hielt er fest umschlungen und klopfte ihr zärtlich auf den Rücken. Dann traten alle in das Haus. Die junge Frau brachte sofort das halb schon schlafende Kind zu Bett. Von den Söhnen wurde noch sehr viel darüber gelacht, daß die beiden Frauen bei dem Herrichten des Gastzimmers wirklich vergessen hatten, daß die Kinder nicht allein, zu zweien, so wie sie einst fortgezogen waren, zurückkamen, sondern als Männer, von denen der eine Weib und Kind mitbrachte. Nun wohnte der jüngere mit der Frau in dem elterlichen Schlafzimmer, das Kind schlief in dem blumengeschmückten Bett zwischen ihnen, und der Älteste mußte die leerstehende Knechtskammer beziehen, da er sich weigerte, von Emma anzunehmen, daß sie ihn ihre Stube einräumte.

Nun durchbebte ein Leben voll Jugend, Lachen und Heiterkeit

das einsame Haus. Des Morgens früh schon ertönten die Hallorufe der Brüder, mit denen sie sich und die andern begrüßten, das Jauchzen des Kindes, das im Hemdchen, bloßfüßig, von der Mutter auf den sonnenbeschienenen Hügel getragen wurde, wo Mutter und Kind miteinander jagten und im Grase sich wälzten. Bei den Mahlzeiten und am Abend erzählten die Söhne von ihrer »Heimat«, von ihrer Farm, die wohl zehnmal so groß an Äckern sei, als sie in Treuen gehabt hatten, von den Büffelherden, von den Negern, die bei ihnen arbeiteten, von dem schweren, großkörnigen Weizen, den man »drüben« baute, wie die Erde dort fett und schwer und fruchtbar sei, das Obst üppig wachse, Äpfel dreimal so groß würden wie die hier. Und wenn sie bei ihren Vergleichen von der Heimat, der wirklichen Kinderheimat sprachen, verzogen sich ihre Lippen in leichter, übermütiger Verachtung. Aber sie erzählten auch, wie man kämpfen müsse, noch ganz anders arbeiten als hier, und auch dabei lächelten sie verächtlich. Sie erzählten, wie man dort bete und Andacht halte, einen Altar im eigenen Hause habe, und der Bischof zu ihnen käme, die Kinder zu taufen, die Toten zu segnen und die Kirchensteuer zu erheben. Von den Riesenstädten erzählten sie, von den Eisenbahnen, in denen man tage- und nächtelang fahre, dann von dem Schiff, ihrer Reise über das Meer. Sie erzählten laut und etwas prahlerisch, als wäre alles nur ihr Besitz und ihr Werk, doch waren sie nicht stolz. Der Knecht und die Magd staunten sie an. Klara und Emma ließen ihre Blicke mit trauriger Bewegung auf den energischen Männergesichtern ruhen. Sie suchten die Kinder in ihnen, die einst fortgezogen waren, sie fanden in Augen, Haaren und ihren vollen, geschwungenen Lippen die Erinnerung an die tote Mutter wieder, an ihren fremden Zauber, der doppelt fremd ihnen in den Kindern sich wieder zeigte, doch sie fanden das nicht mehr, das sie geliebt und mit Herzensfreude zurückerwartet hatten. Auch sprachen die Söhne nie von Vergangenem, und auch von den Alten wurde ja nie mehr daran gerührt. Klara trug die kleinen Erinnerungen, die sie wach hielt, streng verborgen in ihrem Herzen. So war in das Haus Frohsinn und Heiterkeit gekommen, ohne jedoch Freude, innige Teilnahme oder Vertrautheit zu erwecken.

Nur der Vater schien völlig zufrieden und mit allem einverstanden zu sein. Wenn die Söhne am meisten prahlten, am lautesten lachten, wenn sie den beiden Frauen am fremdesten erschienen, dann lächelte auch er, er stand von seinem Platze auf und klopfte jedem von ihnen auf die jungen kräftigen Schultern. Dann wurden die Männer zu Kindern, sie erröteten und senkten die Blicke. Dagegen war der Vater zurückhaltend zu dem Kind, das er nie liebkoste, kaum beachtete, und zu dem er nicht sprach. Das Kind und seine junge Mutter konnten nicht Deutsch sprechen, und wenn die beiden Brüder sie die heimatlichen Namen lehren wollten, konnten sie es kaum nachsprechen, so sehr wurden sie von Lachen geschüttelt.

Die Mutter und das Kind lachten und spielten den ganzen Tag zusammen, niemals war die junge Frau bei einer Arbeit zu sehen. Das Kind war sehr stark und groß für sein Alter. Es hatte braune Haare wie seine Mutter, und sie waren schon so lang, daß sie in einer kleinen Frisur aufgebunden wurden. Seine großen und dunklen Augen glichen denen des Vaters. Es schrie, sang und sprach mit kräftiger, auffallend tiefer Stimme. Es war sehr wild und quälte seine Umgebung oft mit trotzigen Launen. Von den beiden Frauen, die es voll Entzücken umwarben, wandte es sich ab, und als Emma es einmal mit sanfter Gewalt in ihre Arme schließen wollte, wehrte es sich schreiend und schlug ihr mit den Händchen in das Gesicht, vor dessen Narben es sich anscheinend fürchtete, denn von diesem Tage an lief es davon, wenn Emma ihm allein begegnete. Dagegen wendete es sich mit der ganzen Hingabe kindlicher Liebe dem Knechte Martin zu. Der lebte still und unerkannt vor den Augen seiner wiedergekehrten Freunde, lauschte ihren Reden, betrachtete ihre Gesichter, ohne daß sie auf den schweren, dicken Mann mit dem großen vollen Bart und dem fremden Namen achteten. In schweigendem Einverständnis hatte auch niemand seiner erwähnt, auch von seiner früheren Existenz niemand gesprochen. Das Kind aber war sofort am zweiten Tag zu ihm gelaufen, hatte seine Beine umschlungen und sein lachendes, braunes Gesicht zu ihm emporgerichtet.

Er hob es auf seine Arme. Es schlug zausend die Händchen in seinen lockigen Bart und lachte, plötzlich aber legte es ernst und still seinen kleinen Mund auf den des Mannes und küßte ihn. Dann lachte es wieder.

Es lief ihm bei der Arbeit überall nach, in die Ställe, auf die Wiesen, ja die Mutter mußte es sogar auf die Felder tragen, wenn er dort arbeitete, so lange schrie und bettelte es. Martin ließ das Kind auf seinem Nacken reiten, oder er setzte es auf eines der Pferde, hielt es sorgsam fest und ließ es traben, er schnitzte ihm aus Holunderzweigen eine kleine Flöte, faltete ihm Helme aus Papier, flocht ihm aus Kornblumen und rotem Mohn einen Kranz, und als die Mutter ihn scherzend auf ihr eigenes Haar setzte und das Kind eigensinnig schrie, flocht er auch einen für die junge Frau. Immer in der Mittagspause oder am Feierabend saßen das Kind und er hinter dem Hügel auf dem schmalen Wiesenrain am Bach, innig ineinandergeschmiegt, und das Köpfchen des Kindes war gespannt und unbeweglich über die Hände des Knechtes gebeugt, die einen winzigen Gegenstand hielten und hin und her bewegten.

In solchen Augenblicken kam wohl Emma in trauriger, zweifelnder Vorsicht an die Gruppe heran und wollte das Kind mit sich nehmen. Doch das Kind weinte, schrie, wehrte sich mit aller Kraft, indem es mit den kleinen kräftigen Gliedern so um sich schlug, daß Emma es wieder zu Boden setzen mußte; darauf lief es sofort wieder zu Martin, und, noch schluchzend, schmiegte es sich an seine Knie. Und wenn in Zukunft Emma in ihrem furchtbaren, nie schweigenden Mißtrauen, nur in weitem Bogen noch, spähend die beiden umschlich, begann das Kind, sobald es die alte Frau erblickte, zu strampeln und zu schreien, aus der Ferne mit dem Händchen nach ihr zu schlagen. Dagegen besänftigte sich sein ungebärdiges Wesen sofort, wenn es bei Martin war. In den Stunden, da die beiden allein an dem Bache saßen, zusammen über die kleine rätselhafte Arbeit in den Händen des Mannes gebeugt, war das Kind still wie nie, saß andächtig da, ohne sich zu rühren.

Sie sprachen miteinander, obwohl eines des andern Sprache nicht verstand. Das Kind fragte, und der Mann nickte mit dem Kopfe oder schüttelte ihn. Dann aber sprach er. Er sprach leise murmelnd, in langanhaltenden Gesprächen, und das Kind lauschte, den Blick seiner glänzenden, dunklen Augen auf seinen beim Sprechen wogenden Bart gerichtet. Er erzählte von »dort«, von den Kameraden, von der Arbeit, von dem Geistlichen, von dem Frühling auf dem Gefängnishof, und daß es einmal sehr schlimm mit ihm gewesen sei, jetzt aber sei es viel besser mit ihm geworden. Er tue nie mehr Schreckliches den Kindern, um die kleine Anna habe er noch sehr geweint, er habe sich totschlagen wollen, die Mutter habe es gewollt, alle hätten ihn gehetzt, so sei es einmal gewesen mit ihm, bis er ganz krank geworden sei; aber nun sei mit ihm alles gut. Aber die andern seien gemein, die Magd lecke mit den Mistfingern die Sahne von der Milch, und im Frühling habe sie die jungen Lämmer unter ihre Röcke geklemmt, bis sie beinahe erstickt seien, und der Knecht treibe sich im Dorf herum mit jungen Mädchen. Das alles sollte nicht sein, es sei besser, man bleibe wie als Kind. Karl und Gustav erkannten ihn nicht mehr, aber er erkenne sie noch gut. Sie seien groß und klug geworden und Amerikaner, aber hier sei es schöner als in Amerika, hier sei es schöner als in Treuen; dort seien schreckliche Dinge vorgegangen, man dürfe sie nicht denken, man dürfe nicht von ihnen sprechen, er wolle ihr das nicht erzählen. Er sprach von seinen Tieren, von den Staren, pfiff dem Kinde die Melodie vor, die er sie gelehrt hatte, er ahmte das feine Singen der Maus nach, die in dem Heuhaufen versteckt lebte, und erklärte, im Herbst wolle er sich einen Igel fangen. Und während er sprach, mit sanfter Stimme seine arme, von Geheimnissen bedrängte Brust freisprach, vollendeten seine fleißigen Hände das kleine Kunstwerk, dessen Erlernung er den Mußestunden des Gefängnisses verdankte, nämlich mit Hilfe einer winzigen Säge aus geschärftem Draht aus drei Kirschkernen einen Wagen mit zwei vorgespannten Pferden zu feilen. Aus zwei Kernen entstanden je ein Pferd, aus dem dritten ein Wagen. Das war es auch, was die Aufmerksamkeit des Kindes fesselte und es so stundenlang still und unbeweglich festhielt.

Im August war trotz der Erntearbeiten das kleine Geschenk fertig. Es war Sonntag und der letzte Tag vor der Abreise der Söhne. Da zugleich auch die Beendigung der diesjährigen guten Ernte gefeiert ward, war dieser Tag festlicher noch gerüstet als der der Ankunft. Es war gebacken und seit langer Zeit auch wieder einmal ein Kalb geschlachtet worden, es war das Haus gefegt und mit Kränzen aus Garben und Blumen geschmückt worden, und für den Abend war wieder einmal ein Fäßchen voll Beerenwein bereitgestellt.

Vor dem Mittagessen war es, als das Kind, das in einer rätselhaften, stummen Übereinstimmung mit seinem Freund das Geheimnis der Kirschkerne gehütet hatte, nun mit freudigem Geschrei, das Händchen fest um sein winziges Geschenk geballt, herbeigelaufen kam. Alle waren schon in der Küche versammelt, um sich zu Tisch zu setzen. Die Mutter des Kindes beugte sich zu ihm nieder und nahm voller Erstaunen das wunderbare Spielzeug aus seinem Händchen, und erst, als sie es dicht vor ihre Augen führte, erkannte sie die winzigen und doch deutlichen und feinen Formen des Wagens, eine leichtgeschwungene Karosse mit Rädern und deren Speichen, mit Trittbrett und Wagenschlag, mit einer schmal ausgefeilten Deichsel, an der rechts und links die winzigen Pferde, zierlich ausgeführt bis auf die Hufe, Schweife und Mähnen, bis auf Nüstern und Augen, mit Zügeln aus Seidenfäden angeschirrt waren. Auf die Ausrufe des Staunens und Entzückens der jungen Frau scharten sich alle um sie, der Vater des Kindes, der jüngere Sohn, nahm das kleine Kunstwerk in die Hand und betrachtete es. »Hallo!« rief er erstaunt. »Ah, das ist sehr fein. Bei uns in Amerika hat niemand Zeit für so etwas, das machen nur die Gefangenen, die alten, in den Zuchthäusern.« Und während er zwischen zwei Fingern das feine Spielzeug umherwendete und sich mit dem Bruder in seine Betrachtung vertiefte, ruhte der Blick dreier Augenpaare voll Schrecken, Flehen und Drohung auf Martin, dem Knecht, der breit, dick und lächelnd unter seinem gelockten Bart, mit sanftem Blick an der Tür lehnte. Voll Schrecken blickte Emma, voll Bitte um Schweigen Klara, der Herr aber hatte zuletzt seinen Blick auf ihn gehoben, er war klar, hell, voll eisiger Drohung. Martin lächelte weiter.

»Hallo«, sagte der jüngere Sohn wieder, der das Spielzeug noch immer hielt, und wandte sich an Martin, »die Pferde sind fein gemacht, und das Geschirr tadellos, wo hast du das gelernt, Kamerad.«

»Ich habe einmal viel kutschiert«, sagte der Knecht sanft. Der Blick des Herrn wandte sich von ihm ab, die schweren Lider senkten sich.

»Oh, in Europa«, sagte der Sohn wieder, »da haben die Knechte Zeit, in der Ernte Spielzeug zu machen. Warum willst du es dem Kind verschenken?« wandte er sich an Martin; »ich kaufe es dir ab, für zwei Dollar. Das sind zweieinhalb Taler. Es ist es wert. Willst du?«

»Nein«, sagte Martin, »die kleine Anna soll es haben.«

Das kleine Spielzeug wurde nun in ein Kästchen gebettet, das das Kind mit beiden Händen umklammerte. Endlich setzten sich alle zu Tisch. An Emma war es, das Gebet zu sprechen. Als alle schon die Hände gefaltet hatten, sagte sie plötzlich mit weicher, bewegter Stimme: »Nein, der Martin soll beten«, und setzte sich nieder. Der Knecht stand ohne weiteres auf, senkte sein Haupt, das längst wieder mit einer Fülle blonder Locken bedeckt war, die in diesem Augenblick von einem schräg einfallenden Sonnenstrahl umglüht wurden, und sprach mit seiner schönen Stimme das Gebet. Das Kind saß neben ihm und ließ sich von ihm füttern, da es das Kästchen mit dem Spielzeug nicht aus seinen Händchen lassen wollte. Als alle gegessen hatten und sich die Hände reichten, legte Emma einen Augenblick lang ihre linke Hand auf die Schulter des Knechtes, aber sie wußte nicht, warum sie das tat, und in ihrem Herzen, das bewegt war, nannte sie ihn weder Sohn noch Knecht.

Des Abends saßen sie dann alle in der Laube auf dem Hügel, der silbern übergossen war vom Licht des vollen Mondes, der zwischen der Ebene des Himmels und der Ebene der Erde schwebte. Sie tranken von dem Wein, der feurig durch ihre Adern schoß. Die Gesichter der Frauen röteten sich, über die vollen, feuchten Lippen der jungen Frau sprudelte übermütiges Lachen. Klara blühte auf, in einem weichen, träumerischen Lächeln versank das Alter ihrer Züge, in schnelleren Atemzügen hob und senkte sich ihre Brust, über die sie kreuzweise die Hände legte, wie junge Mütter es tun, denen in freudigem Schmerz die Nahrung wächst. Ein verzückter, sehnsüchtiger Schimmer lag über ihren Augen, ein Schimmer, der in Emmas Augen zu einem strahlenden Glanz, gemischt aus Güte und Trauer, aus Liebe und Verzweiflung, sich steigerte und so schön und verklärend war, daß er die rotflammenden Narben ihres Gesichtes verlöschte. Die beiden Frauen, Greisinnen fast, trugen in ihrem Blut noch unvergangen den Traum von Glück, das zitternde Streben nach Hingabe und Seligkeit, das nur mit dem Tod ihrer Herzen erlöschen konnte.

Unter ihnen saß auch Christian. Voll Kraft noch immer sein alternder Körper, voll Wärme des Weines und des Sommerabends auch sein Blut, sein Herz aber unbewegt, fest in den Fängen des Unerbittlichen. Sein Sinn ungerührt und stumm. Er hatte die schweren Lider nur wenig gehoben, um den Söhnen zuzusehen, die, berauscht von Wein, Jugend und Kraft, auf dem silbern glänzenden Rücken des Hügels miteinander rangen. Wenn ihr Lachen, in das die junge Frau das ihre mischte, und ihre anfeuernden Rufe im Kampfe für eine Zeit schwiegen, hörte man von unten, wo der Knecht Martin an dem lichtströmenden Bach saß, das sanfte Tönen seines Gesanges. Die junge Magd war ins Dorf geschlichen, der zweite Knecht lag in der Nähe des Stalles und schlief, schnell berauscht von zwei Gläsern des Weines.

Am nächsten Morgen zogen die Gäste wieder fort. Diesmal reiste der Vater mit ihnen, um sie bis zum Schiff zu bringen. Die Abschiednehmenden umarmten einander mit derselben traurigen Verlegenheit, mit der sie sich begrüßt hatten, denn sie waren sich fremd geblieben. Der Knecht Martin war des Kindes wegen zum Abschied fortgeschickt worden, und das Kind schien ihn auch ganz vergessen zu haben. Sein Spielzeug hatte man ihm im Schlafe fortgenommen und in einem der Koffer gut verwahrt. Der zweite Knecht spannte ein und kutschierte auch. Abseits im Felde stehend, sah Martin den Wagen vom Feldweg auf die Landstraße lenken und von da weiterrollen.

In der Hafenstadt, im Anblick des mächtigen Ozeandampfers, sprach der Vater zu den Söhnen und sprach auch das erstemal von der Vergangenheit. Er sagte: »Lebt wohl. Wir werden uns nicht wiedersehen. Ihr habt eine neue Heimat gefunden, das ist gut, das habe ich so gewollt. Ich bin alt, und ihr braucht mich nicht mehr zu besuchen. Zu euch reisen werde ich auch nicht. Ihr wart gute Kinder. Meine Liebe konnte ich euch nur beweisen, indem ich euch von mir gegeben habe, weil es das beste war. Eure Mutter hat an Unglück nie geglaubt, das war Sünde von ihr, aber sie hat ein leichteres Leben gehabt bis zu ihrem frühen Tode. Ich habe das Unglück getragen und es auf mich genommen, ich habe ein schweres Leben, und der Tod kommt viel zu spät. Darum sage ich euch, lebt, wenn ihr könnt, wie eure Mutter gelebt hat, und lebt ferne von mir. Bleibt gesund, und Gottes Segen für eure Arbeit!«

Er umfing schnell einen jeden Sohn mit seinen Armen, die junge Frau aber nicht und das Kind nicht, wandte sich ab von ihnen und ging, ohne die Stunde der Abfahrt zu erwarten, fort, tauchte unter im Gewühl. Die Söhne waren betroffen über seine Worte, deren Sinn sie nicht verstanden, denn mehr und glücklicher noch, als der Vater es ahnte und wünschte, waren ihre Empfindungen und Geschicke von denen der Eltern, der Heimat, getrennt. Nichts von dem Bösen, nichts von dem Schweren war für sie geblieben. Zwar hatte der Älteste jetzt Tränen in den Augen, denn er liebte den Vater noch aus der Erinnerung der Kinderjahre, wo er mit ihm die erste weite Reise in ein fremdes Land gemacht hatte, wo sie die kleine Schwester gefunden und auf dem fremden Kirchhof begraben hatten. Doch versank auch diese Erinnerung und beiden die entfremdete Heimat, als sie mit dem Schiff das offene Meer erreichten, das sie an die Stätten ihrer Arbeit, in die Zukunft ihrer noch so jungen Leben trug.

Auf dem kleinen Bauerngut lebte nun alles in leeren, schnell verwehenden Jahren dem Ende zu. Die Arbeit hielt die langsam sich verringernden Kräfte der Alternden noch lange aufrecht, der Gedanke an die Arbeit erfüllte ihre bis zum Grund durchwühlten Gemüter, der Frieden des unsichtbar ihnen entgegenziehenden Todes besänftigte ihre Herzen. Als Stütze ihrer Arbeit, als Zeuge ihres Sterbens lebte Martin mit ihnen. Sein Fleiß verdoppelte sich, wenn die anderen ermüdeten, seine Kraft entfaltete sich, wenn die anderen verzagten. Seine Stimme sang in das Schweigen der Wortlosen, er betete für die zitternden Stimmen. Er lenkte den Wagen zur Kirche, er spaltete das Holz für den Herd, er trug das Wasser zum Kochen herbei. Er wachte über das Vieh, im Sommer arbeitete er auf den Feldern Tag und Nacht.

Sein Glück und seine Freude waren lange Zeit die Kinder. Und das war so gekommen: An dem Tage, als die Söhne mit dem Kinde fortgefahren waren, hatte ihn eine große Traurigkeit überfallen, stets hatte er in Sehnsucht des Kindes gedacht. Oft stand er mitten in der Arbeit still, als warte er auf seinen Ruf, auf sein Kreischen und Lachen, als warte er darauf, daß es herbeigelaufen käme, sich an seine Beine schmiegte, sein kräftiges, dunkelhäutiges Gesichtchen zu ihm emporhebe. Am größten war sein Verlangen nach dem Kinde in den Feierstunden, wenn er allein an dem Bache saß, die fleischigen Hände in leerem Spiel bewegte und die Worte, die aus seiner einsamen Brust aufstiegen, unförmlich murmelnd ins Leere sprach, unhörbar selbst dem eigenen Ohr, denn er sprach nicht zu sich selbst.

Da fand er eines Abends zwischen den Feldern einen jungen Igel, wie er es sich gewünscht hatte. Er zog seinen Rock aus, rollte das Tier, das sich zu einer stachligen Kugel zusammenzog, vorsichtig mit seinem Fuß darauf und brachte es in seine Kammer, fütterte es mit Milch und Fleischbrocken, die er sich von seinem Mittagessen absparte. Der Igel kam abends, wenn er seine Kammer betrat und einen tiefen, rollenden Lockruf ausstieß, mit laut tackendem Lauf heran, grunzte leise und begann die Milch, die er ihm reichte, zu schmatzen. Er ward völlig zahm. Der Knecht konnte ihn auf den Arm nehmen, ihn zwischen den Händen umherwerfen, ohne daß er seine Stacheln sträubte. Er war jetzt das einzige Tier in dem Gelaß, und Martin begann ihn zu lieben. Doch die Sehnsucht nach dem Kinde verlor er nicht.

An einem Sonntagmittag im Oktober, nach dem Essen, als die Sonne mild den kleinen Hügel, den Wiesenstreifen, den sanft fließenden Bach bestrahlte, ergriff ihn solche Traurigkeit, daß er floh. Aber er floh langsam, schwer zögernden Schrittes, die Landstraße entlang ins Dorf, umkreiste scheu die Gruppen spielender Kinder und trat dann ins Wirtshaus ein, das um diese Stunde leer war. Er hockte breit und dick hinter einem Tisch, das haarumwallte Haupt und Gesicht zur Brust gesenkt, und trank still ein Glas Bier nach dem andern. Es war das zweite Mal in seinem Leben, daß er Bier trank. Eine Erinnerung, dumpf und undeutlich, meldete sich, etwas in ihm dachte: »Es will ja keiner was von mir«, und er trank sein Glas gierig aus. Als sich um die späte Nachmittagsstunde die Wirtsstube mit Menschen und Lärm füllte, ließ er den Wirt in seinen Taschen nach Geld suchen, um sich bezahlt zu machen, dann ging er hinaus. Als er vor die Tür ins Freie trat, taumelte er und stürzte. Er kämpfte mit seiner Trunkenheit, denn sein Kopf wurde plötzlich klar, aber es gelang ihm lange nicht, die Herrschaft über seine schweren, fleischigen Glieder zu erlangen. Er wandte sich von einer Seite auf die andere, kniete hin, um sich so, auf die Hände gestützt, besser vom Erdboden erheben zu können. Jedoch ein aufsteigender Wirbel in seinem Kopf riß ihn um, so daß er, mit der Stirn schwer aufschlagend, auf dem Leib liegenblieb.

Eine große Schar von Kindern umstand ihn sofort, johlte und schrie lachend über das hilflose Gebaren seines dicken Körpers. Die größeren Kinder warfen mit Steinen nach ihm. Kämpfend zwischen Angst, Neugier und Grausamkeit, wollten die kleineren das gleiche tun, näherten sich ihm, Steine in den winzigen Fäusten, wichen jedoch sofort angstschreiend zurück, wenn er sich regte. Einige Männer und Frauen, die ihre Jüngsten auf den Armen trugen, sahen lachend zu. Der Knecht, auf dem Bauche liegend, fühlte die Steinwürfe in seinem Nacken und auf den Beinen in der Trunkenheit nur wie leichte Schläge von Weidenruten. Er erhob seinen Kopf und sah, von unten emporblickend, die kleinen Gestalten der Kinder mit lachend geöffneten Mündern vor sich stehen. Etwas von der alten, bösen Gier regte sich in ihm. Er kroch auf allen vieren zur Mauer des Wirtshauses, richtete sich erst in den Knien, dann stehend auf. Er lehnte sich mit dem Rücken an die Mauer und sah auf die Kinder, die lachend ihn umstanden. Sein Haar und Bart waren von Erde bedeckt. Die Kinder schrien: »Dreckbär! Alter Dreckbär!« und streckten ihre Zungen nach ihm aus.

Rausch von Traurigkeit und Wut stieg in ihm auf, seine Augen, bis jetzt trotz des Biergenusses klar, verdunkelten sich, das Blut rauschte in seinem Kopfe, ertäubte sein Ohr. Ohne Blick, ohne Gehör, die Glieder leicht, wie von fremder Kraft getragen, mit auf und zu sich krampfenden Händen, begann er in torkelnden Schritten nach den Kindern zu jagen, in unverständlichen Worten böse Drohungen gegen sie auszustoßen. Den Kindern war es ein leichtes, seinen unsicher taumelnden Schritten auszuweichen, sie lockten ihn und hörten nicht auf, ihn zu höhnen. Einer der Männer, die dem Schauspiel zusahen, scheuchte sie endlich fort und führte den Knecht zum Dorfe auf die Landstraße hinaus, wo er, von Baum zu Baum wankend, in doppelter Trunkenheit, nach zwei Stunden, als es bereits dunkel war, daheim wieder anlangte.

Die andern saßen in der Küche, in geheimer Sorge ein jeder. Das Abendbrot war schon abgegessen, sie saßen und lauschten. Gerade als der Herr sich erhoben hatte, um nach dem Knecht zu suchen, hörten sie seine schweren, taumelnden Schritte, mit denen er am Haus vorbeiging, dem Stalle zu. Dann war es lange völlig ruhig, und alle atmeten auf. Aber plötzlich drang in die Stille ein furchtbarer Lärm, ein grauenvolles Toben, gemischt aus dem rasenden Takt stampfender Füße, der dröhend von dem hölzernen Boden der Scheune im Stall herüberdrang, und einem tierischen Quiecken und Pfeifen, das anschwoll zu einem mächtigen Schmerzensschrei, der dem eines Menschen in Todesnot glich; dann war wieder plötzliche Stille, aus der der langgezogene Gesang des Knechtes klar aufklang, der bisher allen Lärm umtönt hatte.

Die Frauen erbleichten, gelähmt vor Entsetzen. Der Herr sprang auf und eilte zu dem Stall. Als er zur Treppe kam, die zum Gelaß des Knechtes führte, war alles, auch der Gesang, schon verstummt. Der Herr kehrte wieder um und holte eine Laterne.

Als er das Gelaß des Knechtes betrat, fand er diesen, schwer atmend, in halbem Schlaf, über dem Bette liegend. Im Schein des Lichtes glitzerten gläsern Tränen in den Locken seines Bartes, seine Beine hingen herab, und die schweren Stiefel waren an den Sohlen mit Blut beschmiert. Am Boden lag der Igel, auf dem Rükken, tot, blutend aus dem zerstampften Kopf und dem Bauch. Der Herr holte ein Bündel Heu, hüllte das tote Tier ein, wischte das Blut vom Boden auf und von den Sohlen des Knechtes. Dann ging er in die Küche zurück, wobei er das tote Tier auf dem Hof in die Mistkuhle warf, und sagte den Frauen: »Es ist nichts. Er ist betrunken.« Dann stieg er wieder zu dem Knecht empor. Er rüttelte ihn wach und richtete ihn auf. Er schöpfte mit der hohlen Hand Wasser aus dem Waschgefäß und kühlte seine Stirn, er reichte ihm, der bittend den ausgetrockneten Mund bewegte, den Krug zum Trinken. Der Knecht sah den Herrn dankbar aus kindlichen, in Tränen und Trunkenheit schwimmenden Augen an. Der Herr nahm den hölzernen Stuhl, der als einziger in dem Gelaß stand, rückte ihn zum Bett des Knechtes und setzte sich zu ihm.

»Weißt du, was du getan hast?« fragte er.

Der Knecht bewegte müde und traurig den Kopf.

»Ich habe meine Söhne fortgeschickt«, begann der Herr wieder, »und dich habe ich zu mir genommen. Ich habe für dich gesorgt über meinen Tod hinaus, bis zu deinem Tode. Ich habe nie gefragt, ob du der Mörder bist oder nicht. Es gibt größere Fragen. Du gehörst zu meinem Leben mehr als meine Kinder. Ich habe dir einen neuen Namen, eine neue Heimat und eine neue Arbeit gegeben. Was ich für dich tun wollte, gelang immer leicht und gut. Dir ist Gott gnädig. Aber wenn du Böses tun mußt, kann ich es nicht mehr auf mich nehmen. Ich habe nichts mehr zu verlieren, es geht um andere. Das soll nicht mehr auf mein Haupt kommen. Du hast mit Fußtritten deinen Igel gemordet, den du doch selber erzogen und gepflegt hast. Weißt du das? Warum hast du das getan?«

Des Knechtes sanfte Stimme wurde von Schluchzen zerrissen, als er antwortete: »Ich weiß nichts, Herr. Ich bin betrunken, das müßt Ihr mir verzeihen. Ich war nie betrunken. Denn damit wollen sie einen immer nur hetzen. ›Dort‹ war ich der Beste von allen. Ich mache niemand mehr Schande. Ich danke Euch für die Arbeit, sie ist gut, sie gehört mir allein. Der Igel gehört auch mir, ich habe ihm nichts getan, ich will ihn wegbringen, denn Ordnung muß sein.« Er holte tief und seufzend Atem. »Ich kann so schwer sprechen, ich bin betrunken, das müßt Ihr mir verzeihen, Herr. Aber ich verstehe Euch, ich verstehe alles, alles habe ich einmal verstanden. Es ist vieles besser mit mir geworden, Ihr könnt es auch der Mutter sagen, niemand braucht mich mehr totzuschlagen.« Und mit Anspannung aller Energie, richtete der Trunkene sich frei auf, öffnete seine Kleider, sah seinen Herrn mit einem klaren, traurigen Blick an und sagte: »Verzeiht mir, Herr, ich habe nichts getan, ich bin kein Mörder mehr.«

Der Herr war aufgestanden und hatte die Blöße des Knechtes wieder bedeckt. Er beugte sich nieder, zog ihm die schweren Stiefel von den Beinen, entkleidete ihn und bettete ihn, der bereits in tiefen Schlaf gesunken war.

In der folgenden Zeit arbeitete der Knecht noch fleißiger als zuvor, doch dieser Fleiß war erschütternd gepaart mit einer tiefen

Traurigkeit, die über seinem ganzen Wesen ausgebreitet war. Endlich, an einem Sonntag, ging er wieder ins Dorf, sehnsüchtig umschlich er die spielenden Kinder. Die Kinder erkannten ihn wieder. »Da ist der Bär«, riefen sie und stoben davon, obwohl er sich nicht rührte. Er beugte sich zu einem kleinen Mädchen nieder, das ruhig stehengeblieben war und ihn ansah. Er hob es hoch und schaukelte es in weiten Schwüngen auf seinen Armen. Das Kind lachte und jauchzte. Die anderen Kinder kamen zurück, und nun begann er mit ihnen zu spielen, sie zu haschen, zu schaukeln, die Kleinen auf seinem Nacken reiten zu lassen. Ein Kind fiel und weinte. Er tröstete es und versprach ihm, eine Flöte zu schneiden. So ward er doch der Freund der Kinder. Jeden Sonntag kam er ins Dorf, und sie erwarteten ihn, liefen ihm entgegen und scharten sich um ihn. Er verfertigte für sie Spielsachen aller Art, Käfige für ihre Tiere, Peitschen und Kreisel, Flöten und kleine, aus Gras geflochtene Körbchen. Im Winter fuhr er sie auf Schlitten und baute ihnen große Figuren aus Schnee. Er beschenkte sie mit Zuckersachen, die er von seinem Lohn kaufte. In das Wirtshaus ging er lange nicht. Zweimal noch im Laufe der vielen Jahre kam er betrunken nach Hause, und dann hörten die angstvoll lauschenden Frauen das wütende Stampfen seiner Füße dröhnen, doch es floß kein Blut mehr, er sammelte keine Tiere mehr um sich, er tötete nie mehr lebendige Wesen. Sein Glück war, ein Kind, ein kleines Mädchen, aus der Schar der anderen ausgewählt, im Frühling und im Sommer in den freien Stunden zu sich auf den schmalen Wiesenstreifen neben dem Bach zu tragen, es neben sich zu setzen und zu ihm zu sprechen, in unverständlichem Murmeln die Worte aus seiner Brust rinnen zu lassen, während er für das Kind ein Spielzeug formte. Das Kind sah andächtig auf seine Hände, lauschte ihm, ohne ihn zu verstehen. Von ferne umschweifte Emma von Zeit zu Zeit mit sorgenvollen Augen die friedliche Gruppe, doch nichts Böses geschah mehr bis zu ihrem Tode.

Denn sie starb als Jüngste zuerst fort aus dem kleinen Kreis. Sie war einundsechzig Jahre alt, als ein schneller harter Tod sie überfiel und ihr Herz, wie einst die erste Umarmung ihren Leib, mit grausamer Überwältigung bezwang. Sie hatte einen kurzen, aber schweren Todeskampf nach einer dreitägigen, hitzigen Krankheit. Im Tode war ihr Gesicht, gewaltig im Ausdruck, furchtbar verändert. Von Schmerzen und ohnmächtiger Abwehr war ihr Mund noch schmal und bitter ineinandergekrampft, abgrundtief, ohne

Frieden schienen die schwarzumränderten Augen in dem Gewirr der Narben zu liegen, deren bleiche, wächserne Gräben drohend auf Stirn, Wangen, Kinn und Nase lagerten. Mit tiefer Bewegung wachte der Herr bei der Magd, durchforschte ihr Totenantlitz, das Kunde gab von dem, was kein Lebender vernehmen konnte, auch er nicht, der im Leben schon Erstorbene.

Klara jedoch ging hinaus an den Bach, wo jetzt im Frühling große Büsche blühender wilder Rosen standen. Sie schnitt große Mengen davon ab, brach sie kurz hinter der Blüte und umkränzte so Gesicht und Haupt der Toten nahe und dicht, und der rosige Schimmer der Blüten ergoß sich wie ein Hauch von Leben über das Antlitz und löschte die bösen, harten Linien aus, glättete das Gestrüpp der Narben. Sie erneuerte die Blüten alle Tage, bis am dritten Tag der Sarg geschlossen wurde.

Jetzt rief sie den Knecht zum Abschiednehmen. Er trat ins Zimmer, schwerer und ungefügiger noch geworden in den letzten Jahren, nahm die Mütze ab, betete und weinte. Dann trat er nahe an den Sarg heran und schob in die gefalteten Hände der Toten einen winzigen Gegenstand: ein Spielzeug, aus drei Kirschkernen Gespann und Wagen geschnitzt. So trug die Mutter jenes leichte, zierliche Denkmal seiner Schande mit ins Grab, von ihm, den sie geliebt hatte wie ihr Kind, der aber ihr Kind nicht hatte sein dürfen, bis zuletzt.

Der Sarg wurde nun zugenagelt, und der Zimmermann und der Herr trugen ihn auf den Wagen im Hof, den Martin schon eingespannt hatte. Klara bedeckte den Sarg mit großen Zweigen von Flieder und frisch grünenden Linden und Buchen. Sie stieg mit Martin auf den Wagen, und sie setzten sich zu beiden Seiten des Sarges auf die Bänke nieder, während Christian lenkte.

Die Pferde, deren goldbraune, sorgsam gestriegelte Felle in der golden strahlenden Sonne glänzten, zogen fröhlich an und konnten nur schwer in eine langsame, würdige Gangart gebracht werden.

Der Tag im Mai war schön. In blühender und grünender Pracht die Erde, fern, hoch und freudig der blaue Himmel, die Luft, von Sonne durchwärmt und durchgoldet, kosend zwischen beiden, Vögel durchstießen sie jubelnd. Der Wagen fuhr durch das Dorf, dann weiter auf der Landstraße nach S. zu, denn Emma sollte dort, in dem Familiengrab, neben der Frau und dem Kinde ruhen, so hatte es Christian angeordnet. Als sie zum Dorfe hinaus waren, begannen die Pferde wieder zu wiehern und zu laufen, der Sarg wurde hin und her gerüttelt, und Klara stützte ihn mit den Händen. Ihre Augen, sehr getrübt in den letzten Jahren, blickten mit dem gleichen traurigen Frieden auf den hin und her schwankenden Sarg, in den schönen Tag und auf Martin, der schwer und dick ihr gegenübersaß und aus seinen kindlichen Augen runde Tränen ruhig und perlend in seinen lockigen Bart rinnen ließ. Doch auch in seinem Innern war Friede. Der sanfte Schmerz, den er um die Tote fühlte, die für ihn auch, wie für die anderen »Emma« geworden war, tat ihm wohl. Spät am Nachmittag erst kamen sie auf dem Kirchhof an. Die Totengräber nahmen den Sarg auf ihre Schultern und trugen ihn an das geöffnete Grab, Klara und Christian folgten. Martin blieb bei dem Wagen und den Pferden. So hatte es der Herr im letzten Augenblick bestimmt, denn er wollte nicht, daß der Knecht das Grab der Frau und das des Kindes sähe. Der Geistliche, der schon gewartet hatte, segnete die Leiche und betete, dann wurde der Sarg niedergelassen und das Grab sofort aufgeschüttet. Klara und Christian warteten, bis der Hügel fertig war, und sie sahen die Grabstätte lange an: das Grab des Kindes in der Mitte, rechts das Grab der Mutter, die das Kind geboren, und links das Grab der Mutter, die seinen Mörder geboren. »Wenn ich vor dir sterbe«, sagte Klara zu dem Bruder, »will ich da quer zu Füßen des Kindes liegen.«

»Nein«, erwiderte der Bruder, »du sollst oben, an seinem Kopfe liegen.« Sie dankte dem Bruder mit einem warmen, fast freudigen Blick. Sie ging zu der bezeichneten Stelle hin und zog, sich niederbeugend, mit der Hand die Umrisse eines Grabes zu Häupten der drei Gräber aus und sah wohlgefällig im Geiste ihren Hügel sich da erheben. »Schlaf in Frieden, Emma«, sagte sie noch und nickte dem Grabe zu, »nächste Woche werde ich dir Efeu pflanzen.«

Sie gingen zurück zum Wagen und fuhren heim. Martin kutschierte. In der Nacht kamen sie zurück.

Klara war jetzt sechsundsiebzig Jahre alt, doch ihre volle Gestalt war noch ungebeugt, ihr rundes Gesicht war fast ohne Falten, ihr blondes Haar zeigte nur an den Schläfen weiße Strähnen, und nur ihre Augen waren altersschwach und sehr getrübt von den vielen Tränen. Ihr Gemüt ward mit den Jahren immer heiterer, oft scherzte sie und lachte ein leises, etwas greisenhaftes Lachen, selbst in Beisein des Bruders, dem gegenüber ihre Liebe doch stets mit Ehrfurcht gemischt war. Das einzige Echo ihres Lachens und ihrer Scherzworte war Martin, der mit ihr lachte und ihre Scherze mit den seinen erwiderte. Über Emmas Platz am Tisch waren alle einander näher gerückt, so daß keine Lücke da war, in Emmas Arbeit hatte sich die drei, Klara, die einäugige Magd und Martin, geteilt. Doch legte Klara jedesmal nach dem Essen, wenn abgeräumt war, das alte, einfache und abgegriffene Gesangbuch, in dem Emma gern an den Sonntagen, da sie nicht zur Kirche gegangen war, gelesen hatte, mitten auf den Tisch. So war wohl ihr Platz ausgefüllt, aber ihr Andenken wurde geehrt.

Als Klara einundachtzig Jahre alt war, waren ihre Augen so schwach, daß sie fast blind war. Jeden Morgen stand nun Martin als erster auf und führte die Herrin von ihrer Stube die Treppe hinab in die Küche, wo sie an Emmas Stelle das Frühstück bereitete, während die Magd in den Ställen war. In der Küche konnte sich Klara gut zurechtfinden, denn alles stand an altvertrauten Plätzen. Doch außerhalb des Hauses mußte man sie führen. Im Sommer schnitt ihr Martin eine Pfeife aus Holunderholz, mit der sie ihn herbeirief, wenn er sie auf den kleinen Hügel in die Laube führen und von dort wieder zurückholen sollte. Wenn dieser hohe, einem Vogelruf gleichende Triller der kleinen Flöte erklang, sprang Martin, wo er sich befand, oft von dem an seiner Seite ruhig weiterarbeitenden Herrn fort, in weiten und leichten Sätzen schnellte er vorwärts, trotzdem seine Gestalt von Jahr zu Jahr fleischiger und schwerer wurde, ungeachtet seiner unermüdlichen Arbeit. Er langte atemlos an der Haustür an, wo Klara schon wartend stand und lachend ihm entgegenrief: »Wo ist mein dicker Bär? Komm, Bär, und führe mich in den Wunderwald.« Denn seit sie nicht mehr sehen konnte, scherzte sie oft, sie sei wie ein Kind, das die Augen verbunden habe und in ein Wunderland geführt werde, und eines Tages werde sie die Augen noch einmal aufmachen und Herrlichkeiten sehen.

»Jetzt besteigen wir den Kirchturm«, sagte Martin, wenn die sanfte Wölbung des Hügels sich ihren Schritten entgegendrängte und Klaras Füße schwerer vortasteten. »Jetzt sind wir auf der Spitze«, sagte er, wenn sie oben waren und Klara sich auf die Bank der Laube niederließ. Beide lachten dann, er reichte ihr die Arbeit zu, die sie mitgenommen hatte, und eilte in weiten Sprüngen zu seiner Arbeit zurück. Er führte Klara auch an jedem zweiten Sonntag in die Kirche, sagte ihr den Text des Gesanges an und sang neben ihr. Sie ließ sich von ihm beschreiben, wie die Menschen aussahen, und was für Kleider die Frauen trugen. Sie wurde neugieriger und lebendiger, als sie je in ihrem Leben gewesen war. Von Zeit zu Zeit fiel sie den schweigsamen Bruder an, betastete seine Gestalt und seinen Kopf und küßte ihn stürmisch auf den Mund. Daß er sie nicht abwehrte und stillhielt, war seine Erwiderung dieser Liebkosungen. Wenn Klara allein auf dem Hügel in der Sonne saß oder an den Winterabenden inmitten der anderen in der Küche am Herd, kamen die Erinnerungen. Aber nur die Erinnerungen an die Kindheit, an Vater und Mutter, an die erste Heimat. Sie fühlte sich wieder als Kind, sie spürte an ihrem Körper das süße Zittern, in dem einst ihr Kinderkörper erzittert war unter dem Klopfen des erregten Herzens, wenn ein Fest winkte oder eine Freude sich erfüllte. Sie fühlte sich als junges Mädchen, fiebernd und bedrückt zugleich von den großen Erwartungen, mit denen erfüllt das Leben noch vor ihr lag. Und so starb sie, nach sechs Jahren, in hohem Alter. Ohne Krankheit schlief sie ein, und ihr altersmüdes Herz wußte nichts mehr von dem, was es einst auf der Höhe seiner Lebensbahn an menschlichem Leid ertragen, seine matten Schläge verhallten in aufrauschender Erinnerung an die Jugend. Als junges Mädchen, in glühender, traumhafter Erwartung des Lebens glitt die Sterbende in ihren Tod. Goldene Nebel lagerten vor ihren blinden Augen, die längst nicht mehr Tag und Nacht unterschieden hatten. Der Tod war so leicht, die um sie waren, merkten ihn nicht kommen, und ihr Gesicht, voll und fast ohne Falten, mit zarter, mattglänzender Haut, lächelte.

Als auch sie begraben war, so wie sie es gewünscht hatte, begann das Leben auf dem kleinen Hofe hart, schweigsam und dürftig zu werden. Die wärmeausstrahlenden Herzen der beiden Frauen waren tot, ihre nie endenden Träume verschwebt aus der Luft. Verlassen war alles. Die Magd tat die Arbeit, aber den Lohn, ihr Herz, ihren Traum trug sie fort vom Haus. Der zweite Knecht wechselte oft, da es den meisten zu still und zu streng auf dem Hofe war. Der Knecht Martin arbeitete für alle, die fehlten, und für alle, die noch da waren. Er arbeitete bis spät am Abend in den Wochentagen, und an den Sonntagvormittagen arbeitete er auch. Zur Ruhezeit sank er müde um, kein Gesang tönte mehr aus seinem Mund, kein Tier umgab mehr, wie einst, sein Lager, die Kinder im Dorf vergaßen ihn, selten kam er zu ihnen.

Neben Martin, unermüdlich, wenn auch mit ermatteter Kraft, arbeitete der Herr. Grenzenlose Einsamkeit stets um ihn. Jetzt war seine hohe, schmale Gestalt gebeugt in den Knien, sein Rücken gekrümmt, seine Schultern tief herabgedrückt, sein hageres Gesicht, nun nicht mehr jung inmitten des kummervoll gebleichten Haares, erschien vollends versteinert. Seine Blicke sahen niemand mehr, die schweren Lider hoben sich kaum von den Augen.

An einem Herbstabend, im kalten, feuchten Hauch der Erde, in der freudlosen, leeren Dämmerung, stand Christian auf dem Acker und sammelte Kartoffeln ein. Tief zur Erde niedergebeugt, wühlte er die Früchte aus ihrem todeskühlen Bett. Er füllte einen Sack bis zum Rande, packte ihn und schwang ihn auf seinen Rükken. Doch mitten im Schwung versagte seine Kraft, er stürzte in die Knie. Er ächzte leise. Er dachte plötzlich, wie er zweimal in seinem Leben in die Knie gesunken war, doch das Leben und die Last des Schicksals waren nicht von ihm genommen worden.

Martin, der in der Nähe arbeitete, hörte die ächzenden Laute des Herrn, das dumpfe Einsinken seiner Knie in die Erde. Er kam suchend in der Dunkelheit heran. Als er vor dem Herrn stand und sich zu ihm niederbeugen wollte, sagte der Herr zu ihm: »Ich muß weiterleben, deinetwegen«, und er erhob sich allein, und beide trugen gemeinsam den Sack zum Wagen und luden ihn auf.

Und es erfüllte sich so, wie Christian gesagt hatte. Er, der im Leben schon Tote, mußte weiterleben und allen denen das Grab besorgen, für deren Leben er auch gesorgt hatte. Er lebte noch lange, um dem Mörder Heimat und Arbeit, um ihm ein gerettetes Leben zu schenken, um nicht den Knecht Martin als eine traurige, hilflose Waise zurückzulassen. Das hatte er gefühlt, als er auf die Knie gedrückt in den Ackerfurchen lag und im Dunkeln schwerfällig die Gestalt des Knechtes sich ihm näherte. Christian war jetzt dreiundsiebzig Jahre alt. Als er bei der großen Abrechnung des Jahresbeginnes sah, daß die drei Vermögen, die er für seine zwei Söhne und für den Knecht Martin angelegt hatte, auf je viertausend Taler gestiegen waren, so daß jeder, wie er bestimmt hatte, vor äußerster Not geschützt sein konnte, nahm er zur Erleichterung der Arbeit ein Tagelöhnerpaar auf. Er selbst arbeitete nicht mehr schwer, obwohl er von früh bis spät auf war.

Martin, der Knecht, der jetzt achtundvierzig Jahre alt war, hatte nun wieder Zeit zu singen, Ställe und Käfige zu bauen und für die Kinder Spielzeuge zu fertigen. Er hatte wieder friedliche Stunden im Sommer am Bach, wo die Kinder bei ihm saßen, er zu ihnen sprach und von »dort« erzählte, während die Sonne seinen breiten runden Rücken und sein lockig behaartes Haupt bestrahlte, die Tiere der Weide ihn umsprangen. Betrunken war er nie mehr. Er war heiter und glücklich. Mit den Jahren wurde er bequem, da sein Körper immer schwerer wurde. Zwar arbeitete er noch mit großer Lust, ja mit der gleichen Leidenschaft, mit der er als Kind schon gearbeitet hatte, aber er suchte sich Arbeit, bei der er nicht viel laufen mußte. Er wurde schwerfällig und unbeholfen in seinen Bewegungen, und der einzige Schmerz, den ihm das Leben noch zufügte, war der, daß die Kinder, die seine Schwäche bemerkten, ihn neckten und verspotteten. Er konnte ihrem Laufen und Springen nicht folgen, wenn sie ihn in Gruppen umringten, lockten oder quälten. Wohl nahmen sie seine Geschenke, mit denen er sie gewinnen wollte, in Empfang, doch am nächsten Tag schon höhnten sie ihn von neuem. So blieben ihm nur die Kleinsten, die sich gern auf seine starken Arme nehmen und von ihm schaukeln ließen; sie hockten jauchzend auf seinem weichen vollen Nacken, wo er sie reiten ließ, zwar nicht mehr wie früher, da er in Galoppsprüngen mit ihnen umhersauste, sondern an einem Ort stehenbleibend, wo er von einem Bein auf das andere sprang.

Dann gebar die junge Tagelöhnerfrau, die jetzt täglich bei ihnen arbeitete, ihr erstes Kind. Zur Zeit der Ernte brachte sie es mit zur Arbeit, legte es, in ein Tuch gehüllt, am Rande der Felder nieder, um es von Zeit zu Zeit zu säugen. Dieses Kind liebte er innig. Es war ein Knabe. Er zimmerte heimlich für ihn eine Wiege, er wartete ihn, wenn die Mutter an anderer Stelle arbeitete, und die Mutter brachte ihm das Kind oft, froh, für einige Stunden erleichtert zu sein. Der Knecht lehrte den Knaben die ersten Schritte und die ersten Worte, nicht die Mutter. Er lehrte ihn, die Händchen zu falten, er sang ihn mit seiner sanften Stimme in den Schlaf, er bettete ihn in seinem Gelaß auf sein Bett, wusch und trocknete die durchnäßten Leinen. Alle spotteten darüber, sogar die Mutter des Kindes. Aber er hörte es nicht.

Als die Magd ein paar Tage krank war, verrichtete er ihre Arbeit und kochte auch für die anderen. Seit dieser Zeit übernahm er immer die Arbeiten in der Küche und in dem Haus, und zuletzt arbeitete er wie eine Frau. Er wusch im Winter die Fußböden auf und kümmerte sich um die Milchwirtschaft, dabei umspielte ihn täglich das heranwachsende Kind. Als das Kind dann zur Schule kam und nicht schon morgens bei ihm war, war er unglücklich und spähte mittags nach ihm aus. Als das Kind dann kam, ihm seine

Schulbücher zeigte und ihm von der Schule erzählte, wurde er plötzlich böse und schickte es fort. Der Gedanke entsetzte und verstörte ihn, daß das Kind zu anderen Menschen ging, andere Menschen zu ihm sprachen und es belehrten. Er rief es nicht mehr zu sich, wenn es nachmittags auf den Hof kam, und wich ihm aus, wenn es auf ihn zulief. In seinen sanften, kindlich blickenden Augen sah der wachsame Herr ein böses Feuer. Er verbot der Tagelöhnerin, das Kind weiterhin mitzubringen, und der Knecht fragte auch nicht mehr nach ihm, als es nie mehr kam.

Seine letzte Leidenschaft war nun nur noch die Arbeit, und zwar die leichteren Hantierungen in Haus und Stall. Er saß gern in der Küche am Herd und überwachte das Essen, er half bei der Wäsche und deckte den Tisch. Und in diesem kalten, freud- und zwecklosen Haushalt war er es, der Wärme des Lebens und Freude des Daseins noch ausstrahlte. Er war sanft und lächelte viel. Er erinnerte daran, daß zu den Festtagen Kuchen gebacken wurde, er wählte das Geflügel aus und lobte die Braten, die die Magd aus dem Dorf mitbrachte. Er holte behutsam am Sonntag die porzellanenen Teller aus dem Schrank, von denen, anstatt von den zinnernen an den Wochentagen, gegessen wurde. Er genoß kindlich und dankbar, was für ihn noch an des Lebens Tisch bereitet war.

In Sanftmut und Heiterkeit versetzte ihn selbst die Schwäche seiner beginnenden Krankheit, deren Keim er unbemerkt wohl in den kalten Nächten seiner Gefängniszelle empfangen hatte und die ihn langsam während zweier Jahre dem Ende zutrug. Wenn er bei seiner ohnedies nur noch leichten Arbeit plötzlich am ganzen Körper Schweiß ausbrechen fühlte, so war es schön, sich in der zitternden Schwäche, die ihn erfüllte, am Herd niederzulassen, am hellen Tage, ganz gleich, zu welchen Stunden, und dort allein, ruhig zu sitzen und das Feuer zu überwachen. Alles um ihn her war in Ordnung. Der leise Husten, der abends, wenn er sein Gelaß aufsuchte, ihn überfiel, stieg wohlig perlend aus der Tiefe seiner Brust auf, und der leichte Rausch des Fiebers hieß ihn singen. Doch wieder im Herbst, im November, brach er, zwei Eimer mit Milch tragend, an der Schwelle des Stalles zusammen, und blutiger Schaum stand vor seinem Mund. Der Herr und die Magd vermochten nicht, den schweren Mann aufzunehmen. Der Herr schichtete Heu in seinen Rücken und unter sein Haupt und schickte die Magd nach einem Tuch, das Blut fortzuwischen. Nach und nach kam der Knecht wieder zu sich, sie halfen ihm auf und führten ihn ins Haus. Der

Herr befahl der Magd, das Zimmer der verstorbenen Emma aufzuschließen, das Bett zu richten und den Ofen zu heizen. Dann führte er den Knecht hinauf und ließ ihn sich niederlegen. Er ging ins Dorf nach einem Arzt. Als er zurückkam, war der Knecht schon wieder in der Küche und lächelte ihm entgegen.

»Es ist schade um die Milch, Herr, aber ich kann nichts dafür«, sagte er.

»Du wirst jetzt immer oben schlafen«, sagte der Herr, »drüben ist es zu kalt. Und der Doktor wird auch kommen.«

Der Doktor kam und brachte eine Flasche brauner Medizin mit. Er untersuchte den Knecht und sagte, es werde vorübergehen. Martin schlief nun im Haus, in der Stube seiner Mutter, die jeden Abend geheizt wurde, und nahm die Medizin. Sein Husten verging, er arbeitete wie früher. Der Sommer war schön, heiß und voller Freude für ihn. Er saß viel am Bache, hatte Kinder um sich und sang. Er erzählte von »dort«. Er erzählte von dem Geistlichen, der zu ihm gekommen wäre und sich zu ihm auf seinen Stuhl gesetzt habe, und dann habe er mit ihm gesprochen, wie in der Kirche auf der Kanzel. Er habe gesagt, man müsse immer an Gott denken und seine Gebote. Er lehrte die Kinder die zehn Gebote und ließ sie sie aufsagen. Bei den schweren Erntearbeiten half er dieses Jahr nicht mit, er lenkte nur die Wagen in das Feld und holte die Garben ein, wie einst, als seine Kraft und sein Leben begonnen hatten. Im Herbst kam wieder der Husten, und er nahm die Medizin. Im Frühjahr und Sommer war es wieder gut. Doch im dritten Herbst brach er abermals zusammen, oben in seiner Stube, nach dem Aufstehen, und niemand bemerkte es. Er aß sehr viel und wurde zusehends fetter. Sein Atem ging schwer. Abends schlich er sich, statt in seiner Stube ins Bett zu gehen, auf den Boden, neben sein altes Gelaß, setzte sich aufrecht in den hohen Berg des Heues, mit dem er sich auch bedeckte, und schlief so.

Im Frühjahr, in einer sturmdurchbrausten Märznacht, starb er, aufrecht sitzend, von Kissen gestützt, in der Mutter Bett. Er war am Morgen des Tages ein drittes Mal zusammengebrochen, hatte sich dann von selbst wieder erhoben, tagsüber viel gehustet und schwer geatmet, am Abend aber hatte er wieder gelacht und heiße Milch mit Honig getrunken. Doch im Fieber konnte er nicht gehen, er strauchelte über die Schwelle der Küche, und der Herr führte ihn die Treppe empor und brachte ihn zu Bett. Dort lag er still und drehte seine weitgeöffneten, glänzenden Augen in dem dicken, von üppigem Haar und Bart umwucherten Gesicht nach dem Fenster, an dem der Frühlingssturm rüttelte. Die Kerze, die auf dem Tisch brannte, flackerte. Der Herr sah ihn an, unter den halb gesenkten Lidern forschte er in dem Gesicht des Knechtes. Er sah ein kindliches, heiteres Antlitz, vom Tod sanft umweht.

»Das rüttelt«, sagte der Knecht, ganz leise, »morgen muß ich gleich –« sein Atem riß, Husten und Röcheln erschütterten ihn lange, er ruhte erschöpft, Schweiß auf der Stirn. Der Herr trat heran und trocknete ihn ab, hob das schwere Federbett von der keuchenden Brust des Kranken und hielt es mit den Händen, so daß es noch wärmte, aber nicht drücken konnte.

»Ich kann da nicht dafür«, sagte der Knecht noch, bäumte sich auf, schlug die geballten Finger in die Decke, schlug um sich, schweigend, mit weitaufgerissenem Mund, aus dem der schwer keuchende Atem zischend entwich, sein Körper erzitterte furchtbar, krümmte sich wie in lautlosem Lachen, sein Gesicht schimmerte in schwarzer Röte durch den lichten Bart, unter den geschlossenen Lidern rasten die Augen umher. Dann sank er plötzlich, tief beruhigt, zurück, die Glieder lösten sich, sanft schloß sein Mund sich ineinander, seine Augen stiegen aus den Schluchten der verkrampften Höhlen auf, die Lider öffneten sich zu einem sanften, noch immer strahlenden Blick, weiß umleuchtet von der Stirn und dem Gesicht. Doch als der Herr sich zu ihm niederbeugte, wehte kein Atem ihn an, und die Kerze, schief vorgehalten vor des Knechtes Mund, brannte in stiller Flamme empor, zum ersten Male in diesen Abendstunden, da der Atem des Sturmes vom Fenster her sie bis jetzt bewegt hatte. Der Herr zog langsam die hochgetürmten Kissen hinter dem Rücken des Knechtes hervor und ließ ihn aus seinen Armen behutsam niedergleiten. Doch als er das Haupt gebettet hatte und die Hände ergriff, um sie zu falten, sah er, wie ein schnell und lautlos rinnender Strom schwarzen Blutes aus dem atemlosen Mund des Toten über seinen Bart floß. Die Augen, noch geöffnet, leuchteten.

Den Herrn durchschütterte zum ersten Male seit langer Zeit, zum letzten Male für alle Zeit, menschliche Regung: Entsetzen packte ihn, er stieß einen Schrei aus und wich zurück. Er fühlte Abscheu und Grauen vor dem Mörder, den er jetzt in dem Toten begriff. Doch er bezwang sich. Im Schein der wieder flackernden Kerze sah er unverwandt auf den Toten. Er sah, wie das Blut verrann, langsam aufgesogen wurde von den weichen Locken des Bartes, bald lag der Mund wieder frei da und lächelte. Der Herr stieg hinunter in die Küche, holte warmes Wasser, wusch dem Toten das Blut aus dem Bart, rieb ihn sorgfältig trocken, er drückte seine Augen zu und faltete seine Hände. Er beruhigte und labte sich an dem Anblick des sanften Totengesichts. Er setzte sich zu ihm, bis die Kerze ausgebrannt war. Er hörte dem Sturme zu, der draußen wütete. Der Knecht war sechzig Jahre alt geworden. Der Herr, Christian B., stand in dem hohen Alter von fünfundachtzig Jahren. Er begrub seinen Knecht, wie er es bei sich bestimmt hatte, auf dem Kirchhof zu S., unweit der Grabstätte, wo die Seinen ruhten.

Christian B. lebte allein noch sieben Jahre. Er setzte die einäugige Magd als Erbin des Mobiliars von dem Wohnhause ein, damit sie bis an sein Lebensende bei ihm bleibe und für sein Begräbnis sorge. Er hielt sich nur noch einen Knecht, und obwohl die Zeit durch furchtbare Kriege, durch Hungersnot sehr schwer wurde in seinen letzten Lebensjahren, ließ er doch die Hälfte der Äcker brachliegen. Während der ersten Kriegsjahre erhielt er noch Nachricht von seinen Kindern aus Amerika, es kamen Pakete voll fremdartiger Lebensmittel, auch Geld und die Nachricht, daß alles gutgehe, zwei Kinder, Knaben, waren dem jüngeren Sohn noch geboren worden, der Älteste war unverheiratet geblieben. Das Geld und die Waren ließ der Vater in das Dorf bringen, zur Verteilung an die Armen. Die Briefe las er und verbrannte sie dann. Er sah und hörte gut bis zu seinen letzten Tagen. Die Kräfte seines Körpers und seiner Sinne verließen ihn nicht. Er arbeitete bis zuletzt, doch waren seine Bewegungen voll tiefster Müdigkeit, die nicht aus der Schwäche der Glieder, sondern aus seiner verstummten Seele kam. Er aß wenig und sprach fast nie. Er ging nie ins Dorf und suchte niemals die Gräber seiner Verstorbenen auf. Er dachte nicht zurück, und die Erinnerungen der Kindheit, deren Fülle und deren lichter Schein dem Alter und dem Ende so gern sich wieder entgegenneigen, verscheuchte er. Nicht Haß, nicht Versöhnung, nicht Liebe, nicht Verzweiflung konnte er mehr fühlen. Alles war versunken einst, in der Blüte seines Lebens, in der Demut vor Gott, den er erwartete. Doch jetzt dachte er auch nicht mehr an Gott, er, der den göttlichen Funken in seiner Menschenbrust rein gehütet hatte. Er vernahm noch den furchtbaren Niedergang seiner Zeit, ihre leere Verzweiflung, ihre Not, ihre Verschwendung aus Armut, die Mörder ohne Zahl und die Opfer ohne Zahl, er sah das Leben verachtet, den Glauben tot. Er beklagte sie nicht. Ein leerer Raum, nichts

Menschlichem mehr erreichbar, so löste sich seine Seele am Ende ihrer weiten Bahn von seinem Körper.

Niemand war bei ihm, als er starb. Die Magd hatte ihn des Morgens nicht gesehen und fand ihn, als sie sein Zimmer ordnen wollte, tot in seinem Bett. Seine Augen waren geschlossen, die Hände leicht ineinander gefaltet. Sie rührte ihn nicht an. Sie öffnete den Schreibsekretär, entnahm ihm einen Brief und lief damit ins Dorf zum Schultheißen, wie der Herr es ihr bei Lebzeiten befohlen hatte. Der Brief enthielt eine genaue Bestimmung seines Begräbnisses mit einer dafür aufzuwendenden Summe in Gold- und Silberstücken. Da er auf dem Friedhof in S. begraben wurde, folgten nur wenige Menschen seinem Sarge, der aber bedeckt war von vielen Kränzen aus künstlichen Blumen, die inzwischen aufgekommen waren. Er war Anfang November gestorben. Zum Fest der Toten bemerkten die anderen sein frisches Grab mit dem Namen Christian B., das da still erstanden war, und schon ergraute, von Kummer und Not der Kriegsjahre vorzeitig gebeugte Menschen erinnerten sich aus ihrer Kinder- und Jugendzeit des Unglücks, das mit diesem Namen verknüpft war, und das sie damals alle so tief mitempfunden hatten.

Christians Anwesen wurde auf Verlangen der Erben verkauft und das im Laufe der Jahre entwertete Vermögen einem Waisenhaus gestiftet.

Ein junger Bauer erwarb das Gut und heiratete die einäugige Magd, da sie die Besitzerin der Möbel war. In den blumenbemalten Ehebetten gebar die Magd, obwohl sie schon vierzig Jahre alt war, vier kräftige Kinder, die im Laufe der Zeit tobend das Haus und den Hügel umspielten. In der Stube aber auf dem Nähtischchen, das der große Stolz der Magd war, stand noch immer das Bild des Kindes Anna B., dessen Geschichte sie nicht kannte, und zeigte seine bezaubernde Gestalt, sein lockenumspieltes Köpfchen, das geneigte Gesicht mit traurigen Augen und lächelndem Munde, und das rechte Händchen mit ausgestrecktem Zeigefingerchen weisend erhoben. Auch die Magd schmückte seinen Rahmen und bewahrte es auf, da es ihr so gefiel, und sie selbst nur Knaben geboren hatte.

Nachwort

I

Bücher haben – man weiß es – ihre eigenen Schicksale. Wie der Roman »Das verlorene Kind« von Rahel Sanzara eigenartig entstanden ist, wie er bei seinem Erscheinen enthusiastisch bejubelt wurde und internationalen Erfolg hatte, wie er dann völlig in Vergessenheit geraten konnte, das gehört zweifellos zu den seltsamsten Kapiteln in der an Merkwürdigkeiten nicht eben armen Geschichte unserer neueren Literatur. An Paradoxien ist da kein Mangel: Eine auf expressionistische »Steilung« gedrillte Schauspielerin schreibt einen Roman mit ausgesprochen epischem Atem, ein fast zerbrechlich wirkendes Persönchen erschreckt mit einem Werk, das mit »Männerkraft« verfaßt zu sein scheint, und ein Realismus von schauriger Detailgenauigkeit geht in dem Buch einher mit sentimentalisch-pathetischer Landschafts- und Stimmungsmalerei.

Will man all diese Widersprüchlichkeiten zudem in einen historischen Rahmen stellen, so wird es erst recht janusköpfig: Die Autorin des Romans, der bei oberflächlicher Lektüre geradezu an die »Blut-und-Boden«-Vorstellungen der Nazis denken läßt, wird nach der »Machtergreifung« eben dieser braunen Barbaren auf jene »Schwarze Liste« gesetzt, die vor nunmehr einem halben Jahrhundert, am 16. Mai 1933, im »Börsenblatt für den Deutschen Buchhandel« veröffentlicht wurde und die so klangvolle Namen wie Bert Brecht, Alfred Döblin, Lion Feuchtwanger, Irmgard Keun, Heinrich Mann, Joseph Roth, Anna Seghers und Stefan Zweig umfaßte. Die Indizierung des »Verlorenen Kindes« war dabei eine ganz besondere Ironie des Schicksals: Wegen ihres jüdisch klingenden Pseudonyms galt Rahel Sanzara den neuen Machthabern als »Narierin« (=Nichtarierin), wie sie dem Schriftsteller Albert Ehrenstein schrieb, wurde so »auf allen möglichen Listen« und in Nachschlagewerken geführt, empfand es aber bei ihrer »ausgesprochen philosemitischen Einstellung« als »zu schäbig«, einen »Gegenbeweis mit langen Dokumenten anzubringen«.

II

Wer war diese ungewöhnliche Frau, die im »Dritten Reich« Opfer eines Decknamens wurde, den sie vermutlich nicht einmal selbst gewählt hatte, unter dem sie aber bekannt geworden war? Am 9. Februar 1894 in Jena als Johanna Bleschke geboren, älteste Tochter eines Berufsmusikers und selbst musikalisch sehr begabt, strebte das junge Mädchen nach Höherer Töchterschule und Handelsschuljahr schon früh nach Selbständigkeit. Nach einem Zwischenspiel in Blankenburg im Harz, wo sie 1912 ihre erste Anstellung findet, ist sie schon im Jahr darauf in der Weltstadt Berlin als Verlagsangestellte tätig und lernt den Arzt und Schriftsteller Ernst Weiß kennen. Die Begegnung mit dem zwölf Jahre älteren Autor, gerade erst am Beginn seiner schriftstellerischen Laufbahn stehend, wird entscheidend für ihr Leben. Das zierliche junge Mädchen, dunkelhaarig und von eigentümlich herber Schönheit, ist zwar keineswegs die »einzige« Frau gewesen, die ihm etwas bedeutet hat, wie behauptet worden ist, aber sie war zweifellos seine beste und lebenslange Freundin, vertraut mit seinem schwierigen Charakter wie wohl niemand sonst und verständnisvoll für seine Schwächen – soweit das überhaupt möglich war.

Ernst Weiß hat die junge Frau, die sich offenbar willig seiner Führung anvertraute, in ihren Anfängen entscheidend geprägt, ja geradezu nach seinem Bilde geformt, wenn man entsprechenden Berichten trauen darf. Seit Mitte 1913 versuchte er sich in Berlin, damals das strahlende geistige und literarische Zentrum Deutschlands, als freier Schriftsteller zu etablieren, arbeitete nach dem Erscheinen seines Romans »Die Galeere« (1913; im angesehensten belletristischen Verlag S. Fischer) an seinem zweiten großen Erzählwerk »Der Kampf«, knüpfte Verbindungen zu anderen Autoren, zu Zeitschriften und Zeitungen. Der Beginn der Freundschaft mit Rahel Sanzara liegt im Dunkel; deutlicher wird die Beziehung erst durch die Dokumente, die über eine gemeinsame Ostseereise im Jahre 1914 vorliegen. Verfaßt hat diese Dokumente – Tagebuchnotizen und Briefe – kein geringerer als Franz Kafka, der das Paar, mehr unfreiwillig als geplant, auf der Reise begleitete. Weiß hatte den Prager genau ein Jahr zuvor kennengelernt, sich mit ihm angefreundet und für Kafka bei dessen Berliner Freundin Felice Bauer interveniert; am 12. Juli 1914 wurde er Zeuge von Kafkas Entlobung im Askanischen Hof in Berlin, dem »Gerichtshof im

Hotel«, der eine Keimzelle für den Roman »Der Prozeß« bildete. In Lübeck trafen sich die beiden Dichter kurz darauf wieder und fuhren dann, zusammen mit Rahel Sanzara, von Travemünde aus in das dänische Ostseebad Marielyst auf der Insel Falster.

Kafka hat die gemeinsame Urlaubsreise nicht genossen. Er berichtet in seinem Tagebuch von Streitigkeiten zwischen Weiß und seiner Freundin, derentwegen er sogar abreisen will. Er hält auch eine Szene fest, bei der Rahel Sanzara im Mittelpunkt steht, die er als »H.« abkürzt, was für Hans oder Hansi steht – so unterzeichnete Johanna Bleschke auch ihre Briefe. Kafka beschreibt, wie ein »frecher schöner Junge« der Weiß-Freundin den Hof macht, sie »frech, herausfordernd, bewundernd, spöttisch und verächtlich« ansieht, und das alles in einem Blick. Diese kleine Momentaufnahme von der dänischen Reise läßt etwas von der Faszination spüren, die die Sanzara auf empfängliche Gemüter auszuüben vermochte.

Der Urlaub in Marielyst endete mit einem Paukenschlag: Die österreichische Kriegserklärung an Serbien am 28. Juli 1914 löste durch die Mechanik der Bündnisverpflichtungen der europäischen Mächte den Ersten Weltkrieg aus. Weiß begab sich sofort zu seinem Regiment nach Linz, wohin ihm Rahel Sanzara folgte. Sie ließ sich als Krankenschwester ausbilden, um ihm nahe zu sein, und begleitete ihn vermutlich auch nach Enns in Oberösterreich, wo Weiß bis zum 1. März 1915 als Chefarzt der Militär-Unterrealschule tätig war, ehe er dann als Sanitätsarzt an die Front mußte. Die Zeit der solchermaßen erzwungenen Trennung nutzte Rahel Sanzara dazu, sich als Tänzerin ausbilden zu lassen, zweifellos auf den Rat von Weiß hin. Schon Anfang 1916 trat sie in dem Sketch »Der Gorilla«, einem »Phantastischen Märchen aus dem Orient«, in Berlin, Prag, Wien und Budapest auf – mit großem Erfolg, wie die Zeitungen vermeldeten. Am 22. März 1917 hatte die Künstlerin in der Berliner Secession am Kurfürstendamm einen eigenen Tanzabend, der in neun Szenen offenbar einen Querschnitt durch ihr Repertoire bot, das den damaligen Bestrebungen des freien Ausdruckstanzes à la Isadora Duncan und Mary Wigman nahe gestanden haben dürfte. Die Tänzerin trat unter dem Namen Rahel Sansara auf, wobei der Vorname sicher als Reverenz an ihre jüdischen Freunde gedacht war, der Nachname hingegen von Weiß inspiriert gewesen sein dürfte, der auf einer Weltreise auch Indien berührt hatte; das Sanskritwort Sansara oder Samsara meint den endlosen Kreislauf von Tod und Wiedergeburt, aus dem die indischen Erlösungsreligionen den Menschen zu befreien suchen. In dem Tigerroman »Nahar« hat Weiß sich mit dieser Vorstellungswelt auseinandergesetzt.

Nach 1918 veränderte die Künstlerin den Nachnamen ihres Pseudonyms in Sanzara. Sie hatte während der Kriegsjahre, in denen sie auch kurze Zeit an Stummfilmen mitwirkte, in lebhafter, zeitweise fast täglicher Korrespondenz mit Weiß gestanden, wie wir aus erhaltenen Schreiben des letzteren wissen, verhandelte für ihn mit führenden Verlagen wie S. Fischer, Kurt Wolff und Georg Müller, tippte und verschickte seine Manuskripte, versorgte ihn mit Lektüre, Medizin und Zigaretten – und sicher mit gutem Zuspruch. »Aus ›Tiere in Ketten‹ mache ich im Sommer ein Theaterstück und Du mußt die Olga spielen, mußt aber dazu noch etwas robuster werden, ich denke es mir gut«, hatte Weiß schon im Februar 1917 an seine Freundin geschrieben, die sich bis 1918 bei Otto Falckenberg in München das schauspielerische Handwerk anzueignen suchte. Der Autor griff den Stoff seines Romans an der Stelle auf, »da dort die Dirne aus dem tiefsten Sumpf heraus fühlt: Gottes Hand reicht nicht mehr zu mir! Ich meinte nun, es sei zu sagen, daß Gottes Hand auch noch in der Hölle erfaßbar wäre«, heißt es in einem Selbstzeugnis des Dichters. Das während der russischen Revolution spielende Stück »Tanja« wurde am 11. Oktober 1919 in den Prager Deutschen Kammerspielen uraufgeführt – mit Rahel Sanzara in der Hauptrolle. Die Schauspielerin gab damit offenbar ihr Debut, und wenn Berichte von Zeitgenossen stimmen, dann hatte Ernst Weiß sie systematisch auf ihre Aufgabe vorbereitet, die Rolle mit ihr »durch und durch geknetet«. Der Prager Auftritt war ein ziemlicher Erfolg, für das Stück und mehr noch für die Hauptdarstellerin: da ist in der Kritik über sie von »echtem Temperament« und »feiner Witterung für Wirkungen« die Rede, da wird der »interessanten Darstellerin« bestätigt, daß sie sich mit der »Leidenschaft des Denkens in die Seelenkunde dieser verirrten Schöpfung Gottes« vergraben habe, und ein Berichterstatter bemerkt »ganz eigentümliche Kontraste« in ihrem Spiel, nämlich »ein Madonnengesichtchen mit Dämonenaugen, eine Stimme süß und zart und fähig zum Ausdruck gärendsten Hasses, bösester Wildheit«.

Der Erfolg mit der »Tanja« eröffnete der Künstlerin eine Bühnenlaufbahn: Sie wirkte an den Prager Kammerspielen in mehreren Wedekind-Stücken mit, verkörperte unter anderem eine Lulu, die mit »erleuchtetem Kunstverstand« den »Aufschrei brünstiger Leidenschaft von geflüstertem Schmeichelton erheuchelter Liebe« schied. 1921 wurde Rahel Sanzara von Gustav Hartung, einem der bedeutendsten Regisseure der 20er Jahre, ans Darmstädter Landestheater geholt, wo ihr mehrere herausragende Partien übertragen wurden, so die Anna Mahr in Hauptmanns »Einsame Menschen«, die Teresita in Hamsuns »Spiel des Lebens«, die Gräfin Sofie in Sternheims »1913«, aber auch die Elisabeth in Schillers »Maria Stuart«. Die Kritiker waren durchweg voller Anerkennung und Lob für die Darstellerin, die nach einem nicht sehr erfolgreichen Gastspiel in Zürich schließlich wieder nach Berlin zurückkehrte, wo Weiß eine Neuinszenierung seiner »Tanja« erreichte. Theodor Tagger wagte am 26. August 1924 an dem von ihm gegründeten und geleiteten Renaissancetheater einen neuen Versuch mit dem fünf Jahre alten Stück und übertrug Rahel Sanzara die Hauptrolle: der Reinfall war total, die Kritiken zum Teil niederschmetternd, und sogar Herbert Jhering, der Weiß noch zwei Jahre vorher bei der Zuerkennung des Kleist-Preises an Brecht mit einer ehrenvollen Nennung bedacht hatte, empfand die »Tanja« jetzt als »auf dem Wege zur Kunst in der Literatur steckengeblieben« und nannte die Hauptdarstellerin »keine Gestalterin, sondern eine erregte Rezitatorin«.

III

Das Berliner Fiasko, an dem es nichts zu deuteln gab, war zugleich das Ende von Rahel Sanzaras Bühnenkarriere. Wie sich die Künstlerin von diesem schweren Schock erholt hat und wie es zu der Zeit um ihre Beziehung zu Weiß stand, wissen wir nicht genau. Sie muß sich nach einer Phase der Niedergeschlagenheit in der Stille gesammelt und ihre nicht unbeträchtlichen Energien schließlich auf ein neues künstlerisches Feld, das Schreiben, gerichtet haben. Tatsache ist, daß die als Schauspielerin Gescheiterte ziemlich unvermittelt als Autorin präsentiert wurde: In der Berliner »Vossischen Zeitung« erschien von Februar bis April 1926 als Vorabdruck ihr erster Roman »Das verlorene Kind«, der kurz darauf im Ullstein Verlag in Buchform herauskam und sofort beträchtlichen Erfolg hatte.

Wie war es zu dieser überraschenden schriftstellerischen Produktivität gekommen? Die eigentlichen Anstöße und Hintergründe liegen nach wie vor im Dunkel, aber der damalige Ullstein-Lektor und Autor Max Krell hat in seinem Erinnerungsbuch »Das alles gab es einmal« von 1961 manches mitgeteilt, was zum besseren Verständnis des eigentümlichen Falles dienen kann. Als die Behauptung aufgestellt wurde – angeblich in einem Zeitungsartikel von Egon Erwin Kisch –, nicht die Sanzara, sondern Ernst Weiß selbst habe das »Verlorene Kind« geschrieben, äußerte sich dieser gegenüber Max Krell grundsätzlich dazu: »Rahel Sanzara war eine Membrane, die Schwingungen aufnahm. Etwas fing an, in ihr zu brennen. Ich konnte nichts anderes tun, als sie unter Arbeitsdruck zu halten. Regiearbeit, wenn Sie so wollen. Bis sie, fast ohne eine Korrektur, bei der letzten Seite angelangt war und plötzlich wie ein ausgewrungener Lappen zusammenfiel. Diese ganze Zeit über befand ich mich in ihrer Nähe. Ich habe das Manuskript erst kennengelernt, als es abgeschrieben vor mir lag, und ich versichere, ich habe weder ein Wort noch ein Komma daran geändert.« Diese entscheidende Bekundung korrespondiert mit der Tatsache, daß Weiß eine ausführliche und so ungemein bezwingende Besprechung des Romans verfaßt hat, wie er sie nie für ein eigenes Werk hätte zustande bringen können.

Noch einem weiteren Vorwurf war das »Verlorene Kind« ausgesetzt: Man entdeckte, daß der Stoff dem »Neuen Pitaval« entstammte, einer Sammlung exemplarischer Kriminalfälle. Gegen den aufkommenden Plagiatsverdacht verteidigte Gottfried Benn die Sanzara in einem engagierten Artikel, in dem er geltend machte, das von der Schriftstellerin aus der Vorlage Geschaffene sei »von künstlerischer Integrität, atme Notwendigkeit« und sei somit »jenseits der Nachprüfung (...) und aller literarischer Intellektualismen«. Die Autorin bedankte sich für dieses Eintreten mit einem Brief, in dem sie dem verehrten Dichter bekundete, »*wie*« wertvoll mir ihre spontane Äußerung in *jeder* Beziehung gewesen ist«.

IV

Max Krell behauptet in seinem Erinnerungsbuch, die Schriftstellerin sei mit ihrem Debutroman Anwärterin auf den damals renommierten Kleist-Preis gewesen, wofür sich aber bisher noch keine

Belege gefunden haben. Auch ohne diese Auszeichnung machte das Buch seinen Weg, hatte durch die öffentlichen Auseinandersetzungen über Autorschaft und Stoff hinreichend Publizität und fand auch den Beifall von Kritikern und Autoren, die sich nicht ohne weiteres etwas vormachen ließen. »Das ist ein Buch von der Art, daß man vergißt, es gelesen zu haben, daß man glauben muß, man habe es geträumt oder wachend erlebt. Man schmeckt seine Luft ganz und gar, man hat sie geatmet in dieser Landschaft und mit diesen Menschen«, notierte Carl Zuckmayer über seinen Lektüreeindruck vom »Verlorenen Kind«. Wilhelm Speyer nennt die Sanzara eine »herrliche Dichterin« und beginnt seine Besprechung mit den Worten: »Die Unsterblichen der Akademie werden aufstehen und sich verbeugen müssen. Kritiker und Publikum verbeugen sich mit ihnen.« Gottfried Benn sieht in dem Roman eine unvergleichliche »Berückungsmacht« angesichts seiner »Einheitlichkeit von Sprache und Gefühl« am Werke, Felix Braun fühlt sich durch die »erregt-feierliche Sprache dieser bedeutenden Dichtung« gar an den Isenheimer Altar erinnert.

All diese Urteile sind Versuche, etwas von der Faszination mitzuteilen, die von dem Buche ausgeht, wenn man sich seiner Sogwirkung einmal anvertraut hat. Ein Stoff aus dem 19. Jahrhundert wird dabei von der Autorin zu einem zeitlosen Mythos überhöht, indem sie dem darin waltenden »Bösen« das »gleiche Maß an Gutem« mit »vollster Hingabe« entgegensetzt, wie es in ihrem Dankbrief an Benn heißt. Ernst Weiß spricht davon, daß das Werk »klarste Tagesbeleuchtung« vertrage und die »Zeichen von Dauer, Echtheit, Wahrheit« enthalte: »Es durchmißt die Kreise des Schauerlichsten, das es innerhalb der menschlichen Seele gibt, aber ebenso mühelos erhebt es sich zu den Bezirken menschlicher Größe, und wie es von der Hölle durch die Welt zum Himmel strebt, ist es ein Abbild des im guten wie im bösen gewaltig ausschweifenden menschlichen Wesenskernes.« Daß es in dem Roman zudem um die Einheit von Mensch und Natur geht, genauer um die Wiedergewinnung dieser Einheit nach grauenvollem Geschehen und dem nicht zu Rache und Vergeltung führenden Ertragen dieses Geschehens, ist ein Aspekt des Werks, der gerade heute wieder von großer Aktualität ist.

Das »Verlorene Kind« wurde in mehrere Sprachen, ins Englische, Französische, Italienische, Holländische und Dänische übersetzt und in großer Auflage verbreitet – heute kann man es kaum in Bibliotheken und fast nie in Antiquariaten finden. Die Ächtung durch die Nationalsozialisten und ihre »Säuberungsaktionen« in öffentlichen und privaten Büchereien haben auch in diesem Falle ihre schreckliche Wirkung gehabt – bis auf den heutigen Tag. Die Autorin schrieb noch zwei weitere Bücher, von denen das eine mit dem Titel »Die glückliche Hand« während der Nazizeit unter dem jedes jüdischen Beiklangs entkleideten Verfassernamen Johanna Sanzara in der Schweiz erschien und faktisch ohne Echo blieb, während das zweite – »Die Hochzeit der Armen« – nach 1945 noch einigen Verlagen und Zeitungen angeboten wurde und dann irgendwo, da keinerlei Interesse daran bestand, »verloren« ging.

Rahel Sanzara hat sich nicht entschließen können, das Exil zu teilen, das Ernst Weiß 1933 wählte; sie war allerdings zu der Zeit schon sehr krank, vereinsamt und entmutigt. Gleichwohl hat sie in ihren erhaltenen Briefen die Hitlerei entschieden verurteilt und als das deutsche Verhängnis begriffen, das alles von Grund auf zerstörte und entwertete, worum es ihr gegangen war. Als die Künstlerin und Autorin am 8. Februar 1936 in Berlin an Krebs starb, war die neue unheilvolle Zeit längst über ihre erstaunliche Leistung hinweggegangen.

Peter Engel